AMELIE FRIED

Eine windige Affäre

AMELIE FRIED

Eine windige Affäre

Roman

HEYNE〈

Verlagsgruppe Random House FSC-DEU-0100
Das für dieses Buch verwendete
FSC®-zertifizierte Papier *EOS*
liefert Salzer Papier, St. Pölten, Austria.

Copyright © 2011 by Wilhelm Heyne Verlag, München,
in der Verlagsgruppe Random House GmbH
Herstellung: Helga Schörnig
Satz: C. Schaber Datentechnik, Wels
Druck und Bindung: Pustet, Regensburg
Printed in Germany

ISBN 978-3-453-26588-2

www.heyne.de

1

Es gibt Momente im Leben einer Frau, die sie nie mehr vergisst. Den ersten Kuss. Das erste Mal. Das erste Kind. Das erste Au-pair-Mädchen.

Unseres hieß Olga. Lange hatten wir uns nicht entscheiden können, ob sie es sein würde oder eines der vielen anderen Mädchen, die uns angeboten worden waren. Immer wieder lasen wir im Internet die Beschreibungen und verglichen die Vor- und Nachteile der Bewerberinnen miteinander.

»Diese kann Auto fahren«, sagte Michael.

»Aber sie hat so gut wie keine Deutschkenntnisse«, wandte ich ein.

»Die da sieht echt niedlich aus. Woher kommt sie? Argentinien? Brasilien?«

Stirnrunzelnd sah ich ihn an. »Niedlich? Ist das wirklich ein Kriterium?«

»Schönheit ist ein gern gesehener Gast, wie Goethe gesagt hätte. Schließlich habe ich sie jeden Tag vor Augen, da kann es nicht schaden, wenn ihr Anblick Freude bereitet.«

»Abgelehnt«, entschied ich.

Er grinste. »Traust du mir nicht?«

»Darum geht es nicht«, sagte ich gereizt, »von mir aus kann sie aussehen wie Miss World. Aber stell dir vor, sie taugt nichts oder hat solches Heimweh, dass sie nicht hierbleiben will. Dann können wir ihr für tausend Euro ein Rückflugticket nach Brasilien kaufen.«

Michael grinste. »Dann sollten wir am besten ein Mädchen aus Stuttgart nehmen. Die kann nach Hause trampen.«

So war es immer mit ihm. Seine Art, die Dinge zu betrachten, unterschied sich komplett von meiner. Wo ich die praktische Seite sah, suchte er nach der ästhetischen. Wo ich ein Problem witterte, vermutete er eine Chance. Wenn ich vor Schlafmangel zusammenzubrechen drohte, schlug er vor, auszugehen und eine Nacht durchzutanzen. Wir waren so verschieden, wie zwei Menschen nur sein konnten. Außerdem waren wir verheiratet und Eltern zweier Kinder. Man kann nicht behaupten, dass die Lage dadurch einfacher wurde.

An diesem Sonntagvormittag saßen wir vor dem Computer und waren im Begriff, unserem Leben eine völlig neue Wendung zu geben. Genauer gesagt, hatte es diese Wendung bereits genommen, und nun bemühten wir uns, mit den Folgen fertigzuwerden.

Ich war Bauingenieurin, gerade vierzig geworden, und hatte den Gedanken an eine berufliche Karriere eigentlich schon begraben. Als Frau war es nicht leicht, in einem Umfeld zu arbeiten, in dem sich prozentual mehr Männer tummeln als auf einem Heringskutter, und ich war schon dankbar gewesen, dass ich nach ein paar Jahren Kinderpause halbtags in meine alte Firma hatte zurückkehren können. Das war jetzt vier Jahre her. Inzwischen war Pablo eingeschult und Svenja auf dem Gymnasium.

Obwohl es mir anfangs schwergefallen war, auf meinen Beruf zu verzichten, hatte ich die Zeit mit den Kindern genossen. Sie hatten mich gelehrt, die Welt aus einem neuen

Blickwinkel zu betrachten, mit mehr Offenheit, Liebe und Geduld. Für lange Zeit hatte ich es als beglückend empfunden, dass die Fahndung nach Svenjas Kuschelhasen oder die Frage, wann Pablos erster Milchzahn kommen würde, zum Zentrum meines Kosmos geworden waren, während ich mir vorher den Kopf darüber zerbrechen musste, wie ich möglichst viele Solarzellen auf ein Einfamilienhaus packen kann, ohne dass die Baubehörde einschreitet. Für mich, die bis dahin nichts wichtiger fand als Effizienz, war diese Phase sehr lehrreich gewesen. Ich lernte, dass nicht alles im Leben einem Ziel dienen muss und dass der Erfolg einer Tätigkeit sich nicht darin bemisst, dass sie möglichst schnell durchgeführt wird. Wer einmal erlebt hat, mit welcher Ausdauer und Begeisterung Kinder einen Regenwurm beobachten, der eine kunstvoll errichtete Sperre aus Sand und Gras zu überwinden versucht, weiß, wovon ich spreche.

Aber nun hatte ich große Lust, noch einmal etwas anderes zu errichten als Wurmsperren. Und eine glückliche Fügung wollte es, dass ich die Chance dazu erhalten hatte.

Vor einer Woche hatte Franz Obermüller, mein Chef, mich zu sich gebeten. Er war ein sympathischer, gut aussehender Typ Mitte vierzig, dessen bayerische Sprachfärbung ihn ein bisschen harmlos erscheinen ließ. In Wahrheit war er ein gewiefter Geschäftsmann, der seine Firma Sunwind äußerst erfolgreich führte. Das Unternehmen war spezialisiert auf Projekte im Bereich erneuerbarer Energien. Damit bewies Franz Konsequenz – in jungen Jahren war er bei den Grünen aktiv gewesen. Dann hatte er Dahlia kennengelernt, eine verwöhnte junge Frau aus reichem Haus, deren körperlichen Reizen er völlig erlag, die sich aber keineswegs mit seinem alternativen Lebensstil zufriedengeben wollte. Um sie zu halten, musste er ihr mehr bieten als Campingurlaub und Klamotten aus ungebleichter Baumwolle. Also wurde er Unternehmer. Nun lautete seine Devise: Geld verdienen, aber mit gutem Gewissen.

»Was weißt du über Litauen?«, fragte er mich ohne Einleitung.

»Der größte der drei baltischen Staaten, im geografischen Zentrum Europas gelegen, ungefähr so groß wie Bayern«, rasselte ich herunter.

»Energiesituation?«

Ich überlegte. »Überwiegend Kernkraft, vermute ich, wie überall in der ehemaligen Sowjetunion.«

Franz wiegte den Kopf. Die Antwort schien ihn nicht zu befriedigen.

»Da fällt mir was ein«, fuhr ich fort. »Musste sich Litauen beim EU-Beitritt nicht verpflichten, sein größtes Atomkraftwerk abzuschalten? Das Ding war baugleich mit Tschernobyl. 2004 ging die erste Stufe vom Netz, dieses Jahr, glaube ich, die zweite.«

Jetzt wirkte Franz zufrieden. »Bingo. Und nun müssen sie zusehen, wo sie ihren Strom herkriegen. In den nächsten Jahren wollen sie auf einen Anteil von zehn Prozent erneuerbarer Energien kommen. Da sich der Windpark bei Palanga als rentabel erwiesen hat, stehen die Chancen für einen zweiten äußerst günstig. Und nun rate, wer genügend Investoren für das Projekt aufgetrieben hat?«

Ich gab vor, angestrengt nachzudenken. »Wahrscheinlich der cleverste, innovativste und risikofreudigste Energie-Unternehmer westlich des Urals?«

Er strahlte. »Richtig geraten! Wir haben einen komplett neuen Fonds aufgelegt, und die Anteilseigner sind hin und weg. Das Genehmigungsverfahren läuft schon, das ist nur noch reine Formsache. Wir können also loslegen!«

Ich erinnerte mich, dass in den letzten Monaten immer wieder die Rede von einem Projekt in Litauen gewesen war. Franz war auch einige Male dorthin gefahren. Er hatte schon länger den Wunsch, Richtung Osten zu expandieren, weil er in den ehemaligen Ostblockstaaten einen riesigen Markt für Solarzellen und Windkraftanlagen vermutete. Dass es sich um ein Projekt dieser Größenordnung handelte, hatte ich nicht geahnt.

»Gratulation!«, sagte ich und lächelte.

Er beugte sich so weit vor, dass seine Krawatte eine elegante Drehung auf der Schreibtischplatte vollführte. »Und jetzt willst du sicher wissen, warum ich es dir als Erster erzählt habe?«

Ich hob die Schultern und ließ sie fallen. »Ja, klar.«

Zufrieden lehnte er sich wieder zurück. »Weil du die Projektmanagerin bist.«

Seither hatte ich Nacht für Nacht wach gelegen und mir die immer gleichen Fragen gestellt. Kann ich das überhaupt? Bin ich nicht schon viel zu lange aus dem Geschäft (in den letzten Jahren hatte ich nur Teilzeit gearbeitet)? Werden die Kinder seelischen Schaden nehmen, wenn ich so viel weg bin? Und wer soll sie überhaupt betreuen?

Nach der dritten schlaflosen Nacht erzählte ich Michael von dem Angebot, das Franz mir gemacht hatte. Das heißt, eigentlich war es ja weniger ein Angebot als ein Befehl. Ich hatte nicht den Eindruck, eine Wahl zu haben. Aber von genauso einer Herausforderung hatte ich insgeheim geträumt. Ich wollte es so gern allen noch einmal zeigen!

»Es irrt der Mensch, solang er strebt«, zitierte Michael.

»Was soll das heißen?«, fragte ich. »Traust du mir das etwa nicht zu?«

»Aber natürlich, ich finde es großartig. Du bist reif für solch eine Aufgabe.« Seine Euphorie erschien mir ein bisschen aufgesetzt.

»Und die Kinder?«, fragte ich zaghaft.

»Was soll mit ihnen sein?«

»Ich wäre die meiste Zeit in Litauen, sie würden mich wenig sehen.«

»Aber ich bin doch da«, sagte er.

Ich stieß spöttisch die Luft aus. Wenn er mit »da« meinte, dass er sich auf demselben Kontinent aufhielt, stimmte das. Aber er war mindestens drei, vier Abende die Woche unterwegs, bei Theaterpremieren, Ausstellungseröffnungen oder anderen Kulturevents, bei denen seine Anwesenheit als Redakteur des Monatsmagazins *Kultwärts* unverzichtbar war.

»Was ist mit deinen Abendterminen?«

»Wir finden jemanden für die Kinder.«

»Und wer soll das sein?«

»Eine Leihoma. Eine Kinderfrau. Ein Au-pair-Mädchen.«

»Ein Au-pair-Mädchen?«, kreischte ich. »Nur über meine Leiche!«

Alles, was ich von meinen Freundinnen über Au-pairs gehört hatte, war dazu angetan gewesen, mich für immer von dieser Idee zu kurieren. Eines der Mädchen hatte eine Telefonrechnung von achthundert Euro produziert und war abgehauen. Ein anderes hatte in der Wohnung der Gasteltern Freier empfangen und mit ihnen im Ehebett gevögelt. Wieder eine andere war von einem Mann, der sich rettungslos in sie verliebt hatte, entführt worden. Er hatte sie in seine Wohnung gebracht, von innen abgeschlossen und den Schlüssel aus dem sechsten Stock geworfen.

Ein Au-pair-Mädchen sei wie ein zusätzliches Kind, man habe noch mehr Verantwortung und kaum Entlastung, so die übereinstimmende Meinung aller Befragten. Meine beste Freundin Tine hatte es auf den Punkt gebracht: »Das Maximum, was du von einem Au-pair erwarten kannst, ist, dass bei deiner Rückkehr das Haus noch steht und die Kinder nicht verhungert sind.«

Nein, vielen Dank, das brauchte ich nicht. Hatte ich gedacht. Und saß nun mit meinem Mann vor dem Computer, um herauszufinden, ob Biljana aus Zagreb oder Georgette aus Marokko besser zu uns passte. Ein Blick in die Stellenanzeigen der Tageszeitung hatte uns gezeigt, dass der Lohn für eine fest angestellte Kinderfrau ungefähr die Hälfte dessen verschlingen würde, was ich netto rausbekäme, und da Michael als Kulturredakteur auch nicht gerade üppig verdiente, war schnell klar, dass ein Au-pair die einzig realistische Lösung war, wenn wir die Kinder nicht zur Adoption freigeben wollten.

Vielleicht hatten meine Freundinnen ja übertrieben. Es war doch gar nicht möglich, dass alle diese Mädchen unfähig, kriminell oder nymphoman waren. Man musste nur sorgfältig suchen, dann würde sich bestimmt eines finden, mit dem es auszuhalten wäre. Mehr noch, vielleicht würde es richtig nett werden und das Mädchen wie eine große Schwester für Pablo und Svenja sein. Man hatte ja schließlich auch soziale Verantwortung – dem Mädchen eröffneten sich nach einem Auslandsjahr bessere Zukunftschancen, und unsere Kinder würden Toleranz und Gastfreundschaft lernen.

»Ich finde es schön, nicht in der Enge der bürgerlichen Kleinfamilie zu verharren, sondern sein Haus und sein Herz zu öffnen«, sagte ich verträumt.

»Vor allem, wenn man die meiste Zeit nicht da ist«, gab Michael zurück.

Ich sah ihn an. »Darf ich dich daran erinnern, dass es deine Idee war?«

Er seufzte. »Jede große Idee, sobald sie in Erscheinung tritt, wirkt tyrannisch.«

»Hat Goethe eigentlich zu allem eine Meinung?«, fragte ich genervt. »Tine hat gesagt, man muss sich nur von Anfang an abgrenzen. Die Mädchen brauchen klare Regeln.«

»Hat Tine eigentlich zu allem eine Meinung?«

Ich musste lachen. »Ja, aber was die Au-pair-Thematik angeht, ist sie Goethe an Sachverstand eindeutig überlegen.«

»Ich bräuchte auch jemanden, der für mich arbeitet«, maulte Michael, »jemanden, der Recherchen für mich macht, Material sammelt, Telefonate erledigt. Kann ein Au-pair so was?«

»Michael«, sagte ich geduldig, »diese Mädchen können nur wenig Deutsch. Deshalb kommen sie ja hierher. Natürlich können sie so was nicht.«

Er gab nicht auf. »Ich will morgens keine Fremde in meinem Badezimmer treffen.«

»Außer, sie ist Brasilianerin?«

»Ehrlich gesagt, nicht mal dann.«

»Wir haben ein Gästeklo und eine Dusche im Keller«, erinnerte ich ihn. »Unser Haus ist wie geschaffen für das Zusammenleben mit einem Au-pair-Mädchen!«

Insgeheim erträumte ich mir eine Art moderner Mary Poppins, die, elegant an ihrem Schirm hängend, aus den Weiten des World Wide Web zu uns hinabgeschwebt käme, um mit leichter Hand zu schaffen, was mir bislang nicht gelungen war: unsere Kinder zu erziehen und einen perfekten Haushalt zu führen.

»Also, dann nehmen wir jetzt diese Olga?«, vergewisserte ich mich. Mein Zeigefinger schwebte über der Computermaus. Michael nickte ergeben. Mein Zeigefinger senkte sich nach unten. »Sicher?« Michael stöhnte. Ich holte tief Luft. Legte den Zeigefinger auf die Maus. Click. Danke für Ihren Einkauf.

Olga aus der Ukraine, schrieb ich auf einen Zettel, einundzwanzig, Vater Landwirt, Mutter Lehrerin. Ich hängte den Zettel an meine Pinnwand, an der Hunderte von anderen Zetteln klebten, die mich an alles Mögliche erinnern sollten.

Mädchen aus Osteuropa, so hatten wir von der Leiterin der Au-pair-Agentur gehört, seien besonders motiviert und weniger anspruchsvoll als Mädchen aus westlichen Ländern. Der Kulturschock sei nicht so groß wie bei Bewerberinnen aus dem afrikanischen oder lateinamerikanischen Raum, sie wären sehr anpassungsfähig und würden sich schnell an die hiesigen Lebensverhältnisse gewöhnen.

Die Art, wie diese Frau über die Mädchen sprach, hatte mich an eine Hundezüchterin erinnert, die ich mal kennengelernt hatte. Sie hatte sich ganz ähnlich über die Eigenschaften und Vorzüge der verschiedenen Hunderassen ausgelassen. Motiviert. Nicht so anspruchsvoll. Besonders anpassungsfähig. Gutes Hundchen. Braves Mädchen.

Bei diesem Gedanken fühlte ich mich schlecht. Noch schlechter fühlte ich mich allerdings bei dem Gedanken,

Svenja und Pablo einer wildfremden jungen Frau zu überlassen, über die wir nur das wussten, was in ihrer Bewerbung zu lesen war. Und die glich den anderen so sehr, dass wir sicher waren, es gäbe vorbereitete Standardbewerbungsbögen für Au-pairs, die einfach abgeschrieben wurden. Alle Mädchen hatten angeblich Deutsch in der Schule gelernt, als Betreuerinnen in Kinder-Ferienlagern gearbeitet und großen Spaß am Umgang mit Kindern sowie an Hausarbeit. Alle waren Nichtraucherinnen, gingen nicht gerne in Diskotheken, sondern gaben als Hobbys Lesen, Sport und Kochen an. Alle wollten nach Deutschland, um die Sprache zu lernen und die Kultur zu erleben.

»Ha«, hatte Tine geschnaubt, als ich ihr von unserem Plan erzählt hatte. »In Wahrheit wollen sie einen Kerl kennenlernen und heiraten. Bei Jana war's jedenfalls so. Und dann ist sie an diesem Türken hängengeblieben, der sie eingesperrt und beschimpft hat, wenn sie einen kurzen Rock anziehen oder mit ihren Freundinnen weggehen wollte.«

»Was sind das denn für rassistische Sprüche«, sagte ich empört.

Tine lachte nur. »Du wirst an mich denken. Bei dieser Au-pair-Nummer geht dir die letzte Multikulti-Romantik flöten, das verspreche ich dir.«

Ich dachte nicht daran, mich negativ beeinflussen zu lassen, sondern schwelgte in den mit fröhlichen Fotos geschmückten Erfahrungsberichten, die es im Internet zu lesen gab. Darin berichteten Gasteltern voller Dankbarkeit von der Unterstützung, die sie durch ihr Au-pair erfahren hätten, und die Mädchen schwärmten vom Spaß mit den Kindern und den tollen Ausflügen, die ihre Gasteltern mit ihnen unternommen hatten.

Ausflüge? Was für Ausflüge?

»Ist doch ganz einfach«, klärte Tine mich auf, »die kommen hierher und wollen Neuschwanstein sehen und das Deutsche Museum und das Oktoberfest. Also, in Wirklichkeit wollen sie natürlich nur aufs Oktoberfest, aber weil das einen schlechten Eindruck machen würde, behaupten sie, sie wollten das andere auch sehen. Und ihr macht dann jedes Wochenende Ausflüge zu touristischen Sehenswürdigkeiten, die eigentlich keiner sehen will, weil ihr euch als Gasteltern nicht nachsagen lassen wollt, ihr hättet das Mädchen nur ausgebeutet und nichts mit ihm unternommen.«

Ich schluckte. Die Wochenenden waren die einzige Zeit, die ich mit meiner Familie würde verbringen können, da wollte ich doch nicht nach Neuschwanstein oder ins Deutsche Museum! Eigentlich wollte ich nicht mal, dass an diesen Tagen eine fremde Person im Haus wäre. Ich wollte mit meinen Kindern und meinem Mann am Frühstückstisch sitzen und das Gefühl genießen, daheim zu sein und mich erholen zu dürfen von einer anstrengenden Woche in der Fremde. Das Handelsvertretergefühl nannte ich es bei mir. Als Kind hatte ich eine Freundin gehabt, deren Vater »in Fenstern machte«. Er war die ganze Woche unterwegs und kam am Wochenende nach Hause. Dann durfte man diese Freundin nicht besuchen, ja, nicht mal bei ihr anrufen, weil der Vater keine Störungen wollte, und schon gar keinen Besuch. Aber wie sollte ich das hinkriegen, dass so ein Mädchen die Woche über alles machte, was nötig war, und sich am Wochenende in Luft auflöste?

Mir kam der Verdacht, dass diese ganze Au-pair-Sache weit komplizierter war, als ich angenommen hatte.

Als Erstes richtete ich das Gästezimmer ein. Die Matratze war ziemlich durchgelegen, eigentlich hatten wir sie länger schon ersetzen wollen. Aber sollte ich wirklich jetzt eine teure neue Matratze kaufen, wo nicht mehr meine Eltern oder Michaels Geschwister im Gästebett schlafen würden, sondern eine Fremde? Wer weiß, in welchen Verhältnissen sie in der Ukraine lebte, bestimmt würde sie es gar nicht bemerken.

»Verwöhn sie bloß nicht«, hatte Tine mich gewarnt. »Du reichst diesen Mädchen einen Finger, und sie reißen dir den Arm ab.«

»Was meinst du damit?«, hatte ich gefragt. Ich stellte mir vor, die Mädchen müssten dankbar sein für das, was sie hier vorfanden. Ein eigenes Zimmer, kostenloses Essen, Taschengeld, einen Sprachkurs – für die meisten musste das doch eine enorme Verbesserung ihrer bisherigen Lebensverhältnisse darstellen.

»Erst sind sie dankbar«, hatte Tine gesagt, »und dann werden sie gierig.«

So wollte ich nicht denken, es war nicht meine Art, anderen immer das Schlimmste zu unterstellen. Wenn man einem Menschen mit Offenheit und Großzügigkeit begegnet, würde er sich ebenso verhalten, davon war ich überzeugt.

Ich räumte den Schrank leer, schleppte einen Schreibtisch, den wir vor Jahren ausrangiert hatten, aus dem Keller nach oben und wusch die Vorhänge. Es fanden sich noch ein alter, aber gemütlicher Sessel und ein Beistelltischchen.

»Stell ihr unbedingt einen Fernseher rein«, hatte Tine empfohlen. »Sie glotzen in jeder freien Minute. Deine Kinder glotzen übrigens mit, nur damit du das schon mal weißt.«

Bisher hatten wir es geschafft, Svenja und Pablo fast völlig vom Fernseher fernzuhalten. Wir hatten ihnen viel vorgelesen und mit ihnen gespielt. Und obwohl ich es langweilig fand, auf dem Boden zu liegen und Barbies anzuziehen oder Playmobilmännchen herumzuschieben, obwohl ich Brettspiele hasste und trotz meines technischen Berufes ziemlich unbegabt fürs Basteln war, hatte ich mich all die Jahre dazu gezwungen, damit meine Kinder in einer kreativen und anregenden Atmosphäre heranwüchsen. Ich würde strenge Regeln fürs Fernsehen aufstellen.

Mir fiel ein, dass wir noch einen uralten, kleinen Schwarz-Weiß-Fernseher von meiner Oma besaßen. Sie hatte ihn mir damals unbedingt schenken wollen, als sie sich einen neuen kaufte. »Er ist doch noch gut«, hatte sie gesagt, »wäre doch schade drum!« Ich hatte ihn genommen und in den Keller gestellt, und da stand er noch immer. Nun würde er wieder zu Ehren kommen.

Pablo stürmte ins Zimmer. »Mama, darf ich …«, er verstummte und sah sich überrascht um. »Warum machst du es hier so schön? Kommt Oma?«

Ich klopfte mit der Handfläche auf die Matratze. »Setz dich, mein Großer, ich erklär's dir.«

Bisher hatten wir vor den Kindern zwar von dem großartigen neuen Projekt von Sunwind gesprochen, aber noch nicht darüber, dass ich diejenige war, die es ausführen sollte. Und schon gar nicht darüber, dass ich wochenlang weg sein würde und wir deshalb ein Au-pair-Mädchen bräuchten.

Ich legte einen Arm um seine schmalen Schultern. Für einen Siebenjährigen war Pablo ziemlich klein, außerdem war er ein äußerst empfindsames Kind. Viel zarter besaitet als seine Schwester. Um Svenja machte ich mir kaum Sorgen, um Pablo ständig. Nun versuchte ich, die richtigen Worte zu finden.

»Wir bekommen Besuch, aber es ist nicht Oma.«

»Opa?«, fragte er hoffnungsvoll.

Es gab mir einen Stich. Noch immer litt ich darunter, dass meine Eltern getrennt waren und nur einzeln zu Besuch kamen. »Nein, auch nicht Opa. Wir bekommen Besuch von einem Mädchen, sie wird eine Weile hier wohnen.«

»Ein Mädchen? Wieso nicht ein Junge? Ich spiele lieber mit Jungen.«

Ich lachte. »Es ist kein Kind, sondern eine junge Erwachsene, so was wie eine große Schwester. Sie wird auf euch aufpassen, wenn ich unterwegs bin. Sie kommt aus einem anderen Land und möchte hier Deutsch lernen. Wenn ihr viel mit ihr sprecht, lernt sie es ganz schnell. Man nennt so ein Mädchen Au-pair-Mädchen.«

Sein Gesicht nahm einen konzentrierten Ausdruck an, offenbar versuchte er zu begreifen, was das für ihn bedeutete. »Spielt sie auch mit uns?«

»Ich denke schon. Aber vor allem kocht sie für euch und wäscht eure Sachen und sorgt dafür, dass ihr pünktlich zur Schule kommt und Schulbrote dabeihabt.«

Er drehte den Kopf zur Seite und sah mich an: »Aber das machst doch alles du.«

Ich spürte einen Druck in der Magengegend. »Pablo, du hast doch von dem großen Auftrag gehört, den Franz bekommen hat? Er soll mit seiner Firma in Osteuropa einen Windpark bauen, damit die Leute dort gesunden und billigen Strom bekommen. Das ist wirklich eine tolle Sache, weißt du! Und das Tollste ist, dass er mich gebeten hat, das für ihn zu machen. Deshalb muss ich in nächster Zeit viel verreisen. Und damit ihr drei hier gut versorgt seid, kommt dieses Mädchen zu uns.«

Mit der unbestechlichen Logik eines Siebenjährigen, dem die Stromversorgung anderer Leute völlig schnuppe ist, sagte er: »Warum macht Franz das nicht selbst, wenn es so toll ist?«

»Weil er mir eine Chance geben will. Und weil ich Lust dazu habe. Da kann ich nochmal zeigen, was in mir steckt.«

»Kannst du das hier nicht?«

Ich musste lachen. »Doch. Aber eben nicht alles. Ich habe lange studiert, um meinen Beruf zu lernen, und dann habe ich mich viele Jahre hauptsächlich um euch gekümmert. Jetzt möchte ich gerne wieder mehr arbeiten.«

Eine Weile sagte er nichts. Dann blickte er mich prüfend von der Seite an. »Und wenn sie gemein zu uns ist?«

»Dann suchen wir eine andere.«

»Versprochen?«

»Versprochen.«

Er blickte finster. »Ich glaube, die sind alle gemein.«

Beim Abendessen sah Pablo seine Schwester triumphierend an. »Ich weiß etwas, was du nicht weißt!«

»Was kann das schon sein, du Angeber«, sagte Svenja herablassend. Sie war fünf Jahre älter als ihr Bruder und fühlte sich ihm haushoch überlegen.

Manchmal bedauerte ich, dass wir uns mit dem zweiten Kind so viel Zeit gelassen hatten. Nach Svenjas Geburt war ich so traumatisiert gewesen, dass ich mir geschworen hatte, nie wieder schwanger zu werden. Michael schien es recht zu sein, er war ohnehin nicht wild darauf gewesen, Vater zu werden. Als Svenja immer größer wurde und es so aussah, als würde sie ein Einzelkind bleiben, bekam ich ein schlechtes Gewissen. Mehr aus Pflichtbewusstsein als aus Leidenschaft zeugten wir ein zweites Kind. Als Pablo geboren wurde, war ich überglücklich. Ein Mädchen und ein Junge, das war einfach perfekt! Endlich waren wir die Familie, die ich mir vorgestellt hatte.

Was ich mir nicht vorgestellt hatte, war, wie anstrengend es sein würde, wieder ein Baby zu haben. Und einen Mann, der genauso weiterlebte wie zu der Zeit, als er noch keine Kinder hatte. Der nachts lange ausging, morgens lange schlief und jederzeit spontan zu einem Wochenendtrip aufbrach, egal, ob ein Kind zahnte, Brechdurchfall hatte oder für eine Mathearbeit lernen sollte. Die meiste Zeit fühlte ich mich wie eine alleinerziehende Mutter.

Die Geschwister hatten angefangen zu streiten. »Du bist so plöd!«, schrie Pablo verzweifelt.

»Und du?«, gab seine Schwester zurück. »Du weißt ja noch nicht mal, wie man blöd schreibt!«

»Du sollst deinen Bruder nicht dissen«, sagten Michael und ich wie aus einem Mund. Dann sahen wir uns an. Michael schüttelte den Kopf. »Ich kann nicht glauben, dass wir auch schon dieses doofe Wort verwenden«, sagte er. Und zu unserer Tochter gewandt: »Du sollst ihn nicht ärgern.«

»Pablo hat angefangen.« Sie knuffte ihn in die Seite. »Los, sag schon, was weißt du?«

Unsicher sah Pablo zu mir rüber. Ich nickte ihm aufmunternd zu.

»Wir kriegen ein Opär!«, verkündete er.

»Ein Au-pair?« Fragend sah Svenja mich an. »Wie bei Tine?«

Ich nickte und ließ im Geist die zahllosen Mädchen Revue passieren, die in den letzten Jahren bei Tine und ihrer Familie gelebt hatten. Ich hatte es immer furchtbar gefunden, dass alle paar Monate eine neue Jana, Lenka, Marta oder Monika im Leben der Kinder auftauchte, aber offenbar waren sie so daran gewöhnt, dass sie die wechselnden Betreuerinnen gleichmütig hinnahmen.

»Ein Au-pair-Mädchen, echt? Ist ja cool!«, sagte Svenja.

Ich tauschte einen erleichterten Blick mit Michael. Wenigstens von dieser Seite kam kein Widerstand. »Wieso findest du das cool?«, wollte ich wissen.

»Weil man bei denen viel mehr darf als bei den Müttern. Die Au-pairs erlauben einfach alles, weil es ihnen egal ist.«

Michael setzte seine Strenge-Vater-Miene auf. »Da habe ich dann wohl auch noch ein Wörtchen mitzureden«, dämpfte er Svenjas Erwartungen. »Ich bleibe nämlich hier. Ich baue kein Windkraftwerk im Osten.«

Täuschte ich mich, oder hatte das ein wenig vorwurfsvoll geklungen?

Nach dem Essen räumte ich die Spülmaschine ein. Michael ging mir zur Hand. Dann schrieb ich den Einkaufszettel für den nächsten Tag. Michaels Arme umschlangen mich von hinten. Ich notierte rasch »Wäsche raus« und »Schockfrost aus« und legte die Zettel so auf den Küchenblock, dass sie nicht zu übersehen waren. Michael begann, meinen Hals zu küssen.

»Hast du heute Abend gar nichts vor?«, fragte ich.

»Eigentlich schon«, sagte er, »aber du scheinst es mal wieder nicht zu merken.«

Großer Gott, dachte ich, ist es schon wieder so weit? Eine Woche ohne Sex nahm Michael noch ohne Beschwerde hin. Danach wurde er anschmiegsam. Dann wütend.

Ich hatte ganz andere Pläne für den Abend. Ich musste mich weiter in das Litauen-Projekt einlesen, meine E-Mails beantworten, mit Tine telefonieren.

Mein kurzes Zögern war offensichtlich bereits zu viel für ihn. Er ließ mich los und machte einen Schritt zurück. »Ach, natürlich, ich weiß schon! Es gibt keinen Zettel, auf dem es steht. Und ohne Zettel denkst du einfach nicht daran!«

Er riss mir die Einkaufsliste aus der Hand, drehte sie um und schrieb mit großen Buchstaben darauf: SEX! Er hielt mir den Zettel vor die Nase, dann heftete er ihn zu den vielen anderen, die mit Magneten am Kühlschrank befestigt waren. »Zahnarzt Pablo!« – »Steuererklärung!« – »Getränke bestellen!« – »Geb.Geschenk Petra!«

Ich seufzte schuldbewusst. Er hatte ja Recht. Immer war so viel zu tun. Die Kinder, der Haushalt, der Job. Ich kam gar nicht mehr dazu, an Sex auch nur zu denken. Von praktischer Umsetzung ganz zu schweigen. Und je seltener wir miteinander schliefen, desto weniger fehlte es mir.

Für Michael war Sex etwas so Selbstverständliches wie Nahrungsaufnahme oder Zähneputzen, es gehörte zu seinem Alltag. Ich hingegen wünschte mir, Sex sollte in Momenten stattfinden, die aus dem Alltag herausgehoben waren, also etwas Besonderes sein. Leider erlebten wir kaum noch solche Momente, seit wir Kinder hatten.

Zu Beginn war das ganz anders gewesen, obwohl alles mit einem großen Missverständnis angefangen hatte: Es war bei einer Mottoparty »Vamp und Vampir« gewesen. Ich hatte mich – sonst ganz der burschikose Hosentyp – für Vamp entschieden, mir ein enges schwarzes Kleid und hochhackige Schuhe von einer Freundin geliehen und mich zum ersten Mal seit Jahren geschminkt. In diesem Aufzug lief ich

Michael in die Arme. Der hielt mich natürlich für das verführerische Biest, als das ich mich ausgab, und ich hatte zunächst auch Spaß an dieser Rolle. Im Laufe der Zeit hätte er eigentlich merken müssen, dass ich in Wahrheit nicht so war, aber bis heute hatte er diesen ersten Eindruck von mir konserviert und war offenbar immer wieder erstaunt darüber, wie ich es geschafft hatte, ihn so zu täuschen.

»Na gut«, lenkte ich ein und sah auf die Uhr. »In zwanzig Minuten im Schlafzimmer?«

Michael sah mich resigniert an. »Leidenschaft sieht anders aus, findest du nicht?« Er drehte sich um und verließ die Küche.

»Wir sprachen von Sex!«, rief ich ihm nach. »Nicht von Leidenschaft!«

Wütend riss ich den SEX-Zettel vom Kühlschrank und drehte ihn wieder um.

Spülmittel, notierte ich. Zahnseide, Wattestäbchen, Batterien.

Nachdem ich meine E-Mails beantwortet hatte, blieb ich sitzen, griff in meine Handtasche, holte einen Taschenkalender hervor und blätterte die letzten sechs Wochen durch. Nur vier Häkchen. Das war entschieden zu wenig. Es sollte auch mir zu wenig sein, denn eigentlich fand ich Michael immer noch sehr anziehend. Aber wo war die Leidenschaft des Anfangs geblieben?

Ich setzte mich aufrecht hin, schloss die Augen und stellte mir seinen Körper vor. Er hatte breite Schultern, eine glatte, weiche Haut und nur wenige Haare auf der Brust. Seitlich an seiner Taille saßen zwei kleine Muskelstränge, die sich ein wenig wölbten. Die Griffe zum Festhalten, nannte ich sie. Sein Hintern war klein und fest, sein Penis lag angenehm weich in der Hand und richtete sich bereitwillig auf, wenn er sollte. Seine Beine waren muskulös und behaart. Ich mochte Michaels Geruch, den Geschmack seiner Zunge, seine Berührungen und Bewegungen. Wenn wir uns liebten, war es vertraut und aufregend zugleich, trotz der vielen Jahre, die wir uns kannten. Ich sollte mich glücklich schätzen, dass er mich noch begehrte, denn damit ging es mir besser als den meisten meiner Freundinnen. Deren Männer (sofern noch vorhanden) verweigerten sich oft schon seit Jahren, viele hatten eine feste oder ständig wechselnde Geliebte.

Je länger ich da saß und mir Michaels Körper vorstellte, desto deutlicher spürte ich meine Erregung. Warum hatte ich trotzdem so selten Lust, mit ihm zu schlafen? Einen Augenblick lang verfluchte ich mein Leben zwischen Familie und Job, die ständige Hetzerei, das ewige Abgekämpftsein, und wünschte mich zurück in die Zeit, als ich noch frei und ungebunden gewesen war. War ich damals je zu müde für Sex gewesen? Ich konnte mich nicht erinnern.

Ich öffnete die Augen, streckte mich und gähnte. Dann griff ich nach der Einkaufsliste, die neben dem Computer lag, und verließ das Arbeitszimmer.

Die Tür zum Schlafzimmer stand halb offen, ich warf einen kurzen Blick Richtung Bett. Wenn ich mich jetzt hinlegen würde, wäre ich innerhalb einer Sekunde eingeschlafen ...

Im Wohnzimmer saß Michael vor dem Fernseher und starrte wütend auf die Mattscheibe. Als er nicht auf mein Erscheinen reagierte, ließ ich mich neben ihn gleiten und faltete den Zettel auseinander.

Milch, Brot, Joghurt, Äpfel, Spülmittel ...

Ich drehte den Zettel um und hielt ihn vor sein Gesicht. Überrascht sah er mich an.

Ich lächelte verlegen. »Tut mir leid. Ich hab's nicht vergessen. Nur ... eine Weile nicht dran gedacht.«

Ich lehnte die Stirn an seine Wange und schloss die Augen. Einen Moment bewegte er sich nicht. Dann zog er mich sacht an sich und küsste mich.

2

Die Vorbereitungen für meine erste Fahrt nach Litauen liefen auf Hochtouren. Franz überschüttete mich jeden Tag mit neuem Material. Die Ergebnisse der Windmessungen, die er seit zwei Jahren hatte durchführen lassen und die ihn bereits fünfzigtausend Euro gekostet hatten. Der Detailplan für die Windkraftanlage, auf dem die Lage der Grundstücke, die Sicherheitsabstände, Zuwege, Trafos und Fundamente eingezeichnet waren. Die Berechnungen über die zu erwartenden Geräuschemissionen, das Gutachten über den Schattenwurf der Windräder auf Gebäude in der Umgebung.

Vieles fehlte mir noch, wie zum Beispiel die Auflagen der Naturschutzbehörde bei »mastartigen Eingriffen« in die Landschaft. Wahrscheinlich müsste ich eine Umweltverträglichkeitsprüfung durchführen lassen, um sicherzustellen, dass durch den Bau der Windräder keine geschützten Tierarten bedroht würden. Bis zur Genehmigung war es noch ein weiter Weg, und zwischendurch verließ mich immer wieder der Mut. Diese wahnwitzige Bürokratie – das war ja schlimmer als bei uns! Wie sollte ich das jemals bewältigen? Noch dazu in einem fremden Land, dessen Sprache ich nicht konnte?

»Mach dir keine Sorgen«, sagte Franz und reichte mir eine weitere Mappe. Ich nahm sie und schlug sie auf.

»Jonas Macaitis«, las ich, »achtundzwanzig Jahre alt, geboren in Kaunas, Aufenthalte in England und Deutschland, studiert Architektur und Stadtplanung, arbeitet als Freelancer für ausländische Firmen in Litauen.«

»Dein persönlicher Babysitter«, grinste Franz, »außerdem Fahrer, Übersetzer und Mädchen für alles. Er kennt sich mit dem ganzen Behördenkram aus, hat gute Kontakte und kennt die Tücken des Geschäfts. Er ist dein Generalschlüssel, also behandle ihn gut, nein, trag ihn auf Händen, verstanden?«

Ich nickte. Hoffentlich war der Typ in Ordnung. Wie es aussah, würde ich in den nächsten Monaten mehr Zeit mit ihm verbringen, als ich jemals mit meinem Ehemann verbracht hatte. Wenn er sich als Kotzbrocken rausstellte, hätte ich ein Problem.

Drei Tage vor meiner geplanten Abreise sollte Olga eintreffen.

Ich hatte das Gästebett bezogen, einen Blumenstrauß auf den Beistelltisch gestellt und eine Schachtel Pralinen danebengelegt. Nicht die ganz teuren, die wüsste Olga vermutlich gar nicht zu schätzen, aber auch nicht die billigen vom Discounter. An die Vase lehnte ich einen Umschlag mit ihrem Taschengeld für die erste Woche. Die Kinder hatte ich dazu gebracht, ein Bild zu malen, das uns vier darstellte und den Schriftzug »Herzlich willkommen, Olga!« trug.

Mit prüfendem Blick war ich durchs ganze Haus gegangen, hatte da und dort etwas weggeräumt oder saubergemacht. Misstrauisch hatte Pablo mich beobachtet. »Muss man vorher putzen, wenn ein Opär kommt?«

»Wir wollen doch, dass Olga sich wohlfühlt«, sagte ich. In Wirklichkeit dachte ich, dass sie gleich sehen sollte, welcher Grad an Ordnung und Sauberkeit hier erwartet wurde.

Ich versuchte, mir vorzustellen, wie unser Zuhause auf Olga wirken würde. Ein Reiheneckhaus am Rande von München, fünf Zimmer, ein gemütlicher Wohn-Ess-Bereich mit offener Küche, ein Garten, der hauptsächlich aus einer Wiese und ein paar Büschen bestand, damit die Kinder Platz zum Spielen hatten. Nichts Besonderes für hiesige Verhältnisse, schon gar nicht für das reiche München. Aber auf ein Mädchen aus einer ärmlichen Gegend in der Ukraine müsste eine solche Umgebung geradezu luxuriös wirken. Ich hoffte, sie würde sich davon nicht einschüchtern lassen. Oder sich absurde Vorstellungen über unsere Einkommensverhältnisse machen.

Der Bus sollte um 14 Uhr ankommen. Ich vergewisserte mich noch einmal, dass ich mir den Namen des Busunternehmens und die Parkplatznummer richtig notiert hatte. Für den Notfall hatte ich die Handynummer eines Agenturmitarbeiters. Olga besaß kein Handy.

Ich hatte den Kindern frische Sachen hingelegt und Michael gebeten, nicht seine Lederjacke zu tragen, sondern ein Sakko. Er hatte mich nur amüsiert angesehen, aber nichts gesagt. Ich selbst hatte zehn Minuten vor dem Schrank gestanden und überlegt, was ich anziehen sollte. Ich wollte nicht zu schick wirken, aber trotzdem gepflegt. Das Mädchen sollte von Anfang an den richtigen Eindruck von uns bekommen.

Auf dem Busparkplatz wimmelte es von Fahrzeugen und Menschen. Leute wurden begrüßt oder verabschiedet, es wurde gelacht, geweint, gewunken. Der Bus aus Kiew war noch nicht angekommen. Ich bemerkte einige Familien, die ähnlich gespannt warteten wie wir. Die Reisenden aus Prag, Sofia, Warschau und Zagreb trafen ein. Neugierig beobachtete ich, wenn junge Mädchen ausstiegen und sich schüchtern nach ihren Gastfamilien umsahen. Die meisten sahen nett aus, bei einigen war ich allerdings dankbar, dass ich sie nicht mit nach Hause nehmen musste.

»Da kommt er«, rief Svenja. »Nummer 23.«

Ich schickte ein Stoßgebet zum Himmel.

Der Bus beschrieb eine Kurve, bog in die für ihn vorgesehene Parkbucht und kam zum Stehen. Mit einem Zischen öffnete sich die vordere Tür, und Fahrgäste stiegen aus. Nun wurde auch die hintere Tür geöffnet, und es kamen so viele Personen gleichzeitig auf uns zu, dass ich den Überblick verlor. Verwirrt blickte ich mich nach allen Seiten um. »Seht ihr sie?«

»Nein«, sagte Svenja, »die sehen alle irgendwie gleich aus.«

Michael deutete auf ein hochgewachsenes Mädchen mit blondem, langem Haar. »Ist sie das?«

Ich sah in die Richtung. »Ich glaube nicht, Olga ist nicht so groß.«

Pablo griff nach meiner Hand. »Dann gehen wir jetzt wieder.«

»Nicht so schnell, mein Lieber«, sagte ich. »Sie wird schon noch kommen.«

In diesem Moment ertönte eine Stimme hinter uns, leise und ein bisschen kehlig. »Chier bin ich.«

Wir fuhren herum. Vor uns stand Olga. Sie sah genau so aus wie auf den Fotos. Erleichtert sagte ich: »Hallo, Olga, herzlich willkommen!«

Ich reichte ihr die Hand. Sie blickte mir in die Augen. Da ich wusste, dass wir einen Fehler gemacht hatten.

Ich schloss die Haustür auf, Michael trug Olgas Koffer ins Haus.

»So, hier wären wir!«, sagte ich und machte eine unbeholfene Armbewegung. »Willkommen bei Familie Moser.«

Olga folgte mir. Ich hatte erwartet, dass sie irgendetwas über das Haus sagen würde, dass es schön sei, dass es ihr gefalle, aber sie sagte nichts. Stumm sah sie sich um.

Auch auf der Fahrt hatte sie nur gesprochen, wenn einer von uns sie gefragt hatte. Ihre Antworten waren so einsilbig, dass die Kinder es bald aufgegeben hatten.

Ich redete mir ein, dass es an ihrer Schüchternheit läge, die sich bestimmt bald geben würde.

Als Erstes zeigte ich Olga ihr Zimmer. Sie sah sich um, dann fragte sie: »Wo kann ich Internet?«

»Das sehen wir dann«, sagte ich. An meinen Computer wollte ich sie nicht lassen, ich würde ihr sagen, dass sie ins Internetcafé gehen müsse.

Michael legte ihren Koffer aufs Bett.

»Ich auspacken«, sagte Olga.

Wir zogen uns in die Wohnküche zurück und sahen uns ratlos an.

»Die ist plöd!«, sagte Pablo mit Tränen in den Augen.

Ich strich ihm über den Kopf. »Lass ihr ein bisschen Zeit. Sie muss sich erst eingewöhnen. Stell dir vor, wie du dich fühlen würdest, wenn du ganz allein in einem fremden Land wärst, bei einer fremden Familie.«

»Da würde ich gar nicht erst hingehen«, murmelte er finster.

Svenja hatte sich das Telefon geschnappt und wählte die Nummer einer Freundin. Michael nahm ihr den Apparat weg. »Es wird nicht schon wieder telefoniert. Wir trinken jetzt Kaffee mit Olga und lernen sie ein bisschen kennen.«

»Die will ich gar nicht kennenlernen. Wie die schon aussieht!«

»Was stört dich denn?«, fragte Michael.

»Na, schau dir mal die Klamotten an. Total hässliche Jeans und dann dieses peinliche T-Shirt mit dem Hund drauf. Die soll mich bloß nicht irgendwo hinbringen oder abholen!«

Ich wurde sauer. »Jetzt reißt euch mal zusammen, ihr verwöhnten Wohlstandsbälger!«, zischte ich. »Das Mädchen kommt aus einem armen Land, und ihre Eltern sind einfache Leute. Das ist kein Grund, sie zu verachten.«

Noch während ich das sagte, ertappte ich mich bei dem Gedanken, dass ich es selbst scheußlich fand, wie Olga angezogen war und wie schäbig alles an ihr wirkte. Auch ich hätte es angenehmer gefunden, ein hübsches, gepflegtes Mädchen in witzigen Klamotten im Haus zu haben, und überlegte, ob ich ihr einfach ein paar Sachen von H&M schenken sollte. Die waren billig und sahen trotzdem gut aus. Aber gleich hörte ich Tines warnende Stimme in meinem Kopf.

»Fang bloß nicht damit an, ihr was zu schenken! Wenn du ihr gebrauchte Sachen gibst, fühlt sie sich gedemütigt.

Und wenn du ihr was Neues kaufst, glaubt sie, du bist ein Geldscheißer.«

Noch während ich darüber nachdachte, wie ich das Problem lösen könnte, wurde die Tür geöffnet und Olga kam herein. »Chab ich Geschenke«, sagte sie mit ihrer rauen Stimme und streckte uns mehrere Päckchen entgegen.

»Wie nett von dir, Olga! Das wäre wirklich nicht nötig gewesen.« Meine Stimme überschlug sich fast vor falscher Freundlichkeit.

Wir packten aus. Den Kindern hatte sie zwei bemalte Holzfigürchen mitgebracht, wir bekamen eine Flasche Kräuterlikör. Unser Dank fiel so überschwänglich aus, als hätte sie uns wertvollste Antiquitäten und einen Château Lafitte von 1959 überreicht. Der letzte Idiot hätte gemerkt, was für Heuchler wir waren.

Ich bat Svenja, den Tisch zu decken, und kochte Kaffee. Am Morgen hatte ich einen Kuchen gebacken, das machte ich sonst nur an Geburtstagen.

Als alles fertig war, fehlte Pablo. Ich rief nach ihm, keine Antwort. Ich fand ihn in seinem Zimmer, wo er schlafend auf dem Bett lag, den Daumen im halb geöffneten Mund, mit verweintem Gesicht. Mein Magen krampfte sich zusammen, ich ließ mich neben ihn aufs Bett sinken. Fast hätte ich selbst angefangen zu weinen.

War es das wert? Dass mein Kind litt, weil ich glaubte, unbedingt eine berufliche Herausforderung zu brauchen? War Pablo nicht viel zu klein für so eine Umstellung? Eigentlich wollte keiner von uns ein Au-pair-Mädchen, trotzdem hatten wir jetzt eines. Und das nur, weil ich so egoistisch war. Am liebsten wäre ich nach unten gegangen, hätte Olga gepackt und zurück zum Bus gebracht. Ich seufzte unhörbar.

Behalt die Nerven, befahl ich mir. Wie willst du einen Windpark bauen, wenn du beim kleinsten Problem einknickst? Ich holte tief Luft, strich Pablo die Haare aus dem Gesicht, drückte ihm einen Kuss auf die Stirn und ging leise aus dem Zimmer.

Die Kaffeerunde verlief angespannt. Michael und ich versuchten, ein Gespräch mit Olga zu führen, wir fragten sie nach ihrer Familie, ihrem Wohnort, ihren beruflichen Plänen. Immer kamen diese knappen Antworten, meistens sagte sie nur »Ja« oder »Nein«. Ich war nicht sicher, ob sie uns überhaupt verstand.

Als wir fertig waren, stand sie auf, stellte ihren Teller und ihre Tasse in die Spüle und ging in ihr Zimmer. Ich überlegte, ob ich hinterhergehen und ihr zeigen sollte, wie sie das Geschirr in die Spülmaschine einordnen sollte, aber ich ließ es bleiben. Sie hatte über zwanzig Stunden Busfahrt hinter sich und war bestimmt müde. Morgen würde ich sie einarbeiten.

Bei dem Gedanken, dass ich in drei Tagen wegfahren sollte, wurde mir ganz schlecht. Niemals würde ich ihr bis dahin beibringen können, wie unser Haushalt funktionierte, worauf sie achten müsste, wo sie einkaufen und was sie kochen sollte. Es würde eine Katastrophe geben.

Als die Kinder im Bett waren, saßen Michael und ich in der Küche. Er las, ich starrte niedergeschlagen in mein Rotweinglas. Das Abendessen war nicht besser verlaufen als das Kaffeetrinken. Olga hatte von sich aus nichts gesagt, und auch sonst hatte keiner von uns die Energie aufgebracht, sich die immer gleichen Ein-Wort-Antworten abzuholen. Also hatten wir uns irgendwann so verhalten, als wäre Olga gar nicht da.

Mit Entsetzen hatte ich festgestellt, dass Olga keine Tischmanieren hatte. Sie legte den linken Arm quer vor den Teller und schaufelte, mit der Gabel in der Rechten, das Essen in sich hinein. Fieberhaft überlegte ich, wie ich darauf reagieren könnte, ohne sie vor den Kindern zu kompromittieren. Svenja und Pablo bemerkten es natürlich sofort, machten sich gegenseitig Zeichen und deuteten auf Olga. Als Pablo anfing, genauso zu essen, wies ich ihn scharf zurecht. Ich spielte ihm auf völlig übertriebene Weise vor, wie er aß, und zeigte ihm anschließend, wie es richtig ist. Als ob er es nicht ganz genau wüsste. Ich hoffte, Olga würde den Wink verstehen. Aber die hörte nicht zu, verstand nichts oder wollte nichts verstehen, jedenfalls aß sie ungerührt weiter. Als Pablo einfach nicht aufhören wollte, zischte ich ihn wütend an.

»Aber Olga isst doch genauso!«, protestierte er lautstark.

»Das heißt nicht, dass du es darfst.«

»Wieso darf sie, und ich nicht? Sie ist erwachsen, und ich bin ein Kind!«

Dieser Logik konnte ich schwer widersprechen. Bei der Erwähnung ihres Namens blickte Olga kurz vom Teller auf, dann nahm sie sich eine zweite Portion. Jetzt konnte ich nicht mehr an mich halten.

»Entschuldige, Olga«, sagte ich so freundlich wie möglich. »Wir warten, bis alle ihren Teller leergegessen haben, dann nehmen wir uns ein zweites Mal.«

Sie sah verwirrt aus, und mir war nicht klar, ob sie mich verstanden hatte. Mit übertriebenen Gesten und betont langsam sprechend versuchte ich zu erklären, was ich meinte. Das Resultat war, dass sie eingeschüchtert ihre Gabel weglegte und aufhörte zu essen, obwohl ihr Teller noch halbvoll war.

Als ich zum Gute-Nacht-Sagen in sein Zimmer kam, ließ Pablo gerade die Holzfigur, die Olga ihm mitgebracht hatte, vom Regal stürzen. Ein Ärmchen brach ab.

»Was für ein Schrott«, sagte er verächtlich und warf die Figur in seine Spielzeugkiste.

Am liebsten hätte ich ihm eine geknallt. Stattdessen hockte ich mich vor ihn hin und sagte: »Das war echt gemein von dir, Pablo. Olga wird die kaputte Figur sehen und traurig sein.«

»Mir doch egal«, sagte er. »Die soll wieder abhauen. Und du bist die plödeste Mutter von der Welt, weil du gewollt hast, dass sie zu uns kommt.«

»Jetzt reicht's«, sagte ich ungewohnt heftig, »Du wirst Olga ab sofort anständig behandeln, sonst kannst du was erleben. Hast du mich verstanden?«

Erschrocken sah er mich an. Dann warf er sich aufs Bett, zog sich das Kissen über den Kopf und reagierte nicht mehr, als ich ihm eine gute Nacht wünschte.

Ich nahm einen tiefen Schluck Rotwein und seufzte. Michael, der im *Spiegel* geblättert hatte, sah auf. »Was ist los?«

»Ich frage mich, ob das Ganze nicht eine Riesendummheit war.«

»Das wird schon«, sagte er und drückte aufmunternd meine Hand. »Die ist halt verschüchtert, das ist doch normal. Außerdem kann sie kaum Deutsch. Ich wette, sie versteht höchstens die Hälfte von dem, was wir sagen.«

»Wenn überhaupt«, sagte ich düster. »Die sagt immer nur Ja, egal was man fragt. Wahrscheinlich versteht sie gar nichts.« Ich vergrub mein Gesicht in den Händen. »Wie soll ich ihr bloß erklären, was sie zu tun hat?«

Michael sah plötzlich aus, als hätte er einen Einfall. »Es wäre interessant, zu beobachten, was passiert, wenn wir ihr einfach überhaupt keine Anweisungen geben. Wenn wir darauf vertrauen, dass sich das Ganze irgendwie regeln wird. Die Kinder sagen es ihr schon, wenn sie was brauchen oder wenn sie was falsch macht. Lass es doch einfach mal laufen, dann wirst du schon sehen, was passiert.«

Ich stieß verächtlich die Luft aus. »Ich kann dir sagen, was passiert. Die Bude versinkt im Chaos, die Kinder fressen nur Mist und schauen stundenlang fern, sie gehen viel zu spät ins Bett und kommen zu spät zur Schule.«

»Na, und?«, sagte Michael und lachte. »Zur Resignation gehört Charakter. Dafür werden sie Olga lieben!«

»Was soll denn das heißen?«, fragte ich spitz. »Dass sie mich nicht lieben, weil bei mir kein Chaos herrscht?«

»Kinder sind Anarchisten. Sie finden es toll, wenn die normale Ordnung der Dinge aufgehoben ist.«

»Für eine Weile vielleicht«, sagte ich. »Aber dann wollen sie, dass wieder alles seinen gewohnten Gang geht. Weißt du, manchmal habe ich den Verdacht, dass deine Theorien hauptsächlich dazu dienen, dir Anstrengung zu ersparen. Dinge laufen zu lassen ist immer einfacher, als sich zu kümmern.«

»Ach, Katja. Ich will doch nur, dass du dich nicht verrückt machst. Wir kriegen das hier schon irgendwie hin.«

»Wir? Und die viele Zeit, in der du nicht da bist? Die kann sich doch niemals gegen die Kinder durchsetzen, die werden ihr auf der Nase rumtanzen. Wahrscheinlich wird sie jeden Abend in ihrem Zimmer sitzen und weinen, und in einer Woche fährt sie wieder nach Hause.«

In diesem Moment öffnete sich die Tür und Olga trat ein.

»Entschuldigung. Ist Fernsäh kaputt. Kein Farbe.«

»Der ist nicht kaputt«, sagte ich verlegen, »das ist ein Schwarz-Weiß-Gerät.«

Bewegungslos sah sie mich an, mit diesem Blick aus undurchdringlichen grauen Augen, der mir schon bei ihrer Ankunft einen Schauer über den Rücken gejagt hatte.

»Möchte ich Farbe«, sagte sie. Dann drehte sie sich um und ging wieder hinaus.

Michael sah mich ungläubig an. »Du hast ihr das alte Ding von deiner Oma reingestellt?«

»Na ja, ich dachte, sie ist dankbar, dass sie überhaupt einen im Zimmer hat.«

»Ich nehme an, sogar in der Ukraine hat man inzwischen Farbfernsehen«, sagte er, »du kannst das Mädchen doch nicht behandeln, als wäre es gerade vom Baum gestiegen.«

»So war das doch nicht gemeint«, verteidigte ich mich. »Ich dachte, dass die Kinder dann nicht so viel bei ihr schauen, weil sie schwarz-weiß blöd finden.«

»Vor allem findet Olga schwarz-weiß blöd. Und ich finde, sie hat Recht.«

»Weißt du, was dieses Mädchen uns kostet?«, brauste ich auf. »Die Fahrt, das Taschengeld, der Sprachkurs, Unterkunft und Essen, eine Monatskarte ... und jetzt soll ich ihr auch noch einen Fernseher kaufen?«

»Mach, was du willst.«

»Also gut«, sagte ich widerwillig und stand auf. Ich ging über den Flur, klopfte an Olgas Zimmertür und trat ein. Ich bemühte mich, freundlich zu lächeln. »Wir besorgen dir einen Farbfernseher, okay?«

Sie sagte nichts, nickte nur leicht.

»Ist sonst alles in Ordnung? Brauchst du noch etwas?«

»Nein«, sagte sie und senkte den Blick wieder auf ihr Notizbuch.

Mir fiel auf, dass sie noch kein einziges Mal danke oder bitte gesagt hatte.

Am nächsten Morgen war sie schon in der Küche, als ich kam. Sie hatte Kaffee gemacht, der allerdings viel zu dünn war. Trotzdem lobte ich sie.

»Was essen Kinder?«

Ich zeigte ihr die Frühstücksflocken, erklärte ihr, welche Mischung mit welchem Joghurt und welcher Obstsorte Pablo bevorzugt, welche Svenja.

»Brot für Schule?«

Ich zeigte ihr, wie dick die Brotscheiben sein durften und wie sie belegt sein mussten. Svenja mochte Käse, Pablo nicht, dafür aß er gern Gelbwurst, die Svenja verabscheute. Svenja musste um halb acht das Haus verlassen, Pablo um zehn vor acht, außer an Donnerstagen, da hatte er die erste Stunde frei. Wie soll sie sich das bloß alles merken, dachte ich.

Als Michael aufgestanden war, frühstückten wir zu dritt. Wieder schwieg Olga, wieder unterhielten wir uns, als wäre sie nicht anwesend, wieder räumte sie ihren Teller und ihre Tasse in die Spüle. Diesmal sprang ich auf und erklärte ihr die Spülmaschine. Sie sagte nichts, fragte nichts. Am liebsten hätte ich sie geschüttelt.

Als ich Michael zur Tür begleitete, sagte er spöttisch: »Na, dann viel Spaß«, und beugte sich vor, um mir einen Abschiedskuss zu geben.

Ich hielt ihn fest. »Kommst du wieder?«

»Was meinst du?«

»Ich meine, ob du heute Abend wiederkommst oder ob du jetzt gehst und irgendwo ein neues Leben anfängst.«

Er lachte. »Ach, weißt du, es hat einen gewissen Reiz, einer Perfektionistin wie dir beim Scheitern zuzusehen. Das will ich mir nicht entgehen lassen.«

»Scheißkerl«, sagte ich und schob ihn aus der Tür.

Als ich in die Küche zurückkam, wartete Olga mit einigen Computerausdrucken auf mich.

»Sprachkurs«, sagte sie und schob mir die Bögen hin. Ich überflog sie, es waren die Deutschkurse, die in der nahe gelegenen Volkshochschule angeboten wurden. Die musste sie sich schon zu Hause aus dem Internet runtergeladen haben. Blöd war sie jedenfalls nicht.

»Das machen wir später«, sagte ich, »jetzt müssen wir zum Einkaufen.«

»Nein, jetzt«, sagte sie.

»Also gut«, lenkte ich ein und unterdrückte meinen Ärger über ihren fordernden Tonfall.

Sie deutete auf einen Kurs, den sie angestrichen hatte. *Deutsch für Ausländer, Fortgeschrittene, Teil 1.*

»Der ist nachmittags«, wandte ich ein, »da musst du zu Hause sein. Du kannst vormittags einen Sprachkurs machen, wenn die Kinder in der Schule sind.« Ich beugte mich wieder über die Bögen. »Hier. Deutsch für Ausländer, Anfänger, Teil 2.«

Sie schüttelte den Kopf. »Nix Anfänger.«

»Ich glaube, du überschätzt dich. Du verstehst vieles nicht. Ein Anfängerkurs ist genau das Richtige.«

Ihre Miene verdüsterte sich. Sie deutete auf einen dritten Kurs, ebenfalls für Fortgeschrittene, der an drei Abenden in der Woche stattfand.

»Das geht auch nicht«, sagte ich. »Mein Mann ist abends oft beruflich unterwegs, dann musst du hier sein.«

Sie riss die Ausdrucke an sich und ging wütend aus der Küche. Ich ließ mich entnervt auf einen Stuhl fallen. So ging das nicht. Das Mädchen hatte völlig falsche Erwartungen.

Ich nahm das Telefon und wählte die Nummer der Agentur. Die Mitarbeiterin hörte sich meine Klage an, dann sagte sie kühl: »Ich glaube, dass nicht Olga falsche Erwartungen hat, sondern Sie. Ein Au-pair ist keine Haushaltshilfe. Sie muss höchstens dreißig Stunden in der Woche arbeiten, hat ein Recht auf vier freie Abende und einen freien Tag. Und sie hat das Recht auf einen Sprachkurs, der ihren Kenntnissen angemessen ist.«

»Das weiß ich alles«, sagte ich ungeduldig, »aber wir bezahlen ihr deutlich mehr als das übliche Taschengeld. Dafür muss sie auch mehr arbeiten.«

»Das habe ich jetzt nicht gehört«, sagte die Frau, und mir war klar, dass ich das nicht hätte sagen dürfen. Solche Abmachungen waren illegal.

»Natürlich soll sie einen Sprachkurs machen«, fuhr ich fort, »ich will ja nur, dass sie ihn zu einer Zeit macht, die für uns passt. Und ihre Sprachkenntnisse sind höchstens die einer Anfängerin, da haben Sie uns auch nicht die Wahrheit gesagt.«

»Lassen Sie mich mit ihr sprechen«, bat die Frau.

Ich ging zu Olga, die auf ihrem Bett saß und vor sich hin starrte.

»Die Frau von der Agentur«, sagte ich und reichte ihr den Hörer. Olga nahm ihn, lauschte einen Moment, dann sprudelte sie auf Ukrainisch los. Ich war verblüfft, wie viele Worte plötzlich aus diesem verstockten Mädchen heraus-

flossen. Offenbar schaffte die Frau es, sie zu besänftigen. Olga hörte zu, ihr Tonfall wurde verbindlicher. Sie beendete das Gespräch und gab mir das Telefon zurück.
»Und?«
»Anfängerkurs. Später andere Kurs.«
Ich atmete auf. Später war mir erst mal egal.

Wir fuhren zum Supermarkt und ich zeigte Olga, welche Produkte sie kaufen sollte. Den Naturjoghurt nur von dieser Firma, den Fruchtjoghurt von einer anderen, Butter auf keinen Fall streichzart, wegen der Zusatzstoffe, keine H-Milch, keinen abgepackten Aufschnitt, wegen der Konservierungsstoffe, nur diese zwei Salatsorten, keine kanarischen Tomaten, die sind gespritzt, Obst nur vom Bio-Stand, hörst du? Waschpulver von dieser Marke, bloß keinen Weichspüler, darauf reagiert Pablo allergisch. Dieses Spülmittel, jene Spülmaschinentabs, nein, dieses Regeneriersalz macht Flecken, bitte nur Recycling-Toilettenpapier, Küchenkrepp auf jeden Fall ohne Blumenmuster. Michael nimmt dieses Shampoo, die Kinder das da, die Zahnpasta ist für alle die gleiche, aber achte darauf, dass »mit Fluor« draufsteht ...
Ich kam mir idiotisch vor. Eine durchgeknallte Mittelschichtstussi mit Kontrollzwang, wie Michael mich während eines heftigen Streits mal genannt hatte. War es wirklich so wichtig, welcher Käse und welches Klopapier gekauft wurden? Ja, ich musste mir eingestehen, dass ich es wichtig fand, obwohl ich mir selbst peinlich war. Ich wollte das Beste für meine Familie, gesunde Lebensmittel mit wenigen Schadstoffen, Produkte, deren Herstellung einigermaßen umweltverträglich war. War das wirklich so schlimm?

Olgas Blick sprach Bände. Ich wollte lieber nicht wissen, was sie über mich dachte. Immer wieder blieb sie stehen und betrachtete die Waren in den Regalen. Sie griff nach einer Packung Karamellbonbons und wollte sie in den Wagen legen.

»Nein, so was nicht. Die Kinder sollen nicht so viel Süßes essen«, sagte ich und wollte die Tüte zurücklegen.

»Für mich«, sagte sie.

»Ach so.« Ich nickte, sie hatte ja Taschengeld. Nun griff sie nach Schokolade, Gummibärchen, Kartoffelchips, einem Deoroller und einer Flasche Bodylotion. An der Kasse half sie mir, die Waren aufs Band zu legen. Ich schob ihre Sachen zusammen. Die Kassiererin tippte. Olga rührte sich nicht.

»Was ist damit?« Die Kassiererin deutete auf Olgas Einkäufe.

»Das zahlt die junge Dame«, sagte ich und blickte sie auffordernd an. Noch immer rührte sie sich nicht.

»Olga, du musst deine Sachen bezahlen!«

Sie sah mich an. »Ich nicht bezahlen. Ich auch Familie.«

Ich holte Luft und sagte ruhig: »Olga, ich glaube, hier liegt ein Missverständnis vor. Du musst bei uns fürs Essen nichts bezahlen, aber wenn du dir Süßigkeiten oder Kosmetikartikel kaufen möchtest, dann bezahlst du sie bitte vom Taschengeld. Dafür bekommst du es.«

»Ich nicht bezahlen! Ich auch Familie!«, wiederholte sie ziemlich laut.

Ich bemerkte, dass die nachfolgenden Kunden unruhig wurden und tuschelten. Was würden sie bloß denken?

»Was ist jetzt?«, fragte die Kassiererin ungeduldig. »Können Sie das vielleicht später klären?«

Ich presste die Lippen zusammen. Um einen Eklat zu vermeiden, zahlte ich Olgas Einkäufe und ließ mir einen Beleg geben.

Schweigend räumten wir die Einkäufe in den Kofferraum. Als der Einkaufswagen leer war, schob Olga ihn ohne Aufforderung zurück. Als sie wiederkam, war ich schon eingestiegen. Statt auf die Beifahrerseite zu gehen, öffnete sie die Fahrertür und sagte: »Ich fahren. Muss üben.«

Sie hatte Recht. Einer der wichtigsten Gründe dafür, dass wir sie ausgewählt hatten, war die Tatsache, dass sie einen Führerschein und Fahrpraxis besaß. Und natürlich musste sie mit unserem Wagen üben und die hiesigen Verkehrsverhältnisse kennenlernen. Zähneknirschend stieg ich aus und wechselte auf die Beifahrerseite. Olga stellte den Sitz auf ihre Größe ein, besah sich die Anzeigen auf dem Armaturenbrett und startete den Motor. Ohne Probleme fuhr sie aus der Parklücke, wendete und bog auf die Straße ein. Offenbar konnte sie tatsächlich Auto fahren. Ich war so erleichtert, dass ich meine Wut fast vergaß.

»Wo hast du gelernt, mit einem so großen Wagen zu fahren?«, fragte ich.

Sie sah kurz zu mir rüber. »Traktor«, sagte sie kurz.

Zu Hause zeigte ich ihr, wohin sie die Einkäufe räumen sollte, und machte frischen Kaffee. Ich präsentierte ihr den Beleg für ihre Einkäufe in Höhe von neun Euro und achtzig Cent.

»Um es nochmal zu erklären«, sagte ich geduldig, »Dinge für deinen persönlichen Bedarf zahlst du bitte vom Taschengeld. Hast du das verstanden?«

Ich erinnerte mich an Tines Rat, von Anfang an klare Regeln aufzustellen. »Alles, was du ihr einmal hast durchgehen lassen, wirst du nicht mehr ändern«, hatte sie mir prophezeit. Es kam also darauf an, jetzt konsequent zu bleiben.

Ich sah Olga streng an. »Ich möchte, dass du mir das Geld zurückgibst.«

»Du reich, ich arm«, zischte Olga wütend, »das nicht gerecht.« Sie stürmte aus der Küche.

Mir wurde kalt vor Wut, gleichzeitig fühlte ich mich völlig kraftlos. Ich nahm meine Tasse und ging ins Schlafzimmer, um mir telefonisch Rat bei Tine zu holen.

Wir hatten uns gewissermaßen im Kreißsaal kennengelernt; Svenja und Tines Tochter Laura wurden im Abstand von wenigen Stunden geboren, und in den Tagen nach der Geburt hatten wir ein Zimmer geteilt. Praktischerweise war später ihr Sohn Tim zwei Monate nach Pablo zur Welt gekommen, und so hatten wir viele Nachmittage und Wochenenden zusammen verbracht. Sogar im Urlaub waren wir mehrfach gemeinsam gewesen, aber nachdem Tine sich von ihrem Mann getrennt hatte, wollte sie nicht mehr mit uns fahren. Ich weiß zwar nicht, wie intensiv unsere Freundschaft ohne die Kinder wäre, aber derzeit war Tine meine engste Vertraute.

Sie war Unternehmensberaterin, coachte Führungskräfte und machte Kommunikationstraining. Da sie allein arbeitete und keine Sekretärin hatte, mochte sie es nicht, wenn man sie im Büro störte. Aber das hier war ein Notfall. Sie hörte sich alles an, dann sagte sie: »Kenne ich. Sie versucht, rauszufinden, wie weit sie gehen kann. Erstaunlich ist nur, wie schnell sie mit dir in den Clinch geht. Normalerweise sind sie am Anfang brav und angepasst, und irgendwann werden sie frech.«

Ich versuchte ein Lachen. »Na ja, sie weiß eben, dass sie nicht viel Zeit hat. Übermorgen fahre ich ja schon weg.«

»Soll ich heute Abend mal vorbeikommen?«

In meiner Verzweiflung klang dieser Vorschlag höchst verlockend. »Oh ja, bitte! Du kennst dich aus, du kannst sie bestimmt besser einschätzen. Vielleicht mache ich auch irgendwas falsch, kann ja sein.«

»Um acht bin ich da. Ich bringe Tatjana mit.«

Gute Idee, dachte ich. Tatjana war Tines neues Au-pair. Sie kam aus Kasachstan. Vielleicht würden die beiden Mädchen sich anfreunden.

Als ich in die Küche kam, um Mittagessen zu kochen, war der Tisch bereits gedeckt. Neben meinem Teller lag ein Zehn-Euro-Schein. Ich nahm ihn an mich und legte zwanzig Cent hin.

Olga saß auf unserem Küchensofa und schlug Wörter in einem Lexikon Deutsch-Ukrainisch nach. Als wäre nicht das Geringste vorgefallen, sah sie auf und fragte: »Was kochen?«

»Nudeln mit Gemüse.«

»Und Fleisch?«

»Wir essen nicht so viel Fleisch, vielleicht ein- oder zweimal die Woche.«

»Wir viel Fleisch.«

Gleichmütig zuckte ich die Schultern. »Dann wirst du dich umgewöhnen müssen.«

Ich begann zu kochen, und wieder hatte ich keine Ahnung, ob sie auch nur ein Bruchteil von dem kapierte, was ich ihr erklärte. Wie viel Salz ins Nudelwasser gehörte, wie das Gemüse geschnitten wurde, welches das richtige Öl zum

Schmoren war, welche Gewürze sie verwenden sollte, wie die Parmesanreibe funktionierte.

Sie folgte schweigend meinen Anweisungen, und die ganze Zeit glaubte ich, ihre Verachtung zu spüren. Der restliche Tag verlief nach einem ähnlichen Muster. Ich erklärte Olga etwas, sie schien zuzuhören, da sie aber kaum reagierte und keine Fragen stellte, konnte ich nicht einschätzen, wie viel sie mitbekam. Ich fühlte mich, als würde ich gegen eine Wand sprechen.

Dann hatte ich eine Idee. Ich notierte alle Anweisungen auf Zettel. »Olivenöl nicht zu heiß werden lassen!« – »Zwiebacktüte immer verschließen!« – »Nicht mit Buttermesser in Marmelade!« – »Trauben nicht einzeln abzupfen!« Ich erklärte ihr ausgiebig, dass ich es nicht leiden kann, wenn jeder sich einzelne Beeren abreißt, weil die leere Traube aussieht wie ein Skelett. Sie sah mich an, als wäre ich geistesgestört. Die Zettel würdigte sie keines Blickes; ich hatte nicht die geringste Hoffnung, dass sie die Hinweise beachten würde.

3

Das Mittagessen war noch quälender verlaufen als alle bisherigen Mahlzeiten, weil nicht mal Michael mir zur Seite stand. Die Kinder hatten jegliche Kommunikation mit mir, aber auch untereinander, eingestellt. Wenn ich ihnen Fragen stellte, gaben sie kurze, unfreundliche Antworten. Als sie mit dem Essen fertig waren, standen sie ohne zu fragen auf, räumten ihr Geschirr in die Spülmaschine und verließen fluchtartig die Küche. Während des Nachmittags sah ich sie nicht, sie hatten sich beide in ihren Zimmern verschanzt. Svenja telefonierte, und Pablo malträtierte seine elektrische Eisenbahn. Immer wieder hörte ich die Geräusche von Zusammenstößen und entgleisenden Waggons, dazu stieß er wütende Laute aus.

Das Abendessen ließ ich ausfallen. »Jeder macht sich selbst ein Brot!«, schlug ich den Kindern vor. Die reagierten nicht. Also schmierte ich Brote und brachte sie ihnen nach oben. Olga schob, ohne zu fragen, eine Tiefkühlpizza für sich in den Ofen und aß sie dann allein in ihrem Zimmer.

Noch nie hatte ich mich so auf Tine gefreut wie an diesem Abend. Als es endlich klingelte, riss ich die Tür auf, umarmte sie und stöhnte: »Rette mich!«

Tine lachte und stellte mir Tatjana vor. Die war bildschön, lächelte freundlich, gab mir die Hand und sagte:

»Guten Tag, mein Name ist Tatjana. Ich freue mich, Ihnen kennenzulernen.«

»Sie kennenzulernen«, verbesserte Tine.

»Kommt rein«, forderte ich die beiden auf.

So können Au-pair-Mädchen also auch sein, dachte ich. Am liebsten hätte ich sofort getauscht.

»Wo ist Olga?«, fragte Tatjana.

»Sie ist in ihrem Zimmer«, sagte ich, »soll ich dich hinbringen?«

»Ja, gerne«, sagte Tatjana, und mein Neid auf dieses offene, freundliche Mädchen wuchs mit jeder Sekunde. Warum konnte Olga nicht so sein? Warum hatten wir so ein Pech gehabt?

Ich führte sie zu Olgas Zimmer und klopfte. »Besuch für dich! Das ist Tatjana aus Kasachstan.« Ich erhaschte einen misstrauischen Blick von Olga, als Tatjana eintrat.

Schon Viertel nach acht. Keine Spur von Michael. Ich schenkte uns Wein ein und erzählte Tine von den Ereignissen des Nachmittags.

»Das ist doch alles nichts Besonderes«, sagte sie und steuerte weitere Horrorgeschichten bei, was meine Stimmung nicht gerade hob. Viel lieber hätte ich ein paar konkrete Ratschläge darüber von ihr gehört, wie ich mich verhalten sollte. Aber Tine schien das alles gar nicht tragisch zu nehmen.

»Was hast du erwartet?«, fragte sie. »Ich habe dich gewarnt.«

»Aber Tatjana ist viel sympathischer«, sagte ich.

»Kann sein. Dafür ist sie dermaßen unordentlich, das würdest du keine drei Tage aushalten. Jeden Morgen entferne ich erst mal ihre Haare aus dem Waschbecken, drehe alle möglichen Fläschchen zu und putze die Badewanne.«

»Warum sagst du ihr das nicht?«

»Machst du Witze? Ich habe es ihr schon hundertmal gesagt. Sie ist jedes Mal ganz zerknirscht, entschuldigt sich sehr liebreizend bei mir, und am nächsten Morgen ist alles wie immer.«

Ich stand auf. »Ich hole jetzt Olga.«

Die beiden Mädchen schienen in ein angeregtes Gespräch vertieft zu sein. Ich lud sie ein, sich zu uns in die Küche zu setzen. Dort bot ich beiden ein Glas Wein an. Tatjana lehnte ab, sie wollte lieber einen Saft. Olga ließ sich Wein einschenken. Ich fing einen warnenden Blick von Tine auf, der mich an den Satz mit den Regeln denken ließ. Was du einmal durchgehen lässt ... Zu spät.

»Und, könnt ihr euch gut verständigen?«, erkundigte sich Tine. Ich hatte gar nicht daran gedacht, dass die beiden Mädchen ja aus unterschiedlichen Ländern kamen, für mich war das alles Russland. Glücklicherweise sprachen beide aber genügend Russisch, um sich unterhalten zu können.

Tine begann, Olga Fragen zu stellen. Das Gespräch wurde dadurch erleichtert, dass Tatjana übersetzen konnte. Und so erfuhr ich zu meiner Überraschung, dass es Olga sehr gut bei uns gefiel, dass sie das Haus schön fand und die Kinder gern hatte. Auch wir, ihre Gasteltern, seien sehr sympathisch, und sie sei froh, dass wir sie ausgewählt hätten.

Mir klappte das Kinn runter. War nun ich verrückt oder sie?

Gegen zehn brachen Tine und Tatjana auf.

»Die ist doch gar nicht so übel«, flüsterte Tine mir beim Abschied zu, »wirst sehen, die überrascht dich noch!«

Ich fühlte mich regelrecht beschwingt, offenbar hatte ich Olgas Verhalten aufgrund der Sprachschwierigkeiten völlig falsch eingeschätzt. Ich fasste neuen Mut. Alles würde gut werden.

Schlagartig wurde mir klar, dass ich den ganzen Abend nichts von den Kindern gesehen hatte. Sie müssten längst im Bett sein. Ich ging nach oben. Leise öffnete ich die Tür zu Svenjas Zimmer. Sie schlief. Dann drückte ich die Klinke von Pablos Tür. Sie war verschlossen. Ich klopfte, rief seinen Namen, erst leise, dann lauter. Nichts. Wenn Pablo schlief, konnte eine Bombe neben ihm hochgehen. Die verschlossene Tür war eine stumme Botschaft an mich, die ich nur zu gut verstand. Bedrückt ging ich wieder in die Küche, schenkte mir ein weiteres Glas ein und wartete auf Michael.

Es war halb zwölf, als er endlich kam. Ich hatte beschlossen, mich nicht weiter über Olga zu beklagen. Auf seine Frage, wie es gelaufen sei, berichtete ich deshalb nur Positives.

»Aber um Pablo mache ich mir Sorgen«, sagte ich, »er hat sich in sein Zimmer eingeschlossen. Ich habe ihn seit dem Abendessen nicht mehr gesehen.«

Michael schüttelte den Kopf. »Der kleine Sturschädel!«

»Er ist nicht stur, er leidet. Ich weiß nicht, was wir machen sollen.«

Michael stand auf. »Ich schau mal nach. Vielleicht hat er ja inzwischen aufgeschlossen.«

Ich hörte ihn die Treppe hochgehen und an Pablos Türklinke rütteln. Plötzlich ergriff mich eine unerklärliche Unruhe und ich rannte ihm, zwei Stufen auf einmal nehmend, nach.

»Immer noch abgeschlossen«, sagte Michael.

»Und wenn er gar nicht drin ist?«

»Wo soll er denn sonst sein?«

»Keine Ahnung, ich weiß nicht ...« Ich brach ab und lief, einer Eingebung folgend, nach unten, zur Terrassentür raus und ums Haus herum. Michael folgte mir.

Wir sahen es gleichzeitig. Pablos Fenster stand weit offen, etwas hing heraus. Im fahlen Mondlicht erkannte ich ein Bettlaken, an das mehrere Stoffteile, vermutlich Kleidungsstücke, geknotet waren. Das Ende baumelte gut anderthalb Meter über dem Boden.

Ich brauchte einen Moment, bis ich sprechen konnte.

»Und was jetzt?«, fragte ich heiser.

»Ganz einfach, wir suchen ihn.« Michael ging zum Geräteschuppen und holte eine Leiter. Er lehnte sie an die hintere Hauswand, stieg rauf und kletterte durchs Fenster in Pablos Zimmer. Ich rannte wieder hinein und die Treppe nach oben. Michael öffnete von innen die Tür und schaltete das Licht ein.

Am Boden war noch die elektrische Eisenbahn aufgebaut, inklusive einiger dramatischer Unfallszenen. Waggons lagen übereinander, umgerissene Bäume und Häuser daneben. Die im Verhältnis viel zu großen Playmobilfiguren stellten die Unfallopfer dar. Sie waren mit Pflaster und Verbandsstoff verklebt, der mit roten Filzstiftflecken übersät war.

»Schau dir das an«, flüsterte ich.

Wir sahen uns im Zimmer um, auf der Suche nach irgendeinem Hinweis. Pablos Bettzeug fehlte.

»Wenn er damit losgezogen ist, kann er nicht weit sein«, sagte Michael betont zuversichtlich, aber ich spürte genau, dass auch er sich Sorgen machte. Da war es vorbei mit meiner Beherrschung, ich begann zu weinen. Er nahm mich in den Arm. »Beruhige dich doch, Katja. Wir finden ihn!«

Ich machte mich los. »Ich hole die Polizei.«

»Ist das nicht ein bisschen voreilig?«, rief er mir nach, aber ich war schon auf dem Weg zum Telefon.

Während wir auf Hilfe warteten, durchkämmte ich jeden Winkel des Hauses. Michael suchte im Garten. Es klingelte. Ich stürzte zur Tür. Zwei Beamte grüßten und traten ein.

»Ich habe schon das ganze Haus durchsucht«, sprudelte ich los, »mein Mann ist jetzt im Garten, aber außer im Geräteschuppen kann man sich eigentlich nirgendwo verstecken ...«

»Ganz ruhig, Frau Moser«, sagte der eine, »der Reihe nach, bitte.«

Ich berichtete, was passiert war, dann lotste ich die beiden hinters Haus, zu dem heraushängenden Bettlaken. Michael kam mit der Taschenlampe auf uns zu und begrüßte die Polizisten mit Handschlag.

»Moser. Danke, dass Sie gleich gekommen sind. Hier auf dem Gelände ist er nicht, ich habe alles abgesucht.«

Der ältere Polizist nickte. »Haben Sie irgendeine Vermutung, wo Ihr Sohn sein könnte? Bei einem Freund vielleicht?«

»Wäre möglich«, sagte ich ohne Überzeugung. »Aber kann man denn um diese Zeit noch bei Leuten anrufen?« Es war inzwischen halb eins.

Der Polizist nickte beruhigend. »In so einem Fall bestimmt, dafür hat doch jeder Verständnis.«

Wir gingen ins Haus, und ich wählte die Nummern, die infrage kamen. Bei zweien hob niemand ab, ich hinterließ Nachrichten auf dem Anrufbeantworter.

Eine schlaftrunkene Mutter erklärte mir, sie hätte Pablo seit Tagen nicht gesehen. Auch der vierte Versuch ergab nichts.

Michael und der andere Beamte kamen zur Terrassentür herein.

»Und?«, fragte ich hoffnungsvoll, aber an Michaels Gesicht konnte ich erkennen, dass sie nichts gefunden hatten.

Ein beklemmendes Gefühl legte sich mir auf die Brust.

»Und jetzt?«, sagte ich gepresst.

Die beiden Beamten wechselten einen Blick. »Wir könnten einen Hundeführer anfordern«, sagte der ältere und zog ein Handy aus der Tasche.

Bedrohliche Bilder zuckten durch meinen Kopf, ich sah Hundestaffeln im Morgennebel einen Wald durchkämmen, hechelnde Tiere, die einer Spur folgen. Irgendwann finden sie immer was, zuerst Kleidung, persönliche Gegenstände, am Schluss eine Leiche ...

»Ist das nicht übertrieben?«, fragte ich mit zittriger Stimme. »Ich meine, er ist ja nicht entführt worden, er ist bloß weggelaufen.«

»Aber wenn er gestürzt ist, sich verletzt hat oder von einem Auto angefahren wurde ... Sie können natürlich auch einfach bis morgen abwarten.«

»Nein, nein, auf keinen Fall«, sagte ich schnell. »Tun Sie bitte alles, um ihn zu finden!«

»Wir bräuchten dann noch ein Kleidungsstück von Ihrem Sohn. Am besten einen Schlafanzug oder ein Unterhemd, möglichst oft getragen.«

Ich lief nach oben, griff nach Pablos Schlaf-T-Shirt und presste es auf mein Gesicht. Der Geruch trieb mir Tränen in die Augen.

Als ich in die Küche zurückkam, beugten die Männer sich über einen Stadtplan. Ich schaltete die Kaffeemaschine ein, holte Tassen und Löffel, stellte Milch und Zucker auf den Tisch. Als ich die Tür der Vorratskammer öffnete, um Kekse zu holen, hörte ich oben ein Geräusch.

»Mama?« Ich schloss die Tür und lief nach oben. Auf keinen Fall durfte Svenja die Polizisten sehen.

»Ja, mein Schatz« sagte ich atemlos. »Was ist denn?«

Svenja saß im Bett und hatte ihr Kuscheltier an sich gedrückt. »Ich bin aufgewacht und kann nicht mehr einschlafen. Sind da Leute unten? Ich höre Stimmen.«

»Das ist nur der Fernseher«, sagte ich, »leg dich wieder hin.«

»Darf ich zu Pablo?« Meist war es Pablo, der nachts zu seiner Schwester umzog, wenn er Angst hatte oder sich einsam fühlte. Manchmal kroch aber auch Svenja zu ihm ins Bett. Ich bekam davon meistens nichts mit und war dankbar, dass die Kinder uns nicht störten.

»Nein, Svenja, weck ihn jetzt bitte nicht auf.«

»Aber er merkt es doch gar nicht!«

»Ich habe Nein gesagt!«

»Bitte, Mama!« Ihr Tonfall wurde flehend.

»Nein, verdammt!«, schrie ich. »Und jetzt gib endlich Ruhe!«

Erschrocken sah Svenja mich an. Ihre Unterlippe zitterte.

»Entschuldige, Schatz, ich wollte dich nicht anschreien«, sagte ich und versuchte sie in den Arm nehmen. Sie entwand sich mir, legte sich hin und drehte mir den Rücken zu. Ich streichelte sie und flüsterte: »Schlaf jetzt, es ist alles gut.«

Als ich in die Küche kam, hatte Michael schon Kaffee eingeschenkt.

»Unsere Tochter ist aufgewacht«, sagte ich zu den Polizisten, »könnten wir irgendwie verhindern, dass ihr Kollege gleich klingelt?«

Michael stand auf. »Ich gehe raus und fange ihn ab.« Da läutete es auch schon.

»Scheiße«, murmelte ich und hörte, wie oben eine Tür aufging. Ich raste wieder nach oben. Svenja stand an der Treppe. »Wer ist da gekommen?«

Unten waren Männerstimmen zu hören, und sie kamen eindeutig nicht aus dem Fernseher. Ich schob sie in ihr Zimmer zurück. »Ein Mann aus der Nachbarschaft ist verschwunden. Jetzt gehen sie von Tür zu Tür und fragen nach, ob jemand ihn gesehen hat.«

»Wer ist es?«

»Niemand, den du kennst. So, und nun geh bitte zurück ins Bett.«

Sie fing an zu weinen. »Ich will zu Pablo.«

Bevor ich es verhindern konnte, riss sie sich los und rannte ins Zimmer ihres Bruders. Wie angewurzelt blieb sie stehen und starrte auf das leere Bett ohne Kissen und Decke.

»Wo ist er?«

Einen Moment verlor ich die Fassung, dann fing ich mich wieder. »Er ... er ist vorhin mit Tine mitgefahren und schläft heute Nacht bei Timmi.«

Sie stutzte kurz, dann gab sie sich mit der Erklärung zufrieden. Auf dem Weg in ihr Zimmer motzte sie: »Warum haben sie mich nicht mitgenommen? Ich will auch mal wieder bei Laura übernachten.«

»Am Wochenende«, versprach ich. »So, und jetzt schlaf!«

Während ich die Treppe runterging, dachte ich plötzlich: Tine! Warum hatte ich überall angerufen, nur nicht bei ihr?

Die Küche war leer bis auf den jungen Polizisten, der sichtlich erschöpft auf dem Sofa saß und auf mich wartete.

»Mir ist noch jemand eingefallen«, sagte ich und wählte bereits Tines Nummer.

»Bitte entschuldige, dass ich dich geweckt habe, aber es ist was passiert.«

»Hat sie schon das Haus angezündet?«, knurrte Tine verschlafen, und es dauerte einen Moment, bis ich begriff, dass sie von Olga sprach.

»Pablo ist weg. Hast du irgendeine Idee, wo er stecken könnte?«

»Mein Gott, nein.«

»Hat Tim irgendwas gesagt?«

Sie überlegte. »Ich kann mich nicht erinnern. Kann sein, dass sie heute mal telefoniert haben, aber genau weiß ich es nicht.« Einen Moment war es still in der Leitung. »Warte«, sagte sie, »mir fällt was ein. Du weißt doch, sie haben so eine Bande gegründet, und bei irgendeinem von den Jungs auf dem Grundstück muss es einen Schuppen oder so was geben, wo sie sich treffen.«

Ich war elektrisiert. »Kannst du rauskriegen, wo das ist?«

»Jetzt? Es ist halb zwei in der Nacht!«

»Kannst du Timmi nicht wecken?«

Ich hörte ein Stöhnen. Dann sagte sie: »Ich melde mich wieder.«

Nach einer Viertelstunde rief sie zurück. »Er sagt nichts, der kleine Scheißkerl! Er behauptet, er hätte geschworen, niemandem zu verraten, wo das Bandenlager ist. Und wenn er den Schwur bricht, dann würde was ganz Schlimmes passieren.«

»Sag ihm, es passiert was ganz Schlimmes, wenn er es nicht verrät«, sagte ich heftig, aber da war ich bei Tine an der falschen Adresse.

»Du glaubst doch nicht, dass ich mein Kind bedrohe!«

Ich fuhr mir nervös mit der Hand durch die Haare, während ich auf und ab ging.

»Meinst du, es hilft, wenn die Polizei mit ihm spricht?«

»Willst du ihn für den Rest seines Lebens traumatisieren?«

»Verdammt, Tine! Versuch mal, dich in mich reinzuversetzen! Timmi ist der Einzige, der uns helfen kann!«

Sie zögerte. »Also gut.«

Ich legte auf. »Wir fahren hin«, sagte ich zu dem jungen Polizisten.

Wir waren schon an der Haustür, als mir Svenja einfiel. Was, wenn sie nochmal aufwachte? Ich musste Olga Bescheid sagen, also ging ich in ihr Zimmer. Sie schlief. Es war sehr warm, sie hatte wohl die Heizung angelassen. Ich schaltete die Nachttischlampe ein. Olga bewegte sich und machte ein Geräusch. Ich berührte ihre Schulter. »Olga, wach auf.«

Sie fuhr hoch, starrte mich an und sagte etwas auf Ukrainisch.

»Hör zu«, sagte ich eindringlich, »es ist etwas passiert ... Michael und ich müssen weg. Bitte lass deine Türe auf, damit du hörst, falls Svenja aufwacht. Sag ihr, dass alles in Ordnung ist und dass Mama und Papa bald zurückkommen!«

»Was passiert?«, fragte sie benommen.

»Das erkläre ich dir morgen. Und, übrigens: Pablo schläft bei seinem Freund Timmi. Hast du verstanden?«

Sie nickte. Ich ließ ihre Tür offen, damit sie Svenja hören konnte.

Tine führte uns in die Küche. Timmi saß im Pyjama am Küchentisch und blickte uns mit vor Müdigkeit geröteten Augen entgegen. Der Polizist hockte sich so vor ihn hin, dass er auf Augenhöhe mit ihm war.

»Hallo, Timmi, wie geht's? Ich hab gehört, du bist Mitglied in einer Bande?«

Timmi nickte kaum merklich.

»Das klingt ja spannend! Was für eine Bande ist denn das? Seid ihr die Guten oder die Bösen?«

»Wir sind die Workse«, murmelte Timmi. »Wir kämpfen gegen die Urchse.«

»Aha.« Der Beamte blickte irritiert. Er räusperte sich. »Du weißt, dass dein Freund Pablo weggelaufen ist?«

»Mmh.«

»Und jetzt hat Pablo sich versteckt, wahrscheinlich in eurem Bandenlager. Bestimmt hat er Angst und traut sich nicht zurück. Willst du deinem Freund helfen und mir sagen, wo euer Lager ist?«

Timmi schüttelte den Kopf. »Geht nicht.«

»Warum nicht?«

»Ich hab's geschworen.«

Der Beamte stand auf und blickte auf ihn herab. »Du weißt schon, dass wir dich zwingen können?« Tine warf ihm einen empörten Blick zu.

»Wie denn?«, fragte Timmi interessiert. »Mit Waterboarding? Oder benutzt ihr Stromstöße?«

Der junge Polizist zog nervös die Luft ein. Verhöre jugendlicher Bandenmitglieder waren offenbar nicht sein Spezialgebiet. »Schluss jetzt!«, donnerte er. »Du sagst mir jetzt, wer alles zu eurer Bande gehört!«

»Erlauben Sie mal«, fauchte Tine. »Bitte nicht in dem Ton!«

»Der Lukas und der Leon und der Michi und ich«, sagte Timmi, jetzt doch ziemlich eingeschüchtert. »Und natürlich der Pablo.«

Der Polizist warf Tine und mir einen Blick zu. »Kennen Sie diese Jungen? Mit Nachnamen und Adressen?«

Tine nickte.

Er wandte sich wieder zu Timmi. »Dann wissen wir jetzt genug. Kein Waterboarding heute.«

»Echt?« Timmi schien fast enttäuscht, weil das Verhör schon beendet war.

Tine schrieb die Adressen auf und drückte mir den Zettel in die Hand. »Melde dich, wenn's was Neues gibt.«

Der Polizist rief seinen Kollegen an und gab die erste Adresse durch. Wir kamen gleichzeitig mit den anderen dort an. Inzwischen war auch der Hundeführer eingetroffen und ließ einen Schäferhund aus dem Kofferraum, den er an die Leine nahm.

Michael legte einen Arm um mich. »Na, alles okay?«

»Geht schon«, sagte ich.

Die Beamten steuerten auf die Haustür zu.

»Wollen wir nicht einfach gleich in den Garten gehen?«, schlug ich vor. »Dafür müssen wir doch die Leute nicht rausklingeln?«

»Doch, müssen wir«, erklärte der ältere Beamte. »Vorschrift.« Er drückte die Klingel. Es dauerte eine Weile, dann ging im Obergeschoss das Licht an, gleich darauf auch im Erdgeschoss. Ein Mann in Bademantel und Hausschuhen öffnete.

»Herr Heim?«

»Ja, bitte?« Sein Blick wanderte unruhig von einem zum anderen.

»Entschuldigen Sie bitte die Störung. Wir suchen einen Jungen, Pablo Moser.«

»Leons Schulfreund?«

Ich nickte. »Ja. Ich bin die Mutter.« Ich streckte ihm die Hand hin.

»Es gibt Hinweise, dass er sich hier auf dem Grundstück aufhält«, fuhr der Beamte fort. »Haben Sie vielleicht ein Gartenhaus oder einen Geräteschuppen?«

»Beides«, sagte der Mann. »Hier entlang, bitte.«

Wir folgten ihm durchs Haus, die Hundepfoten machten ein klackendes Geräusch auf dem Parkett. Heim öffnete die Terrassentür. Vor uns erstreckte sich ein großer, gepflegter Garten mit vielen Bäumen. Der Mond stand inzwischen hoch am Himmel und verbreitete helles Licht.

Er führte uns zu einem Geräteschuppen und öffnete die Tür. Einer der Polizisten leuchtete mit der Taschenlampe hinein. Ein Rasenmäher, Harken, Spaten und anderes Gartengerät waren zu sehen, außerdem zwei Fahrräder und eine Schubkarre. Der Hund schnüffelte desinteressiert herum.

»Und dort ist das Gartenhaus«, sagte Heim und ging weiter, bis ein hölzerner Pavillon mit einer umlaufenden Balustrade und kunstvollen Schnitzereien auftauchte. Das Ding war sicher über hundert Jahre alt und kostbar. Er stieß die Tür auf. Wieder fiel der Lichtkegel hinein, wanderte hin und her, erhellte jeden Winkel. Der Raum war leer.

»O nein«, wimmerte ich. Michael legte seinen Arm um meine Schultern und zog mich an sich.

»Haben Sie einen Ententeich oder freilaufende Kaninchen?«, fragte der Hundeführer den Eigentümer. Der schüttelte den Kopf.

»Dann lassen wir jetzt Asta los.« Er hielt der Hündin Pablos T-Shirt unter die Nase. »Such, Asta, such!«

Die Hündin lief ziellos herum und schnüffelte. Langsam bewegte sich unsere Gruppe durch den Garten. »Da vorne endet das Grundstück«, sagte Heim.

»Was kommt dann?«, fragte der jüngere Polizist.

»Ein verwildertes Grundstück. Das Haus steht seit Jahren leer, ein Erbschaftsstreit.«

Das war's dann, dachte ich. Sicher gab es irgendeine Vorschrift, dass erst eine Genehmigung eingeholt werden müsste, wenn man ein unbewohntes Grundstück betreten wollte. Aber selbst wenn es diese Vorschrift gäbe, setzten sich die Beamten darüber hinweg. Wortlos schob der ältere Polizist Teile eines morschen Holzzauns zur Seite, und wir gingen weiter. Asta lief vor und zurück. Der Hundeführer ließ sie nochmal am T-Shirt schnuppern. »Such!«

Überall wucherte Unkraut, Büsche und Bäume waren unbeschnitten, das hohe Gras war an manchen Stellen niedergedrückt.

Die Nase dicht am Boden, lief Asta in eine Richtung. Auf einmal blieb sie stehen und jaulte. Ihr Herrchen kraulte ihr den Hals, sprach mit ihr, ließ sie am T-Shirt schnüffeln. Wieder lief sie los, erst zickzack, dann geradeaus.

Wir rannten hinter ihr her, soweit das Gelände es zuließ. Hinter einer Baumgruppe zeichnete sich etwas Dunkles ab. Die Hündin hielt direkt darauf zu. Die Taschenlampe flammte auf. Vor uns stand eine Art altmodischer Zirkus- oder Schaustellerwagen, der Anstrich war abgeblättert, das ganze Ding schief und verrottet, von Pflanzen eingewachsen. Asta jaulte und lief aufgeregt zwischen ihrem Herrchen und dem Wagen hin und her.

»Pablo!«, schrie ich, löste mich aus der Gruppe und rannte zur Tür. Sie ließ sich mit einem Ruck öffnen. Ich steckte den Kopf nach innen. »Pablo?«

Nun fiel das Licht unserer Lampe in den Wagen. Ganz hinten in der Ecke, eingemummelt in seine Bettdecke, lag mein Sohn, den Mund weit geöffnet, und schlief. Er hielt etwas im Arm. Ich ging einen Schritt auf ihn zu. »Oh, nein«, murmelte ich. Es war die Weinflasche, aus der wir abends getrunken hatten.

Als wir nach Hause kamen, war es drei Uhr früh. Michael trug den tief schlafenden Pablo nach oben.

Mit Mühe hatte ich die Beamten davon abhalten können, unseren Sohn wegen Verdachts auf Alkoholvergiftung ins Krankenhaus zu bringen. Immer wieder schwor ich, dass die Flasche höchstens zu einem Viertel gefüllt gewesen war. Wie hatte Pablo sie bloß unbeobachtet an sich bringen können?

Das fragten die Polizisten mich auch, aber schließlich begriffen sie wohl, dass wir keine verwahrloste Alkoholikerfamilie waren, in der schon der Siebenjährige an der Flasche hing.

»Wir sehen ausnahmsweise von einer Anzeige wegen Verletzung der Aufsichtspflicht ab«, teilte der Ältere mir schließlich mit.

Ich stand unten an der Treppe und lauschte. Oben war alles ruhig. Ich atmete tief durch. Olgas Zimmertür war immer noch offen, sie lag angezogen auf dem Bett, mit dem Rücken zu mir. Ich trat näher. »Alles in Ordnung, Olga?«, flüsterte ich.

Sie reagierte nicht. Als ich sie an der Schulter berührte, zuckte sie erschrocken zusammen, richtete sich auf und zog zwei Schaumstoffstöpsel aus den Ohren. »Was sagen?«

»Wieso hast du Ohrstöpsel drin?«, fragte ich entgeistert.

»Svenja weinen, ich sagen alles gut«, sagte sie schnell.

»Und dann?«

»Svenja immer noch weinen, dann schreien, wollen weglaufen.«

Ich packte sie an den Armen. »Und dann? Was hast du gemacht?«

»Svenja einsperren. Zu laut schreien. Ich schlimme Kopfschmerzen.«

Ich starrte sie fassungslos an. »Du hast Svenja eingesperrt und schreien lassen? Bist du noch zu retten?«

Ich stürmte aus dem Zimmer und die Treppe hoch. Der Schlüssel von Svenjas Zimmertür steckte außen. Ich schloss auf und trat ein. Das Bettzeug war herausgerissen, Kissen, Decke, Überdecke und Zierkissen lagen in einem wilden Durcheinander auf dem Boden. Darauf Svenja, zusammengekrümmt, schlafend. Ihr Gesicht war vom Weinen geschwollen und rot, sie hielt ihren Schmusehasen umklammert.

4

»Kommt nicht infrage!« Franz betonte jedes einzelne Wort und schlug dazu mit der Hand auf den Tisch. So aufgebracht hatte ich ihn das letzte Mal gesehen, als die Firma Siemens ihm einen Auftrag weggeschnappt hatte – einen Auftrag, der sowieso viel zu groß für Sunwind gewesen wäre.

Ich war schon um Viertel vor neun in der Firma gewesen, um sicherzugehen, dass ich Franz vor dem Beginn seiner Sitzungen und Telefonkonferenzen erwischen würde.

Er hatte mich gut gelaunt begrüßt und in sein Büro gebeten, Gina hatte Kaffee, Tee und Mineralwasser gebracht, und dann hatte ich ihm mitgeteilt, dass ich den Job in Litauen nicht machen würde.

»Wie bitte?« Sein Gesicht verfärbte sich rötlich.

»Du hast mich richtig verstanden.«

»Und warum nicht?«

»Meine Kinder sind zu klein.«

»Wie alt sind die beiden?«

»Sieben und zwölf.«

»Zwölf?«, bellte Franz. »In dem Alter hat man die Kinder früher zum Arbeiten geschickt!«

»Hör auf, Franz, es hat keinen Sinn. Ich habe versucht, es zu organisieren, es geht nicht.«

»Was ist mit Michael? Kann der dir nicht helfen?«

Franz hatte die Vorstellung, Michaels Tätigkeit sei eine Art Hobby, jedenfalls keine ernstzunehmende Arbeit. Jemand, der seine Zeit im Theater, bei Konzerten oder Vorträgen verbrachte und bei jeder Gelegenheit Goethe zitierte, konnte in seinen Augen ebenso gut zu Hause bleiben und auf die Kinder aufpassen. Gelegentlich neigte ich dazu, mich dieser Auffassung anzuschließen. Aber jetzt musste ich Michaels Partei ergreifen.

»Mein Mann ist angestellt bei seiner Zeitung. Er geht jeden Tag ins Büro, genau wie du. Und auch, wenn er keine Windkraftanlagen baut, leistet er eine Menge auf seinem Gebiet.«

Franz stierte vor sich hin. Es war vermutlich das erste Mal, dass er einen Gedanken daran verschwendete, wie seine Mitarbeiter und Mitarbeiterinnen Job und Familie unter einen Hut bringen. Seine Sekretärin Gina war alleinerziehend; ich wusste, wie schwierig es für sie war, jemanden für ihren Sohn zu finden, wenn Franz spontan beschloss, ein abendliches Meeting einzuberufen. Auch männliche Kollegen, die sich zu bestimmten Zeiten um ihre Kinder kümmern mussten, weil sie geschieden waren oder ihre Frauen arbeiteten, verfluchten ihn gelegentlich. Seine Frau Dahlia war nicht berufstätig, sie »hielt ihm den Rücken frei«, wie er es nannte. Allerdings hatten sie keine Kinder, daher fragte ich mich, worin Dahlias Unterstützung eigentlich bestand.

»Nehmt euch doch ein Au-pair-Mädchen«, schlug er vor, »das machen doch jetzt alle. Ist so eine Art neuzeitliche Sklaverei, scheint aber zu funktionieren.«

»Witzbold«, sagte ich, »so weit waren wir schon. Die Kinder sind völlig ausgetickt. Vor zwei Tagen ist Pablo abgehauen.

Wir mussten ihn von der Polizei suchen lassen. Und als wir nach Hause kamen, hatte das Mädchen unsere schreiende Tochter in ihrem Zimmer eingesperrt.«

»Dann nehmt euch ein anderes Mädchen.«

»Das ist keine Lösung«, sagte ich, »die Kinder sind einfach noch nicht so weit.« Und ich auch nicht, fügte ich in Gedanken hinzu.

Am Tag zuvor hatte ich Olga zum Bus gebracht. Schweigend war sie ins Auto gestiegen, schweigend waren wir zum Busparkplatz gefahren. Ich hatte ihr einen Umschlag mit dem Taschengeld für einen Monat gegeben und »tut mir leid, Olga« gemurmelt. Sie hatte mich nicht mal angesehen.

Obwohl ich mich im Recht fühlte, hatte ich ein schlechtes Gewissen. Wer weiß, welche Hoffnungen sie an ihren Aufenthalt bei uns geknüpft hatte. Wer weiß, in welche Verhältnisse ich sie zurückschickte. Ihr Verhalten legte den Schluss nahe, dass sie aus einer schrecklich lieblosen Umgebung kam, in der sie nicht gelernt hatte, Mitgefühl zu empfinden – vermutlich, weil sie selbst keines erlebt hatte. Ich konnte mir ohne weiteres vorstellen, dass sie geschlagen worden war. Und dass sie früher oder später unsere Kinder geschlagen hätte.

Die Agentur hatte mir mitgeteilt, dass die Vermittlungsprovision in Höhe von dreihundertfünfzig Euro nicht zurückgezahlt würde. Ich hatte nicht protestiert.

Franz war jetzt ganz ruhig. Er sah mich eindringlich an und erzählte, wie er die Firma aufgebaut hatte, von einem Ein-Mann-Betrieb zu einem kleinen, aber erfolgreichen mittelständischen Unternehmen. Dass dies nur möglich gewesen war, weil zwischen ihm und seinen Mitarbeitern Vertrauen und Loyalität herrschten. Er erinnerte mich daran, dass er es mir ermöglicht hatte, halbtags in die Firma zurückzukehren, als mir zu Hause die Decke auf den Kopf gefallen war. Wie viele solcher Chancen wie die, einen Windpark zu bauen, bekäme man in seinem Berufsleben? Nicht viele, das könne er mir flüstern. Schon gar nicht als Frau. Und nun wolle ich ihn, obwohl er mir diese Riesenchance gegeben habe, im Stich lassen? »Kommt nicht infrage!«

»Ich verstehe dich ja, Franz«, sagte ich. »Und ich bin dir auch wahnsinnig dankbar für alles. Aber ich kriege das mit der Kinderbetreuung einfach nicht geregelt.«

Er sprang auf, wieder färbte sein Gesicht sich rot. »Siehst du, das ist genau der Grund, warum ihr Frauen es nicht nach ganz oben schafft! Weil ihr immer irgendwann einen Rückzieher macht!«

Ich fühlte mich, als hätte ich einen Schlag in den Magen bekommen. Mein ganzes Berufsleben hindurch hatte ich beweisen müssen, dass ich genauso gut und durchsetzungsfähig bin wie ein Mann, und das war verdammt hart gewesen. Trotzdem hatte ich es geschafft, und darauf war ich stolz. Diese Unterstellung musste ich mir nicht bieten lassen. Aufgebracht wollte ich widersprechen, aber er fiel mir ins Wort.

»Und noch etwas«, sagte er heftig. »Dieses Projekt ist das größte und wichtigste, das wir im Moment haben, es öffnet uns die Tür in den Ostmarkt. Was glaubst du, wie schwer es ist, in diesen Zeiten Investoren zu finden? Glaub doch nicht, dass wir von der Krise nichts spüren. Wenn wir dieses Projekt verlieren, steht die Existenz der Firma auf dem Spiel!« Er senkte bedrohlich die Stimme. »Und dann bist auch du deinen Job los.«

Am übernächsten Tag traf meine Mutter bei uns ein. Sie entsprach nicht ganz dem Bild der typischen Großmutter, und das war durchaus beabsichtigt. Mit ihrem langen Haar, den bunten, wallenden Gewändern und dem folkloristischen Silberschmuck wirkte sie eher wie eine gealterte Hippiebraut. Sie war eine Verfechterin absoluter Freiheit, hasste Regeln und Einschränkungen, aber das, was früher fortschrittlich, ja revolutionär gewesen war, wirkte heute nur noch anachronistisch. Ich gebe zu, ich schämte mich ein bisschen für sie. Michael fand sie amüsant, konnte sie aber nur kurze Zeit ertragen. Die Kinder waren verrückt nach ihr.

Kein Wunder, wenn ihre Großmutter da war, herrschte in unserem Haushalt die schiere Anarchie; es gab unmögliche Mahlzeiten zu unmöglichen Zeiten, abends wurde endlos gespielt und erzählt, dafür verschlief sie morgens auch mal oder beschloss spontan, die Kinder nicht in die Schule zu schicken. Das deutsche Schulsystem töte jede Kreativität und Lernbegeisterung in den Kindern ab, sagte sie.

Es gab also gute Gründe, weshalb ich sie nicht als Babysitter engagieren wollte, aber nun hatte ich keine andere Wahl. Zum Glück konnte sie diesmal schnell einspringen, sonst war sie meist auf Reisen oder anderweitig beschäftigt.

Als ich sie nun vor mir stehen sah, mit einem verbeulten Metallkoffer voller Aufkleber und einem Lederrucksack, der aussah, als hätte sie mit ihm die Welt umrundet, fragte ich mich, wie aus mir diese langweilige Spießerin hatte werden können, die ich in ihren Augen sicher war.

Es war mein Vater gewesen, der Ordnung und Struktur in mein Leben gebracht und mich gelehrt hatte, dass es ohne Regeln nicht ginge. Vielleicht hatte er ein bisschen übertrieben. Aber er musste ja ein Gegengewicht herstellen zu dem

Chaos, das meine Mutter anrichtete. Erstaunlich jedenfalls, dass diese beiden unterschiedlichen Persönlichkeiten es immerhin fast zwanzig Jahre zusammen ausgehalten und sich erst getrennt hatten, als ich mit der Schule fertig war.

»Hallo, Mutter«, sagte ich und umarmte sie lächelnd. »Ich bin dir so dankbar ...«

»Ach, Quatsch«, unterbrach sie mich, »ist doch klar, dass ich euch helfe. Aber ich sage dir gleich, dass ich nicht viel Zeit habe. Ich fahre nämlich bald mit meiner Tanzgruppe in den Jemen.«

»In den Jemen?«, wiederholte ich entsetzt. »Ist es da nicht wahnsinnig gefährlich?«

Meine Mutter überhörte meine Frage geflissentlich. »Wo schlafe ich?« Sie wuchtete ihren Koffer über die Schwelle. Michael betrachtete sie staunend. Erst, als ich ihm den Ellenbogen in die Seite rammte, nahm er meiner Mutter das Gepäck ab und öffnete die Tür zum Gästezimmer.

»Jede Lösung eines Problems ist ein neues Problem«, hörte ich ihn murmeln.

»Wann fährst du ab?«, wollte Mutter wissen.

»Morgen.« O Gott. Morgen. Ich würde nicht einmal mehr den Versuch machen, ihr irgendetwas zu erklären. Sie würde sich sowieso nicht darum kümmern. Vielleicht sollte ich an dieser Stelle einfach Tines Rat beherzigen und froh sein, wenn bei meiner Rückkehr das Haus noch stünde und die Kinder nicht verhungert wären.

Meine Mutter richtete sich häuslich ein. »Den Fernseher kannst du wegnehmen«, bat sie Michael, und der schleppte ihn zurück in den Keller.

Als Svenja und Pablo aus der Schule kamen, war der Jubel groß.

»Siehst du, Mama«, triumphierte Pablo, »wir brauchen kein blödes Opär. Wir haben doch Oma.« Er schmiegte sich in die Arme meiner Mutter, die ihn liebevoll an sich drückte. »Welchen Unfug wollen wir heute anstellen, Pablito?«

Pablo grinste. »Da fällt uns sicher was ein, Oma.«

Svenja kam ins Zimmer. »Wo ist denn der Fernseher?«, fragte sie. »Den wollte ich haben.«

»Sonst noch was«, sagte ich und tippte ihr an die Stirn.

»Man könnt' erzogene Kinder gebären, wenn die Eltern erzogen wären«, ließ sich Geheimrat Goethe vernehmen.

Als die Kinder im Bett waren, erzählte ich meiner Mutter von dem Litauen-Projekt. Ich schilderte ihr, wie abhängig die bedauernswerten Litauer vom gefährlichen russischen Atomstrom seien, und dass wir, die Firma Sunwind, angetreten seien, um sie aus dieser energiepolitischen Kolonialherrschaft zu befreien. Ich steigerte mich immer weiter in die Heldenrolle hinein, bis meine Mutter trocken bemerkte: »Habe ich nicht neulich gelesen, dass sie in Litauen gerade ein großes, neues Kernkraftwerk bauen?«

Das stimmte, wie ich widerwillig einräumen musste. Aber umso wichtiger wäre es doch, die alternativen Energien zu fördern, erklärte ich ihr. Außerdem wäre es ein angenehmes Gefühl, zu den Guten zu gehören.

Dass ich vor zwei Tagen hinwerfen wollte, verschwieg ich ihr. Dass ich schlaflose Nächte hatte, aus Angst, das alles nicht zu schaffen, verschwieg ich ebenfalls.

»Weißt du«, erklärte ich ihr, »ich glaube, ich bin keine schlechte Mutter, jedenfalls gebe ich mir unheimlich viel

Mühe. Aber jetzt habe ich große Lust, auch mal wieder was anderes zu machen. Was für den Kopf, verstehst du?«

»Natürlich verstehe ich dich. Mir ging das genauso. Kinder sind süß, aber nicht so furchtbar spannend.«

Angesichts der Tatsache, dass ich ihr einziges Kind war, fand ich den Satz bemerkenswert. Ich dachte einen Moment nach.

»Also, um auf die Litauen-Sache zurückzukommen ...«, fuhr ich fort, aber sie unterbrach mich.

»Schätzchen, wem willst du eigentlich was beweisen?«

Wem wollte ich was beweisen? Ich wollte Franz beweisen, dass ich keine von den Frauen war, die den letzten Karriereschritt nicht wagten. Ich wollte mir beweisen, dass ich es schaffte, eine gute Mutter zu sein und trotzdem beruflich erfolgreich. Vor allem aber wollte ich meiner Mutter zeigen, dass sie stolz auf mich sein konnte. Schon immer war das mein sehnlichster Wunsch.

Ich hatte es mit Leistung versucht, mit guten Noten, Disziplin und Anpassung. Und nicht begriffen, dass ich sie damit nicht beeindruckte, sondern befremdete. Wäre ich eigenwillig gewesen, rebellisch und unangepasst, hätte ihr das viel besser gefallen. Sie hatte davon geträumt, dass ihre Tochter sich für eine Künstlerkarriere entscheiden würde oder für eine exotische Wissenschaft. Dass sie die Welt bereisen, im Ausland leben oder ein spektakuläres Hilfsprojekt gründen würde.

Und ich? Ich war einfach nur in meiner Heimatstadt geblieben und hatte mich für das Studium des Bauingenieurwesens entschieden. Eine größere Enttäuschung wäre wohl nur eine Banklehre gewesen. Ich hätte alles dafür getan, ihre Anerkennung zu gewinnen.

Seufzend sah ich auf die Uhr. »Es ist spät, Mutter, ich geh ins Bett. Schlaf gut.«

Sie küsste mich rechts und links auf die Wangen. »Schlaf gut, Schätzchen. Mir musst du übrigens nichts beweisen. Ich liebe dich.«

5

Ich landete mit einer halben Stunde Verspätung in Vilnius. Schon aus dem Flugzeug hatte ich gesehen, dass unten alles tief verschneit war. Als ich aus dem Flugzeug stieg und die wenigen Schritte zum Bus ging, empfing mich ein eisiger Wind. Ich fröstelte und zog meinen Daunenmantel enger um mich.

Innerhalb weniger Minuten erhielt ich meinen Koffer und verließ den Sicherheitsbereich. Draußen sah ich mich suchend um. Jonas Macaitis sollte mich abholen. Niemand, der auch nur annähernd so aussah, wie Franz ihn mir beschrieben hatte, war zu sehen. Das fing ja schon gut an.

Ich suchte nach dem Schalter der Autovermietung. Dort, bei Litacars, zog ich meine Unterlagen hervor und erklärte auf Englisch, dass ein Auto für mich vorbestellt sei. Ich zeigte meinen Personalausweis und wartete. Die junge Frau hinter dem Schalter gab meine Angaben in den Computer ein.

»This car is already gone«, erklärte sie mir.

»Excuse me?«

»The car has been taken«, versuchte sie es erneut.

Verwirrt sah ich sie an. Was sollte das bedeuten? Hatten sie das Auto jemand anderem gegeben, nur weil ich eine halbe Stunde zu spät dran war?

»Aber, wer ...«, begann ich und wurde gleich wieder unterbrochen.

»Ich«, ertönte eine Stimme, und ich fuhr herum. Ein hochgewachsener junger Mann mit dunklem, kurzgeschnittenem Haar und gestutztem Kinnbart stand neben mir und reichte mir die Hand. »Jonas Macaitis. Herzlich willkommen in Litauen! Ich habe mir erlaubt, den Wagen für Sie in Empfang zu nehmen.«

Ich lächelte erfreut. »Wie aufmerksam von Ihnen!«

»Kein Problem«, sagte er und grinste freundlich. Er griff nach meinem Koffer. »Hatten Sie eine gute Reise?«

»Ja, vielen Dank!«

Ich folgte ihm aus dem Gebäude bis zu unserem Wagen, der zwischen kleinen Schneemauern auf einem Parkplatz stand. Wie immer, wenn ich ein Leihauto nahm, prägte ich mir das Kennzeichen ein. Einmal, in Frankreich, hatte ich Stunden nach meinem Wagen gesucht, weil so viele identische Autos derselben Firma unterwegs waren.

Er verstaute meinen Koffer, und wir stiegen ein, dann fuhr er los, ohne sich anzuschnallen. Das Auto piepte. Er bog auf die Schnellstraße ein. Das Auto piepte immer noch.

»Wohin fahren wir?«, fragte ich.

Er kramte in seiner Aktentasche, die er zwischen die Sitze geklemmt hatte, und zog eine Liste hervor, die er vor sich aufs Lenkrad legte.

»Zuerst haben wir einen Termin beim stellvertretenden Wirtschaftsminister, dann treffen wir einen Berater der Firma Semeco. Heute Abend gehen wir zu einem informellen Essen mit einem Vertreter der deutsch-litauischen Handelsgesellschaft, dazwischen können Sie in Ihrem Hotel einchecken und sich frischmachen.«

Ich starrte ihn verblüfft an. Hier lag offenbar ein Missverständnis vor. Ich war seine Chefin, und er mein Assistent. Nicht umgekehrt.

»Nein«, sagte ich, »so läuft das nicht. Vielen Dank für Ihre Mühe, aber die Termine mache ich.«

Er zuckte die Schultern. »Kein Problem.« Schweigend fuhr er weiter. Das Auto gab noch immer Piepgeräusche von sich.

»Könnten Sie sich bitte anschnallen?«

»O ja, natürlich.« Mit einer Hand zog er den Gurt zu sich und ließ ihn einschnappen. Das Piepen erstarb.

»Soll ich Sie dann gleich ins Hotel bringen?«, fragte er.

»Nun ja«, sagte ich zögernd. »Den Termin beim stellvertretenden Wirtschaftsminister sollten wir vielleicht wahrnehmen. Es ist ziemlich schwirig, einen zu kriegen.« Ich selbst hatte es zwei Wochen lang versucht und ständig Absagen kassiert.

»Gut«, sagte Jonas. Er beugte sich zum Handschuhfach und holte einen Stadtplan heraus. Wir fuhren hundertzwanzig. Die Straße war schneebedeckt. Er faltete den Plan auf dem Lenkrad auseinander und begann, ihn zu studieren.

»Kann ... ich das vielleicht machen?«, bat ich. Nun hob er den Blick und sah zu mir rüber. »Das geht schon, kein Problem.«

Ich riss ihm den Plan aus der Hand und schrie: »Schauen Sie verdammt nochmal auf die Straße und konzentrieren Sie sich aufs Fahren!« Erstaunt blickte er zu mir rüber.

Ich erschrak über mich selbst. »Tut mir leid, ich wollte nicht ...«, stammelte ich, »als Beifahrerin bin ich echt eine Katastrophe!«

Er grinste. »Kein Problem.«

Das Wirtschaftsministerium war ein mehrstöckiges, modernes Gebäude im Zentrum. Ein undurchschaubares Netz von Einbahnstraßen sorgte dafür, dass man nie abbiegen konnte, wo man wollte, sondern endlose Umwege fahren musste, um ans Ziel zu kommen. Obendrein lagen auf den Gehwegen und an den Straßenrändern hohe Schneehaufen, die den ohnehin knappen Parkplatz weiter verknappten. So kurvte Jonas lange herum, um eine Lücke zu finden. Als wir das Auto endlich abgestellt hatten, waren wir fast eine Stunde zu spät.

Der Pförtner teilte uns nach einem Telefonat mit der Sekretärin mit, dass der stellvertretende Wirtschaftsminister nun in einem anderen Gespräch sei. Wir sollten uns bitte einen neuen Termin geben lassen, in acht bis zehn Tagen sei sicher etwas frei.

Ich unterdrückte einen kräftigen Fluch. Mit zusammengebissenen Zähnen drehte ich mich zu Jonas und murmelte: »Na, ganz toll! Und jetzt?«

Warum vereinbart er einen so wichtigen Termin so knapp nach meiner Ankunft, dachte ich, wo doch immer das Risiko einer Verspätung besteht? Warum hat er die Parksituation nicht berücksichtigt? Warum ist er überhaupt so aufreizend sorglos? Ob ich mit so jemandem überhaupt zusammenarbeiten kann?

In diesem Moment sagte Jonas etwas auf Litauisch und flitzte aus der Pförtnerloge ins Foyer. Der Pförtner rief ihm etwas nach, was er ignorierte. Jonas stürmte auf einen schlanken Mann in einem eleganten Anzug zu, der gerade mit drei anderen Personen das Foyer durchquerte. Der Mann blieb stehen, seine Begleiter ebenfalls. Nach einem kurzen Wortwechsel deutete Jonas in meine Richtung. Der Mann sah unbewegt zu mir rüber. Ich lächelte und deutete ein Winken an. Gott, wie dämlich musste ich aussehen.

Der Mann sah auf die Uhr und nickte kurz. Dann ging er weiter. Seine Begleiter folgten ihm mit dem beflissenen Gehabe von Untergebenen.

Jonas kehrte zu mir zurück. »In einer halben Stunde«, verkündete er triumphierend.

Staunend sah ich ihn an. »Wie haben Sie das gemacht?«

Lächelnd zog er eine Augenbraue hoch und schwieg.

Der stellvertretende Wirtschaftsminister war genauso glatt und unnahbar, wie er schon aus der Ferne gewirkt hatte. Er trug einen exakten Haarschnitt und eine rahmenlose Brille, alles an ihm wirkte durchgestylt und kalkuliert, kurz: Er war der Typ Mann, der vor dem Sex seine Hose faltet und sein Handy in einer Plastikhülle aufbewahrt. Er sprach gutes Englisch, wenn auch mit leichtem Akzent. Seine Art zu sprechen verriet, dass er Rhetorik-Seminare besucht hatte.

Achtlos drückte er mir die Hand und sah an mir vorbei. Es war klar, dass er uns den kurzfristigen Termin nur gegeben hatte, um uns schnell wieder loszuwerden. Seine zwei Begleiter, vermutlich irgendwelche Referenten, hielten es nicht für nötig, überhaupt zu grüßen.

Er fing an zu dozieren, bevor ich mein Anliegen überhaupt erklären konnte.

»Ich werde Ihnen kurz die Position des litauischen Wirtschaftsministeriums zur Windenergie darlegen. Wir stehen dieser Energieform grundsätzlich positiv gegenüber, aber wir unterstützen keine einzelnen Projekte, weder ausländische noch litauische.«

»Entschuldigen Sie«, unterbrach ich ihn, »wir befinden uns bereits mitten im Genehmigungsverfahren. Das Einzige, was noch aussteht, ist die Verhandlung des Detailplans. Wir wollten nur fragen, ob es nicht eine Möglichkeit gibt, die Sache zu beschleunigen. Es sollte doch auch in Ihrem Interesse sein, ausländische Investoren zu unterstützen.«

Er blickte mich an, als wäre plötzlich ein unangenehmer Geruch im Raum. Mit angewiderter Miene fuhr er fort: »Derzeit fehlt eine gesetzliche Grundlage, deshalb werden keine Detailpläne genehmigt. Bevor nicht die Gesetzesänderung durch ist, wird sich daran auch nichts ändern, da die Regierung Schadenersatzforderungen von Firmen fürchtet.«

Es dauerte einen Moment, bis seine Worte in mein Bewusstsein gedrungen waren.

Derzeit fehlt eine gesetzliche Grundlage, deshalb werden keine Detailpläne genehmigt.

Ich beugte mich ein Stück nach vorne. »Und ... wie lange wird es voraussichtlich dauern, bis das Gesetz verabschiedet wird?«

Er sah zu einem seiner Referenten. »Drei bis vier Monate«, sagte der wie aus der Pistole geschossen.

»Auf Deutsch: Ein bis zwei Jahre«, flüsterte Jonas mir zu.

Ich fiel in meinen Stuhl zurück.

Der Minister lächelte spöttisch. »Sie können natürlich schon mal für gute Stimmung in der Region sorgen. Bringen Sie den Kindern Spielzeug mit, und erklären Sie den Leuten, wie viel Geld sie mit Windenergie einsparen können. Das Geld-Argument zieht immer.«

Für gute Stimmung sorgen? Ich hatte gedacht, die Stimmung sei gut. Irgendwas hatte ich offenbar nicht mitgekriegt.

Ein Telefon klingelte. Unverkennbar die Melodie von Bibi Blocksberg. Ich riss mein Handy aus der Tasche. »Ja?«

»Mama, was is'n Oralverkehr?«

»Du, Pablo, das ist gerade kein guter Moment ...« Mist. Beim Thema Sexualität nie ausweichen, hatte ich gelernt. Immer offen antworten und dabei kein Blatt vor den Mund nehmen. Sonst traumatisiert man die Kinder und programmiert spätere sexuelle Störungen.

»Entschuldigung«, murmelte ich, stürzte aus dem Zimmer ins Vorzimmer und weiter hinaus auf der Flur.

Mit der normalsten Stimme der Welt sagte ich: »Also, Pablo, das mit dem Oralverkehr ist so. Wenn zwei Menschen sich sehr liebhaben, dann kuscheln sie und küssen sich, und dabei gibt es keine Stelle am Körper, die man nicht küssen darf ...«

»Ach so, dann ist das so was wie ein Bloudschob, oder?«

»Ein waaaas?«

»Na, du weißt schon, wenn man dran lutscht.«

Ich fasste es einfach nicht. »Woher hast du das alles?«, fragte ich, alle pädagogischen Ratschläge außer Acht lassend, entsetzt.

»Ach, egal, Mama, ich lass es mir von Oma erklären.«

»Halt, warte«, rief ich, aber er hatte die Verbindung schon unterbrochen. Ich schaltete das Handy aus.

Als ich in den Besprechungsraum zurückkehrte, herrschte eisiges Schweigen. Sogar die Staatspräsidentin auf ihrem Foto an der Wand schien missbilligend auf mich zu blicken. Nur Jonas schaute amüsiert.

»Ein familiärer Notfall«, sagte ich und setzte mich wieder. »Eine Frage noch: Wollen Sie überhaupt, dass ausländische Firmen sich hier engagieren, oder bleiben Sie lieber unter sich?«

Bevor er antworten konnte, öffnete sich die Tür, die Sekretärin steckte den Kopf ins Zimmer und sprach ein paar Worte. Der Minister stand auf, ebenso seine Referenten.

»Es tut mir leid, mein nächster Termin. Ich wünsche Ihnen viel Erfolg für Ihr Projekt.« Während er zur Tür ging, klingelte sein Handy. Er zog es aus der Hosentasche, es steckte in einer schwarzen Plastikhülle.

Auch das zweite Gespräch an diesem Nachmittag verlief nicht gerade ermutigend.

Franz hatte eine Beratungsfirma engagiert, die uns helfen sollte, die ausstehenden Probleme bei unserem Genehmigungsverfahren zu lösen. Die Firma residierte in den obersten zwei Stockwerken eines Hochhauses. Die Geschäftsräume waren neu und modern ausgestattet, ich hätte nicht sagen können, wo auf der Welt ich mich gerade befand.

Diesmal war unser Gesprächspartner ein freundlicher Herr um die siebzig, der, wie Jonas mir zuflüsterte, früher für die Regierung gearbeitet hatte. Er ließ ebenfalls durchblicken, dass unsere Probleme weit größer seien als angenommen.

So habe er sich vor Ort kundig gemacht und herausgefunden, dass Arnoldas Raistenkis, der Eigentümer des Planungsbüros, das mit der Durchführung des Genehmigungsverfahrens betraut war, von den Anwohnern gehasst wurde.

»Aber, warum denn?«, fragte ich.

»Nun ja, es gab Unregelmäßigkeiten«, antwortete der alte Herr ausweichend, »Geschäfte, die nicht ganz korrekt waren.«

Ich war überrascht. Franz hatte Raistenkis immer als tollen Typen dargestellt. »Der hat echt kapiert, wie es läuft, der ist in der neuen Zeit angekommen.« Was er gemeint hatte, war wohl, dass Raistenkis begriffen hatte, wie man sich nach den Jahren des Sozialismus jetzt im Kapitalismus bereichern konnte.

»Was soll das genau heißen?«, hakte ich nach.

»Näheres kann ich Ihnen dazu nicht sagen. Aber Herr Raistenkis hat wohl insgesamt nicht die richtige Art, mit den Einheimischen umzugehen.«

Er schlug vor, der Wirtschaftsminister solle doch vor Ort direkt intervenieren, um das Genehmigungsverfahren zu beschleunigen. Typisch ehemaliger Funktionär, dachte ich. So war es vermutlich früher gelaufen. Heute waren die Zeiten anders. Allmählich begann ich, das zu bedauern.

»Wir hatten gerade einen Termin beim stellvertretenden Wirtschaftsminister«, erklärte ich, »er sagte uns, dass keine einzelnen Projekte unterstützt werden.«

Der Berater hob bedauernd die Schultern und ließ sie wieder fallen. Im weiteren Verlauf des Gesprächs gab er mir wortreich zu verstehen, dass ich ohne seine Unterstützung völlig hilflos wäre. Worin genau diese Unterstützung bestehen könnte, verriet er mir allerdings nicht. Am Ende hatte ich das Gefühl, hier werde für ein hohes Honorar viel heiße Luft verbreitet – etwas, das nach meiner Erfahrung viele Beratungsfirmen auszeichnet.

Als Jonas und ich das Gebäude verließen und zum Auto gingen, schaltete ich mein Handy wieder ein. Elf Anrufe in Abwesenheit, alle von zu Hause.

Ich wählte, Svenja ging dran. »Mama, endlich. Sag mal, wo ist denn mein pinkfarbenes T-Shirt, du weißt schon, das mit dem Batikmuster?«

Aufseufzend ließ ich mich auf mein Hotelbett fallen, das hörbar quietschte. Ich spürte einen leichten elektrischen Schlag und schob angeekelt die Nylon-Überdecke beiseite. Dann griff ich nach dem Handy und rief meine Mutter an.

»Hallo, Schätzchen, wie läuft's bei dir?«

»Super«, sagte ich grimmig. »Mutter, wir hatten doch vereinbart, dass ihr mich nur im Notfall anruft. Pablo und Svenja haben es heute insgesamt zwölfmal versucht!«

Ich hörte sie auflachen. »Tut mir leid, das habe ich nicht mitgekriegt, ich war so beschäftigt mit den Farben.«

»Was für Farben?«

»Nichts, nur eine kleine Überraschung für dich.«

»Und noch was, Mutter. Woher kennt Pablo eigentlich Begriffe wie Oralverkehr und Blowjob?«

Wieder lachte sie. »Keine Ahnung. So was kriegen die doch heute überall mit.«

»Meine Kinder nicht!«, sagte ich mit Nachdruck. »Die sehen kaum fern, die machen keine Computerspiele, und den ganzen Dreck aus dem Internet kennen sie auch nicht.«

»Ach, Katja, da fällt mir ein, ich habe Svenja heute geholfen, ihr Facebook-Profil anzulegen. Das Mädchen ist zwölf Jahre alt und in keinem sozialen Netzwerk! Willst du sie zur totalen Außenseiterin machen?«

Ich schnappte nach Luft. »Mutter! Was fällt dir ein!?«

Im Hintergrund hörte ich Pablo nach seiner Großmutter rufen.

»Also dann, Schätzchen, mach's gut«, sagte meine Mutter eilig. »Das Essen ist fertig. Svenja und Pablo haben gekocht.«

»Ach ja?«, sagte ich hoffnungsvoll. »Was gibt es denn?«

»Chicken Wings und Pommes, ist alles fertig, muss man nur noch aufbacken.«

Wofür brauchte ich ein Au-pair-Mädchen, um meine Kinder zu ruinieren? Ich hatte doch meine Mutter.

Die deutsch-litauische Handelsgesellschaft war in einem imposanten Gebäude aus dem 19. Jahrhundert untergebracht. Wir wurden von Vizepräsident Willi Hildebrandt empfangen, einem jovialen Rheinländer, dessen Physiognomie verriet, dass er reichhaltigem Essen und Alkohol nicht abgeneigt war.

»Guten Abend, willkommen auf sicherem Gelände«, dröhnte er und drückte Jonas und mir die Hand. »Der Präsident lässt sich entschuldigen, er muss heute ein neues Fertigungswerk für Maschinenteile einweihen.«

Sicheres Gelände? Das klang ja, als sei Vilnius eine gefährliche Wildnis, der wir gerade nochmal entkommen waren.

Er führte uns in eine Art Salon, in dem ein Tisch für vier Personen gedeckt war. Eine üppige Frau mit blondem, schulterlangem Haar und viel Goldschmuck an Hals und Händen kam uns auf hohen Stiefelabsätzen lächelnd entgegen.

»Darf ich Ihnen Frau Bosas vorstellen«, dröhnte Hildebrandt, »meine Assistentin. Da wir ja heute Abend ein Arbeitsgespräch führen, habe ich sie gebeten, dabei zu sein.«

Assistentin. Ich hätte gewettet, dass sie ein Verhältnis miteinander hatten. Aber das glaubten die Leute vielleicht auch von Jonas und mir. Der Gedanke amüsierte mich.

Wir setzten uns, ein livrierter Kellner erschien und servierte die Vorspeise. Ich war überrascht. Kartoffelsuppe mit Würstchen war eine litauische Spezialität?

Hildebrandt hatte wohl meinen Gesichtsausdruck bemerkt. »Wie in der alten Heimat, was? Wir lassen uns hier gern mit deutschen Gerichten verwöhnen, die litauische Küche ist ziemlich uninspiriert. Aber keine Sorge, in den Restaurants in Vilnius kriegen Sie alles, von Pizza bis Chinesisch.«

Bis das Hauptgericht serviert wurde, plauderten wir ein bisschen über das Leben »in der Diaspora«, wie unser Gastgeber es ausdrückte. Als ich fragte, was ihn nach Vilnius verschlagen hätte, sagte er: »Früher wurden die Bösen nach Sibirien verbannt, heute tut es schon das Baltikum.«

Hatte er in der alten Heimat Mist gebaut? Geld verspekuliert? Eine Firma gegen die Wand gefahren? Bei Ärger dieser Art war eine Verbannung nach Litauen womöglich eine komfortable Alternative.

Hildebrandt trank ein Glas Wein auf Ex, dann kam er auf unser eigentliches Thema zu sprechen. »Ich habe Ihr Dossier gelesen, und wenn Sie meine ehrliche Meinung hören wollen: Lassen Sie es bleiben und fahren Sie wieder nach Hause.«

»Wie bitte?« Vor Aufregung bekam ich Schluckauf. »Was ... hick ... wollen Sie damit sagen?«

»Dass Sie hier mehr Probleme vorfinden, als Sie lösen können. Oder, anders gesagt, dass der Aufwand, mit dem Sie diese Probleme lösen könnten, in keinem Verhältnis zum möglichen Erfolg steht.«

Ich sah hilfesuchend zu Jonas. Der zog ein Gesicht, das wohl ausdrücken sollte: Nehmen Sie das bloß nicht so ernst!

»Also, das müssen Sie mir ... hick ... schon genauer erklären«, forderte ich. »Schließlich gibt es eine Menge deutscher Investoren, die hier aktiv sind, sonst würde es ja auch ... hick ... Ihre Gesellschaft gar nicht geben.«

»Na, Sie hat es ja erwischt«, sagte er lachend und schlug mir mit der Hand kräftig auf den Rücken. Tatsächlich erschrak ich so, dass das Hicksen aufhörte.

»Geht's wieder?«

»Danke.«

»Als Erstes müssen Sie mal die litauische Mentalität verstehen«, sagte er. »Die Menschen hier sind misstrauisch. Die waren zu lange besetzt. Erst von den Deutschen, dann von den Russen. Und jetzt kommen die Investoren. Und immer wurden sie ausgenommen, jedenfalls bilden sie sich das ein. Deshalb sind sie allen gegenüber, die hier was aufbauen wollen, zunächst ablehnend.«

»Aber wir schaffen doch Arbeitsplätze!«

»Schon, aber das reicht nicht. Die Leute denken, jetzt seien sie mal dran. Die wollen den großen Reibach machen. Für einen Litauer ist ein gutes Geschäft eines, bei dem er hundert Prozent Gewinn macht. Die haben hier noch nicht kapiert, dass heutzutage schon fünf Prozent eine gute Rendite sind.«

Der Kellner schenkte Wein nach. Hildebrandt stürzte auch dieses Glas in einem Zug hinunter, dann setzte er seinen Vortrag fort: »Sie dürfen nicht vergessen, dass hier bis vor kurzem der Sozialismus herrschte. Demokratische Strukturen sind noch nicht selbstverständlich. Hier steckt die alte Sowjetunion noch in jeder Ritze, die Planwirtschaft, der Schlendrian, die Korruption. Das kriegen Sie so schnell nicht raus.«

Hildebrandts Sprechweise wurde zunehmend verwaschen. Sosslismus. Demokrschestruturen. Das hielt ihn nicht davon ab, ein weiteres Glas Wein zu trinken, bevor er seine volkskundlichen Abhandlungen über das Wesen der Litauer fortsetzte. »Die sind keine Teamplayer, sage ich Ihnen. Jeder nur auf seinen Vorteil bedacht. Die tricksen und lügen, und wenn Sie nicht aufpassen, stiehlt Ihnen Ihr Nachbar das Sofa unterm Hintern weg!«

»Übertreiben Sie jetzt nicht ein bisschen, Herr Hildebrandt?«

»Aber keine Spur!«, rief er aus. »Bei mir haben sie die Alarmanlage am Haus abmontiert und mitgenommen!«

Jonas musste sich offensichtlich beherrschen, um nicht loszulachen.

Ich setzte mich aufrecht hin und schlug einen sachlichen Ton an. »Diese Gesellschaft hat doch das Ziel, die deutsch-litauische Zusammenarbeit zu fördern, oder nicht?«

Hildebrandt nickte und brummte zustimmend, während er die letzten Bissen seines Sauerbratens in sich reinschaufelte.

»Warum erzählen Sie uns dann die ganze Zeit, wie schrecklich die Litauer sind und wie aussichtslos unser Projekt? Wäre es nicht Ihre Aufgabe, uns Möglichkeiten aufzuzeigen, wie wir die Probleme lösen können?«

Hildebrandt wischte sich den Mund mit der Serviette ab und legte sie neben den Teller.

»Das mache ich doch. Ich gebe Ihnen lauter wertvolle Ratschläge. Mein wertvollster lautet: Vergessen Sie's.«

Er flüsterte dem Kellner, der gerade die Teller abtrug, etwas zu, und wenig später stand eine teuer aussehende Flasche Cognac auf dem Tisch.

»Und eines noch, falls Sie es partout nicht lassen wollen. Wenn ein Bürokrat hier nicht macht, was er soll, wartet er darauf, dass Sie ihm einen Umschlag rüberschieben.«

Hildebrandt hob sein Glas. »Auf die deutsch-litauische Freundschaft!« Es klang wie: Aufdiedschtltschfrndschft!

Als ich am nächsten Morgen aufwachte, herrschten in meinem Zimmer gefühlte null Grad. Zitternd zog ich mir die Decke bis unters Kinn. Ich musste dringend zur Toilette, aber wenn es im Bad genauso kalt wäre, würde mein Urinstrahl gefrieren. Ich beschloss, liegen zu bleiben, und dachte nach.

Im Lichte des grauen litauischen Morgens betrachtet sah es nicht gut aus für unser Projekt. Vielleicht war es doch eine Nummer zu groß für eine kleine Bauingenieurin, die gelernt hatte, dass man mit Sorgfalt, Fleiß und Können ans Ziel kommt. Vielleicht sollte ich genau jetzt den Rat von Herrn Hildebrandt beherzigen, die ganze Sache vergessen und wieder nach Hause fahren.

Schlagartig packte mich eine heftige Sehnsucht nach Pablo und Svenja, ihren schlafwarmen Körpern, ihrem Kinderduft. Wenn ich mich doch jetzt zu einem von ihnen ins Bett kuscheln könnte! Oder, wie früher, mit der ganzen Familie ins Ehebett. Da hatten wir uns zum Spaß aufeinandergelegt, zu einem »Big-Moser-Mac«. »Und ich bin die Tomate!«, hatte Svenja gerufen. »Nein, ich!«, hatte Pablo protestiert, worauf Svenja großzügig entschied: »Du bist die Gurke!«

Ich angelte nach meinem Handy, war überrascht, dass es trotz der Kälte noch funktionierte, und wählte.

»Firma Sunwind, guten Morgen.«

»Gina, ich bin's! Wie geht's dir?«

»Gut, danke. Der Kleine hat heute Nacht gekotzt, ich hab nicht viel geschlafen. Aber sonst ist alles okay. Und bei dir?«

»Das ist eine längere Geschichte«, sagte ich. »Ist Franz schon da?«

»Gerade gekommen«, sagte Gina, und ich hörte ein Knacken in der Leitung, als sie mich zu ihm durchstellte.

»Hallo, Franz«, begrüßte ich ihn. »Weißt du, was ich gestern gelernt habe?«

»Schieß los, ich kann's kaum erwarten!«

»Die litauische Methode. Tricksen, lügen und bestechen. Hast du die schon gekannt?«

Einen Moment war es ruhig in der Leitung. Dann räusperte er sich. »Ich verstehe nicht ganz. Was ist denn los?«

»Du hast mich reingelegt. Du hast mir ein Projekt aufs Auge gedrückt, von dem alle sagen, es sei undurchführbar. Und du hast so getan, als hinge die Existenz der Firma davon ab, dass ich es mache. Oder wolltest du mich kaltstellen? Was man übrigens wörtlich nehmen könnte, hier hat es nämlich minus zwanzig Grad, und ich wohne in einem Hotel, in dem offenbar die Heizung nicht funktioniert, aber das nur am Rande. Wie konntest du mich bloß so in die Falle tappen lassen?« Beim letzten Satz hatte ich die Stimme erhoben.

»Jetzt mal langsam, Katja. Ich habe immer noch keine Ahnung, wovon du eigentlich sprichst.«

Ich berichtete ihm von den gestrigen Ereignissen. Als ich fertig war, lachte er, und ich wurde sauer. »Wieso lachst du so blöd?«, schrie ich und konnte gerade noch verhindern, dass ich »plöd« sagte, was bei uns inzwischen zum geflügelten Wort geworden war.

»Weil das alles völlig normal ist. Jeder von diesen Typen spielt sich auf, jeder verfolgt eigene Interessen. Wenn du drei Leute fragst, hörst du vier Meinungen. Davon darfst du dich doch nicht irremachen lassen.«

»Was ist mit diesem neuen Gesetz?«

»Davon habe ich auch schon gehört, aber viele Gemeinden kümmern sich einfach nicht darum. Die verabschieden ihre Regionalpläne, und wenn's ein neues Gesetz gibt, dann bessern sie halt ein bisschen nach. Wenn jetzt alle aufhören würden, zu planen, käme es zu einem totalen Investitionsstau. Das will doch keiner.«

»Ich muss also rausfinden, wie unsere Gemeinde dazu steht?«

»Richtig. Demnächst ist doch diese Anhörung. Da soll Raistenkis den Detailplan vorlegen und ein bisschen Druck machen, dann läuft das schon.«

»Raistenkis hat Dreck am Stecken. Ich weiß nicht genau, was er gemacht hat, aber die Leute dort hassen ihn.«

»Wer hat keinen Dreck am Stecken?«

»Ich! Jedenfalls bisher!«, rief ich aufgebracht. »Und jetzt soll ich anfangen, Leute zu bestechen?«

»Doch nicht bestechen«, sagte Franz beschwichtigend, »nur ein bisschen großzügig sein. Ein paar Computer für die Schule, ein Spielplatz, neues Mobiliar fürs Gemeindezentrum ... Was glaubst du, wie geschmeidig die Leute werden, wenn man ihnen entgegenkommt.«

»Das meinst du nicht ernst.«

»Klar meine ich das ernst, Katja, so läuft das nun mal. Warum hatte Siemens einen Riesenbestechungsskandal am

Hals? Meinst du nicht, ein solches Unternehmen hätte alles getan, um sich diesen Mist zu ersparen, wenn es die Chance dazu gehabt hätte? Es geht nun mal nicht anders, daran solltest du dich frühzeitig gewöhnen. Außerdem tust du doch nichts Böses. Du nimmst ja kein Geld, nein, du unterstützt nur eine Gemeinde, in der es an allen Ecken und Enden fehlt. Das ist eigentlich eine gute Tat, fast so was wie ... Charity.«

Empört stieß ich die Luft aus. »Ich bin wirklich enttäuscht von dir, Franz. Ich habe dich immer für einen Idealisten gehalten.«

»Und ich dich für eine Realistin.«

»Ich will, dass Gina mir den nächsten Flug nach München bucht.«

»Vergiss es«, sagte Franz und legte auf.

6

Ich war so wütend auf Franz, dass ich beim Frühstück kaum einen Bissen runterbekam. Gleichzeitig ging mir immer wieder durch den Kopf, was er gesagt hatte, als ich zum ersten Mal alles hinschmeißen wollte.

Siehst du, das ist genau der Grund, warum ihr Frauen es nicht nach ganz oben schafft! Weil ihr immer irgendwann einen Rückzieher macht!

Der Satz arbeitete in mir, ich konnte und wollte einfach nicht zulassen, dass Franz Recht behalten würde. Deshalb beschloss ich widerstrebend, weiterzumachen, und zwar auf meine Art. Ich würde allen beweisen, dass man ein solches Projekt auf legalem Weg, ohne Trickserei und Bestechung, durchkämpfen könnte. Schließlich planten wir keine Mülldeponie, keinen Schlachthof und keinen Jugendknast – Projekte, an denen sich unweigerlich der Protest von Anwohnern entzündet. Wir wollten ein paar schlanke, elegante Windräder aufstellen, die sich bestens in die Landschaft einfügen und ein Symbol für Fortschritt und Umweltbewusstsein sein würden. Einem solch ehrenhaften Ansinnen könnte sich vernünftigerweise auf Dauer kein Politiker und kein Bürger verschließen.

Pünktlich um halb zehn, wie vereinbart, betrat Jonas den Frühstücksraum und kam lächelnd auf mich zu. »Guten Morgen, Frau Moser, haben Sie gut geschlafen?«

»Danke. Ungefähr so wie in einem Biwak bei einer Nordpolexpedition.«

Jonas lachte. »Ja, dieses Hotel ist berühmt für seine schlechte Heizung. Deshalb ist es auch im Winter so billig.«

Und deshalb hatte es Franz auch für mich gebucht. Vom gesparten Geld würde er Dahlia einen Kaschmirpullover schenken. Ich verlor mich für einen Augenblick in Rachephantasien, dann riss ich mich zusammen.

»Sagen Sie, Jonas, wie schätzen Sie das ein, was wir gestern gehört haben?«, fragte ich.

Überrascht sah er mich an. »Das wollen Sie jetzt wirklich wissen?«

Ich nickte. »Ja, natürlich, sonst hätte ich nicht gefragt.«

Er nahm einen Schluck Kaffee. »Fangen wir mit dem stellvertretenden Wirtschaftsminister an. Er ist ein sehr ehrgeiziger Mann, der etwas erreichen möchte. Leider gehört er zu der Sorte von Politikern, die mehr an ihrem persönlichen Fortkommen interessiert sind als an Sachfragen. Er hat sich also ein Repertoire an kompetent klingenden Sätzen zurechtgelegt, aber in Wahrheit hat er keine Ahnung.«

Sieh mal an, dachte ich überrascht, er denkt das Gleiche wie ich. Der Junge hat doch mehr drauf, als ich anfänglich geglaubt habe.

»Und wenn Sie diesen Herrn Hildebrandt darüber schwadronieren hören, dass alle Litauer nur tricksen, lügen und betrügen, geht Ihnen da nicht das Messer in der Tasche auf? Ich habe jedenfalls Ihre Beherrschung bewundert!«

»Gegen Vorurteile kommt man schwer an. Ich hoffe, Sie werden andere Erfahrungen hier machen und erleben, dass wir Litauer eigentlich sympathische Menschen sind!«

Auf ihn traf das jedenfalls zu, und darüber war ich schon mal sehr erleichtert.

»Und dann würde mich noch interessieren, wie Sie das gestern mit dem Termin hingekriegt haben.«

Jonas lächelte verlegen. »Das war ganz einfach. Ein Onkel von mir ist Referent des Ministers.«

»Ach, so ist das!« Was für eine erfreuliche Nachricht. Solche Beziehungen waren bestimmt nützlich. Vorausgesetzt, wir ließen uns nicht entmutigen.

»Glauben Sie denn, dass wir überhaupt eine Chance haben?«

»Aber natürlich! Das ist alles ...«

»... kein Problem?«

»Genau! Wie sagt man: Es wird nichts so heiß gegessen, wie es gekocht wird. Wir Litauer sind flexibel, wir finden immer eine Lösung.«

Ich blickte zweifelnd. Für diesen Jungen schien es überhaupt keine Probleme zu geben. Spielte er mir den Optimisten vor, um seinen Job zu behalten, war er naiv, oder hatte er einfach ein glückliches Naturell?

Ich erhob mich vom Frühstückstisch. »Na, dann los! Wohin geht es heute?«

»Ich dachte, Sie machen die Termine?«

Jetzt wurde ich verlegen. »Tut mir leid, das war blöd von mir.«

Wieder grinste er. »Kein Problem!«

Ich blieb noch mal stehen und musterte ihn streng. »Übrigens, egal, wohin wir heute fahren, Sie schnallen sich an, und ich lese den Stadtplan, verstanden?«

Wir betraten die Seima, das litauische Parlamentsgebäude im Zentrum von Vilnius. Im Foyer herrschte Hochbetrieb, mehrere Schulklassen und einige Besuchergruppen warteten auf Einlass. Wir aber waren angemeldet, umgingen also die Warteschlange und steuerten direkt auf die Garderobe zu, wo wir unsere Mäntel abgaben. Dann wurden wir einem gründlichen Sicherheitscheck unterzogen, erhielten Namensschilder und wurden von einem schweigsamen älteren Wachmann quer durchs Gebäude, am großen Sitzungssaal vorbei, in den zweiten Stock begleitet.

Dort begrüßte uns der Vorsitzende des nationalen Umweltausschusses, ein korpulenter, freundlicher Mann mit rundem Kopf. Die Sekretärin kam herein und servierte Kaffee in Plastiktassen und Mineralwasser in Plastikbechern, dazu reichte sie Plastiklöffel.

»Die optimale Entfernung der Windkraftanlagen von der Küste beträgt vier Kilometer«, erläuterte ich nach dem üblichen Eingangsgeplänkel, »dort herrschen die besten Windverhältnisse. Der ideale Abstand zwischen zwei Windrädern mit einem Durchmesser von achtzig Metern errechnet sich durch den Faktor fünf, beträgt also vierhundert Meter. Wir möchten mindestens sechs, lieber acht oder sogar zehn Windräder aufstellen. Unter Berücksichtigung sämtlicher Auflagen ergibt sich für den Bau ein klar abgegrenztes Gebiet, das Sie hier sehen können.«

Ich faltete eine Karte auseinander und zeigte dem Rundkopf einen Streifen zwischen Klaipeda und Dreverna, der westlich von der Küste und östlich von der Schnellstraße 141 lag. Dann reichte ich ihm eine Aufstellung der Umweltverträglichkeitsprüfungen, das Lärmemissionsgutachten, das Gutachten über den Schattenwurf, außerdem eine grafische Darstellung, wie die Räder sich in der Landschaft verteilen würden und welcher optische Eindruck dadurch entstünde.

»Wie Sie sehen, haben wir sämtliche Auflagen erfüllt oder sind dabei. Trotzdem wurde uns gestern signalisiert, dass wir vorläufig nicht mit einer Genehmigung rechnen können. Was können Sie uns dazu sagen?«

Er ließ sich von seiner Sekretärin eine Mappe bringen, blätterte umständlich darin herum und stellte lauter Fragen, die meilenweit an der Sache vorbeigingen. Dann begann er, über die Vor- und Nachteile der Windkraft zu dozieren, als säßen wir in einem Anfängerseminar an der Uni. Ich unterdrückte ein Gähnen und versuchte, Interesse zu heucheln, indem ich ihn mit weit geöffneten Augen ansah. Er musste denken, ich sei auf Drogen.

Draußen wurde es laut. Aus dem Vorzimmer und dem angrenzenden Flur waren Stimmen zu hören, das Schlagen von Türen, das Stampfen von Schritten.

Die Tür flog auf, die Sekretärin versuchte vergeblich, einige Männer vom gewaltsamen Eindringen in das Büro abzuhalten.

Der Ausschussvorsitzende bellte irgendwas. Die Männer, es waren sieben, drängten an der erschrockenen Frau vorbei in den Raum und redeten wild durcheinander. Sie wirkten bäuerlich, ich glaubte sogar, den Geruch von Kuhmist wahrzunehmen. Der Vorsitzende war aufgestanden. Er hob beschwichtigend die Hände und sprach auf die Männer ein, die sich keineswegs beruhigen wollten. Mit lauten, empörten Stimmen, unterstützt von weit ausholenden Armbewegungen und theatralischem Augenrollen, brachten sie ihr Anliegen vor.

Plötzlich machte einer der Männer einen Satz auf den Vorsitzenden zu und packte ihn an der Krawatte, zwei andere rissen ihn los. Nun wurde es noch lauter, der Angegriffene rief etwas, das ich auch ohne Litauisch-Kenntnisse als Ruf nach der Security verstand.

Ich flüsterte: »Lassen Sie uns verschwinden!«

Jonas nickte. Ich raffte meine Unterlagen zusammen, und wir drückten uns an den Männern vorbei Richtung Tür. Niemand beachtete uns. Das Vorzimmer war leer, die Tür zum Flur stand offen. Wir bestiegen den Lift, und gerade, als die Türen sich schlossen, sahen wir vier bewaffnete Wachmänner den Flur entlangstürmen.

»Junge«, sagte ich aufatmend, »was war das denn?«

»Das waren Bauern, die gegen eine Biogasanlage protestiert haben«, erklärte Jonas. »Sie haben dem Vorsitzenden erklärt, dass sie ihm, Verzeihung ... die Eier abschneiden, wenn er nicht dafür sorgt, dass diese Anlage nicht gebaut wird.«

Ich schluckte. »Eine interessante Auffassung von Demokratie.«

Dann überlegte ich. »Wie sind die überhaupt hier reingekommen? Hier wird doch streng kontrolliert!«

»Als Besuchergruppe getarnt. Das ist das Problem mit der Volksnähe. Einerseits soll das Parlament ein offener, zugänglicher Ort sein, den die Bürger betreten dürfen, andererseits gibt es dadurch keine hundertprozentige Sicherheit mehr.«

Ich beruhigte mich damit, dass die Männer zumindest keine Waffen bei sich gehabt haben konnten – die hätte man beim Durchleuchten wohl gesehen. Womit sie dem armen Vorsitzenden allerdings was-auch-immer hätten abschneiden wollen, war unklar. Dort oben hätten sie höchstens Plastikmesser gefunden.

Für das Mittagessen schlug Jonas ein Schnellrestaurant auf dem Gediminos Prospektas in der Nähe des Kathedralenplatzes vor. So könnte ich wenigstens einen Blick in das historische Zentrum von Vilnius werfen. Auf dem großen Platz, wo oft Kundgebungen und Konzerte stattfanden, stand die berühmte Sankt-Stanislaus-Kathedrale und daneben der Glockenturm, dem man seine fünf Bauphasen zwischen dem 15. und dem 19. Jahrhundert deutlich ansah.

Gerne hätte ich die Kathedrale besichtigt, aber ich wagte es nicht, meine wertvolle Zeit mit Sightseeing zu verschwenden.

Als ich mich schon zum Gehen wandte, sagte Jonas: »Kommen Sie, ich zeige Ihnen was.« Er führte mich an eine Stelle zwischen der Kirche und dem Glockenturm, an der eine Steinplatte in den Boden eingelassen war, entfernte mit den Schuhen den Schnee, und eine Inschrift wurde sichtbar.

»Stebuklas«, las ich. »Was bedeutet das?«

»Stebuklas heißt Wunder«, erklärte Jonas. »An dieser Stelle befand sich am 23. August 1989, dem fünfzigsten Jahrestag des Hitler-Stalin-Paktes, das südliche Ende der sechshundert Kilometer langen baltischen Menschenkette zwischen Tallinn und Vilnius. Damit wollten die Menschen zeigen, wie sehr sie sich ihre Unabhängigkeit wünschen. Man sagt, wer sich heute etwas wünscht, sich mit einem Bein auf die Platte stellt und dreimal um die eigene Achse dreht, dessen Wunsch geht in Erfüllung.«

»Haben Sie's ausprobiert?«, fragte ich.

»Ja«, gab er lächelnd zu.

»Und, hat's geholfen?«

»Verrate ich nicht.«

Ich stellte mich mit einem Bein auf die Steinplatte, schloss die Augen und drehte mich, ohne zu überlegen, um die eigene Achse. Ich wünsche mir den Windpark. Ich wünsche mir den Windpark. Ich wünsche mir ... halt! War das wirklich mein innigster Wunsch? Wünschte ich mir nicht viel mehr, dass meinen Kindern nichts zustieße? Dass Michael und ich uns wieder näherkämen? Dass meine Mutter endlich stolz auf mich wäre?

Ich öffnete die Augen und drehte mich zu Jonas. »Kann man nochmal neu anfangen? Ich glaube, ich habe mir das Falsche gewünscht.«

Er hob die Schultern und ließ sie fallen. »Ich weiß nicht. So genau kenne ich mich mit Wundern nicht aus.«

Scheiß drauf, dachte ich, ist ja sowieso nur ein Spaß. Ich schloss erneut die Augen und drehte mich zum dritten und letzten Mal. Ich wünsche mir den verdammten Windpark!

Im Restaurant war es trotz der Küchendämpfe so kalt, dass ich meinen Mantel anbehielt. Ich aß ein gebackenes Hähnchenschnitzel mit Bratkartoffeln, das nicht gerade den Maßstäben gesunder Ernährung entsprach, aber sehr lecker war.

Jonas verspeiste mit sichtlichem Appetit zwei plattgedrückte Hamburger, die aussahen, als wären sie in die Wäschemangel geraten. Dazu trank er Cola mit Eis und Zitrone.

Ich lächelte ihn an. »Wann studieren Sie eigentlich?«

»Wenn ich nicht arbeite.«

»Und wann ist das?«

»Selten. Das Leben hier ist teuer geworden.«

»Aber wenn Sie immer jobben, werden Sie nie mit dem Studium fertig.«

»Das macht keinen Unterschied«, sagte er. »Danach wäre ich sowieso arbeitslos.«

»Ich dachte, die baltischen Staaten boomen?«

»Das war so, bis letztes Jahr. Aber der Aufschwung stand auf wackeligen Füßen. Mit der Finanzkrise ist vieles wieder zusammengebrochen.«

»Und Ihr Onkel? Könnte der Ihnen nicht helfen?«

»Vielleicht. Aber ich habe keine Lust, in einer Behörde zu arbeiten. Den ganzen Tag Sitzungen, das halte ich nicht aus.«

Das konnte ich gut verstehen. Ich fragte mich ja auch schon manchmal, wofür ich eigentlich Ingenieurin geworden war. Ich hatte davon geträumt, Brücken zu bauen, Hochhäuser, kühne Konstruktionen, die alle Welt zum Staunen bringen würden. Und nun langweilte ich mich in endlosen Meetings mit irgendwelchen litauischen Bürohengsten herum, deren einziges Ziel darin zu bestehen schien, jeden Fortschritt zu verhindern.

Ich löffelte mein Softeis, das ich mir zum Abschluss bestellt hatte, und beobachtete Jonas, der mit einer Papierserviette kämpfte, die an seinen ketchupverschmierten Fingern klebte. Es war schon ungerecht. Demnächst wäre er fertiger Architekt und Stadtplaner, er sprach vier Sprachen, hatte einwandfreie Umgangsformen und war sympathisch. Und so einer würde keinen Job finden?

»Kommen Sie doch nach Deutschland«, schlug ich vor.

»Da war ich ja schon. Aber ich habe meine Freunde und meine Familie vermisst. Nach einem Jahr musste ich einfach zurück.«

So ein Seelchen war er also, der coole Jonas! Das rührte mich.

Ich schob den leeren Eisbecher von mir. »Und wie geht es jetzt weiter?«

Jonas zog seine Liste des Tages heraus. »Wir haben als Nächstes einen Termin beim stellvertretenden Umweltminister, dann ein Treffen mit einem jungen Unternehmer, der die Planung übernehmen könnte, wenn es mit Raistenkis nicht mehr geht, außerdem könnten wir mit dem stellvertretenden Referenten für Wirtschaftsfragen in der deutschen Botschaft sprechen.«

Ich dachte einen Moment nach, dann sagte ich: »Wissen Sie, Jonas, das bringt alles nichts. Ich habe genug von diesen Stellvertretern. Denen ist unser Projekt, auf Deutsch gesagt, scheißegal. Die wollen uns nicht helfen, oder sie können es nicht. Wir fahren jetzt dahin, wo wir die Anlagen bauen wollen, und sprechen mit den Leuten vor Ort.«

»Kein Problem«, sagte Jonas und zerknüllte die Liste.

»Müssen Sie die Termine nicht absagen?«

»Ach ... ehrlich gesagt, ich hatte sie noch nicht definitiv vereinbart.«

»Jonas!«, sagte ich warnend. »Kommen Sie mir nicht mit der litauischen Methode!«

Jonas brachte mich ins Hotel. Dann fuhr er nach Hause, um seine Sachen zu holen. In einer Stunde wollte er zurück sein. Ich packte und bezahlte, dann bat ich um eine Rechnung. Die Rezeptionistin teilte mir mit, das könne eine Weile dauern, sie sei gerade beschäftigt. Nach einer Viertelstunde, in der sie telefoniert und ein bisschen am Computer geschrieben hatte, fragte ich nach. Sie sah auf, mit einem Gesichtsausdruck, als hätte sie mich im Leben noch nicht gesehen.

»Ach ja, die Rechnung«, sagte sie. »Das wird einen Moment dauern.«

»Das haben Sie bereits vor eine Viertelstunde gesagt«, bemerkte ich. »Wären Sie so freundlich und würden mir eine Rechnung schreiben? Und zwar jetzt!« Bei den letzten Worten hatte ich deutlich die Stimme erhoben.

Eingeschüchtert rückte sie ihren Stuhl an den Computer und begann zu tippen.

»Hallo, hier bin ich wieder«, hörte ich Jonas' Stimme hinter mir. »Können wir los?«

Genervt sagte ich: »Ich versuche seit ungefähr einer halben Stunde, von dieser Dame eine Rechnung zu erhalten. Das gehört offenbar zu den Dingen, die sie an der Hotelfachschule nicht gelernt hat.«

Mein Handy spielte Bibi Blocksberg. Ich meldete mich, gab meiner Stimme einen heiteren Klang. »Hallo, was gibt's?«

Zuerst hörte ich nur heftiges Schluchzen, dann drangen einzelne Worte an mein Ohr: »Dihihie Ohohoma sagt, wihir dühürfen dihich auf keieinen Fall aaaanruuuufen!«

Mein Herz zog sich zusammen. »Aber Schatz, im Notfall natürlich schon!«

»Es ihist ein Nohotfall!«

»Um Gottes willen, was ist denn passiert?«

»Ich hab sooooo Heimweh!«

»Du hast Heimweh? Aber du bist doch zu Hause.«

»Ich hab doch Heimweh nach diiiieeer!« Das Schluchzen wurde heftiger. Ich schluckte. Die Rezeptionistin versuchte, sich bemerkbar zu machen. »Telefonnummer?«, flüsterte sie.

»Warte einen Moment, Pablo, ich bin gleich wieder bei dir!« Ich legte das Handy ab und wühlte in meiner Handtasche. Aus dem Hörer drang martialisches Gebrüll.

Ich knallte eine Visitenkarte auf den Tresen und riss das Handy wieder hoch. »Pablo, Schätzchen, bitte beruhige dich! Ich bin doch bald wieder zu Hause!«

Bald war relativ. Ich sollte noch mindestens eine Woche in Litauen bleiben.

»Aber ich hab so Heimweheh nach dir! Und der Papa ist nicht da, und die Svenja ist total plöd zu mir.« Erneutes Schluchzen.

»Und die Oma?«

»Die hört den ganzen Tag diese Heulmusik. Und dann hat sie einen Kuchen gebacken, der hat komisch geschmeckt, und dann war sie beleidigt, weil ich ihn nicht essen wollte ... Bitte, Mama, du sollst heim...!«

Plötzlich war die Leitung unterbrochen. »Pablo?« Nichts. Ich wählte die Nummer von zu Hause, es war belegt.

»Alles okay?«, fragte Jonas.

»Nichts ist okay.« Ich griff nach meinem Koffer. »Wir fahren zum Flughafen!«

Der nächste Flug über Riga nach München ging in drei Stunden. Ich stellte mich am airBaltic-Schalter an, um ein Ticket zu kaufen. Jonas stand wie ein begossener Pudel neben mir und sagte nichts mehr. Auf der Fahrt hatte er versucht, mich zu beruhigen und mir den Rückflug auszureden, aber ich wollte nur noch nach Hause zu meinen Kindern. Und meine bekloppte Mutter rauswerfen. Ich hätte wissen müssen, dass es nicht gutgehen würde, sie war einfach nicht zurechnungsfähig.

Vor jeder Reise hörte sie wochenlang Musik aus der Region, in die sie fahren würde; nun malträtierte sie meine Familie also mit jemenitischen Klängen. Und der Kuchen? Ich traute ihr zu, dass sie ihn mit Haschisch versetzt hatte.

Immer wieder hatte ich versucht, anzurufen, war aber nicht durchgekommen.

»Bitte schön?«, sagte die Frau am airBaltic-Schalter.

»Ein Ticket für den Flug über Riga nach München um siebzehn Uhr dreißig, bitte.«

»Business oder Economy?«

»Economy bitte.«

»Das macht dreihundertzwanzig Euro. Das Ticket gilt nur auf dieser Strecke und ist nicht umbuchbar. Keine Stornierung möglich.«

»Ich weiß«, sagte ich ungeduldig. Ich wollte ja nur auf dem schnellsten Weg nach Hause fliegen.

»Kreditkarte bitte.«

Ich gab ihr die Karte, sie zog sie durch das Lesegerät und schob mir den Beleg zur Unterschrift hin.

In diesem Moment ertönte die Melodie von Bibi Blocksberg. Ich riss das Handy ans Ohr, während ich unterschrieb.

»Ja?«

»Hallo, Schätzchen«, ertönte die Stimme meiner Mutter, »ich hoffe, du hast dir keine unnötigen Sorgen gemacht.«

»Ob sie unnötig waren, kann ich nicht beurteilen, jedenfalls habe ich mir Sorgen gemacht«, erwiderte ich aufgebracht. »Was, in aller Welt, hast du mit Pablo angestellt?«

»Nichts. Er hat im Memory verloren und einen seiner Heulanfälle bekommen. Du weißt, er kann nicht verlieren.«

Das wusste ich nur zu gut; jedes Mal, wenn Pablo bei »Mensch ärgere Dich nicht« oder einem anderen Spiel verlor, rastete er aus.

»Und dann hat er sich reingesteigert, dass er so Heimweh nach dir hat. Du hast es ja gehört.«

»Allerdings. Wo ist er jetzt?«

»Draußen im Garten. Er versucht, aus den letzten Schneeresten einen Works zu bauen. Oder war es ein Urchs?«

»Gib ihn mir«, befahl ich.

Ich hörte, wie das Handy in den Garten getragen wurde.

»Hallo, Mama«, erklang Pablos fröhliche Stimme, »ich baue gerade einen Schneemann!«

»Freut mich, mein Schatz«, sagte ich, mühsam beherrscht, »wird es ein Urchs oder ein Works?«

»Das musst du raten, wenn du nach Hause kommst!«

»Okay, ich bin schon gespannt. Dann mach's mal gut, mein Großer!«

»Tschüss, Mama.«

Ich ließ das Handy sinken, drehte mich wieder zum Schalter und legte das Ticket hin. »Können Sie das vielleicht doch wieder zurücknehmen?«

Die Angestellte von airBaltic schüttelte bedauernd den Kopf. »Wie ich schon sagte, keine Stornierung möglich.«

7

Vor uns lagen mindestens fünf Stunden Autofahrt, was ich, mit Jonas am Steuer, als durchaus beunruhigende Perspektive empfand. Blöderweise hatte ich nicht daran gedacht, mich bei der Autovermietung als zweite Fahrerin eintragen zu lassen, und so war ich nicht versichert.

Jonas bemühte sich, konzentriert zu fahren, dennoch konnte er es nicht lassen, ständig neue Sender im Autoradio zu suchen und zu mir rüberzusehen, sobald ich etwas sagte. Als er nach einer Weile anfing, Bonbons aus seiner Jackentasche zu fischen und mit einer Hand auszupacken, nahm ich ihm die Tüte weg.

»Sagen Sie mir, wenn Sie eines möchten, dann gebe ich es Ihnen.«

Amüsiert blickte er zu mir. »Ich habe noch nie eine so ängstliche Beifahrerin erlebt.«

»Ich bin nicht ängstlich, ich will nur das Risiko auf ein möglichst geringes Maß reduzieren. Ich habe zwei Kinder, die mich brauchen, das schärft den Überlebensinstinkt.«

»Sind Sie verheiratet?«, fragte er.

»Im Prinzip ja«, erwiderte ich.

Erst jetzt fiel mir auf, dass Michael sich nicht gemeldet hatte, seit ich unterwegs war. Zugegeben, auch ich hatte ihn nicht angerufen, aber trotzdem war ich enttäuscht. Wir hatten zwischen uns die Devise ausgegeben, dass keine Nachrichten gute Nachrichten seien, aber man kann sich ja auch einfach mal so melden, mit einem Gruß, ein paar liebevollen Zeilen.

Ich nahm mein Handy und tippte: »Nur so aus Neugier: Lebst du noch? Ich ja, falls es dich interessiert.« Jonas scherte aus, um zu überholen. Hinter ihm setzte ein Hupkonzert ein, offenbar hatte er übersehen, dass sich ein Wagen in hohem Tempo näherte. »Ob ich diese Autofahrt hier überlebe, ist allerdings fraglich«, schrieb ich weiter. »Viele Grüße, K.« Ich schickte die Nachricht ab.

Nach ein paar Minuten erhielt ich eine SMS zurück. »Kann gerade nicht. Melde mich später. Viel Glück, M.«

Das nenne ich doch mal eine liebevolle Korrespondenz zwischen Eheleuten, dachte ich und packte das Handy wieder weg.

»Wie alt sind Ihre Kinder?«, setzte Jonas die Unterhaltung fort.

»Svenja ist zwölf und Pablo sieben«, gab ich Auskunft. Die Erwähnung ihrer Namen genügte, dass ich Sehnsucht bekam. Als hätte Jonas meine Gedanken erraten, sagte er: »Das ist bestimmt nicht einfach für Sie, so weit weg von den beiden zu sein. Wer passt auf sie auf?«

»Im Moment meine Mutter.«

»Ich hätte später auch gern Kinder«, sagte er.

»Wirklich?«, fragte ich überrascht. »Ich dachte, die jungen Männer heutzutage wollen lieber Karriere machen und Geld verdienen, als Windeln zu wechseln und sich die Nächte um die Ohren zu schlagen.«

»Geld macht nicht glücklich. Eine Familie schon.«

»Sie haben Recht«, gab ich lächelnd zu, »nichts ist so anstrengend, wie Kinder aufzuziehen, aber nichts gibt einem mehr Erfüllung. Für mich ist es jedenfalls so, und mir tun alle Menschen leid, die das nicht erleben.«

Er blickte mich von der Seite an. »Das traut man Ihnen gar nicht zu.«

»Was?«

»Dass Sie so ... mütterlich sind. Sie wirken ganz schön tough.«

»Muss ich ja auch sein in meinem Job«, verteidigte ich mich. »Sie sehen doch, wie es ist. Lauter Männer, die einem nichts zutrauen. Da kommen Sie mit Freundlichkeit alleine nicht weit.«

»Und ... wieso tun Sie sich das an?«

Ich lachte kurz auf. »Das habe ich mich auch schon gefragt. Die Wahrheit ist, ich liebe es, mich gegen diese Männer zu behaupten. Außerdem mag ich meine Arbeit. Die Kinder gehen irgendwann weg. Was mache ich dann, ohne Beruf?«

Nachdem wir schon bei den privaten Themen angekommen waren, fragte ich nach einer Pause: »Haben Sie eine Freundin?«

Erst schwieg er, als hätte er meine Frage nicht gehört. Dann sagte er: »Sie haben mich doch heute Mittag gefragt, ob das Wunschorakel bei mir funktioniert hat. Die Antwort ist Nein.«

Ich wartete, ob noch eine Erklärung käme, es kam aber keine. »Ähm ... was wollen Sie damit sagen?«, fragte ich schließlich.

»Ich hatte eine Freundin. Sie ist gestorben.«

»Oh«, sagte ich erschrocken. »Das tut mir sehr leid. Entschuldigen Sie, dass ich überhaupt davon angefangen habe ...«

»Schon gut«, sagte Jonas leise, »das konnten Sie ja nicht wissen.«

Eine Weile schwiegen wir beide. Ich hätte gern mehr über seine Freundin erfahren, vor allem, woran sie gestorben war, aber ich wollte nicht indiskret sein.

»Das Schlimme ist«, sagte er nach einer Weile, »dass ich mich seither nicht mehr verlieben kann. Immer sehe ich Aneta vor mir. Sie war eine sehr anziehende junge Frau, wissen Sie. Als sie krank wurde, verlor sie all ihre Schönheit. Sie magerte ab, die Haare gingen ihr aus. Sie hat sehr darunter gelitten. Wenn mir heute ein Mädchen gefällt, habe ich das Gefühl, Aneta zu verraten.«

»Wie lange ist es her?«, fragte ich.

»Zwei Jahre.«

Ich legte meine Hand auf Jonas' Arm. »Ich bin ein bisschen älter als Sie, zwölf Jahre, um genau zu sein. Und mit der zusätzlichen Lebenserfahrung dieser zwölf Jahre sage ich Ihnen, dass es vorbeigehen wird. Sie trauern noch, und das ist auch richtig so. Aber eines Tages werden sie darüber hinweg sein. Aneta wird für Sie immer eine wichtige Erinnerung bleiben, aber sie wird nicht mehr Ihre Gegenwart bestimmen. Und dann können Sie sich auch neu verlieben.«

»Das glaube ich nicht.«

»Wollen wir wetten?« Ich hielt ihm meine Hand hin.

Er lächelte traurig. »Um was?«

Ich überlegte. »Um ein Navigationsgerät?«

»Brauche ich nicht.«

»Das glauben Sie!«, sagte ich. »Na gut, dann um eine Flasche Champagner. Magnum!«

»So sicher sind Sie?«, fragte Jonas ungläubig.

»Absolut sicher!«
Er schlug ein.

Auf der Höhe von Kaunas bat ich ihn, an einer Raststätte zu halten. Ich sehnte mich nach einem Kaffee.

Ich wartete auf sein übliches »Kein Problem«, aber er sagte: »Ich habe eine bessere Idee«, und fuhr einige Minuten später bei einer Ausfahrt raus, die mit MEGASTORE ausgeschildert war. Er hielt auf dem Parkplatz eines gigantischen, hell erleuchteten Einkaufszentrums. Staunend betrachtete ich das Gebäude, das einen halben Kilometer breit und fünfzig Meter hoch zu sein schien. Ich glaube, nicht mal in Amerika hatte ich eine größere Shopping Mall gesehen.

Wir stiegen aus und gingen durch böigen Wind und leichten Schneefall über den Parkplatz. Nun war die Kälte feucht geworden und kroch uns in die Glieder.

Innen steuerten wir direkt auf ein riesiges Aquarium zu, das vom Boden bis zur Decke reichte. Zwischen Korallen und Algen schwammen exotische Fische, sogar kleine Katzenhaie. Plötzlich kamen von oben die Beine eines Mannes ins Bild, der in Tauchermontur nach unten sank und mit einem Netz irgendetwas einsammelte.

»Wow«, sagte ich beeindruckt.

Wir standen in einer Art Innenhof, von dem auf zwei Stockwerken rechts und links endlose Gänge mit Geschäften abgingen. Oben war ein Restaurantbereich, in dem jede Art von Fastfood, aber auch litauische, russische und seltsamerweise persische Spezialitäten angeboten wurden. Es gab ein Internetcafé und mehrere Spielhallen und Kinos, so dass man sich auf unterschiedlichste Weise die Zeit vertreiben konnte.

Wir setzten uns in eine Pizzeria und hofften, dass der dort servierte Kaffee wenigstens Ähnlichkeit mit italienischem Cappuccino hätte, und tatsächlich war er nicht schlecht. Während ich den Milchschaum löffelte, sah ich mich um. Für das, was hier geboten wurde, war es ziemlich leer. Das ganze Ding wirkte vollkommen überdimensioniert.

»Gefällt Ihnen so was?«, fragte ich und machte eine Bewegung in den Raum hinein.

Jonas zuckte die Schultern. »Es ist praktisch. Man kriegt alles.«

»Ich weiß nicht«, sagte ich zweifelnd. »Mir kommt das ein bisschen vor wie ein Potemkin'sches Dorf. Früher, im Sozialismus, gab es nichts, was die Menschen hätten kaufen können. Heute gibt es alles, und die meisten haben nicht das Geld dafür.«

Jonas überlegte. »Vielleicht sollen Orte wie dieser nicht Wünsche erfüllen, sondern Sehnsucht wecken«, sagte er schließlich.

»Das haben Sie schön ausgedrückt«, erwiderte ich. »Wir aus dem Westen können uns das wahrscheinlich gar nicht mehr vorstellen. Wir besitzen längst viel zu viel, auf jeden Fall mehr, als uns guttut. Mich macht dieser Überfluss nervös. Wenn ich vor einem Regal mit hundert verschiedenen Duschgels stehe, kriege ich die Krise.«

»Für uns ist es noch ein bisschen wie im Schlaraffenland. Gerade, weil wir uns nicht viel leisten können, sind die Dinge begehrenswert.«

Ich unterdrückte gerade noch den Impuls, ihm in schöner Besser-Wessi-Manier einen Vortrag über den Ersatzcharakter von Warenkonsum zu halten. Stattdessen bezahlte ich den Kaffee, kaufte Mineralwasser und Kekse, und wir gingen zurück zum Auto. Es schneite jetzt in dichten Flocken, die im Scheinwerferlicht tanzten und einen schmierigen Belag auf der Straße hinterließen. Die Autos fuhren deutlich langsamer und mit großem Abstand.

Ungefähr zwei Stunden nach Kaunas kam der Verkehr zum Erliegen. Ein Stück vor uns stand ein Lastwagen quer, Blaulicht blinkte.

»Mist«, sagte ich, »Stau.«

»Können Sie mal nachsehen, wie weit es noch ist?«, fragte Jonas.

Ich breitete die Karte aus und schaltete das Licht ein. Wir befanden uns auf der Höhe eines Kaffs namens Bardziai. Es waren noch mindestens achtzig Kilometer.

Wir warteten. Nach einer halben Stunde hatte sich noch immer nichts getan.

»Ich könnte versuchen, abzufahren«, schlug Jonas vor.

»Und dann?«

»Fahren wir auf der Landstraße weiter.«

»Bei dem Schnee? Da ist doch sicher nirgendwo geräumt.«

»Na, dann warten wir eben.«

Nach weiteren zwanzig Minuten sagte ich entnervt: »Also gut, fahren Sie ab.«

Er scherte nach rechts aus und fuhr langsam auf der Standspur entlang. Kurz bevor der Lastwagen die Straße versperrte, kam die Ausfahrt. Wir landeten auf der 197 Richtung Laukuva. Es ging langsam vorwärts, aber immerhin fuhren wir.

»Gut gemacht«, lobte ich, »da hätten Sie auch früher draufkommen können.«

Nach über zwei Stunden erreichten wir Rietavas. Von hier aus waren es nur noch wenige Kilometer zurück bis zur Autobahn.

Aber nun ging es auch hier nicht mehr weiter. Jonas stieg aus, um zu sehen, was los war. Er verschwand im dichten Schneegestöber, und einen Moment lang fürchtete ich, dass er nicht mehr zurückkommen würde.

Nach einer Weile tauchten seine Umrisse aber wieder auf, und er stieg ein. »Da vorne ist ein Unfall. Mehrere Autos sind ineinandergerutscht. Hier geht es nicht weiter.«

Allmählich war ich ziemlich verzweifelt. Es war schon fast zehn, ich war müde und hungrig. In der Gegend, in der wir gestrandet waren, gab es nur ein paar kleine Dörfer. Hier würden wir kein Hotel finden. Und bis Gargzdai, wo Jonas Zimmer vorbestellt hatte, waren es ungefähr noch zwanzig Kilometer. Aber kein Weg führte dorthin. Das hieß, wir würden die Nacht im Auto verbringen müssen. Mit einer Flasche Mineralwasser und ein paar Keksen. Bei dieser Aussicht fing mein Magen vor Hunger an zu schmerzen.

»Was schlagen Sie vor?«, fragte ich und merkte selbst, wie kläglich das klang. Von wegen tough. Am liebsten hätte ich angefangen zu heulen.

Jonas überlegte einen Moment, dann begann er, den Wagen zu wenden. Wir standen eingekeilt zwischen zwei Autos, von denen keines sich einen Millimeter bewegte, deshalb musste er mehrfach vor- und zurückstoßen. Schließlich gelang es ihm, umzudrehen und auf die Gegenspur zu fahren. Im Schritttempo bewegten wir uns vorwärts, pflügten durch kniehohen Schnee.

»Jetzt darf ich alles«, sagte Jonas mit unsicherem Lachen, »bloß nicht bremsen.«

Ich presste die Lippen zusammen und versuchte, ruhig zu bleiben. Um mich abzulenken, holte ich das Handy aus der Tasche und kontrollierte, ob ich eine Nachricht von Michael erhalten hätte.

»Kein Empfang«, sagte ich beunruhigt.

»Kein Problem«, sagte Jonas.

Dann schwiegen wir wieder. Plötzlich tauchte wie aus dem Nichts am rechten Straßenrand etwas Dunkles auf, und Jonas riss das Steuer nach links. Der Wagen brach aus, Jonas lenkte dagegen, aber es war zu spät. Ich spürte, wie das Auto zur Seite kippte und unaufhaltsam von der Straße rutschte.

»O nein!«, schrie ich. Der Wagen setzte auf und blieb auf der linken Seite liegen. Ich rutschte auf Jonas.

»Kein ...«, setzte er an.

»Halten Sie die Klappe!«, fauchte ich. »Das hier ist ein Problem!«

Ich versuchte, meine Tür zu öffnen, hatte aber nicht genügend Kraft. Jonas beugte sich zu mir herüber, zog den Griff und drückte. Mit großer Anstrengung gelang es ihm, die Tür wenigstens einen Spalt zu öffnen. Schnee wehte herein. Schnell schloss er sie wieder.

»Immerhin wissen wir jetzt, dass wir nicht hier drin erfrieren müssen« stellte ich fest. »Wir könnten auch aussteigen und draußen erfrieren. So weit die gute Nachricht.«

Ich zog mich ein Stück auf meinen Sitz zurück und fand mit den Füßen Halt. Dann griff ich nach der Kekspackung, riss sie auf und hielt sie Jonas hin. Der nahm einen Keks und kaute mechanisch. Schweigend aßen wir alle auf. Dann bot ich ihm Mineralwasser an. Wir tranken beide.

Ich zog meine Kapuze hoch und lehnte meinen Kopf gegen den Sitz.

»Also dann, gute Nacht.« Ich schloss die Augen. Er rührte sich nicht. Ich machte die Augen wieder auf. »Was ist, wollen Sie nicht schlafen?«

»Es tut mir leid«, sagte er schuldbewusst. »Da war etwas auf der Straße.«

»Habe ich mitgekriegt«, sagte ich. »Was war das überhaupt?«

»Wahrscheinlich ein Auto. Es war schon eingeschneit, ich habe es erst im letzten Augenblick gesehen.«

Eine Weile schwiegen wir, dann bat Jonas mich um die Karte.

»Wir sind ungefähr hier«, sagte er und zeigte auf eine Stelle, die von jeder menschlichen Ansiedlung mindestens fünf Kilometer entfernt war. »Ich könnte aussteigen und nachsehen, ob ich ein Haus finde.«

Ich fuhr hoch. »Und ich bleibe allein hier? Kommt nicht infrage!«

»Dann müssen Sie mitkommen.«

»Warum bleiben wir nicht einfach beide hier?«

Er drehte den Schlüssel im Zündschloss und zeigte auf die Benzinanzeige. Sie stand zwischen Viertel und Reserve. »Ohne Heizung erfrieren wir. Und mit Heizung geht uns der Sprit aus.«

»Und das war die schlechte Nachricht, meine Damen und Herren«, sagte ich.

Wir zogen Mützen, Schals und Handschuhe an. Ich stopfte meine Jeans in die Stiefel und zog den Reißverschluss meines Daunenmantels hoch. Dann nahm ich Brieftasche und Handy und steckte sie in die Manteltaschen. Meine Handtasche verstaute ich im Fußraum. Jonas steckte die Karte ein, stemmte an mir vorbei die Tür auf und ließ mich raus. Dann kletterte er hinterher.

Draußen tobte inzwischen ein richtiger Sturm. Es war so laut, dass wir uns nur schreiend verständigen konnten.

»Wohin?«, brüllte ich gegen das Tosen an.

Jonas deutete in eine Richtung. Ich folgte ihm und versuchte, in seinem Windschatten zu gehen, aber genauso gut hätte ich versuchen können, einen Fluss zu durchqueren, ohne nass zu werden. Der Wind peitschte mir den Schnee ins Gesicht, es piekste, als wäre ich unter eine Nähmaschine geraten. Meine Augenbrauen und Wimpern vereisten, mein Gesicht wurde starr und erlaubte keinerlei Mienenspiel mehr. Zu gern hätte ich mich im Spiegel gesehen, bestimmt war ich so faltenfrei wie zuletzt mit zwanzig.

Jonas immer im Blick, lief ich hinter ihm her. Die Vorstellung, ich könnte ihn verlieren, ängstigte mich zu Tode. Am liebsten hätte ich mich an seiner Jacke festgeklammert, aber das traute ich mich nicht.

Wohin ich auch blickte, nichts außer Schnee war zu sehen. Keine Autos, keine Häuser, nicht einmal ein Licht in der Ferne. Die Dunkelheit und der Sturm hatten die Welt um uns her verschluckt. Ich kämpfte gegen die aufsteigende Panik an. Nichts zu sehen und keine Orientierung zu haben, gehört zu den Dingen, die ich nicht ertrage. Ich kann auch nicht in völlig abgedunkelten Räumen schlafen. Wenn ich nachts aufwache und nicht sofort lokalisieren kann, wo ich bin, befällt mich Todesangst.

»Stopp!«, schrie ich und griff nach Jonas Ärmel.

Er drehte sich um. »Was ist los?«

»Ich kann nicht weiter ... ich ... ich habe Angst!«

»Ganz ruhig«, sagte Jonas. »Es ist alles in Ordnung. Wir gehen einfach immer diese Straße entlang, bis wir ein Haus sehen.«

Er nahm mich bei der Hand und ging weiter. Seine Berührung gab mir Halt, ich fühlte mich nicht mehr, als könnte ich jeden Moment ins Bodenlose stürzen. Folgsam trottete ich dicht hinter ihm her und versuchte, mir etwas Schönes vorzustellen. Einen Sommertag am Meer, meine Kinder, die gemeinsam eine Sandburg bauen, Michael, der mir einen Drink serviert ... Es funktionierte nicht. Ich spürte, wie meine Füße immer kälter wurden, wie die Feuchtigkeit sich durch meine Kleidung fraß und meinen ganzen Körper erfasste.

Auf was hatte ich mich da bloß eingelassen? Einen Windpark in Litauen zu bauen, gab es was Blöderes? Warum kümmerte ich mich nicht weiter um Solarzellen auf Doppelhaushälften und den Einbau von Holzpellets-Heizungen im Raum München? Sollte Franz doch diesen Wahnsinn hier übernehmen. Wütend stapfte ich durch den Schnee und malte mir aus, wie ich ihm die Litauen-Mappe auf den Tisch knallen und erhobenen Hauptes sein Büro verlassen würde, egal, welche Drohungen er mir nachriefe.

Ich prallte gegen Jonas, der plötzlich stehen geblieben war. »Da vorn!«, rief er und zeigte mit der Hand in die Dunkelheit. Angestrengt kniff ich die Augen zusammen. Tatsächlich, in einiger Entfernung war Licht zu sehen. Wir setzten unseren Weg fort, den Blick immer auf das Licht gerichtet, das keinen Millimeter näher zu kommen schien.

Jegliches Zeitgefühl hatte mich verlassen. Es kam mir vor, als wären wir seit Stunden unterwegs, als endlich die Umrisse eines Hauses sichtbar wurden. Zwei Fenster waren erleuchtet. Ringsum herrschte tiefste Finsternis. Das Haus lag völlig einsam.

Als wir es endlich erreichten, hätte ich mich vor Erschöpfung am liebsten einfach in den Schnee geworfen, aber ich blieb zitternd stehen und sah zu, wie Jonas nach einer Klingel suchte. Als er keine fand, klopfte er mehrmals kräftig.

Zuerst rührte sich nichts, dann wurde mit einem Mal die Tür aufgerissen. Im schwachen Licht, das aus dem Hausflur drang, erkannte ich eine junge Frau. Ihre Erscheinung war so außergewöhnlich, dass ich einen Moment lang dachte, ich hätte eine Halluzination. Sie trug Dreadlocks und ein buntes Stirnband, außerdem mehrere riesige, löchrige Pullover übereinander, darunter eine Jogginghose und Kinderhausschuhe mit Löwenköpfen. In der Hand hielt sie ein Gewehr, das sie auf uns richtete.

Instinktiv suchte ich Schutz hinter Jonas, der die Arme hob und freundlich erklärte, in welcher Notlage wir uns befänden. Sie antwortete auf Litauisch, ich hörte, dass sie einen Akzent hatte. Nachdem Jonas weitergesprochen hatte, ließ sie das Gewehr endlich sinken.

An mich gewandt sagte sie: »Du bist Deutsche? Was treibt dich denn in diese gottverlassene Gegend? Na, dann kommt erst mal rein. Ich hab zwar echt keinen Bock auf Besuch, aber bei dem Wetter kann ich euch ja schlecht weiterschicken.«

Wir hängten Mantel und Jacke an einen Garderobenhaken neben der Tür, und sie führte uns in einen Raum, der eine Mischung aus Wohnzimmer und Werkstatt war. Mitten im Zimmer stand eine Töpferscheibe, überall lagerten fertige oder halbfertige Schalen, Kannen, Tassen und Töpfe. Ein Kachelofen strahlte wohlige Wärme aus, und ich spürte, wie das Eis in meinen Haaren schmolz und mir das Wasser in kleinen Bächen übers Gesicht lief.

»Sucht euch einen Platz«, sagte sie, und in der Tat war es nicht einfach, in dem Chaos eine freie Fläche zu finden. Ich legte einen Kleiderhaufen und ein paar Zeitschriften zur Seite und ließ mich auf einem abgeschabten Sofa nieder, das darunter zum Vorschein kam. Jonas setzte sich neben mich. Das Mädchen war hinter einer Tür verschwunden und rief: »Wollt ihr Tee?«

»Ja, gern«, riefen wir gleichzeitig.

»Was essen?«

»Ja!«, rief ich, kurz davor, für ein Stück Brot zu morden.

Unsere Gastgeberin wider Willen kam mit einem Tablett zurück, auf dem eine große Schüssel stand. »Ich hab noch Nudelsalat«, sagte sie, »gestern hatten wir Party.« Sie reichte uns Teller und Gabeln, und ich schaufelte mir kalte Nudeln mit Erbsen, Mayonnaise und Schinkenstückchen in den Mund. Dann brachte sie eine Kanne und Tassen, die offensichtlich aus ihrer Produktion stammten, und nach einem Schluck heißen, süßen Tees ging es mir besser.

»Danke«, sagte ich kauend, »du hast uns das Leben gerettet.«

»Schon okay.« Sie schlürfte ihren Tee und beäugte uns neugierig. »Ihr könnt auch hier pennen. Aber morgen haut ihr wieder ab, klar?«

»Natürlich«, hörte ich mich sagen. »Wir müssen ja nach Gargzdai, wir haben Termine.« Darüber, wie wir unser Auto wiederfinden, ausgraben und auf die Straße zurückbringen sollten, wollte ich lieber nicht nachdenken.

»Termine? Was'n für Termine?«

»Wir planen den Bau eines Windparks«, erklärte ich. »Deshalb sind wir hier.«

»Du meinst diese komischen Spargel wie die bei Palanga, die immer kaputt sind?«

»Kaputt?«

»Ja, drei oder vier von den Dingern lassen immer schlapp die Flügel hängen.«

»Dann werden sie von ihrem Betreiber schlecht gewartet«, sagte ich.

»Oder schlecht bewacht«, sagte sie grinsend. »Noch'n bisschen Nudelsalat?« Sie füllte meinen Teller von neuem. Was meinte sie? Anschläge auf Strommasten kannte ich. Anschläge auf Windräder – davon hatte ich bisher nichts gehört.

»Hast du Telefon?«, fragte Jonas, der offenbar schon unsere Weiterfahrt plante.

»Klar. Wen willst'n anrufen?«

»Wir brauchen jemanden, der unser Auto aus dem Graben zieht.«

Sie zeigte auf eine Standuhr in der Ecke. »Weißt du, wie spät es ist?« Es war halb zwölf.

Ich hatte den zweiten Teller geleert und stellte ihn zurück auf das Tablett.

Meine Lebensgeister waren wieder erwacht, und mit ihnen meine Neugier. »Und ... wie kommst du ausgerechnet hierher?«

Sie ließ sich auf einen Sessel fallen und zog die Füße mit den Löwenköpfen hoch.

»Hab das Haus von meinen Großeltern geerbt. In Berlin hab ich in 'ner winzigen Wohnung mit Blick auf den Hinterhof gewohnt. Hier hab ich Platz und kann arbeiten. Und draußen ist nur Natur. Ist geil.«

»Hast du keine Angst, so ganz allein?«

»Ich hab doch die Knarre. Wenn mir einer dummkommt ...« Sie machte die Bewegung des Abdrückens.

»Und, ist dir schon mal einer dummgekommen?«

»Die Nachbarn haben's versucht. Waren sauer, dass 'ne Deutsche das Haus kriegt. Es gibt ziemlich viele Nationalisten hier, weißt du.«

Ich hörte ihr staunend zu. »Und ... was haben die dann gemacht?«

»Och, alles Mögliche. Mich am Telefon bedroht, die Reifen von meiner Karre aufgeschlitzt und solche Sachen. Dann hat ein Freund mir die Knarre besorgt und überall rumerzählt, dass ich in Deutschland wegen schwerer Körperverletzung im Knast gesessen hätte. Danach war Ruhe. Unterm Kopfkissen habe ich auch noch 'ne Pistole, für alle Fälle.«

Ich sah sie ungläubig an. »Du nimmst mich auf den Arm, oder?«

»Schön wär's!« Sie grinste. »Nur im Knast war ich nicht, das hat mein Freund ein bisschen ausgeschmückt.«

Sie stand auf. »Kommt mit, ich zeig euch, wo ihr pennen könnt.« Sie führte uns in ein Zimmer im ersten Stock, in dem es eiskalt war. »Ist nicht geheizt, sorry«, sagte sie. »Aber die Decken sind total warm.« In der Mitte des Raums stand ein altmodisches Ehebett mit halbmeterhohen Daunendecken.

»Klo ist nebenan, waschen könnt ihr euch hier am Waschbecken«, erklärte sie. »Also dann, gute Nacht.«

Wir bedankten uns und wünschten ihr auch eine gute Nacht.

Jonas war sichtlich verlegen. »Ich hoffe, es macht Ihnen nichts aus«, sagte er und wies auf das Ehebett.

»Naja«, sagte ich, »eine Nacht im Auto wäre bestimmt unangenehmer. Hoffentlich macht es Ihnen nichts aus?«
»Nein, gar nicht«, beeilte er sich, zu versichern.

Ich drehte mich um, zog mich bis auf Strumpfhose und Unterhemd aus und schlüpfte unter die eiskalte Decke. Es war ein seltsames Gefühl, das Bett mit einem fremden Mann zu teilen. Fast fünfzehn Jahre war es her, dass jemand anderer als Michael neben mir gelegen hatte. Mir war kalt, und am liebsten wäre ich unter Jonas' Decke geschlüpft, um mich aufzuwärmen. Bei der Vorstellung, wie erschrocken er darüber sein würde, musste ich grinsen. Eine Weile horchte ich auf seine Atemzüge und bibberte vor mich hin, dann wurde mir endlich warm und ich schlief ein.

Am nächsten Morgen wurde ich früh wach. Jonas schlief noch. Ich betrachtete sein Gesicht, das im Schlaf sehr weich und jung wirkte, und staunte über seine langen Wimpern. Armer Kerl. Womöglich war dies die erste Nacht seit dem Tod seiner Freundin, die er nicht alleine verbracht hatte. Aber so hatte er sich das vermutlich nicht vorgestellt.

Mir wurde klar, dass ich Jonas noch keine achtundvierzig Stunden kannte, trotzdem war er mir schon richtig ans Herz gewachsen. Für einen kurzen Moment stellte ich mir vor, wie es wäre, eine Romanze mit ihm zu beginnen. Es müsste wundervoll sein, sich mal wieder zu verlieben. All meine Eheprobleme rückten plötzlich in weite Ferne, ein prickelndes, leichtsinniges Gefühl ergriff mich. Schnell rief ich mich zur Ordnung. Ich war wohl verrückt geworden. Dieser Mann war mein Angestellter, außerdem war er viel zu jung für mich.

Mit einem letzten bedauernden Blick auf den Schlafenden angelte ich nach meinen Klamotten und zog sie zu mir unter die Decke, um sie anzuwärmen. Die Fensterscheibe war mit einem dekorativen Schneeblumenmuster überzogen, dahinter wurde es immer heller, bald schien die Sonne ins Zimmer. Nach den Beklemmungen, die Finsternis und Schneesturm vergangene Nacht in mir ausgelöst hatten, fühlte ich mich wie befreit.

Leise zog ich mich an, machte am Waschbecken eine Katzenwäsche und verließ das Zimmer. Unsere Gastgeberin war schon wach und saß an der Töpferscheibe. In ihrem Mundwinkel hing eine Zigarette.

»Kaffee«, sagte sie und deutete mit dem Kopf Richtung Küche.

»Danke«, sagte ich. »Ach, übrigens, wie heißt du eigentlich?«

»Tut das was zur Sache, wenn ihr eh gleich wieder weg seid?«

Ich lächelte. »Egal. Ich bin Katja.«

»Chris. Schläft dein Typ noch?«

»Jonas ist nicht mein Typ, er ist mein Mitarbeiter.«

»Oh, sorry. Dann hat heute Nacht hoffentlich keine Unzucht mit Abhängigen unter meinem Dach stattgefunden!«

Ich lachte. »Nein, keine Sorge!«

Chris grinste frech. »Verstehe ich nicht, der Typ ist doch süß!«

Bevor ich antworten konnte, ging oben eine Tür, und gleich darauf tauchte Jonas verschlafen auf.

»Morgen. Kann ich jetzt telefonieren?«, nuschelte er.

Chris gab ihm das Telefonbuch, damit er eine Werkstatt raussuchen konnte, und ich drückte ihm einen Becher Kaffee in die Hand. Er führte mehrere Gespräche, und es hörte sich nicht so an, als wäre unser Problem so bald gelöst, wie wir alle hofften.

»In zwei Stunden frühestens«, sagte er, »sie müssen warten, bis die Straßen geräumt sind.«

»Na, dann richtet euch schon mal auf eine weitere Nacht in meiner Hütte ein«, sagte Chris, »das geht hier alles nicht so schnell.«

»Du hast doch gesagt, wir sollen verschwinden«, sagte ich.

»Und? Kann ich es mir aussuchen? Zum Glück seid ihr ja ganz in Ordnung.«

Chris sollte Recht behalten. Wir verbrachten den ganzen Tag und eine zweite Nacht bei ihr. Erst dann kam ein Mechaniker, der uns zu unserem Auto brachte. Er zog es aus der Schneewehe zurück auf die Straße, und bis auf ein paar Kratzer war es unbeschädigt. Mir fiel ein Stein vom Herzen. Jonas ließ sich eine Bescheinigung für die Versicherung ausstellen, und nachdem wir den Mann an Ort und Stelle bezahlt und ihm noch einen Kanister Benzin abgekauft hatten, konnten wir unsere Fahrt endlich fortsetzen. Die Straßen waren geräumt, die Sonne schien auf eine bezaubernde Winterlandschaft, nichts erinnerte an den Horror der vorvergangenen Nacht.

Dreißig Minuten später erreichten wir Gargzdai. Nach einigem Suchen fanden wir auch das Hotel, das von außen ziemlich abweisend wirkte, sich innen aber als freundlicher Neubau mit viel hellem Holz und einem hübschen Restaurant entpuppte.

Ich ging unter die Dusche, las danach die zahlreichen Kurznachrichten meiner Mutter, die seit vorgestern Nachmittag sozusagen stündlich berichtet hatte, dass alles in Ordnung wäre, schrieb ihr zurück, dass ich mich später melden würde, und rief Michael an.

»Ich hatte zwei Tage keinen Handyempfang. Du hast nicht zufällig versucht, mich zu erreichen?«

»Nein, wieso? Ich dachte, wir sollen dich nicht stören.«

»Zwischen stören und ignorieren gibt es Abstufungen«, sagte ich gekränkt. »Du tust so, als gäbe es mich nicht mehr, nur weil ich seit ein paar Tagen mein eigenes Ding mache.«

Ich hörte dumpfes Gemurmel. Dann wieder Michaels Stimme. »Katja, sei mir nicht böse, ich bin gerade in einem Meeting. Kann ich mich später nochmal melden?«

»Das hast du vorgestern auch schon gesagt«, erinnerte ich ihn.

Ich unterbrach die Verbindung und starrte nachdenklich vor mich hin.

Warum fehlte ich meinem Mann offenbar überhaupt nicht? Warum gab er mir nicht wenigstens hin und wieder ein Zeichen, dass er an mich dachte, dass wir – auch wenn wir gerade getrennt waren – zusammengehörten?

Michael fehlte mir, sobald ich ihn länger als ein paar Stunden nicht sah. Ich hatte das Bedürfnis, ihm von meinen Erlebnissen zu erzählen, seine Meinung zu den Dingen zu hören, mich unserer Verbindung zu vergewissern. Ich vermisste ihn, und ich wünschte mir, von ihm vermisst zu werden. War das wirklich so viel verlangt?

8

Am Nachmittag betraten Jonas und ich den Sitzungssaal der Gemeinde. Hier sollte die Anhörung stattfinden, von der ich mir den Durchbruch in dem Genehmigungsverfahren erhoffte. Ein Glück, dass wir es rechtzeitig geschafft hatten, der nächste Sitzungstermin sollte erst in zwei Wochen sein.

Kurz nach uns traf Raistenkis, der Chef des Planungsbüros, ein und begrüßte uns mit übertriebener Freundlichkeit. Er war ein sportlicher Typ mit einem feisten Gesicht, das vor Selbstgefälligkeit glänzte. Sein Verhalten schwankte zwischen Unterwürfigkeit und Arroganz, eine Mischung, die ich nur mit Mühe ertrug. Jeden zweiten Satz begann er mit einem gönnerhaften »Sie müssen wissen, Katja ...«. Gleich nach unserer Ankunft hier hatte ich ihn angerufen und erklärt, dass wir ihm den Auftrag entziehen würden, wenn es heute nicht vorwärtsginge. Er schien nicht sonderlich beeindruckt von dieser Drohung.

Die Mitglieder des achtköpfigen Gemeinderates traten ein, angeführt von einer Frau, die den Vorsitz übernahm. Die Herrschaften grüßten nicht, oder höchstens mit einem knappen Kopfnicken, keiner stellte sich vor oder richtete das Wort an uns.

Im ersten Teil der Sitzung wurden verschiedene Themen aus dem Gemeindeleben behandelt. Dann stand unser Projekt auf der Tagesordnung. Die Vorsitzende forderte mich auf, zu sprechen. Ich erhob mich, stellte Jonas und mich vor, und fragte, wann über unseren Antrag entschieden werden könnte. Mitten im Satz wurde ich von einem der Gemeinderäte, einem Mann mit kantigen Gesichtszügen und kühlen, grauen Augen, unterbrochen.

»Sie sind offenbar nicht auf dem neuesten Stand. Wir sprechen heute nicht darüber, wann Ihr Detailplan behandelt wird, sondern ob er überhaupt genehmigungsfähig ist. Wir haben zahlreiche Beschwerden von Anwohnern erhalten, außerdem gibt es drei offizielle Einsprüche.«

Entsetzt sah ich zu Raistenkis. Davon hatte er mir kein Wort gesagt!

Er hob die Hände, eine Geste, die seine Unschuld signalisieren sollte, und flüsterte etwas in unsere Richtung. »Das höre ich zum ersten Mal!«, übersetzte Jonas.

»Welcher Art sind denn diese Einsprüche?«, wollte ich wissen.

Der Mann, den ich bei mir schon »scharfer Hund« getauft hatte, blätterte in seinen Unterlagen und holte einige Papiere hervor. »Der erste Einspruch bezieht sich auf die optische Beeinträchtigung durch die Windräder. Hier ist eine Grafik dazu.«

Er legte mir die gleiche Darstellung vor, die ich in meinen Unterlagen hatte. Ich legte sie daneben, sie waren vollkommen identisch.

»Aber wir haben alle Auflagen, Abstandsverordnungen und Höhenbegrenzungen eingehalten«, widersprach ich, »dieser Einspruch ist nicht haltbar.«

Der scharfe Hund studierte die Abbildung, zeigte sie den anderen Teilnehmern, es wurde lebhaft diskutiert. Schließlich blickte er hoch und sagte widerwillig: »Wir können im Moment auch nicht genau erkennen, worauf sich der Widerspruch bezieht, aber die Baukommission hat ihn bestätigt.«

Als Nächstes ging es um Schlagschatten auf angrenzenden Gebäuden. Ich wies ihm nach, dass wir um das Hundertfache unter dem litauischen Grenzwert lagen. Das Gesicht des Mannes verzog sich, und plötzlich war ich überzeugt, dass er auf Sado-Maso stand. Vielleicht sollte ich versuchen, ihn mit einem Paar Handschellen und einer Lederpeitsche zu bestechen.

Schließlich zog er ein drittes Papier aus seinem Stapel. »Zu erwartende Gesundheitsschäden durch Infraschall-Belastung.«

Ich schluckte. Das war eine neue Diskussion, die seit einiger Zeit von Windkraftgegnern angeheizt wurde. Ich wusste, dass sie keine wissenschaftliche Grundlage hatte, aber es gab noch keine belastbaren Studien dazu. Deshalb eignete sich dieses Thema hervorragend, um Ängste zu schüren.

»Hierzu können wir Gutachten von Experten vorlegen«, sagte ich betont selbstbewusst. »Auch dieser Einwand ist nicht haltbar.«

Der Kerl schob alle Papiere auf einen Stapel. »Das muss erst überprüft werden. In jedem Fall bleibt das Votum der Baukommission wegen Überschreitung der Höhenlinie. Damit ist für uns die Sache vom Tisch.«

Niedergeschmettert verließ ich den Saal, gefolgt von Jonas und Raistenkis, der mir einreden wollte, ihn träfe nicht die geringste Schuld und er sei ebenso überrascht worden wie ich.

Ich blieb stehen und musterte ihn kühl. »Herr Raistenkis, ich will das alles nicht hören. Wenn ich Sie brauche, melde ich mich bei Ihnen.«

Damit ließ ich ihn stehen und ging mit Jonas zurück ins Hotel.

Ich rief Franz an und bat ihn, mir alle verfügbaren Unterlagen zuzumailen, recherchierte zusätzlich im Internet nach etwaigen neuen Erkenntnissen und stellte bis zum Abend ein zwanzigseitiges Dossier zusammen, in dem jeder der drei Einsprüche vollständig entkräftet wurde. Dann speicherte ich die Datei auf einen USB-Stick und bat die junge Frau an der Hotelrezeption, mir das Ganze auszudrucken.

Im Restaurant traf ich, wie verabredet, auf Jonas. Ich drückte ihm den Ausdruck in die Hand und reichte ihm die Tasche mit meinem Laptop. »Bis morgen brauche ich die Übersetzung. Ich lasse Ihnen was zu essen aufs Zimmer schicken.«

»Kein Problem.« Sein Lächeln wirkte etwas gequält, als er den Laptop entgegennahm und den Gastraum verließ.

Aufatmend setzte ich mich an einen Ecktisch, von dem aus ich alles im Blick hatte. Der hohe, helle Raum hatte eine angenehme Atmosphäre, die Einrichtung bestand aus Holztischen und -stühlen, die Wände zierten künstlerische Schwarz-Weiß-Fotografien, an der Längsseite befand sich ein Bartresen, hinter dem ein attraktiver junger Typ Gläser polierte.

An einem großen, mit Blumen geschmückten Tisch saßen mehrere kirchliche Würdenträger, die offenbar etwas zu feiern hatten, in einer anderen Ecke wurde eine jugendliche Sportmannschaft mit Spaghetti aus einem Wärmebehälter versorgt. Neben mir unterhielten sich ein junger Schwarzer und ein hellhäutiges Mädchen, mir gegenüber hielt ein Liebespaar in mittleren Jahren selbstvergessen Händchen. Was für eine erstaunliche Gästemischung, dachte ich, und das in einer litauischen Kleinstadt, weitab jeder Metropole.

Ich bestellte Weißwein, Mineralwasser und Pasta mit Tomaten, Oliven und scharfer Wurst. Für Jonas ließ ich dasselbe, nur ohne Wein, auf sein Zimmer bringen.

Nachdem ich gegessen hatte, begann ich, mir Notizen zu machen. Seit der Sitzung am Morgen beschäftigte mich ein Gedanke, den ich nicht wirklich zu fassen bekam. Es ging um die Einsprüche. Irgendetwas daran hatte mich stutzig gemacht, aber ich kam nicht darauf, was es war. Während ich darüber nachgrübelte, kam ein breitschultriger Mann mit nach hinten gekämmtem, grau meliertem Haar und Schnauzbart an meinen Tisch und bat auf Deutsch darum, sich setzen zu dürfen. Überrascht stimmte ich zu.

Er reichte mir die Hand und stellte sich vor. »Mein Name ist Straus, ich bin Eigentümer, Herausgeber und Chefredakteur des *Küstenboten*, der größten Tageszeitung dieser Region. Ich habe erfahren, dass Sie hier sind, um einen Windpark zu errichten. Das ist natürlich ein Thema für einen Zeitungsmann!« Er lächelte gewinnend.

»Natürlich, ich erzähle Ihnen sehr gern von unserem Projekt«, sagte ich, ebenfalls lächelnd. »Vielleicht kann das helfen, die eine oder andere Sorge in der Bevölkerung zu zerstreuen. Möchten Sie was trinken?« Ich winkte der Kellnerin.

Er bestellte ein Bier und für mich noch einen Wein. Dann holte er einen kleinen Block aus seiner Jackentasche und zückte einen Kugelschreiber. »Wie ist Ihre Firma darauf gekommen, ausgerechnet in Litauen zu investieren?«

Ich erzählte ihm, was ich von Franz darüber wusste, und hob die historische Verbindung zwischen Deutschland und Litauen hervor. »Heute ist Litauen ein aufstrebendes Land mit großen Möglichkeiten«, schloss ich, »und wir wollen gern dazu beitragen, diese positive Entwicklung im Energiesektor zu unterstützen.«

»Natürlich nicht ohne Profitinteressen«, sagte er.

Ich lächelte. »Natürlich nicht. Aber viel wichtiger ist doch, dass wir Arbeitsplätze schaffen und dazu beitragen, die Abhängigkeit vom Atomstrom zu verkleinern.«

»Da haben Sie völlig Recht.« Straus schrieb, ich wartete.

Er blickte hoch. »Es gibt natürlich auch einige gute Argumente gegen den Bau von Windrädern – was sagen Sie Leuten, die so denken?«

»Ich kenne diese Argumente. Aber zusammengenommen können die Nachteile die Vorteile der Windenergie nicht aufwiegen. Ich lasse Ihnen dazu gern mehr Material zukommen.«

»Danke. Sehr freundlich. Sie sprachen vorhin von Sorgen in der Bevölkerung, was meinen Sie damit?«

Ich erklärte, dass es fast überall, wo Windkraftanlagen gebaut werden sollten, Proteste von Anwohnern gebe. »Es kommt darauf an, diese Einwände ernst zu nehmen, aber auch die notwendigen Fakten zu vermitteln, um den Menschen die Ängste zu nehmen.«

»Und wie wollen Sie das hier erreichen?«

»Wir werden ein Hearing durchführen. Eine Veranstaltung, in der alle Einwände und Argumente auf den Tisch kommen. Ich verspreche, wir werden den Menschen hier Rede und Antwort stehen!«

Straus nickte wohlwollend. Er ließ die Kugelschreibermine zurückschnellen und steckte Block und Stift ein. »Na, dann viel Glück. Übrigens schaltet unsere Zeitung auch Anzeigen, falls Ihre Firma interessiert ist.« Er schob mir eine Visitenkarte zu, dann holte er eine Kamera aus der Tasche. »Kann ich ein Foto machen?«

»Eine Sekunde«, bat ich, holte meinen Schminkbeutel aus der Handtasche und zog meine Lippen nach. »Jetzt«, sagte ich lächelnd und setzte mich in Positur. Er machte mehrere Aufnahmen und ließ mich auf dem Kamera-Display eine auswählen.

»Wann erscheint denn das Interview?«, fragte ich neugierig.

Straus sah auf die Uhr. »Für die morgige Ausgabe ist es schon zu spät. Ich denke, übermorgen.« Er winkte der Kellnerin, bezahlte und wandte sich zu Gehen.

»Eine Frage hätte ich noch«, hielt ich ihn auf, »wie kommt ein Deutscher dazu, hier eine litauische Zeitung herauszugeben?«

»Meine Familie stammt aus der Nähe von Klaipeda, dem früheren Memel. Ich bin in der DDR groß geworden. Vor zehn Jahren bin ich dann hierhergezogen.«

»Einfach so?«, fragte ich verwundert.

»Der Mensch braucht Wurzeln, und meine sind eben hier«, erklärte er. »Heimat ist durch nichts zu ersetzen.«

Ich fragte mich, wie er eine Gegend als Heimat empfinden könnte, die er zuvor gar nicht gekannt hatte. Manche Menschen waren schon seltsam.

Er verabschiedete sich. Zufrieden sah ich ihm nach. Das war ja super gelaufen! Ich würde Franz um einen Sonderzuschlag für gelungene PR-Arbeit anhauen.

Mein Handy piepte. SMS von Jonas. »Darf ich eine Pause machen?«

Ich lachte und tippte: »Natürlich! Kommen Sie runter.«

Mitten in der Nacht fuhr ich im Bett hoch und war schlagartig wach. Plötzlich wusste ich, was mit dem ersten Einspruch nicht stimmen konnte. Zumindest hatte ich einen Verdacht. Es war eine Formulierung des scharfen Hundes gewesen, die mich stutzig gemacht hatte. *Wegen Überschreitung der Höhenlinie.* Diese Überschreitung konnte man auch mit den böswilligsten Absichten aus der Darstellung, die wir bei der Sitzung gesehen hatten, nicht herauslesen. Es musste also einen anderen Grund geben, warum die Baukommission dem Einspruch gefolgt war.

Gleich am nächsten Morgen fragte ich Jonas nach dem Mann, der die Einwände gegen unser Projekt vorgebracht hatte.

»Bajoras«, sagte er. »Sitzt im Bauausschuss.«

»Können Sie einen Termin mit ihm vereinbaren?«

»Wir sollen sofort kommen«, sagte Jonas nach dem Telefonat. »Nachher muss er in eine Sitzung.«

Ich ließ mein Frühstück stehen und stürmte nach oben, um die notwendigen Papiere zu holen. Eine Viertelstunde später saßen wir einem äußerst schlecht gelaunten Bajoras in seinem Büro gegenüber.

»Was wollen Sie denn noch?«, blaffte er. »Wir haben Ihnen doch gestern klar gesagt, dass Ihr Projekt gescheitert ist.«

Ich lächelte ihn freundlich an. »Mir ist da ein Gedanke gekommen«, sagte ich. »Dürfte ich Sie bitten, mir einmal die grafische Darstellung zu zeigen, die der Baukommission zur Beurteilung der optischen Wirkung der Windräder vorlag?«

»Die haben Sie doch gestern auf der Sitzung gesehen.«

»Nein, die meine ich nicht. Das war die Darstellung, die dem Gemeinderat vorlag. Ich würde gern die andere sehen.«

Missmutig stand er auf und ging zum Regal, wo er einen Aktenordner rauszog. Er warf ihn auf den Schreibtisch, setzte sich wieder hin und blätterte. Schließlich zog er ein zusammengefaltetes Blatt aus einer Klarsichthülle und legte es vor mich hin. Ich holte meine Kopie hervor und legte sie daneben. Triumphierend blickte ich Bajoras an.

»Das ist doch nicht möglich«, murmelte der und hielt sich erst die eine, dann die andere Zeichnung näher an die Augen. Es bestand kein Zweifel. Die Windräder auf der Zeichnung, die der Baukommission vorgelegen hatten, waren deutlich höher als die auf dem anderen Blatt.

»Würden Sie mir zustimmen, dass hier eine betrügerische Manipulation vorgenommen wurde, mit dem Ziel, eine Ablehnung des Projektes zu erreichen?«, sagte ich unverändert freundlich.

»Das muss erst überprüft werden«, wich er aus.

»Können wir davon ausgehen, dass unser Antrag unter diesen Umständen erneut behandelt wird?«

»Auch das ist zu klären.«

Mit Blick auf Jonas sagte ich: »Sie sehen, dass wir einen Zeugen für diesen Vorgang haben. Ich verlasse mich also darauf, dass ab jetzt alles korrekt abläuft.«

Ich stand auf. »Ach, da fällt mir was ein. Könnte ich vielleicht eine Kopie der zweiten Zeichnung haben?«

»Tut mir leid«, sagte er, »das ist in unserem Etat nicht vorgesehen.«

»Selbstverständlich würde ich die Kosten übernehmen.«

»Nein, tut mir leid.«

Darauf war ich vorbereitet. Mit einer schnellen Bewegung zog ich meine Digitalkamera aus der Manteltasche und machte ein Foto, auf dem beide Zeichnungen nebeneinander zu sehen waren.

»Hat sich erledigt. Auf Wiedersehen, Herr Bajoras.« Ich lächelte ihn an.

Als wir draußen waren, wandte ich mich erwartungsvoll zu Jonas. »Na, was sagen Sie?«

»Ich glaube, Sie haben gerade einen Freund fürs Leben gewonnen.«

Wir hatten eben angefangen zu essen, als sich Bibi Blocksberg meldete. »Hallo?«, sagte ich mit vollem Mund.

»Du, Mama«, hörte ich Svenjas aufgeregte Stimme, »sei nicht böse, dass ich dich störe, okay?«

»Du störst nicht, Süße.« Sehnsüchtig sah ich auf meine Kartoffelknödel. Dann blickte ich auf die Uhr. »Wieso bist du schon aus der Schule zurück?«

»Ich hatte so Bauchweh, da hat Oma mich abgeholt.«

»Bauchweh?«, wiederholte ich alarmiert. »Was ist los, bist du krank? Hast du was Falsches gegessen?«

»Nein, Mama. Ich blute!«

»Du blutest? Hast du dich verletzt?«

»Mensch, Mama, ich hab meine Tage gekriegt!«

Ich schluckte und legte die Gabel auf den Tisch. Oh, nein, dachte ich, das ist nicht fair! Meine Tochter erlebt eine der wichtigsten Erfahrungen eines Frauenlebens, und ich bin weit weg. Ich kann ihr nicht beistehen, ihr nichts erklären. Zehn Punkte auf der Rabenmutter-Skala.

»Meine Süße, ich gratuliere dir, das ist ja großartig! Jetzt bist du kein Mädchen mehr, sondern eine Frau!«, sagte ich überschwänglich.

»Wieso ist das großartig? Oma hat gesagt, ach, du armes Kind, diesen Mist musst du jetzt jeden Monat aushalten!«

Ich verdrehte die Augen. »Hör nicht auf Oma. Natürlich ist das manchmal nicht so angenehm, aber es ist doch ein tolles Gefühl, eine Frau zu sein, fruchtbar zu sein ...«

Ich fing einen Blick von Jonas auf. Vielleicht war das kein Thema für ein gut besuchtes Restaurant in einer Gegend, in der überraschend viele Leute Deutsch sprachen.

»Ähm ... Süße, hör zu. Ich ruf dich später nochmal an, okay?«

»Warte, Oma will dich noch sprechen.«

Ich wartete ungeduldig, bis meine Mutter ans Telefon kam. Jetzt würden meine Kartoffelknödel endgültig kalt werden.

»Hallo, Schätzchen, geht's dir gut?«

»Danke, Mutter, alles bestens. Vielleicht könntest du Svenja bei diesem besonderen Erlebnis mit ein bisschen, wie soll ich es nennen ... weiblicher Sensibilität beistehen?«

»Mach dir keine Sorgen, das Mädel ist robust. Die muss man nicht mit Samthandschuhen anfassen.« Klar, dachte ich. Was uns nicht umbringt, macht uns hart.

»Hör mal, Katja, was ich dir sagen wollte, mein Flug nach Sanaa geht am Montag.«

»Montag?«, sagte ich mit überschnappender Stimme. »Aber das ist ja schon übermorgen! Wie soll ich denn so schnell jemanden finden?«

»Schätzchen, das weiß ich auch nicht, aber ich habe dir gesagt, dass ich nicht viel Zeit habe.«

»Dass es nur ein paar Tage sind, hast du nicht gesagt!«, sagte ich ärgerlich.

»Dann haben wir uns wohl missverstanden. Nun kann ich es leider nicht mehr ändern.«

Das war typisch für meine Mutter! Immer nur die eigenen Pläne im Kopf. Mit äußerster Beherrschung sagte ich: »Ist Michael da?«

»Nein, der ist noch im Büro, zum Mittagessen wollte er aber kommen.«

»Dann richte ihm bitte aus, wenn er mich bis drei Uhr heute Nachmittag nicht angerufen hat, reiche ich die Scheidung ein!«

Ich drückte auf Rot und knallte das Handy auf den Tisch.

»Probleme?«, fragte Jonas zaghaft.

Ich versenkte mein Gesicht in den Händen. »Jonas, versprechen Sie mir eines«, sagte ich dumpf. »Nehmen Sie nie wieder das Wort Problem in den Mund, ja?«

Jonas nickte eifrig. »Kein Problem!«

Eine Minute vor drei klingelte mein Handy. »Hallo, Katja, was gibt's denn so Dringendes?«

»Nichts. Außer, dass deine Schwiegermutter übermorgen abreist und deine Frau gerade im Begriff ist, dich zu verlassen.«

Nach einer deutlichen Pause sagte er: »Ja, das mit deiner Mutter weiß ich schon. Lass uns mal überlegen, wie wir das ab Montag machen.«

»Mal überlegen?«, wiederholte ich höhnisch. »Da gibt es nichts zu überlegen. Du musst Urlaub nehmen, ist doch klar!«

»So einfach ist das nicht«, widersprach er. »Ich muss am Dienstag für drei Tage nach Venedig, und in einer Woche ist Redaktionsschluss.«

»Weißt du was?«, sagte ich ganz ruhig. »Das ist jetzt einfach mal dein Problem. Dir wird schon was einfallen.«

»Du bist unfair«, beschwerte er sich. »Nur weil du Stress in deinem Job hast, kannst du nicht alles einfach auf mich abwälzen.«

Ich presste die Lippen zusammen. »Darf ich dich daran erinnern, dass du die letzten zwölf Jahre alles auf mich abgewälzt hast? Einmal, ein einziges Mal bitte ich dich um deine Unterstützung, und dann lässt du mich so im Stich?«

Wütend drückte ich den Aus-Knopf.

Zehn Sekunden später klingelte es wieder. »Und wieso willst du mich verlassen?«

Vor Empörung brachte ich kein Wort heraus. Ich schaltete das Handy aus und warf es wütend in meine Tasche. Das war doch nicht möglich! Ich war mit einem Mann verheiratet, der Familie und Kinder als persönliches Hobby seiner Frau betrachtete. Einem Mann, der sich jeder Verantwortung entzog, keine Gefühle zeigte und unter einer Ehe offenbar die reibungslose Abwicklung seines Alltags und jederzeit verfügbaren Sex verstand. So konnte es einfach nicht weitergehen!

Aber zuerst musste ich mein Betreuungsproblem lösen. Ich schrieb E-Mails an alle Au-pair-Agenturen, die ich kannte, und suchte nach Babysitter- und Leihoma-Angeboten im Raum München. Irgendetwas davon musste einfach klappen.

Der *Küstenbote* lag, wie jeden Morgen, neben anderen regionalen und überregionalen Zeitungen im Frühstücksraum unseres Hotels aus. Gespannt griff ich nach einem Exemplar und blätterte, bis ich mein Foto entdeckte. Der Text war nicht als Interview geschrieben, wie ich erwartet hatte, sondern als Bericht über unser Treffen.

»Hier!«, sagte ich und reichte Jonas die Zeitung. »Können Sie das übersetzen?«

Er überflog den Text, dann sah er mich an. »Sind Sie sicher, dass Sie das hören wollen?«

»Natürlich bin ich sicher!«

Er senkte den Blick wieder auf die Zeitung. »Also, hier ist die Rede von einem weiteren Westunternehmen, das in die Region gekommen ist, um auf Kosten der Bevölkerung schnellen Profit zu machen ... Dann steht da, Sie seien zwar eine sympathische Person, aber leider hätten Sie offenbar nicht die nötige Sensibilität für die berechtigten Ängste der Anwohner vor den Belastungen durch die Windkraftanlagen ... Sie stellten sich vor, die Einwände, die von möglichen Gesundheitsschäden bis zum Werteverlust von Grundstücken reichten, in einer einzigen Fragestunde aus der Welt zu schaffen ...«

»Hören Sie auf!«, rief ich bestürzt.

»Was haben Sie denn dem Mann erzählt?«, fragte Jonas.

»Na, das jedenfalls nicht«, sagte ich, riss Straus' Visitenkarte heraus und wählte seine Nummer.

»Wie kommen Sie dazu, mich derartig in die Pfanne zu hauen?«, rief ich aufgebracht in den Hörer. »Dieser Mist hat nichts, aber auch gar nichts mit dem zu tun, was ich im Gespräch mit Ihnen gesagt habe!«

Straus blieb ganz ruhig. »Haben Sie eine Tonbandaufnahme?«

»Natürlich nicht, das wissen Sie doch genau!«

»Dann dürfte es schwierig sein, zu beweisen, was Sie gesagt haben.«

Ich schnappte nach Luft.

»Hören Sie«, sagte Straus, »ich habe nichts gegen Sie und nichts gegen Ihr Projekt. Ich bin nur mit meiner Berichterstattung, sagen wir ... den Menschen hier in der Region verpflichtet.«

»Ich dachte, Journalisten seien der Wahrheit verpflichtet.«

»Manchmal gibt es eben mehrere Wahrheiten ...«

»... und dann entscheidet, wer die größere Anzeige geschaltet hat?«, fiel ich ihm ins Wort.

»Jetzt machen Sie es sich ein bisschen einfach«, wehrte er ab. »Wissen Sie was, Frau Moser? Ich mache Ihnen einen Vorschlag. Warum kommen Sie nicht heute Abend zu meiner Frau und mir zum Essen, und wir sprechen ganz in Ruhe über die Angelegenheit? Ich bin sicher, danach verstehen Sie besser, wie die Dinge hier laufen.«

Am liebsten hätte ich dem Kerl gesagt, er könne mich kreuzweise. Aber mir war klar, dass ich es mir mit der einflussreichsten Zeitung der Region auf keinen Fall verderben durfte.

»Also gut«, sagte ich zähneknirschend. »Wann?«

»Zwanzig Uhr? Sie dürfen gern Ihren Mitarbeiter mitbringen.« Er betonte das Wort Mitarbeiter auf anzügliche Weise. Offenbar dachte auch er, ich hätte eine Affäre mit Jonas. Nach meinem Krach mit Michael fragte ich mich, was mich eigentlich daran hinderte.

»Danke, sehr freundlich.« Ich beendete das Gespräch.

Ich sorgte dafür, dass wir uns bei Straus verspäteten. Dieser Großkotz sollte bloß nicht denken, dass ich nach seiner Pfeife tanzte. Es war fast Viertel nach acht, als Jonas vor einem größeren Einfamilienhaus in einem Neubaugebiet parkte. Ich drückte auf die Klingel neben dem Gartentor, das nur angelehnt war.

Straus kam uns mit ausgebreiteten Armen entgegen, als wären wir seine besten Freunde. »Guten Abend und herzlich willkommen!«

Neben ihm stand eine deutlich jüngere Frau, an deren Rockschößen zwei kleine Jungen hingen. Sie war stark geschminkt und trug ein eng anliegendes Kleid, das etwas zu elegant für den Anlass war. Sie begrüßte uns auf Deutsch, sprach aber mit deutlichem Akzent.

»Das ist meine Frau Natalja, und diese zwei Rabauken hier sind Georg und Paul«, stellte Straus mit sichtlichem Stolz seine Familie vor.

Wir betraten ein spießig eingerichtetes Wohnzimmer, und Straus bat uns, auf der Sofagarnitur Platz zu nehmen. Eine Tür wurde geöffnet, und ein junges Mädchen mit einem Tablett voller Gläser und einer Kristallkaraffe trat ein. Hatte dieser Kerl tatsächlich Personal?

»Meine Tochter Sofia«, sagte er.

Das Mädchen stellte das Tablett ab und gab uns die Hand, bevor sie den Sherry eingoss. Sie hatte klare Gesichtszüge und einen ruhigen, offenen Blick. Ihre Bewegungen waren anmutig und konzentriert. Sie lächelte uns kurz zu und verließ den Raum. Ich bemerkte, dass Jonas ihr nachblickte.

»Sofia stammt aus meiner ersten Ehe«, erklärte Straus. »Sie kam mit mir hierher, nachdem meine erste Frau uns verlassen hatte. Leider versteht sie sich nicht so gut mit Natalja, nicht wahr, Liebes?« Er tätschelte seiner Frau das Knie, die verzog das Gesicht wie ein verwöhntes Kind.

Als wir ins Esszimmer gingen, tauchte Sofia wieder auf. Sie servierte die Vorspeise, schenkte Getränke ein, und erst, als alle versorgt waren, setzte sie sich dazu. Als Natalja um etwas bat, sprang sie wieder auf. Dann quengelte einer der

Jungen. Wieder war es Sofia, die ihr Essen unterbrach, um ihm Ketchup zu bringen.

Ich musste an das Märchen vom Aschenputtel denken. Das Mädchen wurde von ihrer Familie behandelt wie eine Dienstbotin. Aber sie strahlte eine solche Würde aus, dass die Demütigung, die in dieser Behandlung lag, ihr nichts anhaben konnte.

Als sie endlich mal saß, sprach ich sie an. »Gehst du noch zur Schule, Sofia?«

»Nein, ich warte auf einen Studienplatz. Nächstes Jahr kann ich anfangen.«

»Was willst du studieren?«

»Psychologie. Am liebsten Kinderpsychologie. Ich liebe Kinder, wissen Sie!« Sie strahlte. Und tatsächlich klebten die kleinen Jungen häufiger an ihr als an der Mutter. Sicher war das auch ein Grund für Nataljas unfreundliches Verhalten, sie war einfach eifersüchtig.

Wieder beobachtete ich, wie Jonas Sofia mit den Blicken folgte. »Gefällt sie Ihnen?«, flüsterte ich. Erschrocken sah er mich an.

Beim Hauptgang erläuterte mir Straus das Geschäftsmodell seiner Zeitung. Als er anfing, hatte er nur eine Verlagslizenz und musste zunächst Geld auftreiben. So suchte er Sponsoren, die sein Zeitungsprojekt unterstützten. Anfangs war der Deal, dass er als Gegenleistung kostenlose Anzeigen schaltete. Sehr schnell aber erwarteten seine Geldgeber, dass auch die redaktionelle Berichterstattung ihren Vorstellungen entsprach. So war eine Zeitung entstanden, in der jeder über sich lesen konnte, was er wollte – vorausgesetzt, er zahlte dafür.

»Ist das nicht eine ziemlich eigenwillige Auffassung von Journalismus?«, sagte ich angriffslustig.

»Nennen wir es nicht Journalismus, sondern Dienstleistung, und schon passt es«, sagte Straus unbekümmert. »Ich bin eben Kommunikationsdienstleister.«

»Und in wessen Interesse haben Sie dann diesen unsäglichen Artikel über unser Windkraftprojekt verfasst?«

Er schien kein bisschen beleidigt über meine Kritik. »Nun, es gibt Kräfte in der Gegend, die kein Interesse an solchen Projekten haben. Besonders dann nicht, wenn sie von ausländischen Investoren kommen. Und diese Kräfte sind durchaus ... potent, um es mal so auszudrücken.«

Ich muss wohl ziemlich verwirrt ausgesehen haben, denn Straus sagte im Ton eines verständnisvollen Vaters: »Ich erkläre es Ihnen. Wir haben hier jede Menge Windkraftgegner. Manche sind aus Prinzip dagegen, andere, weil sie um den Wert ihrer Grundstücke fürchten, die dritten, weil sie Angst vor Gesundheitsschäden haben, die vierten, weil sie sich ärgern, dass sie kein Grundstück haben, das sie verpachten oder verkaufen könnten, und vermutlich gibt es noch massenhaft andere Gründe. Und dann gibt es Leute, die sehen es grundsätzlich nicht gern, wenn ausländische Firmen hier irgendwas aufbauen, weil sie das Geschäft lieber selber machen wollen. Sie, liebe Frau Moser, befinden sich also in einem edlen Wettstreit mit anderen Interessenten ...«

»... dessen Ausgang durch unterstützende Berichterstattung im *Küstenboten* entscheidend beeinflusst werden könnte, richtig?«

Er nickte zufrieden. Endlich hatte ich verstanden.

Natalja stand auf. »Ich muss Kinder zu Bett bringen, entschuldigen bitte.«

»Das kann doch Sofia machen«, rief Straus, aber Natalja war schon an der Tür. »Wollen von Mama in Bett gebracht werden«, sagte sie spitz.

Sofia war offenbar noch in der Küche beschäftigt, ich hörte das Klappern von Geschirr. Jonas stand auf. »Entschuldigen Sie, wo ist die Toilette?«

Straus zeigte ihm den Weg.

»Es ist ein Kreuz mit den Weibern«, seufzte er, als Jonas draußen war. »Natalja und Sofia sind wie Hund und Katz. Lange geht das hier nicht mehr gut. Sofia bräuchte dringend einen Job, am besten im sozialen Bereich, das würde dann schon als Praktikum für ihr Studium gelten. Aber hier in der Gegend gibt es keine Stellen, und da, wo es welche gibt, wird nichts bezahlt.«

Nach einer Weile kehrte Jonas zurück. Ich hätte gern gewusst, ob er nur auf der Toilette gewesen war oder die Gelegenheit genutzt hatte, mit Sofia zu reden.

Einen Moment später kam auch sie wieder zu uns. »Möchten Sie Kaffee?«, fragte sie.

»Nein danke«, sagte ich. Auch Jonas lehnte ab.

»Papa?«

»Danke, mein Liebes.«

Sofia setzte sich zu uns. Ich lächelte sie an, sie lächelte zurück. In diesem Moment hatte ich eine Eingebung.

»Sag mal, Sofia«, sagte ich. »Könntest du dir vorstellen, einen Job in Deutschland anzunehmen?«

9

Bereits am übernächsten Tag flog ich mit Sofia nach München. Sie konnte gar nicht schnell genug von ihrer Familie wegkommen. Und Straus war offensichtlich froh, dass der Krisenherd in seinem Haus entschärft war. Als er hörte, wir würden seiner Tochter fünfhundert Euro bei freier Kost und Logis bezahlen, hatte er obendrein das Gefühl, ein gutes Geschäft gemacht zu haben. Die Einzige, die sich noch wundern würde, war Natalja. Ihr Aschenputtel war weg, nun müsste sie sich selbst die Finger schmutzig machen.

Während des Fluges lasen Sofia und ich Frauenzeitschriften und unterhielten uns über Mode und Kosmetik. Nicht gerade meine bevorzugten Themen, aber sie schien Spaß daran zu haben. Sie schnupperte an mir und sagte: »Ihr Parfüm ist toll, was ist das?«

Ich holte den Zerstäuber aus meiner Tasche und reichte ihn ihr. »L'Eau d'Issey«, las sie und sprühte sich etwas aufs Handgelenk. Ich nahm mir vor, ihr bei Gelegenheit ein Fläschchen zu schenken.

Eigentlich hätten wir rechtzeitig in München landen müssen, um meine Mutter noch zu sehen, aber unser Flug war fast eine Stunde verspätet, und so war sie bereits auf dem Weg nach Sanaa. Einen Moment lang war ich traurig.

Sie war zwar eine furchtbare Nervensäge, trotzdem hatte sie mir aus der Patsche geholfen.

Michael und die Kinder erwarteten uns. Wie sie da standen, der auf eine nachlässige Art gut aussehende Michael in seiner Lederjacke und meine zwei hübschen blonden Kinder, spürte ich kindischen Stolz in mir aufsteigen. Meine Familie! Ich konnte es kaum erwarten, sie an mich zu drücken. Sogar mein Zorn auf Michael war verschwunden. Bereitwillig hatte ich meine alte Rolle angenommen und würde Sofia einarbeiten, während er in Venedig war. Jonas würde solange die Stellung in Litauen halten und die To-do-Liste abarbeiten, die ich ihm hinterlassen hatte.

»Hallo, ihr Süßen!«, sagte ich und drückte die Kinder an mich. Mit einem Kuss auf die Wange begrüßte ich meinen Mann, dann drehte ich mich zu Sofia um. »Das sind Michael, Svenja und Pablo. Und das ist Sofia.«

Sie begrüßte alle mit einem Lächeln und einem festen Händedruck, und wenn ich mich nicht irrte, verliebte sich Pablo bereits in sie.

Auf der Fahrt nach Hause saß Sofia zwischen den Kindern auf der Rückbank, und bald hörte ich halblautes Geplauder und Gekicher. Als ich mich gegen Ende der Fahrt umdrehte, sah ich, dass Pablo Sofias Hand hielt.

Könnte es möglich sein, dass wir diesmal Glück hatten? Dass sich in diesem Augenblick die Verwandlung von Aschenputtel in Mary Poppins vollzog?

Als hätte er meine Gedanken gelesen, zitierte Michael seinen unvermeidlichen Goethe: »Prüfungen erwarte bis zuletzt.«

Sofia betrat unser Haus, und es war fast so, als wäre sie immer schon hier gewesen. Instinktiv steuerte sie das Gästezimmer an, noch bevor ich ihr sagen konnte, dass es ihr Zimmer wäre. Innerhalb von zehn Minuten packte sie ihre Sachen aus, wenig später lag sie neben Pablo auf dem Wohnzimmersofa und las ihm etwas vor.

Sie fragte nicht nach dem Internet und beschwerte sich nicht über den fehlenden Fernseher. Ich war hingerissen.

Vielleicht sollte ich ihr erlauben, meinen Computer zu benutzen? Sicher würde sie ins Internet wollen. Während ich noch darüber nachdachte, öffnete ich die Tür zum Arbeitszimmer – und wurde fast vom Schlag getroffen. Die Wände des bislang nüchtern weißen Raumes waren in einem kräftigen Orange gestrichen. Der Schreibtisch war umgestellt, so dass man nicht mehr zur Tür, sondern zum Fenster hinausblickte, und meine Pinnwand mit Hunderten von Zetteln war – leer. Bis auf einen. Darauf stand: *Du brauchst mich nicht mehr!*

»Gefällt's dir?«, erklang Svenjas Stimme hinter mir. »Oma wollte dir eine Freude machen.«

Ich war sprachlos. Dann nahm Pablo mich bei der Hand und zog mich in sein Zimmer. »Schau mal!«, sagte er stolz. Seine Längswand war von oben bis unten mit furchterregenden Monstern bemalt, es sah aus, als hinge dort ein von Kinderhand gemaltes Großplakat für einen Horrorfilm.

»Das sind die Urchse«, erklärte Pablo und zeigte auf die grünen Figuren mit den Stacheln. »Und das sind die Workse.« Er meinte die braunen mit den komischen Motorradhelmen.

»Schön«, presste ich hervor.

»Und jetzt musst du bei mir schauen!«, bettelte Svenja. Ihr Zimmer war komplett in Pink gestrichen und mit Plakaten von Sängern, Models und Filmstars zugeklebt. Der Schreibtisch fehlte, dafür lag in der Ecke ein riesiger Sitzsack.

»Oma sagt, wir sollen unsere Umgebung frei gestalten, das sei gut für unsere Entwicklung«, erklärte Svenja.

»Und warum glaubt Oma, sie dürfe meine Umgebung frei gestalten?«, fragte ich.

Pablo legte den Kopf schief und blickte zu seiner Schwester. »Wollen wir es ihr sagen?«

»Klar«, sagte Svenja.

Pablo holte Luft. »Oma meint, du sollst aufhören, so perfekt sein zu wollen. Man kann das Leben nicht auf Zetteln festhalten.«

»So. Meint Oma.« Ich lächelte gequält und versuchte, mir meine Empörung nicht anmerken zu lassen. Die Kinder konnten nun wirklich nichts dafür. Aber meiner Mutter würde ich was erzählen!

Als sie gelandet sein musste, rief ich sie an. Zu meiner Überraschung war der Handyempfang im Jemen einwandfrei. Sie meldete sich mit: »Salam aleikum!«

»Mutter, ich bin's. Wo sind sie?«

»Wer denn, mein Schätzchen?«

»Meine Zettel!«

»Die habe ich weggeworfen.«

»Du hast waaas?«

»Ich habe sie weggeworfen. Ich kann dir aber sagen, was draufstand. Zweiundzwanzigmal Steuerberater, vierzehnmal Zahnarzt oder Kieferorthopäde, ein paarmal Geburtstagsgeschenk und Den-und-den-Anrufen. Meinst du nicht, das kannst du dir auch so merken?«

»Ich kann vielleicht, aber ich will nicht«, rief ich hysterisch. »Diese Zettel sind wichtig für mich! Und du hast absolut kein Recht, so in meine Privatsphäre einzugreifen. Und noch was: Ich hasse Orange!«

Damit unterbrach ich die Verbindung. Sollte sie ruhig ein schlechtes Gewissen haben.

Unruhig lief ich in meinem Arbeitszimmer auf und ab. Ich war verwirrt, konnte keinen klaren Gedanken fassen. Es war, als hätte mir jemand mein Gedächtnis geraubt. Sofort begann ich, mir alles Mögliche zu notieren, was ich zu erledigen hatte. Als sich die Pinnwand wieder etwas gefüllt hatte, ging es mir besser.

Michael und ich saßen uns in unserem Lieblingsthailänder gegenüber. Es war unser einziger gemeinsamer Abend, am nächsten Tag würde er nach Venedig fahren. Er blickte mich an, unsicher, was ihn erwartete. Bei unserem letzten Gespräch hatte ich ihm immerhin die Scheidung angedroht. Aber jetzt war alles anders. Jetzt war Sofia da. Ich war plötzlich wieder ganz milde gestimmt.

»Und?«, fragte ich lächelnd. »Wie findest du sie?«

»Zum Niederknien. Wo hast du dieses Goldstück aufgetrieben?«

»Im hintersten Winkel von Litauen, unter höchst seltsamen Umständen.«

Ich erzählte ihm von meiner Bekanntschaft mit Straus, der Einladung zum Essen, Sofias familiären Verhältnissen. »Das war Fügung«, schloss ich. »Das sollte einfach so sein.«

Zu meiner Überraschung erkundigte er sich eingehend nach den Fortschritten meiner Arbeit, fragte mehrmals nach und wirkte ehrlich interessiert an dem, was ich erzählte. Ich wurde sofort misstrauisch. Ob er heimlich einen Eheberater konsultiert hatte? Sein Verhalten wirkte irgendwie einstudiert, so als hätte ihm jemand gesagt: »Sie müssen Ihrer Frau das Gefühl geben, dass sie Ihnen wichtig ist. Dass Sie Anteil nehmen an ihren Erlebnissen und Erfahrungen. Sie glauben gar nicht, wie glücklich Ihre Frau sein wird, wenn Sie es mal einen Abend lang schaffen, sich ganz und gar auf sie einzustellen.«

Vielleicht hatte der Eheberater auch gesagt: »Wenn Sie das hinkriegen, wird Ihre Frau Sie bestimmt nicht mehr verlassen wollen. Und wenn Sie Glück haben, ist sie vielleicht am Ende des Abends sogar bereit, mit Ihnen zu schlafen. Denn das ist es doch, was Sie in Wahrheit wollen, n i c h t w a h r ? ? ? «

Vielleicht hatte er aber auch selbst erkannt, dass er etwas an seinem Verhalten ändern müsste.

Wir bestellten und erhoben lächelnd unsere Gläser.

»Auf die effizienteste Ehefrau der Welt.«

»Und auf den eigensinnigsten Ehemann der Welt.«

Wir stießen an und tranken. Als ich mein Glas abgestellt hatte, sah ich auf und hörte mich sagen: »Ist das, was zwischen uns ist, eigentlich noch ... Liebe?«

Überrascht sah er mich an. »Wie kommst du darauf?«

»Es fühlt sich so ... nüchtern an«, sagte ich. »So nach ›Ist doch alles in Ordnung‹. Du bist zwar eigensinnig, aber ich bin ja effizient, klappt doch alles, die Kinder haben Mama und Papa, und das war's.«

»Das ist nicht gerade wenig, oder?«

»Mir ist es zu wenig«, sagte ich. »Du kümmerst dich nur um deinen Kram, du interessierst dich überhaupt nicht für uns. Die Kinder überlässt du völlig mir, und solange wir regelmäßigen Sex haben, bist du der Meinung, wir führten eine prima Ehe.«

»Tun wir das nicht?«

»Stell nicht immer diese blöden rhetorischen Fragen«, brauste ich auf. »Wer hat dir denn das beigebracht?«

Die Hummerkrabbensuppe kam. Wir löffelten schweigend, und ich spürte plötzlich, dass wir auf einem schmalen Grat balancierten und dass es an mir lag, ob wir heil auf der anderen Seite ankamen oder in den Fluss mit den Krokodilen stürzten. Warum lag eigentlich immer alles an mir?

Aus den Augenwinkeln beobachtete ich Michael und versuchte, mir vorzustellen, ich sähe ihn zum ersten Mal. War er eigentlich noch der Mann, in den ich mich verliebt hatte? Damals war ich überzeugt gewesen, noch nie jemanden so gewollt zu haben wie ihn. Er hatte eine Mischung aus Zugewandtheit und Autonomie ausgestrahlt, die ich vom ersten Augenblick an als unwiderstehlich empfand. Und er hatte alles verkörpert, was in meinem Leben bis dahin gefehlt hatte: Spontaneität, Abenteuerlust, Inspiration. Die ersten Jahre unserer Beziehung waren genau so gewesen, wie ich es mir erträumt hatte. Warum also war ich jetzt so enttäuscht von ihm?

Vielleicht ging es gar nicht darum, ob er noch der war, den ich so unbedingt gewollt hatte. Vielleicht müsste ich mich fragen, ob das, was ich mir heute von ihm wünschte, noch dasselbe war wie damals. Möglicherweise hatte gar nicht er sich verändert, sondern meine Erwartungen waren andere geworden.

Als hätte er meine Gedanken gelesen, blickte Michael mich eindringlich an.

»Was ist eigentlich los mit dir, Katja? Was willst du von mir?«

»Was ich will?« Ich atmete tief aus und ließ mir Zeit mit der Antwort. »Ich will, dass die Kinder und ich eine Hauptrolle für dich spielen und nicht nur die Begleitmusik sind. Du gibst mir ständig das Gefühl, ich hätte dir ein Leben aufgezwungen, das du gar nicht willst. Dass du viel lieber frei und ungebunden wärst, ohne Verantwortung, ohne Einschränkungen. Dann fühle ich mich schuldig und versuche, alles so zu organisieren, dass du möglichst wenige Einschränkungen hast. Und dann werde ich wütend, weil es schließlich auch deine Kinder sind und auch ich einen Beruf habe, der zwar anstrengend, aber sehr wichtig für mich ist.«

Er hörte aufmerksam zu, sagte aber nichts. Ich hatte Angst, dass jetzt alles ins Rutschen käme, dass wir uns immer mehr in Richtung Krokodile bewegten, aber ich konnte auch nicht mehr aufhören.

»Und ich will wieder etwas spüren«, sagte ich heftig. »Ich weiß, dass du mein Mann bist, aber ich spüre es nicht. Ich glaube, dass ich dich noch begehre, aber ich spüre es nicht. Du bist so weit weg, und alle Gefühle sind verschüttet unter meiner Wut.«

Michael rührte in den Resten seiner Suppe. »Ich gebe mir wirklich Mühe, aber ich bin nun mal, wie ich bin. Ich kann nicht plötzlich ein anderer sein.«

»Gibst du dir nur Mühe, oder fühlst du noch was?«, fragte ich und merkte, wie mir Tränen in die Augen stiegen. »Manchmal glaube ich, du hast dich innerlich schon verabschiedet und wartest nur noch darauf, dass die Kinder groß genug für die Trennung sind.«

Erschrocken sah er mich an. »Wie kommst du bloß auf so einen Gedanken? Nur, weil ich mir ein Stück eigenes Leben gestatte, das sich nicht um euch dreht, will ich euch doch nicht verlassen! Es sollte in einer Beziehung etwas zwischen Trennung und Symbiose geben, findest du nicht?«

»Du glaubst also, ich will die Symbiose?« Ich lachte bitter auf. »Davon sind wir wirklich weit entfernt! Ich will nur ein Minimum an Einfühlung, ungefähr so viel, wie man für einen obdachlosen Penner unter einer Brücke aufwendet.«

Wenn ich verletzt war, neigte ich zu Zynismus, und das vertrug Michael nicht. Er musterte mich mit dem Blick eines traurigen Kindes.

Sofort bekam ich ein schlechtes Gewissen. Ich wollte nicht mehr streiten, alles sollte wieder gut sein. Ich wollte nach Hause und in seinen Armen einschlafen. Ich streckte die Hand nach ihm aus. Er zuckte zurück.

»Du verlangst Unmögliches von mir!«, sagte er, und es klang ehrlich verzweifelt. »Ich soll der sexy Typ sein, den du begehren kannst, und der gute Kumpel zum Reden, gleichzeitig ein toller Vater, der den halben Haushalt schmeißt, und dann soll ich noch ordentlich Geld nach Hause bringen. Ist das nicht ein bisschen viel auf einmal?«

Schlagartig kehrte mein Kampfgeist zurück. »Das ist doch genau das, was du auch von mir verlangst! Warum soll ich nicht das Gleiche von dir verlangen dürfen?«

Während der Hauptgang serviert wurde, mussten wir das Gespräch unterbrechen, aber kaum hatte der Kellner sich entfernt, sagte Michael: »Kann sein, dass du das von dir verlangst – ich verlange es nicht. Ich versuche, dich so zu akzeptieren, wie du bist. Und du bist auch nicht immer einfach!«

»Was soll das denn heißen?«, sagte ich angriffslustig.

Er seufzte. »Bitte, Katja, lass uns aufhören. Ich hatte mich auf einen netten Abend mit dir gefreut. Und jetzt sind wir mitten in einer idiotischen Grundsatzdiskussion!«

Die Krokodile klappten erwartungsvoll ihre Mäuler auf und zu. Ich bin schuld, dachte ich. Ich verderbe immer alles. Aber, was ist eigentlich schlecht an Grundsatzdiskussionen?

Eine Weile stocherte ich schweigend in meinem Entencurry herum. Dann gab ich mir einen Ruck. »Tut mir leid. Dann lassen wir uns ab jetzt einfach gegenseitig, wie wir sind. So haben es meine Eltern zwanzig Jahre miteinander ausgehalten, obwohl jeder den anderen unmöglich fand.«

Er lächelte erleichtert. »Na bitte, dann haben wir ja noch eine Chance!«

Ich versuchte, ebenfalls zu lächeln. Aber es blieb eine Bitterkeit in mir, die ich nicht überwinden konnte.

Ich ging mit Sofia das gleiche Programm durch wie mit Olga.

Aufstehen, Kinder wecken, Frühstück, Schulbrote. Wann müssen die Kinder das Haus verlassen, wann kommen sie heim, was gibt es zum Mittagessen, was abends. Nicht so viele Süßigkeiten, nur eine Stunde Fernsehen pro Tag, bloß keine Computerspiele!

Sie hörte aufmerksam zu und machte sich Notizen in ein Heft, auf das sie in Schönschrift *Familie Moser* geschrieben hatte.

Auch ihr erklärte ich die Sache mit den Trauben, und zu meiner Überraschung sagte sie lächelnd: »Das verstehe ich total! Ich habe meinen Brüdern auch immer gesagt, sie sollen die Beeren nicht einzeln abrupfen, weil das hässlich aussieht!«

Ha! Ich hatte eine Verbündete gefunden! Also war ich gar nicht so singulär-zwanghaft-neurotisch, wie Michael mich wegen meiner Traubenmacke mal genannt hatte. In Sofias Augen war ich auch sicher keine durchgeknallte Mittelschichtstussi mit Kontrollzwang, sondern eine liebevolle und aufmerksame Mutter, die das Beste für ihre Familie will.

Im Supermarkt notierte sie jede meiner Anweisungen und fragte nach, wenn etwas unklar war. »Das ist viel Information auf einmal«, sagte sie, unsicher lächelnd. »Hoffentlich mache ich alles richtig!«

»Das schaffst du schon«, sagte ich zuversichtlich. »Und wenn am Anfang noch nicht alles klappt, dann mach dir keine Sorgen. Das spielt sich ein.«

Von Neugier getrieben, tauchte am Nachmittag Tine mit beiden Kindern auf. Ich hatte ihr am Telefon von meinem Glücksgriff erzählt. Dabei hatte ich voller Anteilnahme gehört, dass ihr die wunderbare Tatjana schon wieder abhandengekommen war.

Als wir bei Tee und von Sofia gebackenem (!) Nusskuchen saßen, fragte ich, wie es dazu gekommen sei. Tine verdrehte die Augen. »Das dumme Kind hat einen Typen kennengelernt, der sich als Fotograf ausgegeben und ihr eingeredet hat, er mache ein berühmtes Model aus ihr.«

»Hübsch ist sie ja«, warf ich ein.

»Und mindestens so doof. Ich habe stundenlang versucht, ihr das auszureden. Habe ihr erklärt, dass dieser Typ wahrscheinlich ein Schwindler ist. Und dass sie noch lange kein Model wird, selbst wenn er wirklich Fotograf ist, was ich bezweifle.«

»Und sie?«

»Hat geheult und mir erklärt, das sei die Chance ihres Lebens. Der Typ wollte, dass sie zu ihm zieht. Und da ist sie jetzt.«

»Du lieber Gott. Machst du dir keine Sorgen?«

»Natürlich mache ich mir Sorgen. Aber das Mädchen ist zwanzig, wenn sie sich ins Unglück stürzen will, kann ich sie nicht davon abhalten. Ich habe die Agentur informiert und ihre Eltern, mehr kann ich nicht tun.«

»Und was machst du jetzt?« Als Alleinerziehende war Tine noch mehr auf verlässliche Hilfe angewiesen als ich.

»Ich arbeite so viel wie möglich zu Hause und spanne die Nachbarn ein, wo es geht. Aber eine Dauerlösung ist das nicht.«

»Suchst du ein neues Au-pair?«

Tines Gesichtsausdruck spiegelte pures Entsetzen wider. »Weißt du, wie oft ich das jetzt durchexerziert habe? Zwölfmal! Jedes Jahr ein neues Mädchen, und drei musste ich vorzeitig nach Hause schicken, weil sie geklaut, gelogen oder die Kinder gequält haben. Bevor ich mir das nochmal antue, versteigere ich die Kinder bei eBay!«

Ich lachte. Tine sah sich um, ob jemand in der Nähe wäre, dann senkte sie die Stimme. »Ich überlege, ob ich die beiden für eine Weile Ralf aufs Auge drücken soll. Der hat so wenig gemacht in den letzten Jahren, der wäre wirklich mal dran.«

»Und was ist mit Elfi?«, fragte ich. Das war Ralfs neue Partnerin, die von Tine verabscheut wurde.

»Güterabwägung«, sagte sie. »Ich brauche dringend Entlastung. Außerdem kommt Laura langsam in das Alter, in dem es eher eine Strafe als ein Vergnügen ist, sie um sich zu haben. Ich schicke sie gewissermaßen als trojanisches Pferd zu Ralf und Elfi!« Sie grinste, der Gedanke schien ihr ausnehmend gut zu gefallen. Wieder sah sie sich um. »Wo sind die Kinder eigentlich?«

Ich deutete wortlos aus dem Fenster. Draußen sah man Svenja, Laura, Pablo und Timmi, die unter Sofias Anleitung eine Art Olympiade veranstalteten. Die Wettkämpfe wurden in den Disziplinen Hüpfen auf einem Bein, Schneeballweitwerfen und Rückwärtsgehen mit verbundenen Augen ausgetragen. Seit ich das Treiben beobachtete, sah ich nur glückliche Kindergesichter, hörte Lachen und fröhliches Kreischen.

Tine stöhnte. »Du Glückspilz! Ich zahle dir jeden Betrag, wenn du mir dieses Wunderwesen überlässt!«

»Vergiss es«, sagte ich lachend. »Aber ich mach dir einen Vorschlag: Bring doch Laura und Timmi an den Nachmittagen hierher, bis du eine Lösung gefunden hast. Im Notfall können sie auch übernachten.«

Tine umarmte mich. »Du bist ein Schatz!« Sie verspeiste ein drittes Stück Nusskuchen. »Backen kann sie auch noch«, murmelte sie. »Ich fasse es nicht.«

Ich erstattete Franz Bericht über meine erste Woche in Litauen. Eigentlich war ich der Meinung, ich hätte eine Menge Lob für das verdient, was ich bisher erreicht hatte. Von den erlittenen Strapazen durch Schneestürme, heimwehkranke Kinder und tückische Litauer ganz abgesehen.

Stattdessen wedelte Franz, als ich sein Büro betrat, mit einem Computerausdruck und fragte vorwurfsvoll: »Kannst du mir das bitte mal erklären?«

Ich warf einen Blick darauf und erkannte, dass es sich um Straus' Artikel im *Küstenboten* handelte.

»Seit wann kannst du Litauisch?«, fragte ich, aber er deutete nur stumm auf ein zweites Blatt mit der Übersetzung. »Darüber wollte ich sowieso mit dir sprechen«, sagte ich forsch. »Wie dir sicher nicht entgangen ist, zeichnet dieser Artikel kein durchweg positives Bild von unserem Projekt.«

»Kein durchweg positives Bild?«, donnerte Franz. »Das ist eher euphemistisch ausgedrückt.«

»Zugegeben, der Kerl hat mich reingelegt«, sagte ich. »Aber inzwischen bin ich mit den journalistischen Gepflogenheiten dieser Zeitung vertraut, und ich garantiere dir, die weitere Berichterstattung wird ganz anders aussehen.«

»So, und was macht dich da so sicher?«

»Erstens habe ich die Tochter dieses Herrn bei mir als Haushaltshilfe und Kindermädchen angestellt. Er ist mir also verpflichtet. Und zweitens ...«

»Er ist dir verpflichtet?«, unterbrach mich Franz. »Meinst du nicht, es ist eher umgekehrt? Der Mann hat dich total in der Hand! Und mit dir unser Projekt!«

Ich schüttelte verwirrt den Kopf. »Wieso denn das?«

»Wenn es irgendwelchen Ärger gibt und dem werten Töchterlein was nicht passt, wird es sich sofort beim Herrn Papa beschweren. Und der schreibt dann zur Strafe, dass es dir an der nötigen Sensibilität für die Ängste der Windkraftgegner fehlt, oder Schlimmeres.«

»Du irrst dich, Franz«, sagte ich voller Überzeugung. »Mit Sofia wird es keinen Ärger geben. Die ist einfach perfekt! Intelligent, motiviert, sympathisch – ein echter Glücksgriff!«

»Und so ein Schätzchen putzt für ein Taschengeld deine Hütte und betreut deine Bälger? Das glaubst du doch selbst nicht. Da ist doch irgendein Haken dran.«

Allmählich verunsicherte Franz mich doch. Aber sosehr ich auch darüber nachdachte, ich konnte keinen Haken entdecken.

»Du wirst schon sehen«, orakelte er. »Also, worüber wolltest du mit mir sprechen?«

»Diese Zeitung, der *Küstenbote*, ist das größte und einflussreichste Presseorgan in der Gegend, aber leider ist dieser Straus nicht nur Inhaber, Herausgeber und Chefredakteur in Personalunion, sondern außerdem ein korrupter Hund, dem es nur um Geld geht. Im Klartext: Er lässt sich für Artikel bezahlen. Dann steht allerdings auch drin, was drinstehen soll.«

»Und?«

»Hast du nicht neulich davon gesprochen, dass man ein bisschen großzügig sein muss, wenn man was erreichen will?«

Franz fixierte mich. »Und hast du mir nicht erklärt, wie enttäuscht du von mir bist, weil du mich für einen Idealisten gehalten hast?«

»Und du mich für eine Realistin«, gab ich zurück. »Du hattest Recht. Ich würde gern weiter so handeln wie die anständige deutsche Bauingenieurin, als die ich diesen Job übernommen habe. Aber eine Woche in Litauen hat mich eines Besseren belehrt. Wenn du dort zu Potte kommen willst, geht es nur mit der litauischen Methode.«

Ein zufriedenes Lächeln breitete sich auf Franz' Gesicht aus. »Na bitte, geht doch! Schwimm noch ein bisschen schneller, ich will Wasserski fahren!«

Ich verdrehte die Augen. »Keine Chefsprüche mehr, bitte, Franz. Das alles ist nicht ganz leicht für mich. Also, wie viel?«

»Wie viel was?«

»Wie viel Geld kann ich Straus für die nächsten Artikel anbieten?«

Franz überlegte. »Wie sind denn die Preise?«

Ich zog eine Liste aus meiner Mappe. »Genau weiß ich es nicht, aber ich denke, wir können uns an den Anzeigenpreisen orientieren. Die liegen zwischen zwei- und fünftausend Euro pro Anzeige, je nach Größe.«

»Und wieso schalten wir dann nicht gleich eine Anzeige?«

»Weil redaktionelle Werbung viel wirkungsvoller ist. Wenn die Leute in einem Artikel lesen, wie toll diese deutsche Firma ist, die diesen großartigen Windpark plant, mit dem lauter Arbeitsplätze geschaffen werden und günstiger, ökologisch gewonnener Strom produziert wird, glauben sie es doch viel eher, als wenn sie Werbung lesen.«

Franz nickte. »Wo du Recht hast, hast du Recht.« Er griff in seine Schreibtischschublade und holte eine Geldkassette hervor. Mit einem kleinen Schlüssel aus seiner Brieftasche öffnete er sie und zählte zehntausend Euro vor mir auf den Tisch. Ich starrte ihn entgeistert an. »So viel?«

»Ich erwarte natürlich, dass du es gewinnbringend anlegst. Du musst ja nicht alles diesem Straus in den Rachen werfen. Wenn du noch den einen oder anderen Bürokraten damit schmieren kannst, soll es mir recht sein.«

Ich verdrängte das Gefühl, mich in einem schlechten Gangsterfilm zu befinden, und strich das Geld ein. »Dass du dafür keine Quittungen kriegst, ist dir klar?«, fragte ich.

Er lachte. »Meinst du, ich mache das zum ersten Mal?« Wir tauschten einen verständnisinnigen Blick. Wenigstens hingen wir jetzt beide drin in der Geschichte.

Als ich seine Bürotür hinter mir geschlossen hatte, sagte Gina: »Du siehst aus, als hättest du ein Wildschwein erlegt.«

Ich lachte schnaubend. »So fühle ich mich auch.«

10

Zum zweiten Mal befand ich mich auf dem Weg nach Litauen. Diesmal flog ich von Riga weiter nach Palanga, einem kleinen Flughafen an der Küste, eine knappe Stunde von Gargzdai entfernt. In meiner Handtasche war der Umschlag mit dem vielen Geld, was mich ausgesprochen nervös machte. Sofort nach meiner Ankunft im Hotel würde ich es in den Zimmersafe legen, damit ich ruhig schlafen könnte.

Jonas erwartete mich mit jeder Menge schlechter Nachrichten.

Bajoras verzögerte die Entscheidung darüber, ob unser Antrag in der kommenden Sitzung noch einmal auf die Tagesordnung kommen würde. Der Termin war nächste Woche, wenn dann nicht darüber entschieden wurde, gäbe es eine Verschiebung um weitere zwei Wochen. In der Zwischenzeit müssten wir aber weiterarbeiten, als hätten wir bereits eine Genehmigung, sonst würden wir zu viel Zeit verlieren. Wenn wir Pech hätten, wäre am Ende alles umsonst.

Dazu kam, dass der Widerstand der Windkraftgegner wuchs. Es hatte neue Beschwerden und Eingaben gegeben, und Jonas wusste noch nicht, ob sie eine aufschiebende Wirkung hätten.

»Und dann sind zwei von den Grundstücksverkäufern abgesprungen«, berichtete er. »Angeblich bieten wir nicht genug Geld.«

»Ganz was Neues«, stöhnte ich. »War's das jetzt mit den Hiobsbotschaften?«

Er grinste. »Wie man's nimmt. Ihre Ankündigung mit dem Hearing ist auf großes Interesse gestoßen. Wenn Sie glaubwürdig bleiben wollen, müssen Sie das bald durchziehen.«

»Nichts anderes habe ich vor«, sagte ich und hob meine schwere Aktentasche hoch. »Da ist die Munition drin. Ich glaube nicht, dass es irgendeinen Einwand gibt, den ich nicht entkräften kann. Können Sie sich um einen geeigneten Raum dafür kümmern?«

Jonas lächelte. »Kein Problem.«

»Ich soll Ihnen Grüße von Sofia ausrichten.« Das war geschwindelt, aber ich wollte seine Reaktion sehen. Er blieb völlig cool. »Danke, sehr freundlich.«

Ich lächelte ihn auffordernd an. »Sie haben mir noch nicht verraten, ob sie Ihnen gefällt.«

»Sie ist ein sehr nettes Mädchen«, sagte er.

Einen Moment lang wurde ich wehmütig. Ich wäre gern nochmal so jung wie die beiden, dachte ich, dann wäre so vieles möglich. Manchmal fühlte ich mich, als wäre die beste Zeit meines Lebens vorübergegangen, ohne dass ich es bemerkt hätte.

Wir brachten meine Sachen ins Hotel und machten uns anschließend auf den Weg zu einem der fraglichen Grundstückseigentümer. Sie hatten bereits Vorverträge zu äußerst fairen Bedingungen bekommen. Ich fragte mich, warum plötzlich zwei von ihnen ihre Meinung geändert hatten.

Wir fuhren auf einen kleinen, verwahrlosten Hof am Rand von Gargzdai. Überall stand Gerümpel herum, ein paar Hühner pickten im Schnee. Ein kleiner, alter Mann mit schlechten Zähnen öffnete die Tür.

»Nein, nein«, sagte er auf Litauisch und wollte die Tür wieder schließen. Elegant schob Jonas seinen Fuß dazwischen. Er sprach auf den Mann ein, der uns misstrauisch beäugte. Schließlich öffnete er und machte uns ein Zeichen, ihm zu folgen.

Wir betraten einen Wohnraum, der kaum diese Bezeichnung verdiente. Das Mobiliar war alt, alles wirkte schäbig und schmuddelig. Es roch nach feuchtem Teppich. Ich setzte mich auf die Kante eines Sessels, aus dem die Sprungfedern herausstanden. Mühsam brachte ich ein Lächeln zustande.

»Vielen Dank, dass Sie sich Zeit für uns nehmen. Es ist immer besser, zu sprechen, wenn es Unklarheiten gibt, nicht wahr?«

Der Mann nickte. »Ja, ja«, sagte er unwillig.

»Fragen Sie ihn, warum er abspringen will«, bat ich Jonas.

»Habe ich ihn schon gefragt. Er sagt, wir bieten nicht genug Geld.«

»Sagen Sie ihm, das ist Quatsch, und das weiß er auch.«

Der alte Mann fing an zu gestikulieren, dann stand er auf, holte ein Blatt Papier und einen Bleistift und begann, Zahlen aufzuschreiben. Dieses Papier hielt er dann Jonas hin. Der versuchte, das Gekritzel zu entziffern.

»Er meint, dreizehntausend Litas für ein Hektar Land sei viel zu wenig. Angeblich hat ihm jemand das Dreifache geboten.«

Ich schoss von meiner Sesselkante hoch. »Das ist doch absurd! Wir reden hier von Ackerland. Da kann er nicht den Preis für Bauland verlangen!«

Jonas übersetzte, und der Mann maulte unverständlich vor sich hin.

Während Jonas einen längeren Wortwechsel mit dem Bauern hatte, blickte ich mich um und kam zu dem Ergebnis, dass der Mann dringend Geld brauchte. Wir hatten ihm achtzigtausend Litas für knapp zwei Hektar Land geboten. Das waren rund siebenundzwanzigtausend Euro. Ein solches Geschäft konnte er ohne triftigen Grund nicht ausschlagen.

Jonas sah wieder zu mir, hob die Schultern und ließ sie fallen. »Ich komme nicht dahinter. Irgendetwas an seinem Verhalten ist merkwürdig, denn offenbar will er verkaufen.«

Mir kam ein Gedanke. »Fragen Sie ihn, ob er mit irgendjemandem über das Geschäft gesprochen hat!«

Jonas stellte die Frage, und im Gesicht des Mannes zuckte es. »Nein«, sagte er, und das war offensichtlich gelogen.

»Der Mann hat Angst«, stellte ich fest. »Kann es sein, dass er bedroht wird?«

Jonas nickte. »Das wäre eine Erklärung. Was sollen wir jetzt tun?«

Statt einer Antwort stand ich auf, ging ein paar Schritte und nahm ein gerahmtes Familienfoto von einer Kommode. Darauf war der Mann mit seiner Frau und drei erwachsenen Töchtern zu sehen.

»Ist das Ihre Familie?«, fragte ich freundlich. Er nickte. »Hübsche Töchter«, sagte ich. »Was machen sie?«

Die eine lebte im Ort und erwartete ihr erstes Kind, die andere machte eine Ausbildung als Krankenschwester, die dritte studierte.

»Glauben Sie, Ihrer Familie wäre es recht, wenn Sie so viel Geld ablehnen würden?«, fragte ich. »Überlegen Sie mal, was Sie mit achtzigtausend Litas anfangen könnten!

Sie könnten eine komplette Ausstattung für Ihr Enkelkind kaufen. Das Studium Ihrer Tochter wäre finanziert. Und wer weiß, die dritte hat sicher auch einen Wunsch, eine Urlaubsreise oder einen Zuschuss für ihre Wohnung. Und was sagt überhaupt Ihre Frau dazu?«

Jonas starrte mich überrascht an. Dann übersetzte er folgsam. Der Mann schlug die Hände vors Gesicht und begann lautlos zu weinen. Jonas und ich tauschten einen Blick, das hatte ich nun auch nicht gewollt.

Als er sich ein bisschen beruhigt hatte, sagte ich: »Wenn wir Ihnen helfen sollen, müssen Sie uns die Wahrheit sagen. Jemand hat Sie bedroht, nicht wahr?«

Er nickte, kaum wahrnehmbar, mit dem Kopf. Dann stand er auf und zog eine Schublade der Kommode auf. Aus dem hintersten Winkel holte er ein zusammengeknülltes Stück Papier, das er Jonas reichte. Der faltete es auseinander, strich es glatt und las. »Jemand bedroht ihn und seine Familie für den Fall, dass er uns Land verkauft«, sagte er und schaute mich an. Ich streckte die Hand aus. »Frag ihn, ob ich das haben kann.«

Der Mann nickte ergeben. Ich steckte das Papier ein, dann stand ich auf.

»Sag ihm, wir werden uns darum kümmern, er soll sich keine Sorgen machen. Wir melden uns wieder.«

Der Mann nahm meine Hand und murmelte Dankesworte. Er brachte uns zur Tür, und ich war heilfroh, als ich wieder draußen stand.

»Ich glaube nicht, dass wir den zweiten Grundstückseigentümer noch aufsuchen müssen«, sagte ich. »Der Fall ist klar. Da übt jemand Druck aus. Die Frage ist nur, wer?«

Seit ich den Drohbrief kannte, wusste ich, dass wir ernstzunehmende Gegner hatten. Es war also wichtig, die Bevölkerung auf unsere Seite zu bringen. Wir setzten die Ankündigung unseres Hearings ins Internet, verteilten Flyer in der Gemeinde und beschlossen, eine Anzeige im *Küstenboten* zu schalten. Ich nutzte die Gelegenheit für ein bisschen telefonische Beziehungspflege mit dem Chefredakteur.

»Wie geht's Ihnen, Herr Straus, was gibt's Neues in der Welt?«

»Jetzt machen Sie also Ihr Hearing«, gab er zurück. »Da darf man gespannt sein.«

Dass der Kerl immer schon alles wusste!

»Gut informiert«, lobte ich. »Deshalb rufe ich auch an. Wir würden gern eine Ankündigung im *Küstenboten* bringen.«

»In welcher Größe?«

»Wie wär's mit einer Viertelseite?«, schlug ich vor.

»Das geht unter«, sagte er wegwerfend. »Das sieht kein Mensch. Eine halbe Seite sollte schon sein.«

Dieser Gauner. Das bedeutete einen Preisunterschied von hundert Prozent.

»Sind Veranstaltungsankündigungen eigentlich genau so teuer wie richtige Werbeanzeigen?«, fragte ich.

»Nein, die kosten die Hälfte. Mit einer halben Seite kämen Sie auf zweitausend.«

»Litas?«, fragte ich hoffnungsvoll.

Er lachte spöttisch. »Machen Sie Witze? Euro, natürlich.«

»Na gut«, sagte ich. »Demnächst würde ich übrigens gern mal in Ruhe mit Ihnen sprechen, über eine größere Geschichte. Sie verstehen, was ich meine. Vielleicht bei einem Gläschen Wein?«

»Immer gern«, sagte Straus aufgeräumt. »Wie läuft's mit Sofia? Sind Sie zufrieden?«

»Zufrieden ist gar kein Ausdruck«, schwärmte ich. »Dieses Mädchen ist ein Geschenk des Himmels! Ich kann Ihnen nicht sagen, wie dankbar ich Ihnen bin!«

»Schon gut. Das habe ich für Sofia getan. Und für den Hausfrieden.«

Scheinheilig fragte ich: »Wie geht es denn Ihrer reizenden Frau?«

»Sie ist ein bisschen ... angestrengt. Sofia hat ihr doch mehr abgenommen, als ihr bewusst war. Aber da muss sie jetzt durch.«

»Dann richten Sie ihr doch bitte meine herzlichen Grüße aus«, bat ich.

Eine halbe Stunde vor Beginn des Hearings betrat ich den Gemeindesaal. Er war eiskalt. Wenn keine offiziellen Sitzungen stattfanden, wurde offenbar nicht geheizt. Ich hatte Jonas gebeten, eine Leinwand und einen Beamer zu besorgen und sich um die Bestuhlung zu kümmern. Er hatte alles perfekt erledigt.

Kurz bevor es losgehen sollte, fiel mir auf, dass ich ein wichtiges Dokument in meinem Zimmer vergessen hatte. Ich gab Jonas Bescheid und lief zurück ins Hotel. Unterwegs, an einer engen Stelle, kam mir ein Mann entgegen. Ich konnte sein Gesicht nicht sehen, weil es dunkel war und weit und breit keine Straßenlaterne brannte. Er hatte seine Mütze tief in die Stirn gezogen und seinen Schal über den

Mund. Ich versuchte, an ihm vorbeizukommen, aber irgendwie waren wir uns immer im Weg. Erst hielt ich es für Zufall, dann merkte ich, dass er mir absichtlich den Weg versperrte.

»Excuse me«, sagte ich. Er reagierte nicht.

Ich machte einen schnellen Schritt zur Seite und versuchte, mich zwischen ihm und der Hauswand durchzuzwängen. Er verlagerte nur sein Gewicht, und ich war eingeklemmt.

»Hey«, rief ich empört.

»Go away«, hörte ich seine flüsternde Stimme neben mir. Dann ging er schnell weg.

Verwirrt setzte ich meinen Weg fort. Was hatte er gemeint? Dass ich ihm aus dem Weg gehen sollte? Oder dass ich von hier weggehen sollte? Wollte der Mann mich bedrohen, oder war er einfach nur ein ungehobelter Kerl, der nicht nachgeben wollte?

Als ich in den Gemeindesaal zurückkehrte, war er voller Menschen. Manche saßen bereits, andere standen in Grüppchen herum und diskutierten. Die Stimmung war angespannt, ich blickte in finstere Gesichter.

In der ersten Reihe saß Straus. Natürlich, das wollte er sich nicht entgehen lassen. Lächelnd ging ich auf ihn zu und begrüßte ihn.

»Keine Angst«, sagte er. »Bevor die Meute Sie lyncht, stehe ich Ihnen bei.«

»Ich habe keine Angst«, sagte ich.

In diesem Moment sah ich Bajoras, der in der zweiten Reihe saß und mich süffisant anlächelte. Auch ihm streckte ich die Hand hin, die er widerwillig nahm, und begrüßte ihn auf Englisch.

Dann sah ich mich nach Jonas um. Er stand in einer Ecke, umlagert von Leuten. Als er mich entdeckte, entschuldigte er sich und kam zu mir.

»Wir sollten anfangen«, sagte er.

»Okay.« Ich atmete tief durch. »Haben wir die Teilnehmerliste?«

Ich hatte ihn gebeten, am Eingang darauf zu achten, dass sich alle mit Namen und Adresse eintragen. Er nickte und zeigte auf ein Klemmbrett, das er unter dem Arm trug.

Gemeinsam betraten wir die Bühne. Dann begann ich.

»Guten Abend, meine Damen und Herren!« Ich lächelte. »Vielen Dank, dass Sie unserer Einladung so zahlreich gefolgt sind! Mein Name ist Katja Moser, ich vertrete die Firma Sunwind aus München. Danke, dass Sie uns Gelegenheit geben, Ihnen unser geplantes Windkraft-Projekt vorzustellen!«

Ich hörte einen Zwischenruf, Jonas hielt es offenbar nicht für nötig, ihn für mich zu übersetzen, deshalb fuhr ich fort. »Bestimmt haben Sie eine Menge Fragen an mich, und Sie sollen selbstverständlich Gelegenheit bekommen, sie zu stellen. Vorher würde ich Ihnen aber gerne einen kleinen Einblick in unsere Tätigkeit geben.«

Ich bediente den Beamer und fuhr einen Film ab, in dem die Vorteile der Windkraft im Vergleich mit anderen Stromerzeugungsarten erklärt wurden. Mit eindrucksvollen Naturaufnahmen, moderner Computergrafik und ansprechender Musik wirkte er sehr überzeugend. Franz hatte für den heutigen Abend extra eine Fassung mit litauischen Untertiteln anfertigen lassen. Als der Film zu Ende war, kamen kaum Reaktionen, von unwilligem Murmeln da und dort abgesehen. Ich erzählte, wie viele Anlagen wir planten und in welchem Gebiet. Nun regte sich erster Protest.

»Ich würde so ein Rad direkt vor der Nase haben, und ein zweites daneben!«, rief ein junger Mann in einer dicken Daunenjacke. »Die verschandeln doch die ganze Gegend!«

»Würden Sie denn lieber auf ein Kohle- oder Atomkraftwerk blicken?«, gab ich zurück, bekam aber keine Antwort.

Bevor der nächste Einwand kam, legte ich eine weitere Grafik auf – die, bei der jemand die Höhe der Masten bewusst nach oben manipuliert hatte.

»Jetzt sprechen wir mal über die Höhe der Masten. Was Sie hier sehen, ist eine Fälschung, mit der versucht wurde, die Baukommission zu beeinflussen. Und was Sie hier sehen«, ich legte das Original auf, bei dem die Mastenhöhe dramatisch zurücksprang, »ist die wirkliche Höhe der Masten.«

Von Bajoras traf mich ein finsterer Blick. Das Murmeln schwoll an. Ich ging davon aus, dass die Verantwortlichen für diese Manipulation im Raum waren. Freundlich lächelnd wartete ich ab, bis es wieder ruhiger wurde.

»Selbstverständlich hat die Baukommission sich von dem Manöver nicht täuschen lassen«, sagte ich mit einem Seitenblick auf Bajoras. »Deshalb erwarten wir, dass dieser Einspruch zurückgewiesen wird. So, und nun freue ich mich, Ihnen Rede und Antwort zu stehen. Ich bitte um Ihre Fragen.«

Sofort begannen alle durcheinanderzurufen. Jonas sah mich hilfesuchend an. »So geht das nicht!«, rief ich. »Bitte melden Sie sich mit Handzeichen!«

Zahlreiche Hände flogen in die Höhe, trotzdem wurde weiter gerufen.

»Übersetz einfach, was du als Erstes hörst«, forderte ich Jonas auf, und der tat sein Bestes.

Ein alter Mann mit verwittertem Gesicht rief: »Ich wohne neben einem Windrad, seither kommen die Bienen nicht mehr auf mein Grundstück.«

»Das höre ich zum ersten Mal«, sagte ich, »aber ich werde gerne klären, ob es Erkenntnisse darüber gibt.«

Der Nächste rief: »Ich habe gehört, durch die Schwingungen der Rotoren wird das Sexualleben der Insekten angeregt. Müssen wir mit einer Mückenplage rechnen?«

Gelächter. Ein anderer Mann rief dazwischen: »Funktioniert das auch beim Menschen?«

Das Gelächter schwoll an. Ein weiterer Zwischenrufer meldete sich: »Im Gegenteil, von der Strahlung wirst du impotent!«

Ich wechselte Blicke mit Jonas. War das ernst gemeint, oder wollten die uns auf den Arm nehmen?

Eine ältere Frau meldete sich und fragte, ob man von den Schwingungen Schlafstörungen bekommen könne. Ich versuchte, mir Gehör zu verschaffen, was schwierig war. Immer wieder wurde ich unterbrochen, als ich der Frau erklärte, dass es keinerlei Hinweise auf einen solchen Zusammenhang gebe.

Eine andere, sehr dicke Frau stand auf und sagte mit einer merkwürdig quietschenden Stimme: »Die Schwingungen sollen hohen Blutdruck verursachen, stimmt das?«

So, wie sie aussah, hatte sie den bereits. Aber der kam wohl nicht von den Bewegungen irgendwelcher Rotoren, sondern davon, dass sie sich selbst nicht genug bewegte. Ich versicherte auch ihr, dass sie sich in Bezug auf die Windräder keine Sorgen zu machen brauche. Das Gleiche konnte ich über die Gefahr von Gesundheitsschäden durch Infraschall sagen.

»Gibt es dazu denn schon Langzeitstudien?«, wollte ein gut gekleideter Herr mit strengem Scheitel wissen.

»Solange es Windkraft gibt, konnte in dieser Richtung nichts festgestellt werden«, erklärte ich. »Die Gesundheitsschäden, die Sie durch ein Kohle- oder Atomkraftwerk in der Nachbarschaft zu erwarten haben, sind hingegen vielfach nachgewiesen.«

»Was ist mit dem Naturschutz?«, meldete sich eine junge Frau im weißen Mantel. »In dieser Gegend leben geschützte Tierarten, außerdem befindet sich hier ein Zugvogelkorridor.«

»All diese Faktoren werden selbstverständlich berücksichtigt«, beruhigte ich sie. »Es gibt ein ausführliches Gutachten zu allen Fragen des Umwelt- und Naturschutzes in dieser Zone. Das können Sie jederzeit einsehen.«

Ein junger Kerl im Anzug und mit allerhand Unterlagen in der Hand meldete sich. Er stellte sich als Ingenieur vor, vermutlich um klarzumachen, dass er sich mit der Materie auskannte, und erkundigte sich, ob die Anlagen überhaupt rentabel seinen. Ich fand, dass ihm das völlig egal sein könnte, sagte aber trotzdem freundlich: »Selbstverständlich haben wir ausführliche Messungen vornehmen lassen, um die Effizienz der von uns geplanten Anlagen zu belegen.«

»Haben Sie aktuelle Zahlen?«, fragte er nach.

Ich suchte in meinen Unterlagen. Dann fiel mir ein, dass die Messungen seit Beginn des Genehmigungsverfahrens zwar weitergelaufen, die Daten aber nicht mehr übermittelt worden waren.

»Kann ich Ihnen gern nachreichen. Sprechen Sie mich nachher an.«

Ein Mann stand auf und rief aufgebracht: »Der Wert meines Grundstücks sinkt um zwei Drittel, wenn in der Nachbarschaft Windräder gebaut werden! Zahlen Sie mir vielleicht eine Entschädigung?«

Jetzt ging es richtig los. Beim Thema Geld kamen alle in Fahrt.

»Du bist doch nur sauer, weil du kein Land zu verkaufen hast«, schrie einer.

»Und du bist ein Heuchler!«, schrie ein anderer. »Du machst ein gutes Geschäft und musst die Räder nicht sehen, du wohnst ja in der Stadt. Aber ich, ich muss sie sehen!«

Nun standen alle, schrien sich gegenseitig an und bedrohten sich mit geballter Faust und erhobenen Händen. Als ich sah, wie einer einen Stuhl packte und ausholte, schrie ich: »Schluss!«

Der Mann stellte den Stuhl widerwillig ab.

»Lassen Sie uns bitte sachlich bleiben«, mahnte ich. »Dieser Streit führt zu nichts! Wir wollen Ihnen doch nicht schaden, sondern nützen. Denken Sie doch mal an das Wohl Ihrer Gemeinde! Wir sind gern bereit, uns in weitergehender Form zu engagieren. Wir könnten zum Beispiel einen Spielplatz bauen oder die Schule mit Computern ausstatten. Vielleicht gibt es soziale Projekte, die wir unterstützen könnten.«

Die Leute diskutierten lebhaft und warfen mir wütende Blicke zu. Die junge Frau im weißen Mantel stand auf. »Ich soll Ihnen sagen, wir wollen kein Geld von Ihnen. Und wir wollen auch keine Windräder!« Beifall brandete auf.

»Und ich soll Sie fragen, was wir Ihnen bezahlen sollen, damit Sie von hier verschwinden!«, setzte sie nach. Noch stärkerer Beifall.

Mist, dachte ich, die Nummer geht den Bach runter.

Nun meldete sich Straus zu Wort. Er hob zunächst hervor, wie kompetent ich die Fragen beantwortet hätte und wie ernst ich die Sorgen und Ängste der Menschen nähme. Er wies darauf hin, wie viele Arbeitsplätze durch den Bau der Windräder, des Umspannwerkes und der Zufahrtswege zu erwarten seien. Und dass er falsche Erwartungen in Bezug auf das Projekt einer gewissen Firma Baudema dämpfen wolle, das längst nicht so professionell geplant sei wie dieses. Hier spielte er offenbar auf die geheimnisvolle Konkurrenz an, die er mir gegenüber schon erwähnt hatte.

Ich konnte es kaum glauben – Straus machte sich zu meinem PR-Manager! Etwas Besseres konnte mir nicht passieren. Ein weiteres Mal beglückwünschte ich mich zu meinem Schachzug mit Sofia.

Die Leute schienen zwar nicht überzeugt, aber wenigstens etwas nachdenklich geworden zu sein. Ich schenkte Straus mein bezauberndstes Lächeln und ergriff noch einmal das Wort. »Ich danke Ihnen für Ihr Interesse und Ihre offenen Worte. Ich verspreche Ihnen, dass ich mich weiter Ihren Fragen stellen werde. Hier sind meine Kontaktdaten, Sie können sich jederzeit bei mir melden.«

Ich projizierte meine Sunwind-Handynummer und die E-Mail-Adresse an die Wand. »Auf Wiedersehen, und kommen Sie gut nach Hause.«

Langsam löste sich die Versammlung auf. Ein paar Kommentare waren noch zu hören, darunter »Glauben Sie bloß nicht, das war's schon!« oder »Sie hören von uns!«.

Straus brummte mir beim Rausgehen zu: »Das war für Sofia. Alles Weitere kostet!«

Als endlich alle weg waren, ließ ich mich auf einen Stuhl fallen und holte tief Luft. »Was denken Sie?«, fragte ich Jonas.

»Sie haben sich sehr gut geschlagen«, sagte er, »aber die Widerstände sind groß. Die Frage ist, was passiert, wenn die Gemeinde das Projekt genehmigt, aber die Widerstände bleiben. Ich weiß nicht, ob man ein Projekt dieser Größenordnung gegen den Willen der Bevölkerung durchziehen kann.«

»Ich verstehe das nicht«, sagte ich verzweifelt. »Es hat eine Demonstration gegen den Bau des neuen Atomkraftwerkes in Ignalina gegeben, an der sechshunderttausend Menschen teilgenommen haben. Es gibt also eine große Gruppe von Kernkraftgegnern in Litauen. Wohnt denn keiner von denen hier?«

»Wer gegen Atomkraft ist, ist nicht automatisch für Windkraft«, sagte Jonas. »Vor allem nicht, wenn er glaubt, irgendwelche persönlichen Nachteile davon zu haben.«

Ich rieb mir die brennenden Augen. »Denken die Leute denn wirklich nur an sich?«

Er lächelte. »Ja.«

»Sie sind zu jung, um das zu glauben«, sagte ich. »In Ihrem Alter muss man Idealist sein. In meinem sollte man es besser nicht mehr sein.«

Wir packten Beamer und Leinwand ins Auto und fuhren die kurze Strecke zum Hotel. Die Rezeptionistin reichte mir einen zusammengefalteten Zettel. »Das ist für Sie abgegeben worden.«

Ich faltete den Zettel auf. »Go away«, las ich. Schnell steckte ich ihn in meine Tasche.

»Gute Nacht«, sagte ich zu Jonas. »Und vielen Dank für Ihre Unterstützung!«

In meinem Zimmer angekommen, schloss ich zweimal ab und zog sorgfältig die Vorhänge zu. Ich suchte den Drohbrief, den der alte Mann bekommen hatte, und legte ihn neben den Zettel. Die Schrift war identisch.

11

Am nächsten Morgen wurde ich wach und hatte das Gefühl, etwas fehle. Ich überlegte, was es sein könnte. Dann wurde mir klar, dass ich seit drei Tagen keinen Anruf und keine SMS von meiner Familie erhalten hatte. Sicher, keine Nachrichten sind gute Nachrichten – aber vermisste mich denn niemand?

Seit ich so weit weg war von zu Hause, spürte ich die Distanz zwischen Michael und mir umso stärker. Dabei hätte ich ihn gerade jetzt so sehr gebraucht.

Ich wollte ihm erzählen, wie schwierig meine Aufgabe hier war und wie sehr ich kämpfen musste. Wie einsam ich mich abends fühlte, wenn ich in meinem Hotelzimmer hockte und mir vorstellte, wie er mit den Kindern herumalberte oder ihnen Gutenachtgeschichten vorlas, und wie sehr ich mir in diesen Momenten wünschte, bei ihnen zu sein. Ich sehnte mich nach seinem Zuspruch und seinem Trost. Aber er merkte es einfach nicht. In seinen Augen war ich die Starke, die immer alles schaffte. Wie oft hatte er zu mir gesagt: »Du brauchst doch gar niemanden!« Was für ein Irrtum!

Er erzählte so wenig von dem, was er machte, was in der Redaktion los war, welche Pläne und Ideen er hatte. Natürlich war mir seine berufliche Welt ein bisschen fremd – genauso, wie ihm meine fremd war. Experimentelle Filme und abstrakte Kunst hatten eben wenig gemeinsam mit Solarzellen und Windturbinen. Aber er schien sich damit abgefunden zu haben, während ich immer noch hoffte, irgendwann würde eine Tür aufgehen und mir den ersehnten Zutritt zu seiner Welt verschaffen.

Es war Samstag, also waren die Kinder nicht in der Schule. Jetzt war es noch ein bisschen früh, aber etwas später könnte ich zu Hause anrufen.

Während ich die Treppe hinunterging, überlegte ich, ob ich Jonas von der Begegnung mit dem Mann und der Go-away-Botschaft erzählen sollte. Ich wusste selbst noch nicht recht, was ich von der Sache halten sollte, deshalb beschloss ich, es erst einmal für mich zu behalten.

Beim Frühstück bat ich ihn um die Liste mit den Teilnehmern des gestrigen Abends. »Sind Sie sicher, dass alle sich eingetragen haben?«, fragte ich.

»Nicht hundertprozentig. Ich konnte nicht die ganze Zeit am Eingang stehen, deshalb ist es möglich, dass der eine oder andere durchgerutscht ist.«

Ich steckte das Papier ein. Als ich wieder in meinem Zimmer war, verglich ich die Einträge mit der Schrift, in der sowohl der Drohbrief wie der Zettel geschrieben waren. Keine der Unterschriften wies Ähnlichkeit mit der Schrift des Drohbriefschreibers auf. Das konnte bedeuten, dass er nicht auf der Versammlung war. Es konnte aber auch bedeuten, dass er da war, sich aber nicht eingetragen hatte. Ich rief Jonas an und fragte, ab wann er den Eingang nicht mehr im Blick gehabt hätte.

»Nur die letzten paar Minuten«, sagte er.

Noch einmal las ich alle Einträge. Da fiel mir auf, dass ein Name fehlte: der von Bajoras. Angenommen, er wäre der vermummte Mann gewesen, dann hätte er als einer der

Letzten den Gemeindesaal betreten, und Jonas hätte nicht bemerkt, dass er sich nicht in die Liste eintrug. Wenn also die Schrift auf dem Brief und dem Zettel die von Bajoras war, könnte er unser Mann sein.

War das vorstellbar? Ein Baugemeinderat, der Drohbriefchen verschickt und Frauen erschreckt? Ich konnte es mir kaum vorstellen. Aber wie pflegte Franz zu sagen: »Man hat schon Pferde kotzen sehen.«

Ich wählte die Nummer von zu Hause. Anrufbeantworter.

»Hallo, hier ist Mama. Ist denn keiner da? Ruft mich doch mal zurück.«

Dann rief ich Michael auf dem Handy an. Ich hörte Stimmen im Hintergrund. Das bedeutete, er war unterwegs, und ich würde wieder nicht in Ruhe mit ihm sprechen können. »Wo bist du?«, fragte ich.

»Im Haus der Kunst, bei der Ai-Weiwei-Ausstellung.«

»Mit den Kindern?«, fragte ich überrascht.

»Nein«, sagte er. »Die Kinder sind mit Sofia beim Rodeln am Brauneck.«

»Du lässt sie so weite Fahrten mit dem Auto machen?«, fragte ich erschrocken.

»Warum denn nicht? Sie fährt hervorragend.«

Offenbar gab es nichts, was Sofia nicht hervorragend konnte. Allmählich wurde sie mir unheimlich.

»Eigentlich hat sie am Wochenende frei.«

»Sie hat es aber von sich aus angeboten«, verteidigte sich Michael.

Ich hatte das Gefühl, dass alle sich ein schönes Leben machten, während ich hier herumsaß und vor Sehnsucht fast verging.

»Ruft ihr mich nachher mal an?« Ich hörte selbst, wie jammerig meine Stimme klang.

Michael schien es nicht zu bemerken. »Bei mir wird's heute spät. Aber versuch es doch gegen Abend zu Hause, da sind die Kinder sicher zurück.«

»Ja, ja«, sagte ich matt. Ich wollte ihm noch etwas Liebevolles sagen, etwas, das ihm zeigte, wie sehr er mir fehlte. Stattdessen murmelte ich nur: »Vermisst du mich eigentlich?«

»Natürlich vermisse ich dich«, rief er fröhlich.

Keine Frage nach dem Fortgang des Projektes oder danach, wie ich ein weiteres einsames Wochenende im litauischen Exil zu verbringen gedachte.

»Du könntest mich wenigstens fragen, wie es mir geht!«, blaffte ich ins Telefon.

»Hast du mich denn gefragt?«

Stimmt, ich hatte ihn auch nicht gefragt. Aber er schien das auch nicht so zu brauchen wie ich. Jedenfalls hatte er sich bisher nicht beschwert.

»Dir geht es doch sowieso immer gut«, sagte ich gekränkt. »Je weiter ich weg bin, desto besser.«

Ohne Abschiedsgruß legte ich auf. Niemand brauchte mich. Niemand vermisste mich. Wofür, zum Teufel, hatte ich eigentlich eine Familie? Am liebsten hätte ich losgeheult.

Um wenigstens irgendwas Sinnvolles zu tun, fuhren wir zu dem Mann, der seit zwei Jahren die Windmessungen durchführte. Ich wollte die aktuellen Zahlen von ihm. Raistenkis hatte sich offenbar seit Monaten dort nicht blicken lassen, obwohl die Überprüfung der Messungen zu seinen Aufgaben gehörte.

Die Fahrt dauerte eine knappe halbe Stunde. Die Schneedecke, die über der Landschaft lag, war ebenso schmutzig grau wie der Himmel. Dabei sollte es hier doch so schön sein. Im Winter jedenfalls ahnte man davon nichts.

Das Anwesen, zu dem wir unterwegs waren, erwies sich als riesig. Die Vorschrift verlangte Messungen in vierzig, fünfundsechzig und achtzig Metern, entsprechend hoch waren die Masten. Den Bauern störten sie nicht, er hatte in den letzten Jahren gutes Geld für den Auftrag eingestrichen.

Als wir auf den Hof einbogen, war er dabei, seinen Traktor zu reparieren. Er kroch unter dem Fahrzeug hervor, wischte die Hände an seinem Arbeitsanzug ab und blickte uns fragend an. Ich hatte unseren Besuch bewusst nicht angekündigt. Jetzt stellte ich uns vor und erklärte, dass wir die Dokumentation der Messergebnisse aus den letzten sechs Monaten einsehen wollten.

Er sah uns überrascht an. »Aus den letzten sechs Monaten?«, wiederholte er.

»Ja, genau«, bestätigte ich.

Er wand sich verlegen. »Die sind ... äh ... noch nicht fertig.«

»Noch nicht fertig?«

»Also, noch nicht fertig dokumentiert, meine ich.«

»Aber Sie müssen die Zahlen doch irgendwo gespeichert haben.«

»Ja, ja, irgendwo«, sagte er vage.

Ich war alarmiert. Hier stimmte etwas ganz und gar nicht. Prüfend musterte ich ihn. »Wollen Sie damit etwa sagen, dass Sie die Messergebnisse nicht regelmäßig kontrolliert haben?«

Ich verfluchte Franz. Längst gab es Geräte, die ihre Ergebnisse automatisch an einen Computer übermittelten. Aus Sparsamkeit hatte er eine ältere Anlage gekauft, bei der man die Messungen regelmäßig kontrollieren und extern speichern musste.

Aus dem Bauern hier war nichts Vernünftiges herauszubringen. Auch Jonas, der noch mehrmals nachfragte, schaffte es nicht. Ich hatte den Verdacht, dass der Mann weiter das Geld eingestrichen, aber keine Messungen mehr durchgeführt hatte.

»Das wird ein Nachspiel haben«, sagte ich drohend zu ihm.

Ich würde ihm Raistenkis auf den Hals hetzen. Der würde schon in Erfahrung bringen, was los war. Mit einem letzten, finsteren Blick stieg ich ins Auto, und wir verließen den Hof.

»Wenn diese Effizienzdiskussion losgeht, haben wir ein Problem«, sagte ich. »Der Typ gestern machte nicht den Eindruck, als würde er lockerlassen. Mit Zahlen aus dem vorletzten Jahr lässt der sich nicht abspeisen. Dann haben wir ganz schnell das Thema Offshore auf dem Tisch, und das nervt.«

»Sie meinen die Frage, warum Sie die Windräder nicht ins Meer bauen, wo sie keinen stören?«, sagte Jonas.

»Genau das meine ich.«

»Und warum bauen Sie die Windräder nicht ins Meer?«

»Weil es viel, viel teurer ist. Aber damit brauchen Sie Windkraftgegnern nicht zu kommen. Die glauben nämlich, damit das ultimative moralische Totschlag-Argument in der Hand zu haben: dass es uns in erster Linie um Profit gehe.«

»Und, stimmt das nicht?«

Ich sah ihn streng an. »Jonas, seien Sie nicht naiv. Keine Firma handelt ohne Profitinteressen. Aber Sunwind ist zu klein für einen Offshore-Windpark. So was kann nur ein großer Konzern stemmen.«

Ich nahm mein Handy und rief unseren Planungschef an. »Herr Raistenkis, waren Sie in den letzten Wochen mal bei diesem Bauern, der die Windmessungen durchführt?«

»Ich glaube nicht.«

»Sie glauben nicht? Könnten Sie das bitte mal überprüfen?«

»Ich bin gerade nicht in meinem Büro«, sagte er, »es ist Samstag.«

»Ich weiß, dass Samstag ist«, sagte ich betont freundlich. »Aber es ist wirklich wichtig. Wir waren gerade dort, und ich habe den dringenden Verdacht, dass der Mann seit Monaten keine Messungen mehr durchgeführt oder sie auf jeden Fall nicht anständig dokumentiert hat. Bitte fahren Sie doch so bald wie möglich zu ihm und klären die Sache auf.«

»Natürlich«, sagte Raistenkis.

»Vielen Dank« sagte ich. »Und entschuldigen Sie bitte die Störung.«

Ich beendete das Gespräch und seufzte. »Sagen Sie, Jonas, warum habe ich das Gefühl, dass alles, was wir hier tun, völlig sinnlos ist?«

»Keine Ahnung«, sagte er. »Ich finde, es läuft super.«

Ich verzog das Gesicht. »Für litauische Verhältnisse vielleicht.«

Endlich konnte ich zu Hause anrufen. Es klingelte dreimal, denn meldete sich Pablo. »Hier bei Familie Moser, wer ist dran?«

»Hallo, mein Großer!«, rief ich überschwänglich. »Wie geht's dir, was machst du?«

»Ich hab keine Zeit, Mama, ich mach gerade die Tischdeko. Ich geb dir Svenja.«

»Halt, warte!«, rief ich. »Was für eine Tischdeko?«

»Timmi hat heute Geburtstag, wir machen eine Überraschungsparty. Mit Übernachten!«

»Oh«, sagte ich. »Ist Tine auch da?«

»Die kommt nachher. Tschüss, Mama, ich muss jetzt Schluss machen.«

Svenja kam an den Apparat. »Hallo, Mama, wir waren heute beim Rodeln, und jetzt backe ich gerade einen Kuchen! Sofia hat mir alles gezeigt!«

»Ist ja toll, meine Süße«, sagte ich lahm. Schon wieder fühlte ich mich so verdammt ... ausgeschlossen. Wie oft war ich eigentlich mit den Kindern beim Rodeln gewesen? Und warum hatte ich nie einen Kuchen mit meiner Tochter gebacken? Hätte ich doch längst mal machen können. Nun würde sie sich für den Rest ihres Lebens daran erinnern, ihren ersten Kuchen mit Sofia gebacken zu haben, nicht mit mir.

Es gab so viel, das ich versäumt hatte. Nicht nur Übernachten im Garten, Pilze suchen, Kastanienmännchen basteln, Gummitwist springen. Ich war immer froh gewesen, wenn sie sich alleine oder miteinander beschäftigt hatten, weil ich dann Zeit für mich und meinen Job hatte. Vieles würde ich nie mehr nachholen können. Deshalb wurde ich eifersüchtig, wenn ich mir vorstellte, was Sofia alles mit ihnen unternahm.

Es war einfach idiotisch. Endlich hatte ich die Mary Poppins, von der ich geträumt hatte, und trotzdem war ich unglücklich. Ich wollte nicht, dass jemand meinen Platz einnahm. Ich wollte nicht ersetzbar sein. Ich stellte mir vor, wie es wäre, wenn ich jetzt sterben würde. Es würde nicht lange dauern, dann böte sich das gleiche Bild wie jetzt: Meine Kinder in der Küche, beim Backen von Kuchen und beim Dekorieren des Tisches, und an meiner Stelle eine andere Frau. Ich kämpfte gegen die Tränen und musste mehrmals tief durchatmen, bevor ich weitersprechen konnte.

»Gibst du mir mal Sofia?«, bat ich Svenja.

»Ja, hallo?«

»Hallo, Sofia«, sagte ich betont herzlich. »Wie geht es bei euch?«

»Sehr gut, danke!«

»Die Kinder haben ja kaum Zeit, mit mir zu reden, so beschäftigt sind sie«, sagte ich und bemühte mich um ein Lachen.

»Ich hoffe, es ist in Ordnung, dass ich die Party für Timmi erlaubt habe?«

»Natürlich«, sagte ich. »Das ist eine tolle Idee! Gibt es irgendwelche Fragen oder Probleme von deiner Seite?«

»Nein, alles läuft super. Die Kinder sind sehr lieb.«

»So ist das, kaum ist die Mutter aus dem Haus, folgen die Kinder«, sagte ich scherzhaft. »Fragen sie denn mal nach mir?«

Einen Moment blieb es still. »Ja, natürlich«, sagte Sofia.

»Übrigens habe ich deinen Vater getroffen«, sagte ich unvermittelt. »Er lässt dich grüßen!«

»Danke.« Ihrer Stimme war keine Regung anzumerken.

»Natalja vermisst dich.«

»Kann ich mir nicht vorstellen.«

Ich lachte. »Kleiner Scherz. Sie merkt jetzt, wie viel du ihr geholfen hast. Plötzlich muss sie alles selbst machen. Scheint ihr nicht so zu gefallen.«

Sofia ging nicht darauf ein, sie verhielt sich wirklich musterhaft.

»Also dann«, sagte ich munter. »Macht's weiter gut! Und viel Spaß heute Abend!«

Ich ließ mich aufs Bett zurücksinken und tat mir leid. Warum hockte ich allein in diesem Scheiß-Litauen, während zu Hause alle Spaß hatten? Hier lief ja doch nur alles schief. Vermutlich würde ich in ein paar Monaten feststellen, dass mein Einsatz umsonst gewesen war und ich wertvolle Lebenszeit verschwendet hatte. Inzwischen hätte Sofia mir die Kinder entfremdet, und meine Ehe wäre am Ende.

Unruhig sprang ich vom Bett auf und lief im Zimmer hin und her. Ich musste irgendwas tun. Schließlich setzte ich mich wieder, nahm meinen Laptop auf den Schoß und schrieb eine Mail an Michael.

Betreff: Liste der Ereignisse, bei denen du nicht dabei warst:

- *als wir uns kennenlernten*
- *als wir unsere Kinder zeugten*
- *als sie zur Welt kamen*
- *an Pablos erstem Schultag*
- *bei Svenjas erster Ballettaufführung*
- *bei Pablos wichtigstem Fußballturnier*
- *als Svenja sich das Bein brach*
- *an meinem ersten Arbeitstag nach acht Jahren Pause*
- *als ich den furchtbaren Krach mit meiner Mutter hatte*

- *als mein Vater im Krankenhaus lag*
- *eigentlich immer, wenn ich dich gebraucht hätte*

Und wenn ich sage nicht dabei, dann meine ich: Auch wenn du physisch anwesend warst – in Gedanken warst du anderswo.

    Michael, wo bist du?

Katja

12

Gleich am Montag früh überfielen wir Bajoras in seinem Büro, um herauszufinden, ob er etwas mit den Drohbriefen zu tun hatte. Obwohl ich inzwischen wusste, dass er ziemlich gut Englisch sprach, hatte ich zur Verstärkung Jonas mitgenommen.

Als der scharfe Hund mich sah, wurde er unruhig. »Ich muss gleich zu einem Meeting«, sagte er.

»Es wird nicht lange dauern«, versicherte ich ihm. »Ich will nur von Ihnen wissen, warum Sie die Entscheidung über die Zulassung unseres Detailplans immer weiter verzögern.«

Er redete sich heraus, behauptete, es gebe einfach zu viele Anträge, deshalb sei über unser Projekt noch nicht verhandelt worden. Wenn alles klappen würde, wäre es in der nächsten oder übernächsten Sitzung dran.

Während er sprach, ließ ich meinen Blick über seinen Schreibtisch wandern, auf der Suche nach etwas Handschriftlichem. Überall lagen nur Computerausdrucke, Broschüren und Bücher. Kein noch so winziges Zettelchen mit einer handschriftlichen Notiz. Plötzlich blieb mein Blick an einer Mappe mit der Aufschrift Baudema hängen. Wo war mir der Name schon mal untergekommen? Richtig, beim Hearing. Baudema war der Name des Mitbewerbers, mit dem wir offenbar um die Genehmigung konkurrierten.

Bajoras erhob sich. »Ich muss jetzt los.«

»Warten Sie«, bat ich und überlegte fieberhaft. »Ich ... ähm ... mir entfällt immer der Name des Vorsitzenden des regionalen Umweltausschusses. Wären Sie so nett und würden ihn mir aufschreiben? Und vielleicht auch seine Telefonnummer?«

Er griff nach einem Stift, fand aber kein Papier. Offensichtlich war er ein Mensch, der völlig ohne Notizen auskam. Schnell schob ich ihm die Rückseite einer meiner Visitenkarten hin. Er notierte den Namen Alfonsas Rinkimai und eine Durchwahl.

»Danke«, sagte ich und steckte das Kärtchen ein.

Er hielt uns die Tür auf und eilte über den Flur davon.

Zurück im Hotel verglich ich Bajoras Handschrift mit der des Drohbriefschreibers. Auf den ersten Blick waren die Schriften nicht so unterschiedlich, aber bei genauerer Betrachtung gab es einige deutliche Abweichungen. Der eine schrieb das A mit spitzem, der andere mit eckigem Dach, und der Druck des Stiftes war ganz anders. Die Schrift von Bajoras war außerdem kleiner und kippte leicht nach rechts.

Ich kam zu dem Schluss, dass Bajoras weder den Drohbrief noch den Go-away-Gruß an mich geschrieben hatte. Das bedeutete aber nicht, dass er nicht der Mann gewesen war, der sich mir in den Weg gestellt hatte.

Ich rief den allwissenden Chef des *Küstenboten* an. »Herr Straus, ich muss Sie um einen Gefallen bitten.«

»Was ist los?«, fragte er. »Sie klingen ja so ernst.«

»Ich brauche ein paar Informationen.«

»Sie kennen meine Geschäftsbedingungen.«

»Ich verspreche Ihnen, wir machen eine große Geschichte zusammen. Aber vorher müssen Sie mir helfen. Und wer weiß, vielleicht zahlt sich das ja auch auf andere Weise für Sie aus.«

»Was soll das heißen?«

»Ich bin da einer Sache auf der Spur«, behauptete ich. »Wenn ich Recht behalte, ist das eine Superstory.«

»Schießen Sie los.«

Ich nahm Stift und Papier zur Hand. »Was wissen Sie über die Firma Baudema?«

»Warum interessiert Sie das?«

»Das ist doch die Konkurrenzfirma, von der Sie sprachen. Ich muss wissen, was die planen. Auf der Website habe ich nicht viel gefunden, jedenfalls nichts über ein Windkraftprojekt hier in der Gegend. Können Sie mir was darüber sagen?«

Straus lachte schnaubend. »Ich könnte schon, aber die Frage ist, ob ich will.«

»Bitte, Herr Straus, es ist wirklich wichtig für mich!«

Halt, dachte ich, völlig falsche Strategie. Je dringender ich es mache, desto unwahrscheinlicher ist es, dass Straus mit seinen Informationen rausrückt. Es macht ihm Spaß, andere seine Macht spüren zu lassen.

Betont lässig sagte ich: »Also, was ist jetzt, wollen Sie oder nicht? Sonst finde ich andere Wege.« Das klang zumindest cool.

»Das wird auf jeden Fall teuer!«

»Wie teuer?«

Er schien zu überlegen. »Zehntausend.«

Ich schluckte. Zweitausend hatte mich schon die Ankündigung gekostet, ich hatte nur noch acht. Und die würde ich garantiert nicht Straus in den Rachen werfen.

Mir wurde heiß, in meinen Ohren rauschte es. Ich fühlte, dass ich dabei war, eine große Dummheit zu begehen. Aber mein Jagdfieber war geweckt, ich konnte nicht zurück. Irgendeine Lösung würde sich schon finden.

»Okay«, sagte ich mit rauer Stimme. »Aber ich brauche die Informationen gleich.«

»Nur gegen Vorkasse.«

»Herr Straus«, sagte ich in ärgerlichem Tonfall, »ich habe doch nicht zehntausend Euro hier rumliegen. Es wird ein paar Tage dauern, bis ich das Geld habe. Sie wissen doch, dass Sie mir vertrauen können!«

Tatsächlich konnte er sich wohl nicht vorstellen, dass ich ihn übers Ohr hauen würde. Ich konnte es mir ja selbst nicht vorstellen.

»Also gut«, sagte er schließlich. Dann senkte er die Stimme. »Sie haben nichts über das Projekt der Baudema gefunden, weil das Betrüger sind! Die versprechen Wahnsinnsrenditen und schicken regelrechte Drückerkolonnen durch die Gegend, um den Leuten Anteile aufzuschwatzen. Sie gehen davon aus, dass jemand, der Anteile an einem Projekt hat, nicht dagegen protestieren wird.«

Ich zog die Luft ein. Das war eine wirklich clevere Strategie. Aber dass ausgerechnet der korrupte Straus sich darüber moralisch entrüstete, entbehrte in meinen Augen nicht einer gewissen Komik.

»Und ... wie weit sind die mit ihrer technischen Planung?«, fragte ich.

»Längst nicht so weit wie Sie. Ich würde nicht mal ausschließen, dass das Ganze 'ne Luftnummer ist und die Jungs nur das Geld kassieren und dann abhauen.«

Ich brauchte einen Moment, um diese Nachricht zu verdauen. »Das ist ja der Hammer«, sagte ich.

»Kann man wohl sagen. Ich sammle nur noch mehr Beweise, dann lasse ich die Bombe hochgehen.«

»Dann sind Sie also doch ein richtiger Journalist«, bemerkte ich süffisant. »Bei so 'ner Story können Sie nicht widerstehen, was?«

»Ich erzähl Ihnen gern mal bei Gelegenheit was über meine Erfahrungen mit dem Journalismus.« Seine Stimme klang bitter.

»Vielleicht kann ich Ihnen den Zünder für Ihre Bombe besorgen«, sagte ich nach kurzem Nachdenken. »Mir schwant da nämlich etwas. Wenn ich Recht habe, wird man die Explosion bis Vilnius hören.«

»Ach ja?«

Offenbar hatte ich seine Neugier geweckt. »Ähm ... wird's denn dann billiger für mich?«

»Darüber reden wir noch«, brummte er.

»Gut«, sagte ich munter. »Sehen Sie irgendeine Chance, an die Namen der Anteilseigner zu kommen?«

Er überlegte, dann murmelte er: »Mal sehen.«

Straus hatte wieder angerufen. »Ich hab was für Sie«, hatte er mir knapp mitgeteilt. »Wann können wir uns treffen?« Seine Stimme hatte anders geklungen als sonst, nicht so jovial und gut gelaunt. Jetzt wartete ich im Hotelrestaurant auf ihn und war nervös. In meiner Tasche befanden sich fünftausend Euro.

Es lief nicht gut für uns. Der Widerstand der Windkraftgegner hielt unvermindert an. Der Typ, der sich nach der

Effizienz der Anlagen erkundigt hatte, bombardierte mich mit E-Mails. Um wenigstens ihn ruhigzustellen, hatte ich vor zwei Tagen Raistenkis aufgesucht. Höflich hatte ich die Trophäen und Medaillen bewundert, die er für seine Reitkünste gewonnen und gut sichtbar in einem Glasschrank deponiert hatte.

Ich war absichtlich ohne Jonas gekommen. Raistenkis war ein Gockel, er spielte sich gern vor anderen Männern auf, insbesondere, wenn sie jünger waren. Sein Englisch war gewöhnungsbedürftig, aber es reichte aus.

Nachdem ich mich vom Anblick der Devotionalien losgerissen hatte, kam ich zur Sache. »Ich habe Sie bei unserem Hearing vermisst, Herr Raistenkis. Sie sind von hier, Sie vertreten unser Projekt – wer, wenn nicht Sie, soll mit den Leuten reden?«

Er winkte ab. »Sie müssen wissen, Katja, die Leute hier schätzen mich nicht besonders.«

»Wieso das?«

»Neid, was sonst! Ich habe etwas erreicht. Die Leute sind missgünstig.«

»Kann es sein, dass die Einstellung der Menschen zu Ihnen mit gewissen Grundstücksgeschäften zu tun hat?«, fragte ich.

Er hob abwehrend die Hände. »Ich sage Ihnen, was passiert ist. Im Zuge der Privatisierung haben viele Leute Land vom Staat bekommen. Ich habe einigen von ihnen Land abgekauft. Dann sind die Preise gestiegen. Ich habe das Land wieder verkauft, zu einem deutlich höheren Preis. Und nun sind die Leute wütend und sagen, ich hätte sie betrogen. Die haben den Kapitalismus nicht verstanden!«

»Der ist ja manchmal auch schwer zu verstehen«, murmelte ich. »So, und nun sagen Sie mir bitte, was Sie bezüglich der Windmessungen herausgefunden haben.«

Er blätterte in seinen Unterlagen, zog mehrere Papiere hervor und breitete sie wichtigtuerisch vor mir aus. Ich blätterte die Seiten durch, es war die lückenlose Dokumentation der Messergebnisse aus den letzten sechs Monaten. Ich verglich die Zahlen mit denen, die ich kannte, und betrachtete die Verläufe. Dann blickte ich auf.

»Gute Arbeit, Raistenkis. Wie haben Sie es geschafft, dem Mann die Daten aus dem Kreuz zu leiern?«

Er hob die Schultern und ließ sie fallen. »Ich habe ihm klargemacht, dass wir sie brauchen. Dass wir ihn dafür bezahlt haben. Da hat er zwei Tage nachgedacht, und dann ist ihm eingefallen, wo er sie gespeichert hat.«

Genau so hatte ich es mir vorgestellt. Niemand außer mir würde merken, dass diese Aufstellung von A bis Z gefälscht war, dazu war sie zu gut gemacht. Niemand würde den geringsten Schaden erleiden, wenn ich diese Zahlen verwendete.

Für einen Moment hatte ich mit mir gekämpft. Und mich dann für die litauische Methode entschieden.

Straus betrat das Restaurant direkt von der Straße aus, steuerte auf meinen Tisch zu und begrüßte mich mit einem Händedruck. Anders als beim letzten Mal, als er alles in den Jackentaschen verstaut hatte, trug er heute eine Aktentasche bei sich. Erwartungsvoll sah ich ihn an. »Und?«

»Gratulation, Sie haben verdammt guten Instinkt bewiesen«, kam er ohne Umschweife zur Sache. Er nahm eine Mappe mit Unterlagen aus der Tasche und legte sie auf den

Tisch. Die obersten zwei Blätter reichte er mir kommentarlos. Es war, wie ich auf einen Blick erkennen konnte, eine Liste der Anteilseigner, die bei der Baudema für das Windkraftprojekt gezeichnet hatten. Namen, Adressen, Telefonnummern – und der jeweilige Betrag, mit dem die Leute sich in das Projekt eingekauft hatten.

Gespannt überflog ich die Namen auf der ersten Seite, ich kannte keinen. Dann kam ich zur zweiten Seite. In der Mitte sprang mir ein Name ins Auge. Bajoras! Dreißigtausend Euro hatte er gezeichnet, ein nettes Sümmchen für einen Gemeindeangestellten.

»Hab ich's doch geahnt«, rief ich aufgeregt. »Na, was sagen Sie? Ist das der Zünder für Ihre Bombe?«

»Das ist noch nicht alles«, sagte Straus. »Sehen Sie sich die Summen nochmal genauer an.«

Ich stellte fest, dass kleinere Beträge mit einem Häkchen versehen waren. Das bedeutete wohl Barzahlung. Bei größeren Summen waren Bankverbindungen angegeben. Und bei einigen wenigen stand daneben eine Abkürzung, die ich nicht verstand.

»Das bedeutet ›zinsloser Kredit‹«, erläuterte Straus.

In meinem Kopf ratterte es. »Das heißt, Bajoras hat Anteile im Wert von dreißigtausend Euro erworben, es hat ihn keinen Pfennig gekostet, und wenn das Geld fließt und er das Darlehen tilgt, zahlt er noch nicht mal Zinsen«, fasste ich zusammen.

»Exakt. Zählen Sie doch mal durch, wie viele solcher Kredite gewährt wurden.«

Ich zählte sechsundzwanzig. Straus nickte. »Und jetzt raten Sie, wie viele der Kreditnehmer Mitglieder des Gemeinderates sind!«

Erwartungsvoll sah ich ihn an. »Fünf«, sagte er, »mit Bajoras sechs. Das sind zwei Drittel aller Räte.«

Ich stieß die Luft aus. »Wie sind Sie an dieses Material gekommen?«, fragte ich.

Er grinste. »Das wollen Sie nicht wissen, Frau Moser.«

Ich entschied sofort, mich dieser Meinung anzuschließen, und zog den Umschlag mit dem Geld aus der Tasche. »Hier sind zweitausend für die Ankündigung des Hearings«, sagte ich und zählte die Scheine auf den Tisch. »Dafür bräuchte ich bitte eine Rechnung. Und hier«, ich zählte weitere dreitausend Euro ab, »ist das, was ich Ihnen für die Information über die Baudema zahlen kann. Mehr rückt mein Chef nicht raus.«

Er blickte auf das Geld, dann auf mich. »Wir hatten zehntausend vereinbart.«

Ich lächelte ihn freundlich an. »Können Sie das irgendwie nachweisen? Haben Sie eine Tonbandaufnahme unseres Gesprächs?«

Was er nicht wusste, war, dass ich eine hatte. Bei unserem Telefonat hatte ich die Aufnahmefunktion meines Handys mitlaufen lassen. Sein Gesicht verfärbte sich rötlich, er starrte mich mit gerunzelten Brauen an. Gleich würde er mich am Kragen packen und schütteln, bis das restliche Geld aus mir herausfiele.

Tatsächlich aber brach er unvermittelt in dröhnendes Gelächter aus. »Ich glaube es nicht! Sie sind vielleicht ein gerissenes Luder! Legen tatsächlich den alten Straus aufs Kreuz!«

Er klang, wie ich zu meiner Überraschung feststellte, eher anerkennend als wütend. Er streckte mir die Hand entgegen. »Meine Informationen gegen Ihren Instinkt in dieser

Sache, das ist ein Deal. Gemeinsam lassen wir die Bombe platzen.«

»Und die dreitausend?«

»Können Sie behalten.«

Zögernd steckte ich das Geld wieder ein. Gerade wurde es ein bisschen unwirklich.

»Sie haben Prinzipien«, sagte er. »Das gefällt mir.«

Prinzipien? Ich? Mir kam es vor, als hätte ich die in den letzten Wochen beim Sondermüll entsorgt. Trotzdem konnte ich es mir nicht verkneifen, zu fragen: »Und ... warum haben Sie dann keine?«

Er lachte bitter auf. »Weil sich Prinzipien in meinem Leben nicht bezahlt gemacht haben.«

»Ach ja?« Fragend sah ich ihn an.

Er rührte gedankenverloren mit dem Löffel in seiner Tasse. Schließlich blickte er auf.

»Wissen Sie, ich war schon zu DDR-Zeiten Journalist«, begann er zögernd. »Ein leidenschaftlicher Journalist. Leider nicht genügend auf Parteilinie. Eines Tages hat man mich aus der Redaktion geholt. In Hohenschönhausen habe ich dann von der Stasi eine dreijährige Nachschulung bekommen. Seither weiß ich, dass es die Wahrheit nicht gibt, sondern viele Wahrheiten. Und da habe ich mit den moralischen Prinzipien ein für alle Mal abgeschlossen. Gut ist jetzt, was gut für mich ist.«

Ich hatte ihm aufmerksam zugehört. Seit ich ihn kannte, hatte dieser Mann zum ersten Mal eine Gefühlsregung gezeigt.

»Und ... was haben Sie von der Veröffentlichung dieser Story?«

Seine Augen verengten sich zu Schlitzen. »Dass ich genau der Sorte Leute eins aufs Maul geben kann, die mich damals in den Knast gebracht haben: willfährige Bürokraten, ohne die keine Diktatur auskommt. Und offenbar auch keine Demokratie. Ihr Pech, dass sie den Versuchungen der neuen Zeit erlegen sind.«

Jetzt verstand ich besser, wie er zu einem solchen Zyniker hatte werden können. Ich wusste, dass ich ihm nicht trauen durfte. Er würde jederzeit auch mich über die Klinge springen lassen, wenn es seinen Interessen diente.

»Vielen Dank, Herr Straus«, sagte ich. »Schade, dass Sie kein Journalist mit Prinzipien geblieben sind. Ich glaube, Sie wären richtig gut.«

Wir drückten uns zum Abschied die Hand und wechselten einen kurzen Blick des Einvernehmens.

13

Als ich am darauffolgenden Abend ins Hotel zurückkam, begrüßte mich die Empfangsdame mit der Nachricht, dass ein Herr auf mich warte.

Ich betrat das Restaurant und blickte mich suchend um. Ganz hinten in der Ecke stand jemand auf. Ich traute meinen Augen nicht. Michael!

Mein Herz begann, wild zu klopfen. Wie kam der denn plötzlich hierher? Warum hatte er diese weite Reise gemacht? Ich lief quer durchs Lokal zu ihm und fragte atemlos: »Warum bist du hier? Ist was passiert?«

Er lächelte. »Wie man's nimmt.« Dann zog er den Ausdruck meiner E-Mail aus der Tasche und las: »Wo bist du, Michael?« Er sah auf, mir direkt in die Augen. »Hier bin ich, Katja.«

»Ich bin so glücklich«, sagte ich später im Bett, in seinen Arm gekuschelt. »Das ist das Schönste, was du jemals getan hast.«

»Und du gibst zu, dass ich tatsächlich da bin?«, fragte er spöttisch.

Ich küsste ihn. »Du hast genau verstanden, wie ich es gemeint habe!«

Er brummte zustimmend. Schweigend lagen wir da, und ich nahm mir fest vor, mich zukünftig immer an diesen

Moment zu erinnern, wenn ich mich von ihm vernachlässigt fühlte oder wütend auf ihn war. Sein unerwartetes Auftauchen war ein solcher Liebesbeweis, eine so wunderbare Geste, dass ich bereit war, ihm alles zu verzeihen, was ich ihm in letzter Zeit vorgeworfen hatte.

Er war eben nicht der Mann, den ich aus ihm machen wollte. Der Kümmerer, der Fürsorgliche, der Partnerschaftliche. Wer weiß, ob ich ihn überhaupt attraktiv fände, wenn er so einer wäre. Vielleicht war die Lösung unserer Probleme tatsächlich ganz einfach: Ich könnte mir vorstellen, er wäre nicht mein Ehemann, sondern mein Geliebter. Ein Mann für gewisse Stunden. Nicht für den Alltag.

Ich stützte mich auf den Ellbogen und sah ihn an. Er hatte die Augen geschlossen, sein linker Arm lag unter dem Kopf, von dem die Haare wirr abstanden. Sein Brustkorb hob und senkte sich regelmäßig, die Haut schimmerte sanft im Licht der Kerze, die ich angezündet hatte.

»Schläfst du?«, fragte ich flüsternd.

Er wandte den Kopf zu mir, schlug die Augen auf und lächelte mich an.

»Fast.«

»Kommt nicht infrage«, sagte ich und ließ meine Hand über seinen Körper gleiten. »So leicht kommst du mir nicht davon.«

Er seufzte und zog mich wieder an sich.

Beim Frühstück machte ich Michael und Jonas miteinander bekannt. Neugierig musterten die beiden Männer einander.

»Ich weiß, es kommt ungelegen, aber würden Sie mir meine Frau für einen Tag überlassen?«, fragte Michael.

Jonas ging auf das Spiel ein. »Ungern«, sagte er, »aber mir bleibt wohl nichts anderes übrig.« Er blinzelte mir zu. Ich lächelte zurück.

Wir beschlossen, einen Ausflug zur Kurischen Nehrung zu machen. Michael hatte sich einen Leihwagen genommen, damit Jonas das andere Auto behalten konnte.

»Sympathischer Typ«, sagte er, als wir losfuhren. »Da hast du Glück gehabt.«

»Kann man wohl sagen«, bestätigte ich. »Ich bin ja hier nur von Korrupten und Kriminellen umgeben, ohne Jonas wäre ich verloren.«

Ich lächelte Michael kokett von der Seite an: »Stell dir vor, die Leute glauben, wir hätten was miteinander!«

»Und, habt ihr?«

»Na, hör mal«, sagte ich empört. »Natürlich nicht! Ich find's nur schmeichelhaft, dass man mir so einen jungen Kerl zutraut.«

»Wieso wundert dich das? Mich wundert das überhaupt nicht!«

»Danke«, sagte ich verlegen.

Ich schwebte immer noch auf rosa Wolken und freute mich auf den Tag mit ihm, der wie ein großes, unerwartetes Geschenk für mich war. Auf keinen Fall wollte ich irgendwas Falsches sagen und versehentlich die schöne Stimmung zerstören.

»Erzähl mir von zu Hause!«

»Pablo und Svenja geht es gut. Du kannst völlig beruhigt deinen Job machen.«

»Vermissen sie mich denn gar nicht?«

Nach einem kurzen Seitenblick sagte er: »Schon, aber nicht so, dass du dir Sorgen machen müsstest.«

Ich lachte kurz auf. »Ich mache mir eigentlich eher Sorgen, dass sie mich zu wenig vermissen. Ich hätte nicht gedacht, dass ich so ... leicht zu ersetzen bin.«

Kopfschüttelnd sagte er: »Du bist doch nicht zu ersetzen! Sofia ist ein tolles Mädchen, und sie macht es sehr gut mit den Kindern, aber du bist und bleibst ihre Mama.«

»Aber die Kinder rufen mich gar nicht mehr an! Und wenn ich anrufe, sind sie immer mit irgendwas beschäftigt.«

»Sei doch froh«, rief Michael. »Das ist doch besser, als wenn sie dich zehnmal am Tag stören und dir die Ohren vollheulen, weil sie solche Sehnsucht nach dir haben.«

Ich presste die Lippen aufeinander. »Du hast ja Recht.«

Ich ärgerte mich über mich selbst. Meine Gefühle waren geradezu kindisch. Ich musste zur Vernunft kommen.

»Und ... wie kommst du so mit Sofia zurecht?«, fragte ich beiläufig.

»Bestens. Stell dir vor, sie recherchiert jetzt für mich, vormittags, wenn die Kinder in der Schule sind. Sie ist richtig gut. Am liebsten würde ich sie für die Redaktion abwerben.«

»Untersteh dich!«, drohte ich ihm. »Eigentlich wollte ich wissen, wie du mit ihr persönlich zurechtkommst.«

»Sie ist rücksichtsvoll und diskret, und wenn man sie braucht, ist sie da. Außerdem ist sie mir sympathisch, anders als diese schreckliche Olga.«

Je mehr Michael von Sofia schwärmte, desto eifersüchtiger wurde ich. Es klang, als wäre das Zusammenleben mit ihr angenehmer als mit mir. Sie schien eine Art verbesserte Version von mir zu sein. Obendrein war sie jünger. Hübsch war sie auch. Ob er sich in sie verlieben könnte?

Am liebsten hätte ich ihn gefragt, aber das wäre vermutlich die Frage, mit der ich den schönen Tag blitzartig ruinieren könnte.

Wir waren bereits kurz vor der Küste, als die Sonne herauskam. Vor uns erstreckte sich eine glitzernde weiße Fläche. Wir hielten an und stiegen aus, um ein paar Schritte zu gehen. Ein kalter Wind blies uns entgegen.

»Das ist die Kurische Nehrung«, erklärte ich. »Dahinter liegt das Haff. Aber das Meer dazwischen ist zugefroren, deshalb sieht es aus, als wäre es eine durchgehende Fläche.«

»Im Sommer soll es hier wunderschön sein«, sagte Michael.

»Dann musst du halt im Sommer wiederkommen«, sagte ich und drückte seinen Arm.

Überrascht sah er mich an. »Wie lange bleibst du denn noch hier?«

Ich hängte mich bei ihm ein. »Die Sache zieht sich.« Ich schilderte ihm die unklare Gesetzeslage und Bajoras' Verzögerungstaktik. Als ich vom Abend des Hearings erzählte, an dem wir nur knapp einer Schlägerei entgangen waren, musste er lachen. »Das ist ja wie im Wilden Westen!«

Ich nickte. »Manche sind sogar bewaffnet. Ich glaube, zimperlich sind die hier nicht.«

»Aber dich haben sie bisher nicht bedroht, oder?«

Ich winkte ab. »Ich hab so ein Zettelchen gekriegt, auf dem stand, dass ich abhauen soll. Aber das hat nichts zu bedeuten.«

»Bist du sicher?«, fragte er. »Wer weiß, was die sich noch einfallen lassen!«

»Ja, wer weiß?«, sagte ich kokett. Ich fand es ganz schön, dass er besorgt um mich war.

»Versprich mir, dass du auf dich aufpasst!«, sagte er eindringlich, blieb stehen und zog mich an sich.

Ich lachte. »Du hast ja bloß Angst, dass du mit den Kindern allein bleibst, wenn mir was zustößt!«

»Wieso? Ich hab doch jetzt Sofia!«

Das fand ich plötzlich gar nicht mehr witzig und ging schnell zurück zum Auto.

Wir fuhren weiter nach Klaipeda. Michael parkte am Rand der Altstadt, und wir gingen zu Fuß ins Zentrum. Hand in Hand bummelten wir über den Theaterplatz, und ich entspannte mich wieder. Fast fühlte ich mich zurückversetzt in die Anfangszeit unserer Beziehung, als noch alles hell und leicht gewesen war. Damals hatte ich mir nicht vorstellen können, wie schwierig es sein kann, eine Liebe über viele Jahre am Leben zu erhalten. Ich wusste auch nicht, ob es uns wirklich gelungen war. Aber in diesem Augenblick sahen wir auf jeden Fall aus wie ein Liebespaar.

Vor dem Simon-Dach-Springbrunnen blieben wir stehen, und Michael begann zu rezitieren:

Ännchen von Tharau ist's, die mir gefällt,
sie ist mein Leben, mein Gut und mein Geld,
Ännchen von Tharau hat wieder ihr Herz
auf mich gerichtet in Lieb und in Schmerz,
Ännchen von Tharau, mein Reichtum, mein Gut,
du meine Seele, mein Fleisch und mein Blut!

»Wie schön!«, sagte ich. Natürlich hatte ich schon mal von dem Lied gehört, aber ich konnte den Text nicht. »Wann hat Simon Dach eigentlich gelebt?«, fragte ich.

»Rate doch mal.« Michael drehte mich ein Stück zur Seite, so dass ich die Inschrift nicht lesen konnte.

Ich überlegte. »Irgendwann im Mittelalter? 15. oder 16. Jahrhundert?«

»Fast richtig. Nur um ungefähr hundert bis zweihundert Jahre verschätzt. 1605 bis 1659. Fünf. Setzen.«

»Soll ich dich mal fragen, wie man eine Hängebrücke konstruiert oder nach welcher Formel man den Energiebedarf eines Einfamilienhauses berechnet?«, konterte ich.

In komischer Verzweiflung hob er die Hände. »Ach, Katja, wie sind wir zwei nur zusammengeraten?«

»Gegensätze ziehen sich an«, sagte ich. »Oder?«

Er, der freiheitsliebende, luftige Schöngeist. Ich, die erdenschwere, pragmatische Technikerin. Kein Wunder, dass ich manchmal das Gefühl hatte, wir lebten auf verschiedenen Planeten. Dass vieles uns trennte, war klar. Aber uns hatte doch mal so vieles verbunden!

Auf einmal wurde ich traurig. Ich schmiegte mein Gesicht an Michaels Hals.

»Was ist mit dir?«

»Nichts.« Ich nahm seinen Arm und legte ihn mir um die Schultern. »Wollen wir was essen gehen?«

Wir bummelten weiter und hielten Ausschau nach einem Restaurant oder Café.

»Ich bin übrigens befördert worden«, sagte Michael beiläufig. »Ich bin jetzt Ressortchef.«

»Was?« Ich blieb stehen. »Aber ... das ist ja phantastisch! Wieso erzählst du mir das erst jetzt?«

»Du hast nie danach gefragt. Dass ich mich beworben habe, hast du doch gewusst.«

Ich bekam schlagartig ein schlechtes Gewissen. Ja, das hatte ich gewusst. Und ich hatte mich nie mehr danach erkundigt. Überhaupt hatten sich in letzter Zeit all meine Gedanken nur noch um mich und mein Projekt gedreht; für das, was Michael beschäftigte, hatte ich mich nicht interessiert. Stattdessen hatte ich ihm Vorwürfe gemacht, weil ich mich von ihm vernachlässigt fühlte.

»Tut mir leid«, sagte ich schuldbewusst. »Ich habe mich wohl ziemlich egozentrisch verhalten.«

Er lachte leise auf. »Nicht schlecht ausgedrückt.«

Nach dem Essen beschlossen wir, nach Palanga weiterzufahren. Im Reiseführer hatte ich gelesen, dass der beliebte Badeort im Sommer von vielen Tausend Gästen besucht wurde. Jetzt wirkte er wie verlassen. Die meisten Häuser waren unbewohnt, weil es sich um Ferienhäuser handelte, die nur in der Saison vermietet wurden. Die Kneipen und Geschäfte waren geschlossen, die Türen vernagelt. Werbetafeln und Hinweisschilder bewegten sich knarrend im Wind.

»Ich glaube, es gibt nichts Deprimierenderes als ein Seebad im Winter«, sagte ich. »Findest du nicht?«

»Mir gefällt es«, erwiderte er. »Ich mag auch Venedig im Winter, obwohl alle sagen, das sei nur was für Selbstmörder.«

Wir wanderten auf einer der großen Straßen Richtung Meer, und auf einer Strecke von zweieinhalb Kilometern begegnete uns nur eine Handvoll Menschen. Es waren wieder Wolken aufgezogen, der Himmel war grau.

Wir wanderten ein Stück den Strand entlang, der mit harschigem Schnee und Eisbrocken bedeckt war. Eine tote Möwe war im Eis festgefroren, ihr Anblick machte mich traurig. Ein langer Holzsteg führte ins Meer, rechts und links tosten die Wellen, die eiskalte Gischt spritzte zu uns hoch. Gegen diesen geballten Trübsinn musste Venedig im Winter der reinste Vergnügungspark sein.

Ich zog Michael hinter mir her. »Komm, lass uns zurückfahren, sonst werde ich schwermütig!«

Im Laufschritt kehrten wir zum Wagen zurück, wo wir lachend und mit vor Kälte geröteten Wangen ankamen. Michael schloss die Beifahrertür auf, und ich wollte einsteigen. Da hielt er mich fest, umfing mich mit den Armen und küsste mich. Eine heiße Woge überspülte mich, ich klammerte mich an ihn und wünschte, dass es nie mehr aufhören würde.

Auch in dieser Nacht schliefen wir miteinander. Es war, als wäre die Welt draußen versunken.

Am anderen Morgen reiste Michael ab. Ich begleitete ihn zum Parkplatz und winkte ihm nach. Kaum war er um die Ecke gebogen, da fehlte er mir schon.

Als ich ins Hotel zurückkam, wartete Jonas auf mich.

»Sie sehen ganz verändert aus«, sagte er lächelnd. »Richtig ... glücklich. Kann es sein, dass Sie in Wirklichkeit romantisch sind?«

»Romantisch?«, wehrte ich ab. »Blödsinn. Los, an die Arbeit!«

14

Der Vorsitzende des Umweltausschusses, Alfonsas Rinkimai, war ein freundlicher Herr in der Fünfzigern, der sein graues Haar nackenlang trug und sich mit einem bunten, flatternden Schal den Anstrich des Künstlers gab. Er hatte früher in der Forschung gearbeitet, inzwischen war er Biologielehrer. Seine Leidenschaft war die Fotografie, er verkaufte hochwertige schwarz-weiße Landschaftsaufnahmen an Touristen. Auch die Bilder, die ich im Hotelrestaurant entdeckt hatte, waren von ihm.

Jonas und ich waren mit ihm an der Schnellstraße verabredet, die zu dem bereits bestehenden Windpark führte. Als wir näher kamen, erschienen die Windräder aus dem Dunst wie große, exotische Insekten. Die majestätischen Bewegungen der Rotoren, die immer wieder halb im Nebel verschwanden, verliehen der Szenerie etwas Unwirkliches.

Ich verstand nicht, wie jemand Windräder hässlich finden konnte. Ich fand sie schön, ja geradezu elegant. Je mehr in einer Gruppe standen, desto eindrucksvoller war ihr Zusammenspiel. Und die ausgeklügelte, zum großen Teil in aufwendiger Handarbeit hergestellte Technik, die in einer solchen Anlage steckte, begeisterte mich regelrecht.

Hier waren zweimal sechs Windräder in gewissen Abständen zueinander gruppiert. Doch die Harmonie war gestört: In der einen Gruppe stand ein Rad still, in der anderen zwei.

Als Rinkimai unser Auto im Rückspiegel entdeckte, hob er grüßend die Hand. Bei der nächsten Ausfahrt bog er von der Schnellstraße ab. Langsam folgten wir ihm über immer schmaler werdende holprige Feldwege, bis wir die Anlagen erreicht hatten.

Wir wurden von einem Grüppchen Demonstranten erwartet, die Plakate und ein Transparent in die Höhe hielten und einen Sprechchor anstimmten, als wir aus den Autos stiegen. Wo kamen die denn her? Woher wussten sie, dass wir heute hier sein würden?

»Was sagen sie?«, fragte ich Jonas.

»Nieder mit der Windkraft! Keine Industrialisierung der Natur! Tierschutz ist Menschenschutz!«, übersetzte Jonas mit lauter Stimme.

Aha, dachte ich, hier haben wir es also mit einer neuen Fraktion zu tun. Keine Anwohner, die ihrem Nachbarn ein Geschäft neiden oder Angst vor dem Verfall der Grundstückspreise haben. Das hier waren die Guten, Natur- und Tierschützer, deren Anliegen ich durchaus Sympathie entgegenbrachte.

Ich holte tief Luft, und wir marschierten auf die Protestierenden zu.

Bald hörten wir auch das emsige Sirren, das die Räder verursachten, ein Geräusch, das nur in unmittelbarer Nähe der Anlagen zu vernehmen war und das ich mochte.

Als wir weitergingen, fiel mein Blick inmitten der bunt gekleideten Truppe auf einen Kopf mit Dreadlocks, die von einem roten Schal gebändigt wurden. Chris! Ich winkte ihr lächelnd zu, was vermutlich ziemlich unpassend wirkte, schließlich gehörte sie zu unseren Gegnern. Sie grinste nur kurz, dann tat sie so, als würden wir uns nicht kennen.

Rinkimai begrüßte die Gruppe geradezu freundschaftlich. Wenn er nicht Vorsitzender des Umweltausschusses wäre, stünde er sicher auf ihrer Seite. Aber die Lebensjahre, die zwischen ihnen lagen, hatten wohl auch ihn von einem Idealisten in einen Realisten verwandelt.

Er stellte Jonas und mich vor, und ich bot an, Fragen zu beantworten.

Sofort erkundigte sich jemand nach dem Zugvogelkorridor, es war die junge Frau aus dem Hearing. Ausführlicher als eine Woche zuvor erklärte ich, dass die richtige Positionierung der Windräder verhindert, dass es zu Kollisionen käme.

»Aber Sie wissen, dass Zugvögel, um Energie zu sparen, sehr niedrig fliegen?«, fragte sie nach. Das sei mir bekannt, sagte ich. Die Anlagen, die wir planten, seien aus diesem Grund höher als die, vor denen wir gerade stünden – die Vögel würden darunter hindurchfliegen.

Wir gingen ein Stück weiter und erreichten eines der Räder, das sich nicht drehte.

»Was ist da los?«, fragte ich Rinkimai. »Werden die vom Betreiber nicht ordentlich gewartet?«

Rinkimai führte mich ein Stück um das Fundament herum und deutete auf ein Graffito, das auf den Beton gesprüht war. »Abgeschaltet!«, übersetzte Jonas.

Chris, dachte ich. Hatte sie nicht eine Andeutung in dieser Richtung gemacht?

Ich suchte ihren Blick in der Gruppe, aber sie sah nicht zu mir. Offenbar gab es außer den friedlichen Naturschützern auch militante Vertreter, die vor Sachbeschädigung nicht zurückschreckten. Ich trat näher und betrachtete das

Fundament und den Mast genauer. Die Tür, die in die Anlage führte, war unbeschädigt. Der Täter musste sich also einen Schlüssel besorgt haben. Wenn man sich ein bisschen auskannte, war es keine große Sache, die Elektrik der Anlage lahmzulegen. Im Geist notierte ich mir, mich über Videoüberwachung zu informieren.

Ich ging zurück. Rinkimai hielt ein Klemmbrett mit Papieren in der Hand und begann, mir den Auflagenkatalog zu erläutern, wurde aber sofort unterbrochen. »Hier leben geschützte Tierarten, der rote Milan und der Schwarzstorch!«, rief ein Demonstrant. »Hier dürften überhaupt keine Windräder stehen!«

Zum Glück hatten wir daran gedacht, alle relevanten Unterlagen mitzunehmen. Ich bat Jonas um das Gutachten, in dem bestätigt wurde, dass in dem Gebiet, in dem wir bauen wollten, diese beiden Tierarten nicht mehr vorkamen, und hielt es dem Mann unter die Nase.

»Weil sie durch diese Anlagen vertrieben wurden!«, schrie der wütend. »Das ist doch der beste Beweis dafür!« Er begann, mit Jonas zu diskutieren.

Ich nutzte die Gelegenheit, ein paar Schritte nach vorne zu laufen und Chris anzusprechen. »So sieht man sich wieder! Ich wusste gar nicht, dass du bei den Naturschützern aktiv bist.«

Sie lächelte verlegen. »Na, so toll aktiv bin ich auch nicht. Eigentlich bin ich heute nur mitgekommen, weil Miroslav dabei ist.« Sie sah den jungen Mann neben sich verliebt an, einen bildhübschen Kerl mit dunklen Augen und wilden Locken.

Für so einen wäre ich früher auch Naturschützerin geworden, dachte ich.

»Kann ich verstehen«, sagte ich und blinzelte ihr verschwörerisch zu.

Chris errötete leicht. »Und, wie läuft's bei euch?«

Ich lachte. »Komische Frage. Leute wie ihr tun alles dafür, dass es nicht gut läuft. Ich hätte nie erwartet, auf so viel Widerstand zu stoßen. Ist schon ziemlich frustrierend.«

Chris zuckte ungerührt die Schultern. »Wer hat gesagt, dass das Leben leicht ist?«

In diesem Moment ertönte ein Schrei. Alle liefen zusammen und beugten sich über etwas, das am Boden lag. Wir traten näher. Die Gruppe teilte sich, und wir gingen wie durch ein Spalier auf das Windrad zu, auf dessen Fundament etwas Schwarzes lag. »Eine Fledermaus«, sagte Rinkimai betroffen.

Wieder schrie jemand. »Hier, noch eine!«

Die Gruppe bewegte sich ein Stück weiter. Wir folgten. Tatsächlich, da lag eine zweite tote Fledermaus.

Jonas und ich sahen uns bestürzt an. Das war doch nicht möglich!

Fledermäuse krochen auf der Suche nach Wärme oft in die Anlagen. In Gebieten, in denen es welche gab, schaffte man Abhilfe durch sogenannte Wochenstuben, die in der Nähe aufgebaut wurden und den Tieren einen Platz zum Überwintern boten. Unsere Gutachten hatten aber eindeutig ergeben, dass es in dieser Gegend keine Fledermäuse gab.

Was aber war ein Gutachten gegen die unabweisbare Wirklichkeit zweier toter Tiere?

Die Demonstranten umringten uns mit wütenden Gesichtern. »Tierquäler!«, riefen sie. »Mörder!«

Das war's, dachte ich, es ist aus. All der Widerstand, die Kämpfe der letzten Wochen – ich konnte einfach nicht mehr.

Mit hängenden Armen stand ich da und unterdrückte die Tränen. Dann drehte ich mich um und lief einfach los, quer über die Felder. Ich wollte nur noch weg.

Nach einer Weile hörte ich einen Wagen kommen. Jonas bremste neben mir und hielt mir die Tür auf. Ich stieg ein.

»Es hat keinen Sinn«, sagte ich und blinzelte unter Tränen. »Es soll wohl einfach nicht sein.«

Bis wir im Hotel angekommen waren, schwiegen wir beide.

Am Nachmittag sah ich mir schwachsinnige Serien und Talkshows auf dem einzigen deutschen Kanal an, den ich empfangen konnte. Ich fühlte mich mutlos und deprimiert. Offenbar stand meine Mission unter einem schlechten Stern, es ging einfach alles schief. Und ich fragte mich, was eigentlich noch passieren müsste, damit ich es endlich fertigbrächte, mir mein Scheitern einzugestehen. Die ganze Zeit schwankte ich zwischen Selbstmitleid, Trauer und Wut. Um fünf mischte ich mir einen Gin Tonic.

Um kurz vor sieben klopfte es an der Tür.

»Wer ist da?«

»Ich bin's, Jonas.«

Ich lag, mit Jogginghose und Pulli bekleidet, auf dem Bett, mein Make-up war verschmiert und meine Haare waren verstrubbelt. Ich überlegte kurz, ob ich mich Jonas in diesem Zustand präsentieren sollte, dann stand ich vom Bett auf und öffnete. »Was gibt's denn?«

Verlegen trat er von einem Bein aufs andere. »Ich ... wollte fragen, ob ich etwas für Sie tun kann?«

»Du kannst dich gemeinsam mit mir betrinken«, sagte ich. »Oh, Entschuldigung, jetzt habe ich dich einfach geduzt.«

»Kein Problem!«, sagte Jonas. Er war sichtlich erleichtert, dass ich mich wieder etwas gefangen hatte.

»Ich will mich nur ein bisschen frischmachen«, bat ich. »In zehn Minuten bin ich unten.«

Als ich das Restaurant betrat, saß er bereits an unserem gewohnten Tisch, vor sich die Speisekarte. »Ich dachte, wir essen zuerst was, bevor wir mit dem Betrinken anfangen. Dann halten wir länger durch.«

»Gute Idee«, lobte ich und warf einen Blick auf die Karte. Allmählich hatte ich alle Gerichte durch. Ich entschied mich wieder für die gefüllten Kartoffelknödel, die wären eine gute Basis für ein Besäufnis.

»Tut mir leid, dass ich heute Morgen die Nerven verloren habe«, sagte ich, »aber die toten Fledermäuse haben mir den Rest gegeben.«

»Ich kann Sie sehr gut verstehen«, erwiderte Jonas. »Das war ...«

»Halt!«, unterbrach ich ihn. »Wenn ich dich duze, musst du mich auch duzen, anders geht das nicht.«

Der gut aussehende Kellner brachte unser Bier, ich lächelte ihn dankbar an. Jonas und ich hoben die Gläser und prosteten uns zu.

»Katja«, sagte ich.

»Jonas«, sagte er.

Wir tranken.

»Ich kann Sie sehr gut verstehen«, wiederholte Jonas. »Die Sache heute Morgen war auch für mich ein Schock.«

»Jonas«, sagte ich lächelnd. »Wir haben gerade auf das Du angestoßen!«

»Oh, Entschuldigung. Da muss ich mich erst noch dran gewöhnen.«

Der Kellner brachte das Essen und noch mehr Bier. Ich begann, mich zu entspannen. Bei Kerzenlicht in dem warmen, von köstlichen Düften geschwängerten Raum zu sitzen, eingehüllt vom Stimmengewirr der anderen Gäste, versorgt mit Essen und Alkohol, hatte etwas ungemein Tröstliches.

Ich hob mein Glas. »Trinken wir also auf die Fledermäuse.«

Als wir die Gläser abgestellt hatten, sagte Jonas: »Die Nummer stinkt.«

Überrascht sah ich ihn an. »Genau das habe ich mir auch gedacht! In dieser Gegend gibt es gar keine Fledermäuse, das haben alle Gutachten bestätigt. Wo sollen diese beiden also plötzlich hergekommen sein?«

»Ich weiß es nicht. Könnte es vielleicht sein, dass jemand dafür gesorgt hat, dass wir sie dort finden?«

»Du meinst, dass jemand sie absichtlich hingelegt hat? Oh, nein, das glaube ich einfach nicht!«

»Wieso nicht?«

»Das sind doch Naturschützer! Die bringen doch keine Tiere um!«

Jonas zuckte die Schultern. »Wie sagt man, der Zweck heiligt die Mittel? Manche Fanatiker denken so.«

Nachdenklich sah ich ihn an. Vielleicht hatte er ja Recht. »Und woher könnten sie die Tiere haben?«

»Keine Ahnung«, sagte er. »Aber das kriegen wir raus.«

Ich beugte mich über den Tisch. »Ach, Jonas, ich bin so froh, dass ich dich habe! Du bist der beste Assistent, den ich je hatte!«

Er wusste ja nicht, dass er auch mein erster war. Geschmeichelt lächelte er und sah sehr jung aus. Wie süß, dachte ich. Seine Fürsorglichkeit war so wohltuend, er gab mir das

Gefühl, ich könnte mich einfach fallenlassen, und er würde alle Probleme für mich lösen.

Jonas sah mich erwartungsvoll an. »Sie geben also nicht auf? Ich meine, du gibst also nicht auf?«

»Ich denke nicht daran!«, rief ich kämpferisch und wunderte mich über mich selbst. »So schnell werden die mich nicht los!«

»Weißt du, was ich glaube?«, sagte Jonas. »Du bist gar nicht so tough, wie du immer tust. Dir gehen die Sachen viel näher, als du zugeben willst. In Wirklichkeit bist du eine sehr gefühlvolle Frau.«

»Ich, gefühlvoll? Blödsinn«, gab ich zurück und winkte dem Kellner.

»Ich glaube, ich genehmige mir jetzt einen von diesen leckeren Mojitos«, sagte ich mit schwerer werdender Zunge.

Der Barkeeper hier war bekannt für seine Mixkünste, die man an einem solchen Abend nicht unberücksichtigt lassen sollte.

Am nächsten Morgen fühlte ich mich, wie es sich nach zu viel Alkohol gehörte. Ich hatte grauenhaften Durst, mein Magen rumorte, mein Kopf schmerzte. Mit grimmiger Befriedigung nahm ich es zur Kenntnis. Manches im Leben verlief eben doch nach Plan.

Ich startete ein Anti-Kater-Programm mit heiß-kalter Dusche, Aspirin, starkem Kaffee und allem, was das Frühstücksbuffet an Scharfem und Saurem zu bieten hatte. Danach ging es mir immerhin so, dass ich den Herausforderungen des Tages ins Auge blicken konnte.

Jonas war auch nicht gerade in exzellenter Verfassung, aber ich kannte keine Gnade. »In zehn Minuten beim Wagen!«, befahl ich.

Trotz meines Zustandes hatte ich schon im Internet recherchiert und drückte ihm nun einen Zettel mit einer Adresse in die Hand. Wir hatten inzwischen den Versicherungsschutz für den Leihwagen erweitert, so dass auch ich fahren konnte. Jonas war heute für die Navigation zuständig, was ich als sehr nervenschonend empfand.

Eine halbe Stunde später bogen wir auf ein Gehöft ein, stiegen aus und sahen uns um. Das hier war kein normaler Bauernhof, das ganze Gelände war mit Ställen und Käfigen zugebaut.

Wir stiegen aus und sahen uns um. Neben Kühen, Schafen und freilaufenden Hühnern gab es Kaninchen, Meerschweinchen, Hamster, Vögel und anderes Kleingetier. Ein Mensch war nicht zu sehen, aber als Jonas an die Tür des Hauses klopfte, öffnete ein Mann mittleren Alters in blauer Arbeitshose und Gummistiefeln und fragte, was er für uns tun könne.

»Was für Tiere verkaufen Sie?«, erkundigte ich mich.

»Was suchen Sie?«, fragte er zurück. »Ich kann jedes Tier besorgen.«

»Was kaufen die Leute denn so?«

»Kommt darauf an. Neulich habe ich einen Dachs verkauft und eine Ratte. Aber am häufigsten werden Kaninchen gekauft.«

»Haben Sie auch Fledermäuse?«, fragte ich.

»Nicht hier«, gab er zurück. »Aber ich kann welche besorgen. Komisch, da waren letzte Woche schon Leute da, die welche wollten.«

Jonas und ich wechselten einen Blick.

»Wie sahen die Leute denn aus?«

Er überlegte. »Sie waren jung, höchstens Anfang zwanzig. Ein Mädchen mit einem roten Schal um den Kopf war dabei. An die anderen kann ich mich nicht erinnern, die waren nicht so auffällig.«

Ich drückte ihm einen Geldschein in die Hand. »Vielen Dank, Sie haben uns sehr geholfen.«

Er sah etwas verwirrt aus, dann zuckte er die Schultern und ging wieder ins Haus.

Wir stiegen ins Auto. Jonas sah mich fragend an: »Wohin jetzt?«

»Dreimal darfst du raten.«

Chris schien ziemlich überrascht, uns zu sehen. Unwillig wischte sie ihre lehmigen Hände an der Schürze ab. »Was macht ihr denn hier?«

Ich lächelte. »Wir waren gerade in der Gegend ...«

»... und da dachten wir, wir schauen mal bei dir rein.«

Ihre Begeisterung hielt sich in Grenzen. »Na, dann rin in die gute Stube. Ich hab gerade Chai gemacht.«

Wir folgten ihr ins vertraute Chaos. Es sah nicht so aus, als hätte sie seit unserem letzten Besuch aufgeräumt oder gar Staub gesaugt. Wir schoben wieder irgendwelche Sachen vom Sofa und setzten uns.

»Zu essen gibt's nichts«, verkündete sie. »Ich bin auf Diät.«

Als wir alle eine Tasse Chai in der Hand hielten, setzte sie sich uns gegenüber und grinste. »Und? Habt ihr den Schrecken von gestern schon verdaut?«

Ich setzte eine zerknirschte Miene auf. »Also, ich bin immer noch ganz schön fertig, das war schon ein ziemlicher Tiefschlag.«

»Tut mir leid«, sagte sie, und fast hätte ich ihr geglaubt.

»Kann sein, dass unsere ganze Planung im Eimer ist«, fuhr ich fort. »Zumindest wirft uns das alles um Monate zurück.«

Sie nickte anteilnehmend. »Echt blöd, dass da plötzlich diese Viecher herumlagen.«

»Noch dazu, wo es in der Gegend gar keine Fledermäuse gibt«, sagte ich spitz. »Das ist schon ein bisschen mysteriös, findest du nicht?«

»Keine Ahnung, also ich kenn mich damit überhaupt nicht aus«, erwiderte Chris.

Ich stellte meine Tasse ab und setzte mich gerade hin. »Chris, lass uns mit dem Scheiß aufhören. Du weißt genau, dass diese ganze Nummer ein Fake war.«

Sie sah mich mit großen, unschuldigen Augen an. »Ich weiß nicht, was du meinst. Die Fledermäuse waren ja wohl eindeutig echt und eindeutig tot!«

»Schon«, sagte ich, »aber die waren nicht tot, weil sie in die Rotoren geraten sind. Die waren vorher schon tot und wurden da hingelegt.«

»Also, ehrlich, das kann ich mir nicht vorstellen!«

Chris war eine ziemlich schlechte Schauspielerin. Es war fast zum Lachen.

»Verdammt!«, rief ich. »Du bist von dem Händler identifiziert worden, der euch die Fledermäuse verkauft hat!«

Sie hielt einen Moment inne, als sammelte sie Energie für neuen Protest, aber dann schien sie sich eines Besseren zu besinnen. »Also, ich selbst ... hab damit nichts zu tun!«, beteuerte sie. »Da sind ein paar ziemlich militante Leute in der Gruppe, die haben sich das ausgedacht. Ich bin einfach nur mitgegangen.«

»Und die anderen in der Gruppe, was haben die dazu gesagt?«

»Die fanden's zum Teil gut und zum Teil nicht, aber am Ende haben sie beschlossen, es durchzuziehen.«

»Und«, ich zögerte, »zu welchen gehört dein hübscher Miroslav?«

»Leider zu den militanten«, sagte sie. »Aber ich habe ihm gesagt, dass ich die Aktion scheiße finde.«

»Wann hast du es ihm gesagt?«

»Na, hinterher.«

»Aber vorher hast du erst mal den Mund gehalten und mitgemacht.«

»So ist das halt, wenn man verliebt ist«, sagte sie trotzig. »Du hast selbst gesagt, dass du mich verstehst.«

Ich dachte nach. Chris' Geständnis war nichts wert, wenn sie es nicht vor dem Umweltausschuss wiederholte. Aber welchen Grund sollte sie haben, das zu tun? Nie würde sie ihren Lover verpfeifen. Ich musste sie irgendwie unter Druck setzen.

»Dir ist hoffentlich klar, dass ihr euch mit dieser Aktion strafbar gemacht habt«, begann ich. »Tierquälerei, Irreführung der Behörden, vielleicht sogar Betrug ...« Ich warf mit Begriffen herum, als würde ich was davon verstehen, dabei wusste ich nicht mal, ob in Litauen Tierquälerei und Irreführung der Behörden überhaupt juristisch verfolgt wurden.

Chris riss die Augen auf und fuchtelte theatralisch mit den Händen. »Huh, jetzt habe ich aber Angst!«

Ich überlegte fieberhaft. Endlich hatte ich einen Einfall. »Übrigens sind Miroslav und seine Freunde beobachtet worden, als sie die Windräder lahmgelegt haben«, behauptete ich.

Das war ein Schuss ins Blaue, aber offenbar ein Volltreffer. Chris' Gesichtszüge entgleisten. Vor Schreck widersprach sie nicht mal.

»Das ist Einbruch und Sachbeschädigung«, setzte ich gleich noch einen drauf. »Weißt du, was so eine Anlage kostet? Anderthalb Millionen Euro. Du kannst dir sicher vorstellen, dass auch die Elektrik nicht gerade billig ist. Dazu kommt noch der Betriebsausfall. Das kann ziemlich teuer für deinen Süßen werden. Vielleicht kriegt er sogar Gefängnis.«

»Aber ... wer soll das denn beobachtet haben?«, fragte Chris mit zittriger Stimme.

»Der Typ, der die Anlagen wartet, hat sich auf die Lauer gelegt. Nachdem ihm der Schlüssel geklaut worden war, konnte er sich ja ausrechnen, was passieren würde.«

Chris stieß die Luft aus. »Blödsinn, dann hätte der doch eingegriffen!«

»Na ja ... schließlich war er allein gegen mehrere, da hat er sich eben nicht getraut.«

»Und wieso hat er es danach keinem gesagt?«

»Woher weißt du denn das?«

Chris feixte. »Dann wäre ja wohl längst die Polizei bei Miro aufgetaucht, oder?«

Ich spielte weiter die Überlegene. »Und da kommen wir auch schon zum Kern der Sache. Die Einzige, die bisher davon weiß, bin ich.« Und mit einem Blick zu Jonas: »Und jetzt natürlich mein Assistent.«

»Und wieso du?«

»Weil der Typ für die gleiche Wartungsfirma arbeitet, mit der auch wir zusammenarbeiten. Weil wir uns ganz gut kennen, hat er mich um Rat gefragt.«

Ich konnte sehen, wie es in Chris' Kopf arbeitete. »Und ... wieso erzählst du mir das alles?«

Ich ließ sie einen Moment zappeln. Sollte sie ruhig Angst um ihren Freund haben. Dann würde sie bestimmt tun, was ich von ihr wollte.

»Wir machen einen Deal«, sagte ich schließlich. »Ich sorge dafür, dass der Typ Miroslav nicht verrät. Und du gibst mir schriftlich, wer hinter dem Fake mit den Fledermäusen steckt.«

Sie blickte mich entgeistert an. »Spinnst du? Ich denk ja gar nicht dran!«

»Lieber lässt du deinen Freund ins Messer laufen?«

Sie wurde sichtlich nervös. »Was glaubst du, was die mit mir anstellen, wenn ich das verrate? Die drehen mich doch durch den Wolf!«

Ich zuckte ungerührt die Schultern. »Wer hat gesagt, dass das Leben leicht ist?« Dann schlug ich einen verbindlicheren Ton an. »Ich hänge es nicht an die große Glocke, okay? Ich brauche es nur für Bajoras und den Umweltausschuss.«

Chris lachte spöttisch auf. »Für den Umweltausschuss brauchst du es nicht. Rinkimai hat doch gestern mitgespielt. Der weiß genau, dass es hier in der Gegend keine Fledermäuse gibt.«

Ich riss die Augen auf. Sogar dieser nette, engagierte Typ arbeitete mit solchen Tricks? Das war doch nicht zu fassen. Nun war mir auch klar, woher die Demonstranten von der Begehung gewusst hatten.

»So ein Mistkerl«, murmelte ich. »Ich will trotzdem, dass du es aufschreibst.«

Chris kämpfte mit sich. Schließlich setzte sie sich widerwillig an den Tisch und schrieb mit schnellen Bewegungen ein Blatt voll.

»Kannst du das gleich übersetzen?«, bat ich Jonas. Als er fertig war, setzte Chris ihre Unterschrift unter beide Bögen.

»Das ist also der Dank dafür, dass ich euch aus dem Schneesturm gerettet habe!«, sagte sie finster.

»Falsch«, widersprach ich. »Das ist der Dank dafür, dass ich Miroslav den Arsch gerettet habe!«

Bajoras blickte auf, als ich in sein Büro gestürmt kam, und freute sich gar nicht, mich zu sehen.

»Sie müssen bestimmt gleich wieder weg«, sagte ich, »aber vorher hören Sie mir zu.« Ich knallte meine Mappe auf seinen Schreibtisch und ließ mich auf den Stuhl ihm gegenüber fallen. »Ich möchte hier und jetzt von Ihnen wissen, wann unser Projekt im Gemeinderat wieder auf der Tagesordnung steht. Wir haben alle Einsprüche widerlegt und alle Informationen geliefert, die gefehlt haben. Es gibt keinen Grund mehr, die Sache zu verzögern!«

Bajoras lächelte auf seine typische süffisante Weise. »Das stimmt nicht, gestern bei Ihrer Ortsbegehung wurden zwei tote Fledermäuse gefunden. Damit ist die Umweltverträglichkeitsprüfung hinfällig.«

Ich lehnte mich zurück und musterte ihn kühl. »Versuchen Sie doch nicht, mich für dumm zu verkaufen. Die Fledermäuse wurden dort hingelegt, und ihr Kollege Rinkimai hat diese betrügerische Aktion unterstützt. In der Gegend gibt es keine Fledermäuse, das weiß er, das wissen Sie, und es steht auch in unserem Gutachten.«

Jetzt wirkte Bajoras nicht mehr ganz so siegessicher. Nervös schob er einige Papiere hin und her. »Und wie wollen Sie das beweisen?«

»Ein Mitglied der Umweltaktivisten hat die Aktion zugegeben.« Ich legte ihm das Blatt mit Chris' Geständnis hin. Er überflog es und räusperte sich. »Das werden wir nachprüfen müssen«, kam er mit seinem Standardspruch.

Ich ging gar nicht darauf ein und zog das Blatt weg, bevor er es an sich nehmen konnte. »Also, wann stellen Sie fest, dass unser Detailplan genehmigungsfähig ist und wir ihn offiziell einreichen können?«

»Das kann ich Ihnen nicht sagen ...«, begann er, doch ich unterbrach ihn gleich. »Aber ich kann es Ihnen sagen, und zwar präzise: Bei der nächsten Sitzung.«

Wieder spielte das unsympathische Lächeln um seinen Mund. »Wie kommen Sie darauf?«

»Ganz einfach«, sagte ich und legte ihm die Baudema-Teilhaberliste, auf der sein Kredit vermerkt war, vor die Nase. »Deshalb.«

Sein Lächeln erstarb schlagartig. Hektisch wanderten seine Augen über die Liste. »Woher haben Sie das?«, fragte er heiser.

»Das tut nichts zur Sache. Tatsache ist, dass Sie und fünf andere Mitglieder des Gemeinderates sich mit hohen Beträgen, die Ihnen als zinslose Kredite zur Verfügung gestellt wurden, bei unserer Konkurrenzfirma Baudema eingekauft haben. Das könnte erklären, warum unsere Anträge bisher so zögerlich, um nicht zu sagen überhaupt nicht, bearbeitet wurden.«

»Das ist doch dummes Zeug«, wehrte er ab. »Wir entscheiden strikt nach dem Gesetz.«

»Ich will Ihnen da auch gar nichts unterstellen«, sagte ich maliziös lächelnd, »aber es gibt Leute, die das anders sehen. Und ich könnte mir vorstellen, dass auch der Korruptionsbeauftragte der Gemeinde Gargzdai diesen Vorgang sehr interessant findet.«

Bajoras wurde bleich und saß mit eingesunkenen Schultern da. Diese Schlacht hatte ich gewonnen.

Er straffte sich, setzte sein Bürokratengesicht auf und sagte: »Ich werde sehen, was sich tun lässt, Frau Moser.«

»Da bin ich ganz sicher, Herr Bajoras.« Ich erhob mich und nahm meine Unterlagen.

»Eine Bitte noch«, sagte er. »Könnte ich wohl eine Kopie von dieser Liste machen?«

Ich sah ihn spöttisch an. »Tut mir leid, aber ich fürchte, das ist in Ihrem Etat nicht vorgesehen.« Mit diesen Worten rauschte ich aus dem Büro.

15

»Meine Damen und Herren, willkommen in München!«

Das Flugzeug wurde langsamer und rollte aus. Tief atmete ich durch. Ich konnte es kaum erwarten, nach Hause zu kommen.

Als ich aus dem Gepäckbereich trat, sah ich mich um. Niemand wartete auf mich. Ich war enttäuscht. Zugegeben, wir hatten nicht vereinbart, dass mich jemand abholt, aber insgeheim hatte ich gehofft, dass Michael und die Kinder da sein würden. Ich hatte mir ausgemalt, wie sie auf mich losstürmen und mir in die Arme fallen würden, wie die anderen Fluggäste neidisch auf mich blicken und sich wünschen würden, auch so begeistert empfangen zu werden.

So zog ich meinen Koffer durch das Terminal und über den Platz, die Rolltreppe hinunter bis zur S-Bahn. Nun würde es nochmal über eine Stunde dauern, bis ich endlich daheim wäre.

An der Haustür hing ein Plakat mit der Aufschrift »Willkommen zu Hause, Mama!« Es wimmelte darauf von Sonnen und Herzen, ich erkannte aber auch Urchse und Workse. Gerührt blieb ich stehen und betrachtete es. Dann fiel mir ein, dass ich die Kinder damals für Olga auch ein Bild hatte malen lassen. Ob Sofia – wie ich – all ihre Überredungskunst hatte aufwenden müssen, um die Kinder dazu zu bewegen?

Ich schloss die Tür auf und trat ein. »Hallo, ich bin da!«, rief ich. Es dauerte einen Moment, dann hörte ich oben Lärm, und Pablo kam hinuntergestürmt, gefolgt von Svenja, die gemessenen Schrittes die Stufen herabstieg.

»Mama, Mama, hast du uns was mitgebracht?« Pablo flog mir in die Arme und schmiegte sein Gesicht in meine Halsbeuge. Mir wurde heiß. Ich hatte nicht an Geschenke gedacht!

»Nein ... aber wir unternehmen was Schönes in den nächsten Tagen, versprochen!«

Pablo löste sich von mir und sah mich erwartungsvoll an. »Western City?«

Schon ewig träumte er von einem Besuch dieses Vergnügungsparks, aber ich hasste Vergnügungsparks, insbesondere solche, in denen erwachsene Menschen als Cowboy und Indianer verkleidet herumlaufen.

»Western City ...«, sagte ich zögernd. »Oder was anderes Tolles!«

»Au ja!«, schrie Pablo begeistert. »Western City!«

Inzwischen hatte Svenja mich erreicht. Sie war geschminkt und trug die Haare anders als sonst. »Hallo, Mama!«, sagte sie und gab mir zwei Wangenküsse. Das hatte sie noch nie gemacht, sie wirkte seltsam fremd und erwachsen auf mich.

Ich hielt sie fest und umarmte sie. »Hallo, meine Große!«

Sie wand sich aus meiner Umarmung. »Wenn ihr glaubt, dass ich da mitkomme, dann täuscht ihr euch. Ich gehe aufs Pink-Konzert.«

»Schätzchen, ich glaube, das ist der falsche Text«, sagte ich ironisch lächelnd. »Es muss heißen: ›Mama, würdest du ganz vielleicht, bitte, mit mir aufs Pink-Konzert gehen? Das wünsche ich mir zum Geburtstag oder zu Weihnachten oder für mein Jahreszeugnis, in dem ich nur Einser und Zweier haben werde!‹«

Sie starrte mich an, dann drehte sie sich um und sagte im Weggehen: »Du spinnst doch!«

Ich wollte gerade antworten, da öffnete sich die Küchentür und Sofia erschien. Offensichtlich hatte sie abgewartet, bis die Kinder mich begrüßt hatten. Lächelnd und mit ausgestreckter Hand kam sie auf mich zu. »Willkommen zu Hause, Frau Moser! Wie geht es Ihnen?«

»Danke, Sofia, mir geht's gut. Ich bin sehr froh, hier zu sein.«

Sie zeigte auf meinen Koffer. »Wenn Sie möchten, mache ich gleich Ihre Wäsche.«

»Das kann ich doch selbst machen! Lass uns lieber einen Tee zusammen trinken, und du erzählst mir, wie es euch ergangen ist.«

Während ich meinen Koffer auspackte und die Waschmaschine füllte, kümmerte sich Sofia um den Tee. Als ich in die Küche kam, bemerkte ich sofort die zwei malerisch drapierten Trauben, eine blaue und eine grüne, deren Beeren schimmerten, als wären sie einzeln poliert worden.

Lächelnd wies ich auf die Obstschale. »Wie aufmerksam von dir, vielen Dank!«

Sie hatte bereits den Tisch gedeckt und einen Teller mit Keksen daraufgestellt. Jetzt wartete sie, bis ich mich hingesetzt hatte, erst dann nahm sie den Stuhl gegenüber. Wie konnte dieser grobschlächtige Straus eine so zartfühlende und wohlerzogene Tochter haben, fragte ich mich. Vielleicht kam sie nach ihrer Mutter.

»So, und nun erzähl!«, forderte ich sie auf. »Hast du dich gut eingelebt? Waren die Kinder lieb zu dir? Hast du irgendwelche Fragen oder Probleme?«

Wie nicht anders zu erwarten, berichtete Sofia nur Positives. Sie habe sich schnell im Haushalt zurechtgefunden, die Kinder hätten sie toll unterstützt, die Recherchen für Michael machten ihr großen Spaß, sie fühle sich rundum wohl.

»Hast du denn auch was unternommen, bist du mal ausgegangen?«

Sie schüttelte den Kopf. »Bisher nicht, aber das ist okay.«

Ich nahm die Kanne vom Stövchen und schenkte uns beiden Tee nach. Dann zog ich meinen Geldbeutel aus der Handtasche und holte einen Fünfzig-Euro-Schein heraus.

»Kleiner Extra-Bonus«, sagte ich lächelnd. »Du kannst dir das Wochenende freinehmen und gerne auch den Montag, wenn du mal in die Stadt willst.«

Zögernd nahm sie den Geldschein. »Vielen Dank, das ist sehr freundlich von Ihnen.« Es klang fast enttäuscht.

Ich verstand ihre Reaktion nicht. Wollte sie gar nichts unternehmen, Gleichaltrige treffen, die Stadt kennenlernen? Wollte sie wirklich die Wochenenden mit uns verbringen? Ich wollte gern mit meiner Familie allein sein, schon deshalb gefiel es mir nicht, dass sie keine eigenen Pläne hatte.

Ich verabschiedete mich nach oben und räumte weiter meine Sachen aus. Das Badezimmer war ungewohnt ordentlich, die Handtücher im Regal nach Farben sortiert und gefaltet. Selbst den Inhalt des Medizinschränkchens hatte sie aufgeräumt, was mir irgendwie unangenehm war. Ob wir Schlafmittel, Hämorrhoidensalbe oder stimmungsaufhellende Johanniskrautpräparate verwendeten, gehörte zu unserer Intimsphäre und ging niemanden etwas an.

Ich öffnete den Wäscheschrank. Sie hatte die Laken auf einer Seite gestapelt und Bett- und Kissenbezüge jeweils als Set auf die andere Seite gelegt. Das war viel übersichtlicher als vorher, aber ich hatte ihr nicht den Auftrag gegeben, Ordnung in den Schränken zu schaffen. So freundlich es von ihr gemeint war, ich empfand es als Übergriff.

Als ich sie später sah, sagte ich: »Vielen Dank, dass du die Schränke aufgeräumt hast, aber das gehört eigentlich nicht zu deinen Aufgaben.«

»Ich mache es aber wirklich gern«, versicherte sie.

Während der nächsten Tage bemühte sich Sofia weiter, mir so viel wie möglich abzunehmen, ich hingegen wollte meine Position als Hausherrin behaupten. Und so gerieten wir in einen absurden Wettstreit.

Wenn ich anfangen wollte zu kochen, hatte Sofia bereits mit den Vorbereitungen für ein anderes Gericht begonnen. Wenn ich die Wäsche aufhängen wollte, lief bereits der Trockner. Wenn ich Pablos zu klein gewordene Kleidung aussortieren wollte, lag bereits ein Stapel Sachen neben dem Schrank. In ihrem Eifer, alles richtig zu machen, nahm sie mir alles aus der Hand, und ich fühlte mich nutzlos, als wäre ich zu Besuch in meinem eigenen Haus.

Vor allem aber ärgerte ich mich darüber, dass sie sich einmischte, wenn es um die Kinder ging. Bat ich Svenja, mir beim Abwasch zu helfen, sagte Sofia: »Das mache ich, dann kann Svenja schon mit den Hausaufgaben anfangen.«

Wenn ich Pablo befahl, um fünf vom Spielen zurück zu sein, sagte sie: »Ich habe ihm immer bis halb sechs erlaubt.« Kein Wunder, dass Pablo »Die Sofia ist viel netter als du!« maulte, als ich ihm irgendwann energisch erklärte, nun sei wieder ich der Bestimmer.

Einerseits war es ja wichtig, dass die Kinder auf Sofia hörten, wenn ich nicht da war. Andererseits ertrug ich es nicht, meine Autorität so infrage gestellt zu sehen. Immer wieder war ich kurz davor, mit einer wütenden Bemerkung herauszuplatzen, aber dann hielt ich mich doch zurück.

Eines Mittags zappelte Pablo während des Essens trotz mehrfacher Ermahnung so sehr herum, dass eine volle Wasserflasche vom Tisch fiel.

»Verdammt nochmal!«, rief ich. »Kannst du nicht aufpassen?«

»Das macht doch nichts«, sagte Sofia, sprang auf und kam mit Kehrblech und Küchenpapier zurück.

»Lass das«, fuhr ich sie an. »Das soll Pablo aufwischen.« Bei uns herrschte das Verursacherprinzip. Wer einen Schaden angerichtet hatte, sollte ihn nach Möglichkeit auch beheben. Irgendeinen pädagogischen Nutzen musste der Unfug, den die Kinder veranstalteten, ja wenigstens haben.

»Aber er könnte sich schneiden«, wandte Sofia ein.

»Dann muss er eben aufpassen.«

Widerwillig ließ Pablo sich zu Boden gleiten und begann mit dem Aufsammeln der Scherben. Ich half ihm und sorgte dafür, dass er nur die großen nahm, die er gut sehen konnte. Die kleinen, die im Wasser schwammen, hob ich mit zusammengeknülltem Küchenpapier auf. Plötzlich schrie er und hielt anklagend einen Finger hoch, an dem etwas Blut zu sehen war. »Aua, ich hab mich geschnitten!« Er stimmte ein theatralisches Geschrei an, sah böse zu mir und sagte: »Und du bist schuld, plöde Mama!«

Sofia holte in Windeseile ein Pflaster. Ich vermied ihren Blick. Jetzt stand ich auch noch als Rabenmutter da, die in Kauf nimmt, dass ihr Kind sich verletzt, nur weil sie irgendwelche idiotischen pädagogischen Prinzipien durchsetzen will.

Ich verließ die Küche. Beim Rausgehen hörte ich Sofia sagen: »So, und schon ist es wieder gut. Möchtest du ein Stück Schokolade?«

Ich schluckte. Eigentlich konnte ich ihr nichts vorwerfen. Sie war besonnen, geduldig und liebevoll. Trotzdem hätte ich ihr den Hals umdrehen können. Es war mir auch klar, warum: Sie war besonnener, geduldiger und liebevoller als ich.

Alle Schuldgefühle, die ich jemals den Kindern gegenüber empfunden hatte, waren wieder da. Hatte ich genügend Zeit mit ihnen verbracht? Hatte ich ihnen genügend Zuwendung und Aufmerksamkeit geschenkt? War ich zu streng gewesen oder zu nachlässig? War ich überhaupt die gute Mutter, für die ich mich immer gehalten hatte?

Niedergeschlagen zog ich mich in mein Arbeitszimmer zurück, während bald darauf aus dem Garten die fröhlichen Stimmen der Kinder klangen, die mit Sofia Boccia spielten.

Michael hatte wieder einmal angekündigt, dass er spät kommen würde. Nun rief er an, um zu sagen, dass es noch später werden würde.

»Am besten, ich schlafe im Büro«, schlug er vor. »Dann wecke ich dich nicht.«

»Vielleicht will ich ja geweckt werden«, sagte ich mit samtiger Stimme.

»Um drei Uhr früh?«, sagte er und lachte. »Das glaube ich nicht. Also, bis morgen!«

»Halt, warte«, sagte ich schnell. »Wo bist du überhaupt?«

»Auf der Eröffnung des Experimentalfilmfestivals. Die Party geht immer ewig.«

»Man kann von einer Party auch früher weggehen.«

»Aber es ist lustig dort!«

»Und mit mir ist es nicht lustig, oder was?«

Ich hörte ihn seufzen. »Mein Gott, Katja, macht es wirklich einen Unterschied, ob ich um eins oder um drei komme? Du schläfst doch sowieso ab elf.«

»Schon okay«, sagte ich gekränkt. »Viel Spaß.«

Wo war das Gefühl der Nähe geblieben, das ich bei seinem Besuch in Litauen gespürt hatte? Ich war so glücklich über dieses Zeichen seiner Liebe gewesen und hatte gehofft, dass es der Beginn von etwas Neuem wäre. Ja, ich hatte mir vorgenommen, ihm nichts mehr abzuverlangen, was er nicht leisten konnte oder wollte. Trotzdem machte sich jetzt Enttäuschung in mir breit.

Seit die Kinder klein waren, war es so gewesen: Er war ausgegangen, ich mit Svenja und Pablo zu Hause geblieben. Früher hatte es mir nichts ausgemacht, ich war gern bei den Kindern, und wir hatten viel Geld für Babysitter gespart. Als sie größer waren, hätte ich ihn natürlich begleiten können. Aber da war unsere Rollenverteilung bereits eingespielt, und ich hatte sie nicht mehr infrage gestellt.

Diese Abende waren nicht nur ein Teil seiner Arbeit, sie bedeuteten wohl mehr für ihn. Ein Stück Freiheit, der Beweis, dass er noch ein selbstbestimmtes Leben führte, etwas in der Art. Ich hatte das immer gespürt und stillschweigend akzeptiert. Komischerweise hatte ich mich auch nie gefragt, was sich in diesem Teil seines Lebens abspielte und ob es Dinge gäbe, die er vor mir verbarg. Ich wehrte den Gedanken auch jetzt ab. Wenn ich aufhörte, ihm zu vertrauen, wäre es das Ende.

Mitten in der Nacht wachte ich auf. Es war drei Uhr. Ich stand auf, um zur Toilette zu gehen. Im Vorbeigehen öffnete ich vorsichtig die Tür zum Büro. Auf dem Boden lagen Kleidungsstücke und Schuhe. Michael schlief auf dem Sofa und schnarchte leise. Seine unrasierten Wangen waren dunkel verschattet. Auf Zehenspitzen ging ich zu ihm und küsste ihn auf die Stirn. Er grunzte und drehte sich zur Seite, ohne aufzuwachen.

Als ich wieder auf dem Flur stand, bemerkte ich, dass Pablos Tür nur angelehnt war. Ich stieß sie auf und blickte ins Zimmer – sein Bett war leer. Ein leiser Schrecken durchfuhr mich. Er würde doch nicht wieder weggelaufen sein? Dann kam mir ein anderer Verdacht. Ich lief die Treppe hinunter und riss die Tür zu Sofias Zimmer auf. Pablo lag da, in Sofias Arme gekuschelt.

In meinem Kopf rauschte es, ich konnte plötzlich nicht mehr klar denken. Eine düstere, bedrohliche Woge schien auf mich zuzurollen und mir alles entreißen zu wollen, was ich liebte. Ein entsetzliches Gefühl von Verlust ergriff mich.

»Lass ihn los!«, wollte ich schreien und mich auf sie stürzen. »Er ist mein Kind, ich habe ihn geboren, er gehört mir!«

Im letzten Moment gelang es mir, mich zusammenzureißen. Als ich aufgehört hatte zu zittern, weckte ich Pablo, um ihn ins Bett zurückzubringen. Dabei wachte auch Sofia auf und fuhr erschrocken hoch.

»Tut mir leid«, sagte sie. »Ich habe nicht bemerkt, dass er gekommen ist. Als ich zwischendurch aufgewacht bin, schlief er so tief, dass ich es nicht fertigbrachte, ihn zu wecken.«

»Das ist sehr rücksichtsvoll von dir«, sagte ich mit gepresster Stimme. »Aber wenn es nochmal vorkommt, weckst du ihn und bringst ihn zurück in sein Bett oder zu mir, okay?«

Sie nickte. Ohne ein weiteres Wort verließ ich mit Pablo das Zimmer.

Der nächste Tag war ein Samstag. Ich bereitete ein gemütliches Familienfrühstück vor. Da alle noch schliefen, fuhr ich schnell zum Bäcker, um frische Brötchen zu holen. Spontan hielt ich beim Blumenladen und kaufte zwei kleine Sträuße, die farblich gut zu den Servietten passten. Ich wollte es Michael und den Kindern ganz besonders schön machen, am liebsten wollte ich alles nachholen, was ich je versäumt hatte.

Bei meiner Rückkehr fand ich Sofia in der Küche. Sie machte gerade Kaffee und hatte schon Aufschnitt und Käse bereitgestellt.

»Wieso schläfst du nicht mal aus?«, fragte ich, und es klang unfreundlicher als beabsichtigt. »Du hast doch heute frei!«

»Ich kann nicht so lange schlafen«, sagte sie entschuldigend.

Mein Blick fiel auf den Tisch, und ich erschrak: Ich hatte versehentlich nur für vier Personen gedeckt. Sofia hatte ich einfach vergessen. Sie sagte nichts, aber ich war sicher, sie hatte es bemerkt. Nachdem ich die Blumensträuße abgestellt hatte, sagte ich beiläufig: »Ich weiß nicht, ob Michael überhaupt mit uns frühstückt, er ist heute Nacht sehr spät heimgekommen. Wir können ihm ja ein Gedeck dazulegen, wenn er kommt.« Ich hoffte, dass ich glaubwürdig geklungen hatte.

»Soll ich die Kinder wecken?«, fragte sie nur.

»Das mache ich schon.«

Ich liebte es, die schlafwarmen Wangen der Kinder zu küssen, ihre Körper zu streicheln und zu kitzeln, bis sie trotz ihres Protestes lachend in meinem Arm lagen.

Zuerst ging ich zu Pablo, der auf dem Bauch quer im Bett lag, einen Fuß auf der Bettdecke. Ich setzte mich auf den Bettrand und streichelte seinen Rücken. Er bewegte sich sachte.

»Sofia?«, murmelte er, noch halb im Schlaf. Es gab mir einen Stich.

»Nein, ich bin's, Mama«, flüsterte ich.

»Mama«, seufzte er, drehte sich um und schlang die Arme um mich. Ich drückte ihn zärtlich an mich. »Bist du heute Nacht wieder gewandert?«

»Nö, ich hab geschlafen.«

»Na, dann«, sagte ich sanft. »Frühstück ist fertig. Kommst du runter?«

Ich stand auf und öffnete die Fensterläden, damit er nicht wieder einschliefe.

Dann ging ich zu Svenja, küsste sie und streichelte ihr Gesicht.

»Guten Morgen, meine Süße!«

Sie knurrte unwillig und drehte sich weg. »Will weiterschlafen.«

»Ach, komm.« Ich knuffte sie in die Seite. »Ich habe mich so aufs Frühstück mit euch allen gefreut!«

»Kommt Papa?«

»Wenn du das willst, musst du ihn wecken. Er schläft im Büro.«

Blitzartig sprang sie aus dem Bett. Gleich darauf hörte ich es aus dem Büro kreischen und stöhnen. Schadenfroh grinsend ging ich zurück in die Küche.

»Und? Was hast du heute Schönes vor?«, fragte ich Sofia, als wir endlich alle um den Tisch saßen.

Sie zuckte die Schultern. »Eigentlich nichts.«

»Machen wir denn nichts zusammen?«, fragte Pablo enttäuscht und sah sie mit Hundeblick an.

»Ich habe Sofia freigegeben«, erklärte ich. »Sie muss sich auch mal von euch erholen, stimmt's, Sofia?«

Sie nickte zögernd. »Ich unternehme aber auch gerne was mit den Kindern. Vielleicht wollen Sie und Ihr Mann ja mal für sich sein.«

»Um Gottes willen«, sagte ich. »Willst du unsere Ehe ruinieren?«

Michael sagte nichts, er blickte nur kurz von seinem Frühstücksei auf. Ich wünschte, er würde die Initiative ergreifen und etwas vorschlagen. Etwas, bei dem Sofia nicht dabei sein könnte. Aber wie immer hielt er sich raus.

»Wes-tern City, Wes-tern City!«, begann Pablo zu skandieren.

Ich stöhnte unhörbar. Fiel mir denn nichts ein, womit ich ihn von dieser unseligen Idee abbringen könnte? »Wir könnten ins Deutsche Museum gehen«, schlug ich vor.

Pablo protestierte. »Da waren wir doch schon hundert Mal!«
»Oder ... ins Naturkundemuseum!«
»Da ist ja wie Schule«, maulte Svenja.
»Warum nicht in die Western City?«, mischte Michael sich ein.

Ich lächelte ihn an. »Würdest du denn mitkommen?«
»Würde ich wirklich gern«, sagt er, »aber ich muss den Bericht über gestern schreiben. Du weißt schon ...«
»... das Experimentalfilmfestival, klar.« Es fiel mir schwer, meinen Ärger zu verbergen. »Also gut«, sagte ich mit aufgesetzter Fröhlichkeit, »dann fahren Pablo, Svenja, Sofia und ich jetzt in die Western City!«

Genau so hatte ich mir mein erstes Wochenende zu Hause vorgestellt.

Als wir abends nach Hause kamen, fanden wir einen bestens gelaunten Michael mit einem Glas Rotwein auf der Wohnzimmercouch vor.

Sofia bedankte sich bei mir für den Ausflug und ging in ihr Zimmer, die Kinder stritten in der Küche um die Souvenirs, die sie bekommen hatten. Anstecker, Cowboyhüte, Wasserpistolen.

»Und?«, fragte Michael. »Wie war's?«
»Super«, sagte ich. »Lauter entwicklungsverzögerte Typen, die als Cowboys und Indianer herumrennen und mit Spielzeugpistolen oder Pfeil und Bogen herumfuchteln. Und dazwischen ich mit einem Au-pair-Mädchen und zwei zänkischen Bälgern. Hätte nicht schöner sein können.« Ich ließ mich auf das Sofa neben ihn fallen. »Und? Bist du fertig mit deinem Artikel?«

»Noch nicht ganz. Aber morgen ist ja auch noch ein Tag.«

»Ja, Sonntag«, sagte ich. »Können wir wenigstens morgen was zusammen machen?«

»Was möchtest du denn machen?«

»Ach, keine Ahnung«, sagte ich resigniert. »Irgendwas Schönes. Mit dir.«

Michael stand auf und streckte sich. »Wie wär's mit Kino?«

»Jetzt?«

»Warum nicht?«

Ich rollte mich schmollend zusammen. »Weil ich müde bin.«

Michael grinste. »Na, dann lass uns ins Bett gehen.«

Ich setzte mich auf und funkelte ihn an. »Was bildest du dir eigentlich ein? Du lässt mich fast die ganze Woche allein, obwohl ich ohnehin so selten da bin. Und wenn's dir gerade in den Kram passt, soll ich auf Kommando Lust haben, mit dir zu schlafen?«

Er setzte sich auf einen Sessel mir gegenüber. »Ja, wäre schön.«

»Schon mal was davon gehört, dass Sex als Ausdruck von Liebe gilt? Ich brauche Nähe, um Leidenschaft zu fühlen!«

»Und ich brauche Leidenschaft, um Nähe zu fühlen«, erwiderte er.

Einen Moment schwiegen wir beide erschrocken. Dann sagte ich leise: »Warum ist es bloß immer so kompliziert zwischen uns?«

»Du machst es kompliziert«, sagte er und zog mich an sich. »Schon mal den Ausdruck ›Liebe machen‹ gehört? Manchmal entsteht das, was du dir wünschst, während du es machst.«

Plötzlich fühlte ich mich ganz weich in seinem Arm. Ich schloss die Augen und näherte mein Gesicht dem seinen, bis unsere Münder sich trafen. Ich spürte seine Zunge, die zart meine Lippen teilte, und seufzte wohlig. In diesem Moment hörte ich ein Geräusch. Ich öffnete die Augen und blickte direkt in das Gesicht von Sofia, die gerade an der Glastür vorbeiging, die das Wohnzimmer vom Flur trennte. Schnell sah sie zur Seite.

16

Am darauffolgenden Samstag feierten wir Svenjas dreizehnten Geburtstag.

Ich hatte ihre Geschenke rund um den Geburtstagskuchen im Wohnzimmer aufgebaut; Pablo, Sofia und ich sangen »Happy Birthday to You«, Michael schlief noch.

Mitten in unseren Gesang hinein klingelte es. Wir brachen ab und sahen uns gegenseitig fragend an. Ich ging zur Haustür und öffnete.

»Geburtstagsüberraschung!«, verkündete meine Mutter strahlend.

Meine Freude war nicht gerade überschwänglich. Ich hatte ihr den Anschlag auf mein Arbeitszimmer noch nicht verziehen. Dafür waren die Kinder entzückt, ihre Großmutter zu sehen.

Als wir schon beim Frühstück saßen, kam endlich Michael dazu. Unrasiert, mit verstrubbelten Haaren, in Jogginghose und T-Shirt. Ich hatte das immer süß und sexy gefunden, aber jetzt fand ich seinen Aufzug völlig unangebracht. Welchen Eindruck würde er auf Sofia machen? Und erst auf meine Mutter? Fast hätte ich etwas gesagt, aber ich wollte ihn nicht in Verlegenheit bringen.

Er gratulierte Svenja, die sich hingebungsvoll an ihn schmiegte, dann schenkte er sich Kaffee ein und griff nach einem Brötchen. Sofort entbrannte der übliche Wettstreit um den goldenen Hausfrauenorden zwischen Sofia und mir.

»Ich hole neue Marmelade«, sagte sie und stand auf.

»Aber da ist noch genügend im Glas«, erwiderte ich, stand dann aber selbst auf, um noch mehr Schinken zu holen.

»Wir wollten doch Rührei machen«, sagte Sofia. »Wer möchte welches?«

»Jetzt bleib doch mal sitzen«, sagte ich genervt. »Jetzt sind ja alle schon satt.«

»Ich will aber Rührei«, krähte Pablo, und auch Michael wollte welches.

»Also gut«, sagte ich und ging zum Kühlschrank.

Sofia kam gleichzeitig dort an. »Ich mach das schon«, sagte sie und öffnete die Tür.

Wir griffen beide nach dem Karton mit den Eiern, und im nächsten Moment lag er am Boden. Glibberige Eimasse lief heraus.

»Scheiße«, sagte ich vernehmlich. Es wurde still im Raum.

Sofia blickte mich erschrocken an. »Entschuldigung, das wollte ich nicht!«

»Scheiße sagt man nicht«, hörte ich Pablos Stimme.

»Tja, schade«, sagte ich. »Also doch keine Rühreier.«

Unschlüssig standen Sofia und ich uns gegenüber. Wer würde die Küchenrolle holen und den Glibber aufwischen? Wir waren beide schuld, das war offensichtlich.

Ich sagte: »Bist du so lieb?«, und kehrte an den Tisch zurück.

Da sprang Pablo auf und eilte zu Sofia. »Warte, ich helfe dir.«

Ich presste die Lippen zusammen.

Dann bat ich meine Mutter, doch von ihrer Jemen-Reise zu erzählen, und das ließ sie sich nicht zweimal sagen. Mitten in ihre lebhaften Schilderungen hinein klingelte es wieder. Diesmal lief Pablo an die Tür. Ich hörte seinen Jubelschrei, und mir schwante nichts Gutes. Es dauerte nur einen Moment, und es erschien – mein Vater. Ich erstarrte. Meine Mutter verstummte schlagartig.

Das war eine Situation, mit der keiner gerechnet hatte. Meine Eltern gingen sich seit zwanzig Jahren aus dem Weg, normalerweise meldeten sie sich an, um unliebsame Zusammentreffen zu vermeiden. Keine Ahnung, warum sich ausgerechnet heute beide zu einem Überraschungsbesuch entschlossen hatten.

»Hallo, Papa«, sagte ich so ungezwungen wie möglich und stand auf, um ihn zu umarmen.

Die Kinder hopsten begeistert um ihn herum, Michael erhob sich vom Tisch und sagte: »Ich glaube, jetzt ziehe ich mir doch mal was an.«

Meine Mutter stand ebenfalls auf. »Ich gehe dann wohl besser.«

Einem ersten Impuls folgend wollte ich sie aufhalten, aber dann blieb ich einfach stehen und sagte nichts. Svenja und Pablo standen mit aufgerissenen Augen da und wagten nicht, sich zu rühren. Sie hatten ihre Großmutter und ihren Großvater noch nie gleichzeitig in einem Raum gesehen.

Schließlich war es mein Vater, der die Stille unterbrach. Er ging auf meine Mutter zu, berührte sie sacht an der Schulter und sagte: »Findest du nicht, Barbara, es ist an der Zeit, endlich damit aufzuhören?«

Sie standen einander gegenüber und blickten sich an. Zwei Menschen, die sich mal geliebt hatten. Zwanzig Jahre hatten sie um ihre Liebe gekämpft, dann mussten sie sich eingestehen, dass sie gescheitert waren. Beide waren mit dieser Verletzung nicht fertiggeworden und hatten gehofft, den Schmerz zu vermeiden, indem sie ihn leugneten.

Eine scheinbare Ewigkeit lang reagierte meine Mutter nicht. Endlich senkte sie den Blick, legte ihre Hand leicht auf den Arm meines Vaters und sagte leise: »Ja.«

Wahnsinn, dachte ich, dass ich das noch erleben darf! Mit dem Zerwürfnis meiner Eltern war es wie mit der deutschen Teilung – niemand hätte geglaubt, dass sich jemals etwas daran ändern würde. Und nun das! Die Mauer war gefallen!

Pablo sah von seiner Oma zu seinem Opa und fragte zaghaft: »Habt ihr euch wieder lieb?«

»Na ja, jedenfalls streiten wir nicht mehr«, sagte meine Mutter. Ihr Gesicht war von einer zarten Röte überzogen. Sie wirkte verlegen, aber auch irgendwie erleichtert. Mein Vater strahlte übers ganze Gesicht.

Verstohlen wischte ich mir eine Träne weg. Ich bedauerte, dass Michael diesen besonderen Moment verpasst hatte. Erst jetzt kam er zurück und schien gar nicht zu bemerken, dass in der Zwischenzeit etwas Außergewöhnliches passiert war.

Ich beugte mich zu ihm und flüsterte: »Sie reden wieder miteinander!«

Er flüsterte zurück: »War ja auch höchste Zeit.«

Dann musterte ich ihn und sagte: »Schönes Hemd! Ist das neu?«

Er blickte an sich herunter. »Ja, nicht wahr? Hat Sofia ausgesucht.«

Abrupt trat ich einen Schritt zurück, griff nach meiner Tasse, die in Reichweite auf dem Tisch stand, dabei schwappte

Kaffee über. Bevor ich reagieren konnte, hatte Sofia ihn bereits mit einer Papierserviette aufgewischt.

Sie suchte Michaels Hemden aus? Das ging zu weit. Einen Mann beim Kleiderkauf zu beraten, war etwas sehr Persönliches, fast Intimes. Erst als wir über ein Jahr zusammen gewesen waren, hatte ich es gewagt, etwas zu Michaels Kleidung zu sagen, und das auch nur, weil er mich ausdrücklich darum gebeten hatte. Ich fühlte mich, als hätte ich herausgefunden, dass Sofia in meinem Bett geschlafen hat.

Mit den Blicken suchte ich nach ihr. Sie stand am Küchenblock, in ein angeregtes Gespräch mit meinem Vater vertieft. Offenbar hatte er ihr gerade etwas Lustiges erzählt, denn sie lachte hell auf. Dann nahm sie die Mineralwasserflasche, schenkte ein Glas ein und reichte es ihm mit einer fürsorglichen Geste. Ich konnte ihm ansehen, wie begeistert er von ihr war. Jeder war begeistert von Sofia. Ich war es auch gewesen. Aber inzwischen fühlte ich mich von ihrer Anwesenheit regelrecht bedroht, ihre Perfektion erdrückte mich.

Der Tag verlief, wie man es von einem gelungenen Familientreffen erwarten konnte. Alle gaben sich Mühe, fröhlich und ungezwungen zu sein, etwaige Konflikte wurden elegant umschifft. Meine Eltern schienen, über den Waffenstillstand hinaus, Gefallen an der Anwesenheit des anderen zu finden. Immer wieder beobachtete ich, wie sie miteinander sprachen; offenbar hatten sie sich eine Menge zu erzählen. Ich hätte glücklich sein müssen.

Aber statt den Tag zu genießen, beobachtete ich unablässig Sofia. Wie sie mit meiner Mutter scherzte. Wie sie Pablo zärtlich über die Stirn strich. Wie sie Svenja an sich drückte.

Wie sie Michael einen Gegenstand reichte, um den er sie gebeten hatte. Zwischen ihnen herrschte eine Vertrautheit, die mich auszuschließen schien. Wann immer ich einen Versuch machte, mich zu nähern, wieder zu einem Teil dieses familiären Ganzen zu werden, fühlte ich mich als Eindringling.

Einmal hob sie den Kopf, und unsere Blicke trafen sich. Sie lächelte mir zu. Als ich ihr Lächeln nicht erwiderte, wandte sie, unsicher geworden, den Blick ab.

Auch am nächsten Tag blieb Sofia den ganzen Tag zu Hause, versuchte aber, mir aus dem Weg zu gehen. Während Michael und ich nach dem Mittagessen Kaffee tranken, kam sie in die Küche. Als sie uns sah, wollte sie sofort umkehren.

»Komm ruhig rein«, forderte ich sie auf.

»Ich möchte mir nur schnell ein Brot machen«, sagte sie schüchtern.

»Du hättest auch mit uns essen können«, sagte Michael.

»Danke, ich hatte nicht so viel Hunger.«

Ich sah sie genauer an. Täuschte ich mich, oder hatte sie gerötete Augen?

»Ist alles in Ordnung mit dir?«, fragte ich.

Erschrocken sah sie zu mir. »Ja, alles okay.«

Sie nahm den Teller mit ihrem Brot und verließ fluchtartig die Küche.

»Was hat sie bloß?«, fragte ich. »Sie benimmt sich so merkwürdig.«

Michael sah mich kopfschüttelnd an. »Du merkst nicht, wie abweisend du wirkst, oder?«

»Wie bitte?«, sagte ich entgeistert. »Ich war doch freundlich zu ihr!«

»Deine Worte sind freundlich, aber deine Ausstrahlung ist abweisend. Sie ist sehr sensibel, sie spürt so etwas.«

»Interessant, was du neuerdings alles spürst«, sagte ich gereizt. »Wäre schön, wenn du diese Sensibilität auch mir gegenüber an den Tag legen würdest.«

Nachmittags, als ich zufällig an Sofias halb geöffneter Zimmertür vorbeiging, sah ich, dass Michael bei ihr war. Sie saß auf dem Bett, das Gesicht in den Händen vergraben, er hockte auf dem Schreibtischstuhl ihr gegenüber und sprach leise auf sie ein. Ich blieb stehen. Michael bemerkte mich und machte mir ein Zeichen, nicht zu stören.

Ich ging weiter und versuchte mir einzureden, dass an dieser Situation nichts seltsam war. Sofia hatte viel mehr Zeit mit Michael verbracht als mit mir. Es war verständlich, dass sie sich ihm anvertraute, wenn sie ein Problem hatte. Ich fragte mich nur, was es für ein Problem sein könnte, das sie so intensiv mit ihm zu besprechen hatte.

Später erzählte er mir, sie habe Streit mit ihrem Vater gehabt, und er glaube, dass der sie schikaniere. Jedes Mal, wenn sie mit ihm telefoniert habe, sei sie ganz verstört gewesen.

Zweifelnd blickte ich ihn an. Soweit ich es beobachtet hatte, war Straus vernarrt in seine Tochter. Wann immer ich mit ihm sprach, erkundigte er sich liebevoll nach ihr. Welchen Anlass sollte er haben, mit ihr zu streiten? Ich glaubte nicht an diese Erklärung.

Was, wenn es gar nicht um Sofias Vater ging? Vielleicht war gar nicht er der Grund für ihren Kummer, sondern womöglich mein Mann! War er für sie wirklich nur eine Art Ersatzvater, oder sah sie etwas anderes in ihm? Natürlich könnte sie sich in ihn verliebt haben. Und nun, nachdem ich zurück war, erkannt haben, dass sie keine Chance hatte.

Vielleicht bemühte sie sich auch so sehr, alles richtig zu machen, weil sie ein schlechtes Gewissen mir gegenüber hatte.

Plötzlich schien mir alles möglich. Ihr ganzes Verhalten war verdächtig, jeder Blick, jede Geste der letzten Tage könnte etwas anderes bedeutet haben, als ich gedacht hatte.

Allein die Stunden, die sie jeden Tag mit Michael im Arbeitszimmer verbrachte! Einige Tage zuvor war ich an der Tür stehen geblieben und hatte gelauscht. Ich hatte seine Stimme gehört und das Klappern der Computertastatur. Unter einem Vorwand war ich eingetreten und hatte die beiden eng nebeneinandersitzend vorgefunden, über einige Ausdrucke gebeugt.

Für einen kurzen Moment war es mir vorgekommen, als sähe ich mich selbst dort sitzen. Ich fühlte mich wie ein Eindringling in mein eigenes Leben. Eine Entschuldigung murmelnd hatte ich den Raum verlassen. Ich glaube nicht, dass die beiden mich überhaupt bemerkt hatten.

Ich gab mir einen Ruck. Hör auf mit dem Schwachsinn, befahl ich mir. Michael ist ein erwachsener, vernünftiger Mann. Wie oft hatte er sich lustig gemacht über Männer jenseits der Vierzig, die sich mit »jungem Gemüse« schmücken. Undenkbar, dass er selbst so etwas machte. Undenkbar?

An einem der nächsten Tage sprach ich mit Sofia. »Ich finde, du solltest ein paar Gleichaltrige kennenlernen, mal ausgehen, feiern, Spaß haben. Es gibt da einen Au-pair-Treff, da sind die Mädchen von Tine immer hingegangen. Wäre das nicht was für dich?«

»Ich weiß nicht«, sagte sie zögernd.

»Probier's wenigstens aus! Ich habe wirklich Angst, dass du trübsinnig wirst, wenn du immer nur zu Hause bist.«

»Ich bin gerne hier«, sagte sie. »Aber wenn Sie möchten, schaue ich es mir mal an.«

Ich hatte bereits im Internet recherchiert und herausgefunden, dass am selben Abend eines der Treffen stattfinden sollte. Inständig hoffte ich, Sofia würde ein paar Bekanntschaften schließen. Ich hielt es nicht mehr aus, sie ununterbrochen hier im Haus zu haben.

Als die Kinder im Bett waren, setzte ich mich mit einem Buch ins Wohnzimmer.

Nachdem ich fünfmal den ersten Abschnitt der ersten Seite gelesen hatte und immer noch nicht wusste, worum es da ging, legte ich das Buch weg und dachte nach.

Michael war schon wieder unterwegs. Es kam mir vor, als wäre er noch häufiger weg als sonst. Wenn er da war, gab er sich charmant und reizend, war aber trotzdem irgendwie abwesend. Sein Verhalten ließ viel Raum für Deutungen. Die wahrscheinlichste war, dass er viel zu tun hatte. Vielleicht hatte er beruflichen Stress, mit dem er mich nicht belasten wollte. Möglicherweise fand er es unangenehm, zu Hause zu sein, weil er die Spannung zwischen Sofia und mir spürte. Oder er ging mir bewusst aus dem Weg, weil er etwas zu verbergen hatte. Immer wieder kam dieser Gedanke in mir hoch, immer wieder verbot ich ihn mir.

Ich konnte es mir nicht leisten, mir diese Art Sorgen zu machen. In Kürze würde ich wieder nach Litauen fahren müssen, da brauchte ich einen freien Kopf.

Nach einem weiteren Versuch legte ich das Buch endgültig zur Seite und ging in den Keller, um Wäsche aufzuhängen. Die Tür zu Sofias Duschbad stand offen, ich warf einen

Blick hinein. Flaschen und Tiegel standen aufgereiht vor dem Spiegel. Zu meinem Erstaunen entdeckte ich eine Flasche L'Eau d'Issey, meine Parfümmarke. War das nicht viel zu teuer für Sofia? Oder hatte sie es geschenkt bekommen? Und wenn ja, von wem?

Auf dem Rückweg kam ich an Sofias Zimmer vorbei. Einem plötzlichen Impuls folgend trat ich ein. Das Zimmer war tadellos aufgeräumt, über dem Bett lag eine Tagesdecke. An der Wand hingen Kinderzeichnungen. Einige mussten von ihren kleinen Brüdern sein, sie zeigten die typischen Kopffüßler, die Kinder in diesem Alter zeichnen. Daneben hingen zwei Bilder von Pablo. Sein Stil war unverkennbar, außerdem stand auf einem Bild *Für Sofia, mit fiel Libe von Pablo*. Das andere hatte er mit ausladenden Buchstaben signiert und mehrere Herzen dazu gemalt.

Auf dem Regal lag ein Stapel *Psychologie Heute*-Hefte, daneben standen einige Standardwerke von Sigmund Freud, Wilhelm Reich, Erich Fromm. In der nächsten Reihe Bücher jüngeren Datums. *Wer bin ich – und wenn ja, wie viele? Irre! Warum wir die Falschen behandeln. Warum unsere Kinder Tyrannen werden.*

Neben den Büchern standen einige gerahmte Fotos. Auf einem war Natalja mit Georg und Paul zu sehen. Daneben das Bild einer hübschen Frau mit dunklen Haaren, vermutlich Sofias Mutter. Ihren Vater suchte ich zuerst vergeblich, dann entdeckte ich ihn als jungen Mann mit Sofia als Baby auf dem Arm. Das letzte Bild zeigte Michael mit Sofia, Svenja und Pablo. Er hatte den Arm um die Kinder gelegt, Sofia stand rechts daneben, und alle vier strahlten in die Kamera. Eine glückliche Familie. Mein Magen krampfte sich zusammen.

Mein Blick fiel auf Sofias Notizbuch. Der Deckel mit der Aufschrift *Familie Moser* war inzwischen mit Kringeln, Herzen und Blümchen verziert, das Buch wellte sich vom häufigen Gebrauch. Ich schlug es auf und erkannte meine ersten Anweisungen fürs Einkaufen, die Frühstückszubereitung und die Schulbrote. Danach hatte sie zahlreiche Kochrezepte notiert, alles Lieblingsgerichte der Kinder. Ich fand Termineinträge, Telefonnummern und Notizen, die mit schulischen und anderen Aktivitäten der beiden zu tun hatte, akribisch hatte sie für jeden Wochentag einen Plan gemacht, um nur ja nichts zu vergessen. Es fanden sich die Telefonnummern der Schulen, die von Tine, die von Michaels Redaktion und seine Handynummer. Dazwischen eingestreut Hinweise wie: *Achtung! Pablo mag keine Auberginen!* Oder: *Morgens Kaffeemaschine für Michael einschalten!*

Plötzlich änderte sich die Art der Einträge. Nun las ich Notizen wie: *Svenja ist eindeutig in der Pubertät. Sie spielt mit ihrer Weiblichkeit (Wimperntusche), braucht aber zum Einschlafen unbedingt noch ihren Kuschelhasen. Ich weiß nicht, ob es gut für sie ist, dass ihre Mutter gerade in dieser Phase so viel weg ist. Ich versuche, ihr so viel Liebe und Aufmerksamkeit zu geben, wie ich kann, damit sie ihre Mutter nicht so sehr vermisst. Sie müsste sich von ihr ablösen, aber so ist das schwierig ...*

Pablo vermisst Mutter und Vater. Ich verstehe ja, dass man Leidenschaft für seinen Beruf hat und Geld verdienen muss, aber könnte nicht wenigstens einer von beiden mehr zu Hause sein? Der Junge hängt sich sehr an mich, und ich versuche, ihm beide zu ersetzen. Er ist so ein süßer Kerl! Wenn ich mal Kinder kriege, wünsche ich mir einen Sohn wie ihn ...

Michael ist ein faszinierender Mann. So frei und unabhängig. Ich verstehe, dass man sich von ihm angezogen fühlt. Aber ich weiß nicht, ob ich mit jemandem wie ihm verheiratet sein möchte. Er ist eher der Mann, mit dem man sich eine leidenschaftliche Affäre vorstellen könnte, aber natürlich ...

Ich hörte ein Geräusch und schreckte auf. Schnell legte ich das Heft zurück und verließ das Zimmer. Bevor ich die Tür zumachen konnte, wurde die Haustür leise ins Schloss gezogen. Sofia. Ich flitzte die Treppe hinauf.

Mit klopfendem Herzen ließ ich mich aufs Bett fallen, hörte ihre Schritte auf dem Flur, dann das Öffnen und Schließen der Küchentüre, der Kellertüre. Wenig später hörte ich ein weiteres Mal die Haustür. Diesmal fiel sie mit einem satten Geräusch ins Schloss. Michael. Es waren höchstens fünf Minuten vergangen. Ein Zufall?

In meinen Kopf rasten die Gedanken. Ich war nicht mal bis zur Hälfte des Heftes gekommen, die Einträge waren aus den ersten zwei oder drei Wochen ihres Aufenthaltes. Was stand auf den restlichen Seiten? Was war in den Wochen passiert, die seither vergangen waren?

Wieder hörte ich unten Türen auf- und zuklappen. Dann leise Stimmen. Am liebsten wäre ich die Treppe hinunter in die Küche gestürmt. Stattdessen setzte ich mich auf den Treppenabsatz, spähte durchs Geländer und lauschte.

Das Gemurmel in der Küche schwoll an und wieder ab. Dann ging die Tür auf, erst trat Sofia heraus, dann Michael, gleich darauf verschwanden beide aus meinem Blickfeld. Es wurde still. Was passierte gerade? Warum sprachen sie nicht? Küssten sie sich? Bestimmt küssten sie sich!

Ich sprang auf und rannte ins Schlafzimmer, ohne Rücksicht darauf zu nehmen, ob sie mich hören könnten. Dort warf ich mich aufs Bett und biss in die Decke, um nicht zu schreien.

Gleich darauf kam Michael herein. »Du bist ja noch wach«, hörte ich ihn im normalsten Tonfall der Welt sagen.

Ich drehte mich um und richtete mich auf. »Ich weiß genau, was los ist!«, schrie ich.

Erschrocken machte er einen Satz auf mich zu und packte mich an den Schultern. »Bist du verrückt geworden? Du weckst ja die Kinder!«

»Die Kinder, die Kinder!«, äffte ich ihn nach. »Die sind dir doch sonst auch scheißegal, also tu jetzt nicht so scheinheilig!«

Er ließ sich neben mir aufs Bett fallen. »Sag mal, was ist eigentlich los mit dir?«

Ich brach in Tränen aus. Tröstend wollte er mich an sich ziehen, ich wehrte ihn ab. »Lass mich in Ruhe!«, heulte ich auf.

Ratlos blieb er neben mir sitzen. »Willst du mir nicht sagen, was los ist?«

»Ihr ... habt euch alle gegen mich verschworen!«, stieß ich schluchzend hervor.

»Wer hat sich gegen dich verschworen?«

»Du, die Kinder und Sofia, dieses ... Biest!«

Er stand auf und ging ein paarmal hin und her. Dann zog er sich einen Stuhl heran, warf die Kleidungsstücke, die darauf lagen, neben mich aufs Bett und setzte sich. »Was ist mit Sofia?«

Ich schnaubte. »Tu doch nicht so! Ich merke doch, was hier los ist, hier ist eine feindliche Übernahme im Gange!

Sie versucht, mich zu ersetzen, meinen Platz einzunehmen. Bei den Kindern hat sie's fast schon geschafft. Bleibt die Frage, wie weit sie bei dir gekommen ist?«

»Wovon redest du bloß?«

»Du weißt genau, wovon ich rede!« Ich war wieder laut geworden. »Sie hat doch garantiert versucht, dich zu verführen. Sie will alles! Die Kinder, dich, mein ganzes Leben!«

»Ach, Katja!« Michael beugte sich vor und wollte meine Hände nehmen.

Mit einer heftigen Bewegung entzog ich sie ihm. »Also los, sag schon! Ist was zwischen euch?«

»Katja, das ist einfach lächerlich! Das Mädchen ist neunzehn! Ich bin doch kein Kinderschänder!«

»Red keinen Quatsch«, sagte ich heftig. »Sie ist eine junge Erwachsene. Sie ist hübsch und klug. Ihr seid wochenlang alleine, wenn ich in Litauen bin. Da würde jeder Mann schwach werden.«

»Ich bin aber nicht jeder Mann.«

»Das würde jeder Mann in dieser Situation sagen.«

Michael beugte sich noch weiter vor und zwang mich, ihm in die Augen zu sehen. »Mein Gott, Katja, was kann ich tun, damit du mir glaubst? Ich interessiere mich nicht für so junge Frauen! Wenn ich dich betrüge, dann mit einer Frau, die mit mir auf Augenhöhe ist.«

»Was soll das heißen, wenn du mich betrügst?«, rief ich aus. »Du ziehst es also immerhin in Erwägung?«

»Jetzt hör schon auf«, bat Michael sichtlich entnervt. »Das ist einfach absurd! Ja, ich denke manchmal daran, dich zu betrügen, wenn du wochenlang nicht mit mir schläfst. Aber ich habe es nicht getan! Und schon gar nicht mit Sofia!«

Ich sackte in mich zusammen und starrte vor mich hin. Wahrscheinlich würde ich die Wahrheit sowieso nicht herausfinden können, aber allein der Verdacht zerriss mich. Ich vertraute Michael nicht mehr. Sofia vertraute ich schon gar nicht. In wenigen Tagen müsste ich wieder nach Litauen und würde wochenlang nicht mitbekommen, was sich hier abspielte. Mein Leben entglitt mir, alles entzog sich meiner Kontrolle und meinem Zugriff. Ich hatte Angst.

17

Jonas empfing mich am Flughafen Palanga und lächelte breit. Könnte es sein, dass er diesmal gute Nachrichten hatte? Wie dankbar ich wäre! Nach den aufreibenden Tagen zu Hause hatte ich nicht die Nerven für weitere Katastrophen.

Er verstaute meinen Koffer im Auto und reichte mir den Schlüssel. Ich fuhr los. Dann konnte ich meine Neugier nicht länger bezähmen.

»Na los, sag schon«, forderte ich ihn auf. »Was gibt's Neues?«

Die Bombe war geplatzt. Der *Küstenbote* hatte die Enthüllungsstory über die korrupten Gemeinderäte gebracht, und die Druckwelle der Explosion hatte sie allesamt hinweggefegt.

»Endgültig?«, fragte ich aufgeregt.

»Vorerst sind sie nur beurlaubt«, sagte Jonas. »Aber ich kann mir nicht vorstellen, dass die nochmal zurückkommen.«

»Das war also die gute Nachricht«, sagte ich. »Aber ich wette, du hast auch ein schlechte!«

Jonas nickte. »Leider ja. Durch die Beurlaubung von einem Drittel seiner Mitglieder ist der Gemeinderat nicht mehr abstimmungsberechtigt, deshalb finden zurzeit keine Sitzungen statt.«

Verdammt. Das hieß, unser Antrag würde wieder nicht behandelt werden. Es war doch zum Verrücktwerden! Sollte unser kleiner Feldzug für moralische Sauberkeit in der Politik sich auf so idiotische Weise gegen uns selbst wenden?

»Wie lange dauert denn die Pause?«

»Das ist noch nicht bekannt.«

Im Hotel überreichte er mir einen Packen Zeitungen, die alle über die Korruptionsaffäre berichteten. Wir bestellten Kaffee, und er übersetzte mir stichwortartig die Artikel.

»Du kannst stolz auf dich sein«, sagte er schließlich. »Du hast einen echten Skandal aufgedeckt.«

Ich lachte spöttisch. »Und mich sicher unheimlich beliebt gemacht!«

»Viel Feind, viel Ehr«, lachte Jonas zurück.

Ich war nicht sicher, ob ich so viel Ehre mochte.

Mein Handy klingelte. Es war Straus, der mir zu unserem gemeinsamen Coup gratulierte und sich für den Abend mit mir verabreden wollte. »Das müssen wir doch feiern!«, dröhnte er.

Ich checkte ein, erhielt mein altes Zimmer wieder und mit dem Schlüssel dazu einen Umschlag, auf dem mein Name und die Adresse des Hotels standen. Auf dem Brief klebte eine Briefmarke, er war also nicht abgegeben worden, sondern mit der Post gekommen. Ein unangenehmes Gefühl beschlich mich.

Als ich in meinem Zimmer war, riss ich den Umschlag auf und zog ein zusammengefaltetes, weißes Blatt heraus. Ich faltete es auf. Der Text war, wie die Adresse, auf einem Computer geschrieben und ausgedruckt.

»Give up and go back to your country. Otherwise you will get heavy problems.«

Na, reizend. Ich schluckte und faltete das Blatt wieder zusammen. Dieser Brief wirkte deutlich professioneller als das handgeschriebene Zettelchen mit dem »Go away«. Wenn man keine Fingerabdrücke darauf entdecken könnte, was anzunehmen war, würde man niemals herausfinden, wer ihn geschrieben hatte. Ihn der Polizei zu übergeben, wäre also vermutlich sinnlos.

Ich steckte ihn in meine Handtasche und beschloss, später darüber nachzudenken.

Um kurz vor acht ging ich hinunter, um Straus zu treffen. Gerade betrat er das Hotel und kam strahlend auf mich zu. Ich reichte ihm die Hand, er nahm sie und zog mich zu einer Umarmung an sich, wobei er mir auf den Rücken klopfte, bis ich hustete.

»Frau Moser, wie schön, Sie zu sehen!«

»Die Freude ist ganz meinerseits«, röchelte ich und löste mich aus der Umklammerung.

»Heute lassen wir's richtig krachen!«, kündigte er an, und wir betraten das Restaurant.

»Champagner!«, bestellte er, als wir an der Theke vorbeigingen. Der gut aussehende Barmann zwinkerte mir zu und öffnete schwungvoll den Kühlschrank. Gleich darauf kam er mit einer Flasche im Kühler und zwei Gläsern an unseren Tisch.

»Auf die Moral in Wirtschaft und Politik!«, rief Straus, und wir stießen an. Einige Gäste sahen irritiert zu uns herüber. Ich kippte das halbe Glas auf einmal.

»Und?«, sagte ich. »Wie viele Morddrohungen haben Sie nach der Veröffentlichung bekommen?«

»Ein paar, das ist normal.«

Ich räusperte mich und nahm einen weiteren Schluck. »Muss man ... solche Drohungen ernst nehmen?«

»Kommt darauf an. Warum fragen Sie?«

Ich holte den Brief aus meiner Tasche und faltete ihn auf. »Weil ich auch eine bekommen habe.«

Straus setzte seine Brille auf und griff nach dem Blatt. Er las und ließ die Hand sinken. »Schwer zu sagen. Offenbar war der Schreiber clever genug, keine Spuren zu hinterlassen. Obwohl man theoretisch den Drucker ermitteln könnte, aber dafür müsste man noch andere Anhaltspunkte haben. Wenn der Absender also einigermaßen intelligent ist, könnte er auch in der Lage sein, den nächsten Schritt zu planen. Aber zwischen einer Drohung und ihrer praktischen Umsetzung liegt eine ziemliche Strecke. Ich bin schon mehrmals bedroht worden, und mir ist noch nie was passiert.«

Das beruhigte mich etwas. Wenn einer Erfahrung darin hatte, sich Feinde zu machen, war es Straus. Der Kellner brachte die Speisekarte. Straus bestellte als Vorspeise Blinis mit Kaviar, und als wir die aufgegessen hatten, war die Champagnerflasche leer. Ich fühlte mich angenehm beschwingt.

Straus fragte nach Sofia. Ich wunderte mich, dass er offenbar kaum Kontakt zu ihr hatte. Die Geschichte mit dem Streit erschien mir dadurch noch weniger wahrscheinlich. Dann wollte er, dass ich ihm von Michael und den Kindern erzählte, schließlich erkundigte er sich auch noch nach Jonas, und die ganze Zeit fühlte ich mich wie eine Maus, die von einem Kater umkreist wird. Irgendetwas hatte er vor. Nur was?

Als wir den Hauptgang beendet hatten, sagte er: »Ich hätte Ihnen übrigens einen interessanten Vorschlag zu machen.«

»Ah ja?«, sagte ich, ohne übermäßiges Interesse zu zeigen. »Welchen denn?«

Er tupfte sich den Mund mit der Serviette ab und nahm einen Schluck von dem Wein, den er inzwischen bestellt hatte. »Wenn ich die Sache richtig sehe, haben Sie doch immer noch das Problem der fehlenden Genehmigung, obwohl Sie eigentlich schon die perfekten Standorte für Ihre Windräder haben, stimmt's?«

»Im Prinzip, ja.«

»Nun, die Firma Baudema hat zwar eine Genehmigung für diese Zone, aber ihr fehlen die Standorte – weil auf denen schon die Firma Sunwind sitzt.«

»So was Dummes«, sagte ich.

»Jetzt denken Sie mal nach!« Straus wurde lebhaft. »Die Lösung liegt doch auf der Hand: Wenn Sie zusammengehen würden, könnten Sie das Projekt gemeinsam realisieren!«

Ich blickte ihn entgeistert an. Vor kurzem hatte er mir noch erklärt, dass in der Firma Baudema Betrüger säßen und er sich nicht wundern würde, wenn sie nur das Geld abgriffen und verschwänden. Und jetzt sollten wir gemeinsame Sache mit denen machen? Was führte der Mann bloß im Schilde? Ich nahm eine Scheibe Brot aus dem Korb und begann gedankenverloren, sie zu zerkrümeln.

»Ehrlich gesagt, ich verstehe Sie nicht genau.«

Straus lächelte verlegen. »Ja, das kommt ein bisschen überraschend, ich weiß. Aber ich habe mir die Firma inzwischen genauer angesehen und bin der Meinung, dass ich mich geirrt habe. Die sind in Ordnung.«

»Und die Sache mit den Krediten? War die auch in Ordnung?«

Er setzte seinen Ich-erklär-dir-jetzt-mal-die-Welt-Blick auf, den ich schon kannte. Dann behauptete er, die Baudema hätte ja gar nichts Böses gemacht, sondern nur Anteile verkauft und ihren Kunden Kredite angeboten. Das wäre normale Geschäftspolitik. Moralisch verwerflich wäre nur gewesen, dass die für die Genehmigung zuständigen Gemeinderäte das Angebot angenommen hätten.

»Ah, jetzt verstehe ich!«, sagte ich spöttisch. »Ein unmoralisches Angebot zu machen, ist in Ordnung, nur annehmen darf man es nicht?«

Ich war schlagartig wieder nüchtern. Mein Instinkt sagte mir, dass ich auf der Hut sein musste. Was immer Straus zu diesem Meinungsumschwung veranlasst hatte – ich war nicht bereit, ihm einfach zu folgen.

Er wischte meine Äußerung mit einer Handbewegung weg. »Seien Sie doch nicht so kleinkariert! Tatsache ist, dass die Firma Sunwind und die Firma Baudema beide ein Problem haben, das die jeweils andere Firma lösen könnte. Warum reden Sie nicht wenigstens mal mit denen?«

Ich war mir sicher, dass er den Vorschlag nicht machte, um mir einen Gefallen zu tun, das war nun mal nicht seine Art. Aber wenn er eigene Interessen verfolgte – welche könnten es sein? Um Zeit zu schinden, sagte ich unverbindlich: »Ist gut, ich denke mal darüber nach.«

Als Erstes müsste ich sowieso mit Franz sprechen. Eigentlich war die Idee von bestechender Logik – vorausgesetzt, die Firma Baudema war solide. Trotzdem blieb ich misstrauisch.

»Sie sind eben eine kluge Frau!« Straus hob sein Weinglas, und wieder stießen wir an.

»Das wird sich zeigen«, sagte ich lachend. »Vielleicht bin ich ja nur im Begriff, auf einen Ihrer Tricks reinzufallen. Sie sind ein gerissener Hund, das habe ich schon gemerkt.«

»Wie kommen Sie denn auf so was, Frau Moser? Mir können Sie blind vertrauen!«

Ich lachte. »Da könnte ich auch gleich meinen Kopf in das Maul eines Löwen legen.«

Er tat, als wäre er gekränkt. »Sie haben ein völlig falsches Bild von mir.«

Ich fragte mich, ob er selbst glaubte, was er da erzählte.

Es war nach Mitternacht, als ich in mein Zimmer zurückkehrte, und ich war mehr als angeheitert. Deshalb dauerte es eine Weile, bis ich realisierte, dass etwas nicht stimmte. Ich lag schon im Bett und wollte gerade das Licht ausmachen, als ich bemerkte, dass der Schrank, den ich immer abschloss, wenn ich den Raum verließ, offen stand. Ich setzte mich auf und suchte in meiner Tasche nach dem Schlüssel. Der war genau da, wo ich ihn hingesteckt hatte.

Ich ging zu dem Schrank und zog die Tür auf. Mit einem Blick erfasste ich die Situation. Mein Laptop war weg.

Geschockt setzte ich mich einen Moment aufs Bett. Dann zog ich mich wieder an und ging hinunter zur Rezeption. Es war niemand mehr dort, inzwischen war es halb eins.

Es blieb mir nichts anderes übrig, als bis zum Morgen zu warten. Zurück in meinem Zimmer kontrollierte ich Fenster und Türen, sah sogar unters Bett und hinter den Duschvorhang. Diffuse Angst hatte mich erfasst. Jemand war in meinem Zimmer gewesen! Woher wusste ich, dass er nicht wiederkommen würde?

Lange konnte ich nicht einschlafen, und wenn ich mal wegdämmerte, schreckte ich immer wieder hoch. Ich fragte mich, ob es ein normaler Diebstahl war, wie er in allen Hotels der Welt vorkommt, oder ob die Gegner des Windkraftprojektes dahintersteckten. Angesichts der Tatsache, dass man für einen alten Laptop wie meinen vielleicht noch hundert Euro bekäme, müsste ich davon ausgehen, dass es kein normaler Diebstahl war. Das machte die Sache nicht weniger beängstigend. Ganz im Gegenteil.

Am nächsten Morgen meldete ich den Diebstahl der Hotelleitung. Die Direktorin war höchst bestürzt und versprach, sofort die Polizei zu informieren. Ich solle in Ruhe frühstücken, die Beamten würden sich selbstverständlich hierherbemühen.

Dann erzählte ich Jonas, was passiert war.

»Du hast hoffentlich Back-ups gemacht?«, war seine erste Frage.

»Von den meisten Sachen schon. Und vieles kann Franz mir auch wieder rüberschicken. Wissenschaftlichen Studien, Graphiken, das hat er alles bei sich gespeichert.«

Jonas nickte erleichtert. »Der Datenverlust ist also nicht sehr groß.«

»Nein, das ist es nicht, was mir Sorge macht. Viel schlimmer ist, dass diese Typen jetzt alles wissen, was wir wissen. Da sind Briefe drauf, Strategiepapiere, Sitzungsprotokolle. Unser gesamtes Projekt mit allen Einzelheiten.«

»Diese Typen? Wen meinst du?«

»Ich glaube, dass unsere Gegner dahinterstecken, wer immer sie sind. Der Computer war ziemlich alt und nicht mehr viel wert. Es kann nur um diese Informationen gegangen sein.« Ich zeigte ihm den Brief. »Sieht aus, als würden die jetzt ernst machen.«

Betroffen sah Jonas auf. »Wann hast du den gekriegt?«

»Gestern.«

Jonas studierte die kurze Nachricht, als könne er irgendwelche Informationen aus dem Papier saugen. Aber da war nichts.

»Was können die uns denn tun?«, überlegte er laut.

»Telefonterror?«, schlug ich vor. »Oder einen Schlägertrupp vorbeischicken? Umbringen werden sie uns schon nicht.«

Prüfend sah er mich an. »Du hast also gar keine Angst?«

»Ich, Angst? Blödsinn!«

Die Tür zum Restaurant öffnete sich, eine jüngere Frau und ein etwas älterer Mann, beide in Polizeiuniform, traten ein. Jonas stand auf und winkte die beiden an unseren Tisch.

Der Mann befragte mich, Jonas übersetzte, und die Frau schrieb mit.

Schließlich gab ich ihnen auch noch den Brief. Nicht, dass ich glaubte, sie würden den Urheber ausfindig machen. Aber er stützte meine These, dass es kein normaler Diebstahl war. Das grenzte die Anzahl der Verdächtigen ein.

»Kann ich eine Bestätigung unserer Anzeige für die Versicherung haben?«, bat ich.

Der Polizist erklärte, ich könne nachmittags aufs Revier kommen und meine Aussage unterschreiben. Dann würde ich eine Kopie der Anzeige erhalten, die ich mit der Schadensmeldung einreichen könne.

Ich bedankte mich, und die beiden zogen ab, um das Hotelpersonal zu vernehmen. Hoffentlich war keiner von ihnen mit irgendwelchen Windkraftgegnern verwandt oder verschwägert, das würde die Aufklärungswahrscheinlichkeit gegen null senken. Aber viel höher war sie vermutlich ohnehin nicht.

»Wie sieht unser Tagesplan aus?«, fragte ich Jonas.

»Wir kaufen einen neuen Laptop. Und du lässt dir von Franz alles an Dateien mailen, was nötig ist. Spätestens morgen sollte dein Büro wieder funktionieren.«

Dankbar sah ich ihn an. »Du bist und bleibst mein Lieblingsassistent!«

Wir kauften einen nicht zu teuren Laptop und eine externe Festplatte, die ich ab jetzt jeden Abend anschließen würde, um die Daten zu sichern. Danach würde ich sie in den Safe sperren. Jonas würde den Laptop nachts bei sich im Zimmer aufbewahren.

Nach dem Mittagessen gingen wir zu Fuß aufs Polizeirevier. Der Polizist, der morgens im Hotel gewesen war, schob mir einen Computerausdruck zur Unterschrift hin. Ich hatte schon den Kugelschreiber in der Hand, da sagt Jonas: »Stopp! Du wirst doch nicht irgendwas unterschreiben, ohne zu wissen, was drinsteht?«

Das war eine meiner deutschen Angewohnheiten, und selbst zu Hause könnte das ein Fehler sein. Hier wäre es womöglich fatal.

Jonas las das Dokument genau durch, dann hob er den Kopf. »Hast du gesagt, du hieltest es für wahrscheinlich, dass jemand vom Hotelpersonal den Diebstahl begangen habe?«

»Um Gottes willen, nein! Das habe ich nicht gesagt, und ich glaube es auch nicht. Ich habe gesagt, dass ich vermute, der Dieb komme aus den Kreisen der Windkraftgegner. Deshalb habe ich ihnen ja auch den Drohbrief gegeben!«

Jonas übersetzte, was ich gesagt hatte.

»Einen Brief? Welchen Brief?«, sagte der Polizist.

»Na, den Drohbrief, den ich gestern erhalten habe. Den habe ich Ihnen heute Morgen übergeben.«

»Wir haben keinen Brief erhalten«, sagte der Polizist mit undurchdringlicher Miene.

Jonas und ich blickten uns an. »Hast du eine Kopie?«, murmelte er. Ich schüttelte den Kopf.

Jonas drängte den Beamten, den Passus mit dem Hotelpersonal zu ändern. Der tat das schließlich widerwillig, und ich unterschrieb.

Beim Rausgehen sagte ich kopfschüttelnd: »Das glaubt mir kein Mensch, wenn ich das irgendjemandem erzähle.«

Jonas machte den neuen Laptop gebrauchsfertig, installierte alle nötigen Programme und den Internet-Stick. In der Zwischenzeit telefonierte ich mit Franz. Der war sauer wegen des gestohlenen Computers, sah aber ein, dass ich keine Schuld hatte. Ich sagte ihm, dass er in den nächsten Tagen die Unterlagen für die Versicherung erhalten würde. Dann bat ich ihn, mir eine Reihe von Dateien per E-Mail zu schicken.

»Noch was, Franz. Gestern habe ich einen Drohbrief bekommen. Die Bullen haben ihn einkassiert und hinterher so getan, als wüssten sie von nichts.«

Jetzt war sogar Franz einen Moment sprachlos. »Das gibt's doch nicht«, sagte er schließlich empört. »Soll ich irgendwas unternehmen? Meine Beziehungen spielen lassen? Einen Minister darauf ansetzen?«

»Danke, aber ich glaube nicht, dass es was bringt. Wir müssen einfach vorsichtig sein.«

»Sag Jonas, er soll gut auf dich aufpassen!«, befahl Franz.

»Wird gemacht!« Ich bemühte mich, unbeschwert zu klingen.

»Soll ich dir gleich ein Facebook-Account einrichten?«, fragte Jonas, der offenbar mit den Installationen fertig war.

»Bloß nicht!«, wehrte ich ab. Dann erinnerte ich mich, dass meine Mutter eines für Svenja eingerichtet hatte. »Warte mal, könnte ich dann auf die Seite meiner Tochter?«

Er lachte. »Willst du spionieren?«

»Nein, aber vielleicht wäre das ganz lustig.«

»Na, mal sehen.« Jonas loggte sich ein. »Ich bin ein Freund von Sofia, und ich nehme mal an, Sofia ist eine Freundin von Svenja, und wenn die ihre Sicherheitseinstellungen nicht zu streng gemacht hat, können wir ihr Profil sehen. Da sind wir schon!«

Er schob mir den Laptop zu. Neugierig betrachtete ich die Seite. Ich sah ein Profilfoto von Svenja, auf dem man nur einen Teil ihres Gesichts sah und nicht erkennen konnte, wie jung sie war. Darunter hatte sie geschrieben, welche Bands sie cool fand, welche Filme sie mochte und welche Bücher ihr gefielen. Bei Status stand: »Es ist kompliziert.« Und bei Familie hatte sie angegeben, dass Michael und ich ihre Eltern waren und sie einen Bruder namens Pablo und eine Schwester namens Sofia habe. Ich klickte auf ihre Fotos und erkannte einige ihrer Schulfreundinnen auf Bildern, die sie bei ihrer letzten Geburtstagsparty gemacht hatte. Dann kam ein Album mit dem Namen »cool sister«. Ich öffnete es und sah lauter Bilder von Sofia und den Kindern. Sie hatten sich verkleidet und offensichtlich mit Selbstauslöser fotografiert. Zuletzt erschienen mehrere Fotos von Michael, Sofia und den Kindern. Alle vier lachten. Es kam mir vor, als lachten sie mich aus.

18

Es fiel mir schwer, mich auf meine Aufgabe zu konzentrieren. Immer wieder wanderten meine Gedanken nach Hause, zu Michael und zu der schlimmen Szene, die ich ihm vor meiner Abreise gemacht hatte. Mehrmals war ich kurz davor gewesen, ihn anzurufen, um mich mit ihm auszusprechen, aber dann schaffte ich es doch nicht. Einerseits hatte ich ein schlechtes Gewissen, andererseits war ich immer noch misstrauisch. Es erschien mir kaum möglich, ein klärendes Gespräch am Telefon zu führen. Und so versuchte ich nach Kräften, meine düsteren Gedanken zu verdrängen.

Dabei kam mir zugute, dass es eine Menge zu tun gab. Wir wollten zu Raistenkis. Der brauchte mal wieder einen Tritt in den Hintern, weil er sonst vergaß, dass er für uns tätig war.

Es war ein strahlender Wintermorgen. In den Tagen zuvor hatte es nochmal kräftig geschneit, nun schien die Sonne und brachte den Schnee zum Glitzern.

Ich lenkte den Wagen vom Hotelparkplatz und bog auf die Straße ein.

»Es gibt mehrere Möglichkeiten«, erklärte ich Jonas, der sich inzwischen mit seiner Rolle als Beifahrer abgefunden hatte. »Der Idealfall wäre, dass die alten Gemeinderäte durch neue ersetzt werden, die zur Abwechslung mal nicht korrupt sind und unseren Antrag genehmigen.« Dass er genehmigungsfähig war, hatte Bajoras zwei Tage, nachdem ich ihm die Baudema-Liste vorgelegt hatte, bestätigt. Staunend hatte ich zur Kenntnis genommen, wie schnell Dinge sich ändern können, wenn man das richtige Druckmittel anwendet!

»Der weniger ideale Fall wäre, dass die Genehmigungsfähigkeit wieder infrage gestellt wird, weil Bajoras unter Druck entschieden hat.«

»Und der worst case?«

»Wäre, wenn die alten Gemeinderäte zurückkämen. Die würden uns doch mit Freuden über die Klinge springen lassen. Wenn sie rehabilitiert wären, hätten wir kein Druckmittel mehr.«

»Und was würden wir dann machen?«

Ich erzählte ihm von Straus' Vorschlag mit der Baudema. Er war ebenso erstaunt, wie ich es gewesen war. Aber auch er sah die Logik, die in der Idee lag.

»Was sagt dein Chef dazu?«

»Mit dem habe ich noch nicht darüber gesprochen.«

Wir hatten die Landstraße erreicht, die an dieser Stelle von Alleebäumen gesäumt war. Ich bog ein und gab Gas. Es herrschte starker Verkehr, wahrscheinlich gab es wieder ein Problem auf der Autobahn, und wir befanden uns auf der Ausweichstrecke.

Plötzlich leuchteten vor mir die Bremslichter eines Lkw auf. Ich trat kräftig auf die Bremse. Nichts. Kein Widerstand. Keine Bremswirkung. Unaufhaltsam rasten wir auf den Lkw zu.

Ich hörte Jonas aufschreien. Vor mir der Lkw, neben mir Alleebäume, dazwischen kaum Platz für ein Zweirad. Ich hatte die Wahl. Entweder wir knallten frontal auf den Lastwagen, oder ich versuchte, die Lücke zwischen zwei Bäumen zu treffen. Instinktiv riss ich das Steuer nach rechts.

Ein lauter Knall, ich wurde zur Seite geschleudert, bevor ich nach vorne krachte. Dann wurde es dunkel.

Als ich zu mir kam, beugte sich ein fremder Mann über mich und fragte etwas auf Litauisch. Ich konnte nicht antworten, stöhnte nur. Mein Schädel dröhnte.

Jonas! Ich drehte den Kopf, der Beifahrersitz war leer, die Tür geöffnet. Ich sah ihn auf einer Decke im Schnee liegen, mehrere Menschen beugten sich über ihn. Oh mein Gott.

Ich versuchte, auszusteigen, der Mann wollte mich festhalten. Ich riss mich los, taumelte um das Auto herum und fiel neben dem bewegungslosen Jonas in den Schnee. Jemand hatte ihn mit einer Jacke zugedeckt, seine Augen waren geschlossen. In seinen Haaren war Blut.

Panisch versuchte ich, in den Gesichtern der Umstehenden zu lesen.

»Is ... is he dead?«

Eine Frau sagte etwas auf Litauisch, wenn ich es richtig deutete, versuchte sie, mich zu beruhigen. Von ferne hörte ich eine Sirene, wenig später sah ich einen Rettungswagen, der versuchte, sich einen Weg zwischen den Autos zu bahnen.

Die Frau hatte sich zu mir gehockt. »You alright?«

Ich nickte. »I think so.« Ich deutete auf Jonas. »What about my friend?«

»Don't know. Hope he okay.«

Ich robbte ein Stück näher zu Jonas, aber da war auch schon der Rettungswagen angekommen, zwei Sanitäter sprangen heraus und drängten die Umstehenden weg.

Einer fragte etwas, die Frau deutete auf mich. Dann beugten sich beide über Jonas. Ich sah, wie er auf eine Trage gehoben und in den Rettungswagen geschoben wurde. Dann kam einer der Sanitäter auf mich zu. Ich wollte aufstehen, aber mir wurde sofort wieder schwarz vor Augen.

Das nächste Mal wachte ich im Krankenhaus auf. Mein Kopf schmerzte, mir war schwindelig und übel. Ich hatte nur bruchstückhafte Erinnerungen an die Fahrt hierher.

Ich lag in einem großen Raum mit mehreren Betten, von denen bis auf eines alle belegt waren. Eine Schwester tauchte auf.

»Wie fühlen Sie sich?« Sie sprach Deutsch, wenn auch mit starkem Akzent.

»Ich weiß nicht genau ... mein Kopf tut weh, und mir ist schlecht.«

»Sie haben eine Gehirnerschütterung und Prellungen. Aber Sie hatten großes Glück. Gibt es jemanden, den wir verständigen sollen?«

Natürlich, Raistenkis erwartete uns. Ich fragte nach meiner Handtasche, die zu meiner Überraschung neben dem Bett stand. Ich gab ihr die Telefonnummer, und sie versprach, ihn anzurufen.

Michael würde ich selbst informieren. Aber erst müsste dieses Hämmern im Kopf nachlassen, vorher könnte ich nicht klar denken. Ich schloss die Augen, und in diesem Moment erlebte ich alles noch einmal, den Lkw, der unaufhaltsam näher kam, meinen wirkungslosen Tritt auf die Bremse, das grauenhafte Gefühl der Hilflosigkeit, die Unausweichlichkeit des Aufpralls. Ich riss die Augen wieder auf.

Nie in meinem Leben hatte ich einen so totalen Kontrollverlust erlebt, mich so ausgeliefert gefühlt. Mein ganzer Körper zitterte, kalter Schweiß brach aus all meinen Poren.

Ich schrie, die Schwester kam angelaufen, gefolgt von einer zweiten mit einer Spritze in der Hand. Wenig später sank ich in eine wohlige Wärme.

Gegen Abend fühlte ich mich etwas besser, vermutlich wegen der Schmerz- und Beruhigungsmittel, die sie mir gegeben hatten. Jonas! Noch immer wusste ich nicht, was mit ihm los war. Ich suchte den Notfallknopf und klingelte. Als die Schwester kam, setzte ich mich mit einiger Mühe auf.

»Wie geht es meinem Beifahrer, Jonas Macaitis?«

Sie zögerte. »Er ist ... ziemlich schwer verletzt.«

»Wie schwer?«

»Tut mir leid, darüber darf ich keine Angaben machen.« Sie wollte gehen.

»Warten Sie!«, rief ich. »Aber ... er lebt doch?«

Es dauerte scheinbar eine Ewigkeit, bis sie endlich nickte.

»Gott sei Dank!« Erleichtert ließ ich mich ins Kissen zurückfallen. »Kann ich zu ihm?«

»Heute noch nicht.«

»Aber warum nicht?«

»Anweisung des Arztes.«

Hoffentlich sagte sie mir die Wahrheit über seinen Zustand. Ich machte mir große Sorgen, merkte aber, dass es keinen Sinn hatte, mit der Schwester zu diskutieren. Deshalb fragte ich nur, wo ich telefonieren könne. Sie schickte mich in den Besucherraum. Es dauerte endlos, bis ich die paar Meter mit dem Rollator zurückgelegt und Michaels Handynummer gewählt hatte.

»Wo steckst du?«, fragte ich.

»In der Redaktion, wir haben Produktionstag.« Er klang nicht übermäßig erfreut, mich zu hören.

»Tut mir leid, dass ich dich stören muss«, sagte ich sachlich, »aber ich dachte, ich sollte dich informieren. Ich hatte einen Autounfall.«

Schweigen. »Ist dir was passiert?«

»Gehirnerschütterung und Prellungen. Ist nicht so schlimm. Aber ... Jonas ist ziemlich schwer verletzt.«

»Das ... tut mir leid. Kann ich irgendwas tun?«

»Nein, ist schon okay.«

Wieder schwieg er. »Bist du ... ich meine, geht's dir wirklich gut?«

»Ja, mir geht's gut.«

»Möchtest du nicht lieber nach Hause kommen?«

»Nein, ich muss mich um Jonas kümmern.«

»Wo bist du denn jetzt?«

»In Klaipeda, im Krankenhaus.«

»Bist du wirklich gut versorgt? Hast du alles, was du brauchst? Kann ich ... kann ich nicht doch irgendwas für dich tun?« Mit einem Mal klang seine Stimme zittrig.

»Ja, erzähl bitte den Kindern nichts davon. Ich will nicht, dass sie Angst bekommen.«

»Nein, natürlich nicht.«

»Und noch was, Michael«, sagte ich stockend. »Es tut mir leid, was neulich passiert ist. Ich weiß nicht, was in mich gefahren ist. Ich war plötzlich davon überzeugt, dass du mich mit Sofia betrügst. Inzwischen erscheint es mir ziemlich abwegig. Ich bin so ... verunsichert, weißt du? Vielleicht ist das zurzeit alles ... ein bisschen viel für mich.«

»Mach dir keine Sorgen«, sagte er sanft. »Wir reden in Ruhe über alles, wenn wir uns nächstes Mal sehen.«

Nächstes Mal. Es würde Wochen dauern, bis ich wieder nach Hause käme. In diesem Moment verfluchte ich Litauen, die Windkraft und vor allem Franz, der mir das alles eingebrockt hatte.

»Aber eines muss ich dich trotzdem noch fragen«, sagte ich. »Wie war das mit dem Hemd, das Sofia für dich ausgesucht hat?«

Michael lachte kurz auf. »Ganz einfach, ich hatte drei Hemden mit nach Hause gebracht, weil ich mich nicht entscheiden konnte. Und dann habe ich sie gefragt, welches ihr gefällt. Sie hat es mir gesagt, und dann habe ich eines zurückgebracht, bei dem ich mir selbst nicht sicher war. Das ist alles.«

Und ich hatte mir die beiden Hand in Hand beim Shopping-Bummel vorgestellt, lachend und fröhlich wie ein verliebtes Paar. Offenbar war meine Phantasie völlig mit mir durchgegangen.

»Was für ein Idiot ich war«, sagte ich leise. »Hoffentlich verzeihst du mir.«

Nach einer unruhigen Nacht voller Albträume wachte ich am nächsten Morgen früh auf. Ich war wie zerschlagen, mein ganzer Körper schmerzte. Es fühlte sich an, als hätte ich den schlimmsten Muskelkater meines Lebens. Nur der Kopf tat nicht mehr so weh.

Das Frühstück wurde gebracht. Am Vortag hatte ich wegen meiner Übelkeit nichts essen können. Jetzt merkte ich, wie hungrig ich war. Ich schlang das lasche Brötchen mit Butter und Marmelade hinunter und trank den dünnen Kaffee. Warum bloß musste Krankenhauskost auf der ganzen Welt so grässlich sein?

Heute hatte eine andere Schwester Dienst. Sie sprach kein Deutsch. Angestrengt versuchte ich, mich ihr verständlich zu machen. Ich schrieb Jonas' Namen auf einen Zettel, zeichnete ein Bett und ein Fragezeichen daneben. Sie schien zu begreifen und machte mir ein Zeichen, zu warten.

Wenig später kam sie zurück und schrieb mir die Station und das Zimmer auf, in dem Jonas lag. Ich bedankte mich und machte mich auf den Weg, diesmal ohne Rollator.

Der Anblick von Jonas schockierte mich. Er lag auf der Überwachungsstation, in einem Bett, das umgeben war von Monitoren und anderen Geräten, aus denen Schläuche zu seinem Körper führten. Seine rechte Schulter und sein Arm waren eingegipst, er trug einen Kopfverband.

Eine ältere Frau war bei ihm, vermutlich seine Mutter. Ich ging auf sie zu und streckte ihr die Hand entgegen.

»Guten Tag, ich bin Katja Moser«, murmelte ich.

Sie nahm meine Hand und drückte sie anteilnehmend mit beiden Händen.

Als Jonas meine Stimme hörte, öffnete er mühsam die Augen und versuchte ein Lächeln.

»O Mann, siehst du fertig aus«, sagte ich. »Es tut mir so furchtbar leid!«

Mir kamen die Tränen. Die Mutter machte beruhigende Geräusche und drückte meinen Arm. Sie sagte etwas, ich nehme an: »Nicht weinen.« Vielleicht sagte sie auch: »Hör auf zu flennen, blöde Kuh.« Schließlich hätte sie allen Grund, wütend auf mich zu sein, immerhin war es meine Schuld, dass ihr Sohn in diesem Zustand war. Aber ganz offensichtlich war sie nicht wütend auf mich, und dafür war ich so dankbar, dass ich gleich noch mehr weinen musste.

Sie schob mir einen Stuhl hin, und ich setzte mich so nah wie möglich ans Bett.

»Kannst du sprechen?«, schniefte ich.
»Geht so«, sagte er schwach.
»Hast du Schmerzen?«
Er versuchte den Kopf zu schütteln. »Schmerzmittel.«
Ja, damit waren sie hier großzügig, das hatte ich schon bemerkt.
»Was für Verletzungen hast du?«
Mit dem Kinn deutete er nach rechts.
»Arm gebrochen?«
»Schulter.«
»Und sonst?«
»Milzriss.«
Ich erschrak. Das konnte lebensgefährlich sein. Man verblutete innerlich, und keiner bekam es mit. Außer, jemand kam auf die Idee, eine Ultraschalluntersuchung zu machen. Offenbar hatte einer der Ärzte diesen vorzüglichen Einfall gehabt.
»Daran hättest du sterben können!«
Er lächelte. »Du machst dir ja richtig Sorgen um mich!«
»Ich, Sorgen? Blödsinn! Haben sie die Milz entfernt?«
»Nein, war nicht nötig. Sie haben es geklebt.«
»Geklebt?«
»Ja, das macht man so.«
»Und was sonst? Platzwunde? Gehirnerschütterung? Prellungen?«
Er nickte jedes Mal. Dann sagte er: »Und du?«
»Alles okay«, sagte ich. »Kleine Gehirnerschütterung, ein paar blaue Flecken.«
Erleichtert lächelten wir uns an.
»Was ist ... eigentlich genau passiert?«, fragte Jonas mit Mühe. Ich wollte schon anfangen, zu erzählen, dann überlegte ich es mir anders.

»Hör zu«, sagte ich. »Das besprechen wir alles, wenn es dir besser geht. Ich bleibe noch zwei Tage hier im Krankenhaus. Morgen komme ich wieder.«

»Okay«, flüsterte er und schloss dankbar die Augen.

Ich verabschiedete mich leise von seiner Mutter und verließ das Zimmer.

Auf dem Rückweg machte ich im Besucherraum Station und rief Franz an.

»Ein Unfall? Ihr seid vielleicht ein Katastrophenduo!«, rief er aus. »Ist euch was passiert?«

Ich erklärte ihm, dass ich in Ordnung sei, Jonas aber für eine Weile ausfallen würde. Dann bat ich ihn, Jonas weiter zu bezahlen, obwohl er keinen Anspruch darauf hätte.

»Wie lange ist denn eine Weile?«, fragte Franz.

»Ein paar Wochen. Ich weiß es noch nicht genau.«

Murrend stimmte Franz zu. »Wer war denn schuld an dem Unfall?«, wollte er wissen.

»Das ist noch nicht klar«, sagte ich. »Gefahren bin ich.«

»Frau am Steuer«, brummte er.

»Sehr witzig«, gab ich zurück. Ich hatte keine Lust, mich zu rechtfertigen. Es war eindeutig ein Defekt an der Bremse gewesen, aber das würde ich mit der Versicherung und dem Autovermieter klären.

»Braucht ihr irgendwas?«, fragte Franz. »Kann ich was für euch tun?«

»Im Moment nicht. Aber es gibt interessante Neuigkeiten. Wenn hier alles geregelt ist, melde ich mich.«

»Na dann, bessert euch!«

Die nächsten beiden Male hatte ich keine Gelegenheit, in Ruhe mit Jonas zu sprechen. Ständig war irgendjemand bei ihm, Ärzte, Schwestern, Besucher. Sogar Raistenkis war gekommen und erklärte großspurig, wir sollten uns keine Sorgen machen, er werde sich um alles kümmern. Ich verdrehte nur die Augen.

Jonas würde zwei Wochen im Krankenhaus bleiben und weitere zwei Wochen einen Gips tragen müssen. Außerdem sollte er sich nach Möglichkeit schonen.

Ich würde also alles, was mit dem Unfall zusammenhing, allein regeln müssen.

Als ich aus dem Krankenhaus entlassen wurde, fuhr ich mit dem Taxi zur Filiale von Litacars und bat den Fahrer, auf mich zu warten.

Der Geschäftsführer sprach Englisch. Das Unfallauto stand draußen auf dem Hof, ein Gutachter von der Versicherung würde es untersuchen.

»Wollen Sie es sehen?«

Ich zögerte, dann nickte ich.

Er führte mich hinaus. Langsam ging ich um den Wagen herum. Die rechte Seite war völlig eingedrückt, am schlimmsten sah die Tür aus. Das hatte ich kurz nach dem Unfall gar nicht wahrgenommen.

Ich musste bei dem Versuch, zwischen zwei Bäumen durchzurutschen, rechts einen erwischt haben. Ich war auch viel zu schnell gewesen, um ein solches Manöver zu bewältigen. Trotzdem hatte ich wohl reflexhaft das Richtige getan. Immerhin hatten wir beide überlebt. Wären wir frontal auf den Lkw geknallt, hätte es vermutlich anders ausgesehen.

»Wie ist es denn eigentlich passiert?«, fragte der Geschäftsführer. »Niemand konnte sich erklären, warum Sie plötzlich von der Straße geschossen sind.«

»Die Bremse hat nicht reagiert«, sagte ich.

Der Typ sah gar nicht amüsiert aus. »Das kann nicht sein, unsere Fahrzeuge sind einwandfrei gewartet.«

»So war es aber. War denn keine Polizei am Unfallort? Sind keine Zeugen befragt worden?«

Zu meinem Schrecken erfuhr ich, dass niemand die Polizei gerufen hatte, wohl, weil kein zweites Fahrzeug an dem Unfall beteiligt gewesen war. Die Namen der Zeugen waren also nirgendwo festgehalten worden, und niemand hatte den Hergang des Unfalls dokumentiert. Ich stand alleine da mit meiner Aussage.

»Wann kommt denn der Gutachter?«, fragte ich. »Wenn ein Defekt am Wagen vorliegt, wird er ihn ja wohl finden!«

»In den nächsten Tagen«, sagte der Mann. »Wir informieren Sie. Brauchen Sie einen neuen Wagen?«

Ich überlegte. Mir war gar nicht danach, mich ans Steuer zu setzen. Obendrein fehlte mir Jonas, der den Pfadfinder für mich spielte.

»Ich glaube, ich warte lieber noch«, sagte ich. »Der Schreck sitzt mir noch ganz schön in den Gliedern.«

Der Mann nickte verständnisvoll.

Endlich traf ich Jonas allein an. Seine Mutter war inzwischen nach Vilnius zurückgefahren, er trug statt des Kopfverbandes nur noch ein Pflaster und war auf die normale Station umgebettet worden. Er lag jetzt in einem Vierbettzimmer, aber zwei der Betten waren nicht belegt; der dritte Patient war mit seinen Besuchern gerade in die Cafeteria gegangen.

Ich hatte ihm Schokolade und Blumen mitgebracht, außerdem einen Doppelcheeseburger mit Pommes und eine Cola. Dankbar stürzte er sich darauf.

»Daf Effen hier ist grauenhaft«, sagte er mit vollem Mund.

»Weiß ich doch!«

Als er fertig war, lächelte er mich an. »Du hast mir das Leben gerettet!«

Schlagartig wurde ich ernst. »Falsch«, sagte ich. »Um ein Haar hätte ich dich umgebracht. Aber, Jonas, ich konnte wirklich nichts dafür! Die Bremse hat nicht funktioniert. Da war einfach keine Reaktion, nichts!«

Er nickte langsam, als versuche er, sich zu erinnern. »Ich hab ja gesehen, wie du gebremst hast. Und dass der Wagen nicht langsamer wurde. Ich habe mich gefragt, ob du vom Bremspedal gerutscht bist, oder ob sich etwas unter dem Pedal verklemmt hat. Und dann hat's auch schon gekracht.«

»Nein, da war nichts. Die Bremse hat einfach nicht funktioniert«, wiederholte ich.

»Ich bin ja kein Auto-Experte«, sagte er, »aber das klingt für mich nach einem geplatzten Bremsschlauch.«

»Aber neue Bremsschläuche gehen doch nicht einfach kaputt!«

Wir schwiegen beide. Und dachten wohl beide dasselbe.

»Katja ...«, begann Jonas, und seine Stimme war plötzlich heiser.

»O nein, das glaube ich nicht«, sagte ich schnell, »das kann einfach nicht sein!«

Mir wurde eiskalt.

»Wo ist der Wagen jetzt?«

»Bei der Autovermietung. Die wollten mich anrufen, sobald der Gutachter da war.«

Jonas bat mich, die Nummer von Litacars zu wählen und ihm das Handy zu geben.

»Darf man denn hier telefonieren?«, fragte ich.

»Nein, aber das ist ein Notfall.«

Ich reichte ihm das Handy und hörte, wie er aufgeregt mit jemandem sprach. Er drückte den Aus-Knopf. »Der Wagen ist weg.«

»Weg? Was soll das heißen?«

»Die Versicherung hat ihn abholen lassen, und diese Pfeife von Geschäftsführer behauptet, er wüsste nicht, wohin.«

Ich dachte nach. »Das müsste sich doch rausfinden lassen. Wie hieß denn die Versicherung?«

Weil wir erst vor kurzem den Versicherungsschutz auf mich ausgedehnt und mich als Fahrerin hatten eintragen lassen, erinnerte sich Jonas sofort an den Namen. Jetzt brauchten wir nur noch eine Telefonnummer.

Ich nahm mein Notebook aus der Tasche, schaltete es ein und schloss den Internet-Stick an. Ungeduldig suchte ich nach der Website des Versicherers. Dort war nur eine Hotline angegeben, die sicher stundenlang belegt sein würde. O nein, die Zeit hatten wir jetzt wirklich nicht! Ich überlegte fieberhaft und kombinierte dann bei der Suche den Namen der Versicherung mit Klaipeda. Und tatsächlich gab es dort einen Vertreter mit einer eigenen Telefonnummer. Ich nahm das Handy und wählte. Als ich hörte, dass jemand dranging, reichte ich Jonas das Telefon.

Wieder hörte ich ihm zu. Diesmal blieb er ruhig und kritzelte mit der linken Hand einige Worte auf einen Zettel. Dann bedankte er sich und beendete das Gespräch.

»Und?«, sagte ich erwartungsvoll.

Zu meiner Überraschung setzte er sich auf, schwang die Beine aus dem Bett und sagte: »Gib mir bitte meine Sachen aus dem Schrank.«

Entgeistert starrte ich ihn an. »Spinnst du, Jonas?«

»Willst du wissen, was die Ursache für den Unfall war, oder nicht?«

»Natürlich will ich es wissen. Können die von der Versicherung es uns nicht sagen?«

»Sie können vielleicht, aber sie wollen nicht. Katja, da läuft schon wieder ein krummes Ding. Wenn du mich fragst, macht da einer gemeinsame Sache mit dem Autovermieter.«

Ich verstand gar nichts mehr. Jonas sagte: »Ich erklär's dir auf dem Weg, hilf mir jetzt beim Anziehen.«

»Ich denke nicht daran«, protestierte ich. »Du hast eine Operation hinter dir!«

»Aber nur eine kleine. Hilf mir jetzt!«

Er wirkte so entschlossen, dass ich es aufgab, ihm zu widersprechen, und ihm half, seine Hose, die Socken und die Schuhe anzuziehen. Dann streifte ich ihm vorsichtig den Pullover über, dabei zog er vor Schmerzen scharf die Luft ein. Zuletzt legte ich ihm seine Jacke auf die eingegipste Schulter. Ich hängte mich bei seinem gesunden Arm ein, wir gingen zur Tür und kontrollierten den Flur. Keine der Schwestern war zu sehen. Wir liefen die wenigen Meter bis zum Lift und fuhren nach unten. Dort fragte niemand, wohin wir wollten.

Vor dem Krankenhaus standen Taxis. Erleichtert ließ Jonas sich auf den Sitz sinken. »Uff, mein Kreislauf.«

»Du darfst dich nicht so schnell bewegen«, sagte ich.

»Ist gut, Schwester Katja.«

»Sag mal, wenn du meinst, da läuft ein krummes Ding, warum hat der Typ von der Versicherung dir dann verraten, wo das Auto ist?«

Jonas grinste. »Ich habe das traumatisierte Unfallopfer gespielt und ihm erklärt, es sei Teil meiner Therapie, mich mit dem Unfallwagen zu konfrontieren. Er konnte nicht auf die Idee kommen, dass ich etwas ahne. Und da hat er wohl Mitleid bekommen.«

»Raffiniert«, sagte ich anerkennend. »Und jetzt erklär mir bitte mal deine Krumme-Ding-Theorie.«

»Also, wenn sich rausstellt, dass der Wagen einen Defekt hatte, der durch mangelhafte Wartung entstanden ist oder trotz Wartung nicht erkannt wurde, wäre der Vermieter haftbar, deshalb hat der ein Interesse daran, dass kein solcher Defekt entdeckt wird. Wahrscheinlich haben wir es mit einem geplatzten Bremsschlauch zu tun. Ein Bremsschlauch platzt aber nicht ohne Vorschädigung. Wenn der Versicherungstyp nun in sein Gutachten schreibt, dass kein Defekt am Auto war, es sich also um einen Fahrfehler gehandelt haben muss, spart der Vermieter eine Menge Geld. Davon gibt er dem Versicherungsfritzen was ab, lässt den Schrottwagen verschwinden, und alle sind zufrieden.«

Ich war mir nicht sicher, ob ich ihn verstanden hatte, offenbar erforderte das ein Maß an krimineller Phantasie, das ich trotz meiner bisherigen Erfahrungen noch nicht entwickelt hatte.

»Und wir haben es jetzt so eilig, damit wir das Auto noch ansehen können, bevor es sich womöglich in Luft auflöst?«, vergewisserte ich mich.

»So ist es«, bestätigte Jonas.

Das Taxi hatte uns zu einem Industriegelände am Stadtrand gebracht. Auf einem großen Platz standen Hunderte von Unfallautos.

Ich zahlte, und Jonas bat den Fahrer zu warten. »Höchstens zehn Minuten«, sagte der unwillig.

Ich half Jonas beim Aussteigen. »Langsam«, befahl ich. Eingehakt schritten wir die Reihen der Autos ab.

Endlich entdeckten wir unseren kaputten Wagen. Jonas stieß die Luft aus. »Dafür sehe ich doch noch ganz gut aus«, versuchte er einen Scherz. »Hilf mir«, sagte er dann, »ich muss mich hinlegen.«

Ich stützte ihn und half ihm, sich neben dem linken Vorderrad auf den Boden gleiten zu lassen. Wieder stöhnte er vor Schmerzen, und ich machte mir Vorwürfe, dass ich mich von ihm zu diesem Ausflug hatte überreden lassen. Wenn was passierte, wäre ich wieder schuld.

Jonas streckte den Kopf unters Auto und drehte ihn ein Stück, um besser sehen zu können. Dann winkte er mich zu sich. Ich legte mich ebenfalls auf den mit schmutzigem Schnee bedeckten Boden und sah in die Richtung, die er mir wies. Sofort begriff ich, was er meinte. Eine Leitung, die vom Rad ins Innere des Wagens führte, war geplatzt. Verbogenes Metallgewebe und gerissener Gummi waren zu sehen. Neben dem Riss, der längs verlief, war eine winzige waagerechte Kerbe zu erkennen.

Jonas zog sein Handy heraus und machte zwei Fotos.

19

In Windeseile packte ich meine und Jonas' Sachen, checkte ohne Angabe von Gründen aus dem Hotel in Gargzdai aus und ließ mich zum Finn In, einem Hotel im Zentrum von Klaipeda, bringen. Das war ein gesichtsloser Kasten, anonym und austauschbar wie alle Kettenhotels, also genau das, was ich brauchte. Ich wollte unsichtbar werden.

Während ich auspackte, musste ich unaufhörlich an die Ereignisse des Vormittags denken. Auf der Rückfahrt vom Schrottplatz ins Krankenhaus waren Jonas und ich wie unter Schock gewesen. Wir hatten nicht gesprochen, und während der ganzen Zeit hatte ich mit der Hand seinen gesunden Arm festgehalten. Wir hatten sein Zimmer erreicht, ohne dass uns jemand aufgehalten hätte, aber sein Verschwinden war natürlich längst entdeckt worden, und die Krankenschwester überschüttete uns mit Vorwürfen.

Wir warteten, bis sie sich beruhigt und das Zimmer verlassen hatte. Sein Bettnachbar war inzwischen wieder da, trug iPod-Stöpsel in den Ohren und konnte uns nicht hören. Trotzdem sprachen wir leise.

»Wir müssen die Polizei einschalten«, sagte Jonas.

Ich lachte schnaubend. »Überleg doch mal, wer zuständig ist: unsere Freunde und Helfer aus Gargzdai, die den Drohbrief unterschlagen haben.«

»Und wenn wir hier zur Polizei gehen?«

»Dann geben die das wieder an die Polizei in Gargzdai. Der Anschlag hat dort stattgefunden, also fällt die Ermittlung in deren Zuständigkeit.«

Als ich das Wort Anschlag aussprach, bekam ich Gänsehaut. Wie es aussah, hatte jemand versucht, uns umzubringen. Oder zumindest unseren Tod in Kauf genommen. Es war so unglaublich, dass mein Gehirn sich weigerte, diese Information zur Kenntnis zu nehmen. Ich fühlte noch nicht mal Angst, eher eine heftige Verwirrung. Angestrengt versuchte ich, Klarheit in meine Gedanken zu bringen, die gerade durcheinandersprangen wie junge Pferde.

»Und wenn wir doch die Versicherung informieren? Vielleicht sind ja nicht alle dort korrupt«, schlug ich vor.

»Erstens schalten die sofort die Polizei ein, und zweitens haben sie dann einen guten Grund, nicht zu bezahlen, bis der Fall geklärt ist, was voraussichtlich niemals der Fall sein wird. Der Autovermieter wird wahrscheinlich auch nicht bezahlen, und so kann es sein, dass wir am Ende auch noch auf den Kosten sitzen bleiben.«

Mir kam ein Gedanke. »Vielleicht merken sie ja selbst, dass der Bremsschlauch absichtlich beschädigt wurde?«

Jonas war skeptisch. »Die Erwartung steuert die Wahrnehmung. Wir haben die Kerbe gesehen, weil wir danach gesucht haben. Aber kein Mensch rechnet damit, dass ein Bremsschlauch angeschnitten ist. Außerdem ist die Kerbe winzig. Ich glaube nicht, dass sie es bemerken werden.«

Ich hatte vor mich hin gestarrt. Gab es wirklich nichts, das wir tun könnten, außer darauf zu warten, dass diese Wahnsinnigen einen weiteren Versuch machten, uns umzubringen? Wollte ich das wirklich riskieren?

»Was machen wir denn jetzt?«, hatte ich ratlos gefragt.

»Als Erstes wechselst du das Hotel. Und dann besorgen wir dir eine Waffe.«

Ich hatte hysterisch gelacht. »Bist du verrückt? Soll ich ab jetzt mit einem Revolver rumlaufen?«

»Warum nicht? So ein kleiner Damenrevolver passt in jede Handtasche. Damit fühlst du dich bestimmt besser.«

Frau Moser rüstet auf, hatte ich gedacht. Das war doch alles völlig irrsinnig.

»Ich überleg's mir, okay?«

Damit war ich aufgestanden, hatte ihm die linke Hand gedrückt und gesagt: »Bis morgen. Auch wenn das Essen schlecht ist, hier bist du wenigstens sicher.«

»Meinst du wirklich?« Jonas hatte mich schief angegrinst. »Ich finde, die Schwestern sehen aus, als würden sie mir auch Gift verabreichen, wenn jemand sie nur freundlich genug darum bittet.«

Als ich im Finn In gerade meinen Koffer zuklappte und im Schrank verstaute, klingelte mein Handy. Straus erkundigte sich nach meinem Befinden und klang ehrlich besorgt. Ich fragte mich, wie viel er wusste. »Ähm ... was haben Sie denn so gehört?«, erkundigte ich mich.

»Na, dass Sie einen Unfall hatten und im Krankenhaus sind.«

Mehr wusste er also nicht, und das war auch gut so. »Ich bin schon wieder raus, aber mein Assistent liegt noch in der Klinik.«

»Und wo sind Sie?«

»Ich bin ins Finn In umgezogen. Ich ... wollte näher bei Herrn Macaitis sein. Einer muss sich ja um ihn kümmern.«

»Im Finn In? Na, dann schauen Sie mal aus dem Fenster. Im Gebäude gegenüber ist die Redaktion des *Küstenboten*.«

Ich ging zum Fenster und zog den Vorhang zur Seite. Auf der anderen Straßenseite stand ein großer, moderner Bürokomplex.

»In welchem Stock wohnen Sie?«

»Im sechsten.«

»Winken Sie mal!«, forderte er mich auf.

Ich winkte und hörte ihn lachen. »Ich sehe Sie! Wie wär's, wenn Sie einen Sprung rüberkommen, ich würde gern was mit Ihnen besprechen.«

Ich versprach, gleich da zu sein. Nachdem ich den Flur kontrolliert hatte, verschloss ich meine Zimmertür, dann achtete ich darauf, alleine im Lift zu sein, durchquerte die Lobby und starrte jeden misstrauisch an, der mir entgegenkam. Auf der Straße wurde es noch schlimmer. In jedem Passanten sah ich einen potenziellen Attentäter und zuckte erschreckt zurück, wenn jemand mir zu nahe kam.

Schwer atmend stand ich wenig später vor der Redaktion des *Küstenboten* und drückte die Klingel. Straus begrüßte mich herzlich und führte mich durch die Redaktionsräume. Es gab einen Empfangsbereich, fünf Redaktionsbüros, ein Büro für seine Sekretärin und das Chefzimmer. Der Blick von dort ging direkt rüber zum Hotel. Ich wusste nicht recht, ob ich mich beschützt oder beobachtet fühlen sollte.

Er ließ Kaffee und Mineralwasser bringen und schloss die Tür. »So, und nun verraten Sie es mir. Wie haben die Kerle es gemacht?«

Verständnislos blickte ich ihn an.

»Jetzt schauen Sie nicht so dämlich aus der Wäsche! Sie haben neulich einen Drohbrief bekommen. Und kurz danach fahren Sie gegen einen Baum. Und nun glauben Sie, das war Zufall?«

Ich senkte den Blick. »Nein, ehrlich gesagt glaube ich das nicht.«

»Na bitte, ich auch nicht. Wie haben sie es also angestellt?«

»Bremsschlauch angeschnitten.«

Er ließ sich auf seinem Schreibtischsessel nach hinten fallen. »Nicht zu fassen. Diese Schweinebande!« Nach einer Pause fragte er: »Wer weiß alles davon?«

»Niemand. Nur Jonas und ich. Und ... Sie.«

Ich erläuterte ihm, was wir uns zur Einschaltung von Polizei und Versicherung überlegt hatten, und er pflichtete mir bei. Beides würde zu nichts führen, außer zu noch mehr Ärger.

»Aber, wir können diese Kriminellen doch nicht einfach so davonkommen lassen«, polterte er.

»Was wollen Sie denn machen?«

»Es veröffentlichen.«

»Um Gottes willen, nein!« Ich wollte nicht, dass Michael es erführe. Er würde darauf bestehen, dass ich das Projekt sofort aufgäbe und nach Hause zurückkäme. Auch bei Franz war ich nicht sicher, ob er unter diesen Umständen weitermachen würde. Aber wenn ich mich entscheiden sollte aufzugeben, dann nur, weil ich es wollte. Nicht, weil andere es wollten.

Straus stand auf und ging im Büro auf und ab. Dabei bewegte er die Hände, als forme er etwas. »Wir machen eine Geschichte, in der alles vorkommt, was Sie an Widerständen erlebt haben. Die bürokratischen Hürden, das aggressive Geschrei beim Hearing, der Drohbrief ...«

»... die zwei Drohbriefe, meinen Sie. Dazu der Typ, der sich mir in den Weg gestellt und gesagt hat, ich solle abhauen. Der gestohlene Laptop. Die toten Fledermäuse, die unters Windrad gelegt wurden, obwohl es in der Gegend keine gibt ...«

Straus' Gesicht glühte vor Eifer. »Und jetzt noch der Mordanschlag. Wenn das keine Story ist!«

»Aber was bezwecken Sie damit?«

»Stimmung! Es geht darum, die Stimmung gegen die Windkraftgegner zu wenden. Wir müssen deutlich machen, dass sie ein Haufen verblendeter, ideologisch verbohrter Idioten sind, die vor Gewalt nicht zurückschrecken. Dann verlieren sie den Rückhalt in der Bevölkerung.«

Das klang gut. Vielleicht würde ein solcher Artikel sogar dazu führen, dass sie sich nicht mehr trauten, Gewalt gegen uns anzuwenden – der Kreis der Verdächtigen wäre auf einmal ziemlich überschaubar. Michael und Franz würde ich irgendwie beruhigen können, hoffte ich.

»Und ... was hätten Sie davon?«, fragte ich spöttisch. »Sie tun doch nichts, woraus Sie keinen Gewinn ziehen können. Und nachdem ich für diese Story nichts zahlen werde, muss es einen anderen Grund geben, dass Sie plötzlich zu einem so glühenden Befürworter der Windkraft geworden sind.«

»Ach, Frau Moser.« Er sah aus, als täte ihm etwas weh, und seine Stimme klang kummervoll. »Warum haben Sie nur einen so schlechten Eindruck von mir? Habe ich Sie nicht immer unterstützt? Verdanken Sie mir nicht das beste Au-pair-Mädchen aller Zeiten? Habe ich Sie nicht teilhaben lassen am Sturz von sechs korrupten Politikern ...«

Er unterbrach sich, und seine Stimme wurde wieder normal. »... die übrigens seit gestern allesamt wieder im Amt sind.«

»Nein!« Entsetzt starrte ich ihn an.

»Doch.«

»Na, dann kann ich sowieso einpacken«, sagte ich und stand auf. »Von diesem Gemeinderat werde ich nie mehr eine Genehmigung bekommen.«

»Warten Sie«, befahl er, und ich setzte mich zögernd wieder hin.

»Deshalb will ich ja die ganze Zeit, dass Sie endlich mit den Baudema-Leuten reden. Sie und die gemeinsam können diesen Gemeinderat aushebeln!«

»Gut«, sagte ich entschlossen. »Dann werde ich jetzt meinen Chef hierherbestellen. Der soll die Firma überprüfen und dann entscheiden.«

»Na endlich«, sagte Straus zufrieden. Und obwohl ich den Eindruck hatte, ihm dankbar sein zu müssen, blieb ein ungutes Gefühl in mir zurück.

Allein in meinem Hotelzimmer holte mich wieder die Angst ein. Ich war gerade aus der Dusche gekommen und trocknete mir die Haare mit dem Handtuch, als ich ein Summen hörte, das immer lauter wurde. Ich sah mich im Zimmer um, konnte aber keine Ursache für das Geräusch finden. Endlich begriff ich, dass es nicht von außen kam, sondern in meinem Kopf war. Mir wurde schwindelig, mein Herz begann zu rasen. Ich legte mich hin und versuchte, ruhig zu atmen. Das Summen war zu einem Dröhnen angeschwollen, ich hatte das Gefühl, mein Kopf würde gleich platzen. Ich schloss die Augen, aber da tauchten die Unfallbilder wieder auf, heller, greller, bedrohlicher als zuvor. Ich wollte schreien und konnte nicht. Es war, als drücke mir jemand die Kehle zu. Endlich entlud sich meine Spannung in einem Heulkrampf. Irgendwann schlief ich ein.

Nach ungefähr einer Stunde wachte ich auf. Das Dröhnen in meinen Ohren war leiser geworden. Ich fühlte mich zwar schwach, aber die Panik war weg.

Trotzdem machte mir die Situation hier große Angst. Aber sie machte mich auch wütend. Dieses Windkraftprojekt war mein Traum, ich kämpfte dafür, weil ich davon überzeugt war. Sollten üble Fanatiker mich dazu bringen können, meine Überzeugungen zu verraten?

Andererseits stellte ich mir auch die Frage, ob ich mich für meine Überzeugungen umbringen lassen wollte und wie groß die Wahrscheinlichkeit war, dass diese Irren es nochmal versuchen würden. Wie weit würden sie gehen? Würde beim nächsten Hearing einer aufstehen und auf mich schießen? Nein, das war lächerlich.

Langsam, um meinen Kreislauf nicht zu überfordern, stand ich auf und zog mich an. Ich trank einen Orangensaft aus der Minibar und suchte nach einer Beschäftigung, mit der ich mich ablenken könnte. Schließlich fuhr ich mein Notebook hoch und loggte mich bei Facebook ein.

Dort warteten einige Freundschaftsanfragen auf mich, unter anderem von Tine, die mir schrieb: »Willkommen in der Gegenwart! Schön, dich hier zu sehen!« Ich bestätigte die Anfrage und schrieb ihr ein paar Zeilen zurück, in denen ich allerdings nicht erzählte, dass es vor ein paar Tagen um ein Haar mit mir vorbei gewesen wäre.

Meine Freundschaftsanfrage an Svenja war angenommen worden. Svenja schrieb: »Finde ich zwar nicht so cool, wenn Mütter die Freunde ihrer Kinder sein wollen, aber dann stelle ich halt die Fotos, auf denen ich knutsche und kiffe, nicht mehr rein!«

Ich musste lachen und schrieb zurück: »Vergiss nicht, die Fotos rauszunehmen, auf denen du mit der Schnapsflasche zu sehen bist!«

Ich surfte ein bisschen herum und las die vielen belanglosen Pinnwandeinträge, mit denen die Leute sich die Zeit vertrieben, klickte ein Musikvideo an und freute mich gerade über die heitere Melodie, als eine Freundschaftsanfrage reinploppte. Meine Mutter! Ich überlegte, dann schrieb ich ihr:

»Finde ich zwar nicht so cool, wenn Mütter die Freunde ihrer Kinder sein wollen, aber dann stelle ich halt die Fotos, auf denen ich knutsche und kiffe, nicht mehr rein!« Sie reagierte schnell. »Schade, das wären die Bilder, die mich am meisten interessieren würden!« Sie schickte ein Smiley hinterher und fragte, ob wir mal wieder telefonieren wollten. Ich versprach ihr, mich zu melden.

Plötzlich klopfte es laut an meiner Tür. Mein Herz machte einen Sprung und blieb dann stehen, zumindest fühlte es sich so an. Ich schnappte nach Luft, dann fragte ich mit ersterbender Stimme: »Wer ist da?«

Statt einer Antwort klopfte es wieder. Am liebsten hätte ich mich aufs Bett geworfen und mir die Decke über den Kopf gezogen, aber ich zwang mich, aufzustehen und zur Tür zu gehen.

»Wer ist da?«, wiederholte ich. Keine Antwort.

Ich legte die Kette vor und öffnete die Tür einen Spalt. Niemand zu sehen. Ich löste die Kette und streckte vorsichtig meinen Kopf raus. Eine Frau am Ende des Flurs drehte sich um und sagte: »Sorry, wrong door!«

Ich knallte die Tür zu, schloss ab und legte die Kette wieder vor. Atemlos lehnte ich mich dagegen und wartete, dass mein Herzschlag sich beruhigte.

Schluss. So konnte es nicht weitergehen. Ich durfte nicht zulassen, mehr und mehr ein Opfer meiner Angst zu werden. Ich musste handeln, um mich endlich wieder sicher fühlen und meine Arbeit machen zu können.

Drei Tage später fuhr ich zum Flughafen, um Franz abzuholen. Er hatte einen Leihwagen reserviert und bot mir an, mich als Fahrerin eintragen zu lassen. Ich lehnte ab.

»Aber du solltest so schnell wie möglich wieder fahren!«, sagte er. »Sonst verfestigt sich das Trauma, und du traust dich nie mehr ans Steuer.«

»Ja, ich weiß. Aber ich brauche noch ein bisschen Zeit.«

Auf der Fahrt erzählte ich ihm minutiös, was geschehen war. Von Bajoras' Verzögerungstaktik, den zinslosen Krediten der Baudema, den Rücktritten der Gemeinderäte und ihrer wundersamen Rückkehr.

»Ja, Kruzitürken!«, rief er aus. »Ich hatte ja keine Ahnung, was hier los ist! Du hättest ja auch mal ein Wort sagen können!«

»Ich wollte es halt um jeden Preis alleine schaffen. Außerdem, was hättest du von München aus schon tun können?«

Über die zwei Drohbriefe wusste er schon Bescheid, nicht aber über den Anschlag auf uns. Ich hatte lange überlegt, ob ich ihm die Wahrheit darüber sagen sollte, schließlich hatte ich mich dazu entschlossen. Als ich von dem angeschnittenen Bremsschlauch erzählte, sah ich, wie seine Hände sich um das Lenkrad krampften.

»Um Gottes willen, Katja! Warum hast du mir das verschwiegen?«

»Ich wollte dich nicht beunruhigen. Außerdem musste ich mich erst mal selbst von dem Schock erholen.«

»Und was habt ihr unternommen, um diese Schweine zu finden?«

Ich setzte ihm auseinander, wie die Situation war und weshalb wir beschlossen hatten, weder die Polizei noch die Versicherung zu informieren. Er hörte zu, schien aber nicht ganz überzeugt von meinen Schlussfolgerungen. Im tiefsten Inneren war Franz ein Ehrenmann, auch wenn ich das wegen seiner Bereitschaft zu gewissen Zahlungen zwischenzeitlich infrage gestellt hatte. Er konnte sich wohl tatsächlich nicht vorstellen, mit welchen Methoden hier gearbeitet wurde.

»Und Raistenkis?«, sagte er. »Was hat der eigentlich die ganze Zeit gemacht?«

Ich seufzte. »Willst du die Wahrheit hören?«

»Na klar!«

»Nichts.«

»Das ist zu wenig für die Kohle, die er kriegt«, stellte Franz lapidar fest. »So, und was soll ich jetzt tun?«

»Du musst dir diese Firma Baudema genau ansehen. Wenn sie wider Erwarten sauber sein sollte, ist das wahrscheinlich unsere letzte Chance.«

»Wider Erwarten?«

Ich seufzte. »Nach allem, was ich in letzter Zeit erlebt habe, würde es mich wundern.«

Franz brummte. »Mich auch. Und wohin fahren wir jetzt?«

»Ich muss was erledigen.«

Chris stand auf einer Leiter und reparierte einen Fensterladen. Als wir auf ihr Grundstück einbogen, stieg sie ab und kam auf uns zu, einen großen Schraubenzieher in der Hand. Ich hatte sie vor ein paar Tagen angerufen und ihr gesagt, dass ich in einer Notlage sei und ihre Hilfe bräuchte.

»Schon wieder?«, hatte sie schnippisch gefragt, worauf ich ihr klargemacht hatte, dass ich es war, die etwas bei ihr guthätte – schließlich hatte ich Miroslav nicht verraten.

Sie hatte losgeschimpft, der Scheißkerl interessiere sie sowieso nicht mehr, der sei jetzt mit einer anderen zusammen. »Also, was brauchst du?«, hatte sie gefragt und nicht weiter erstaunt reagiert, als ich ihr erklärte, ich bräuchte eine Waffe.

Ihre Begrüßung fiel, wie immer, eher spröde aus. Trotzdem sah ich, dass Franz sie entzückt musterte. Wenn man diesen Räuberbraut-Stil mochte, den Chris zu tragen pflegte, konnte man sie durchaus hübsch finden.

»Und wer sind Sie?«, erkundigte sie sich.

Er stellte sich vor und begann sofort damit, sie auszufragen. Woher sie komme, warum sie hier lebe, was sie beruflich mache. Für ihre Verhältnisse gab Chris bereitwillig Auskunft. Allerdings nicht lange. »Kommen wir zum Geschäft«, sagte sie unvermittelt.

»Was für Geschäfte macht ihr zwei denn miteinander?«, fragte Franz interessiert. Mir war klar, dass er nichts von unserem Deal mitbekommen durfte. Unter Garantie würde er versuchen, mir die Waffe auszureden.

»Mädelsgeschäfte«, sagte ich ausweichend und gab Chris ein Zeichen, die Klappe zu halten. Wir gingen ins Haus, wo ich mich allmählich fast schon heimisch fühlte. Zu meiner Überraschung war diesmal alles sauber und aufgeräumt.

»Was ist denn hier passiert?«, fragte ich. »Hattest du deinen jährlichen Großputz?«

Sie gab keine Antwort. Stattdessen winkte sie mich die Treppe hoch ins Schlafzimmer, zog die Schublade einer Kommode auf und holte einen in Stoff gewickelten Gegenstand heraus. Franz, der im Wohnzimmer geblieben und die Töpferscheibe untersucht hatte, rief von unten: »Kann ich nach oben kommen?«

»Nein!«, riefen Chris und ich gleichzeitig. Damit machten wir ihn natürlich nur noch neugieriger.

»Was treibt ihr denn da bloß?«

»Wir probieren Unterwäsche an«, rief ich. »Chris hat da eine Quelle in Moskau, todschicke Sachen und sehr günstig!«

Chris prustete los. Sie wickelte eine kleine, elegante Pistole aus dem Stoff und hielt sie mir hin. Ich wagte kaum, sie zu berühren. »Ist die geladen?«

»Natürlich nicht«, sagte Chris im Flüsterton. »Nimm schon.«

Vorsichtig nahm ich sie in die Hand und betrachtete sie.

»Wofür brauchst du die?«, fragte Chris.

»Ach, nur so«, sagte ich. »Man weiß ja nie.«

Sie musterte mich mit schräg gelegtem Kopf. »Erzähl mir keinen Scheiß, Katja. Du bist nicht der Typ, der zum Spaß 'ne Waffe mit sich rumträgt. Du hast doch vor irgendwas Angst!«

Ich schwieg. Konnte ich ihr vertrauen? Schließlich erzählte ich ihr von unserem Unfall.

Sie wurde blass. »Das darf ja wohl nicht wahr sein!« Zu meiner Überraschung nahm sie mich plötzlich in den Arm.

»Du bist zwar 'ne echt komische kleine Spießerin, aber das haste nicht verdient.«

»Danke«, sagte ich gerührt. Für Chris' Verhältnisse war das geradezu eine Liebeserklärung. »Das heißt, du hast auch keine Ahnung, wer so was machen könnte?«

Energisch schüttelte sie den Kopf. »Die Jungs, mit denen ich zusammen war, sind Idealisten, keine Mörder. Vielleicht übertreiben sie manchmal, aber die Fledermausidee war das Härteste, was sie in der ganzen Zeit ausgebrütet haben.«

Ich fragte mich, ob sie mit ihrer Einschätzung richtig lag. Vielleicht wollte sie nicht wahrhaben, mit was für Leuten sie sich eingelassen hatte.

»Hast du eigentlich von diesem anderen Grundstück gehört?«, fragte Chris.

»Welchem anderen Grundstück?«

»Da gibt es so einen Landstrich bei Darbénai, der angeblich super Voraussetzungen für Windkraft besitzt. Irgendeine litauische Firma ist da dran, Baudema oder so.«

»Woher weißt du das?«, fragte ich überrascht.

»Meinst du, ihr seid die Einzigen, die mit Windrädern Kohle machen wollen? Da oben hättet ihr vielleicht mehr Glück, da gibt es nicht so viel Widerstand. Keine Zugvögel, keine geschützten Tiere. Da haben Miroslav und seine Jungs keine Aktien drin.«

Interessiert hatte ich zugehört. Noch ein Argument für die Baudema-Idee.

»So«, sagte Chris, »und nun zeige ich dir, wie das Ding funktioniert.« Sie hob die Pistole.

»Und wie lenken wir Franz ab?«, fragte ich besorgt.

»Lass mich nur machen.«

Sie holte eine Schachtel Patronen aus der Kommode und erklärte mir, wie die Waffe geladen wurde. Dann gingen wir nach unten.

»Ich wollte noch ein bisschen schießen üben«, sagte sie beiläufig. »Kommen Sie mit?«

»Sie haben Waffen im Haus?«, fragte Franz überrascht.

Chris nickte. »Hätten Sie auch, wenn Sie hier wohnen würden.«

Sie erzählte ihm, dass es in der Gegend tollwütige Füchse gebe und sich sogar manchmal Wölfe hierher verirrten. Den Anwohnern sei geraten worden, sich mit Schusswaffen zu versorgen, und diesen Rat habe sie natürlich befolgt.

»Aber die schönste Knarre nutzt einem ja nichts, wenn man nicht damit umgehen kann«, sagte sie lächelnd.

Franz musterte sie fasziniert.

Wir gingen zur Rückseite des Hauses. Chris hängte eine Zielscheibe an den Schuppen und schoss ein paarmal drauf. Dann reichte sie mir die Pistole. »Willst du auch mal?«

Ich schoss einige Male. Es war nicht so schwierig, wie ich gedacht hatte.

»Jetzt du«, sagte ich und hielt Franz die Pistole hin.

Er machte eine abwehrende Bewegung. »Nein, vielen Dank.«

Chris lud nochmal nach und stellte ein paar leere Bierdosen auf, die scheppernd wegflogen, wenn wir sie trafen. Es fing an, mir Spaß zu machen.

Irgendwann gab ich ihr ein Zeichen. »Alles klar«, flüsterte ich, »das genügt.«

»Wie wär's mit einem Schnaps«, fragte sie und winkte uns wieder ins Haus.

Franz setzte sich aufs Sofa und streckte genüsslich die Beine aus.

»Warte, ich helfe dir«, sagte ich und folgte Chris in die Küche.

»Also, was kostet das Ding?«, flüsterte ich und wog die kleine Pistole fachmännisch in der Hand.

»Zweihundert, inklusive Munition«, gab Chris leise zurück. »Ein echtes Schnäppchen.«

Ich zog meinen Geldbeutel heraus und gab ihr das Geld. Sie reichte mir die Waffe. Plötzlich war mir komisch zumute.

Chris sah mir an, was ich dachte, und entlud die Pistole. »Wenn du Schiss hast, dann bewahr die Munition getrennt auf«, wisperte sie. »Glaub mir, schon mit einer ungeladenen Wumme fühlst du dich besser.«

Ich nickte, schob die Pistole in den Hosenbund und die Patronenschachtel in die Tasche, dann zog ich meinen Pullover darüber.

Chris musterte mich mit schräg gelegtem Kopf. »Da hast du dich auf was eingelassen mit deinen Windrädern, was? Ich würde dir echt gern helfen, aber ich weiß nicht, wie.«

Ich drückte sie kurz an mich. »Du hast mir schon sehr geholfen.«

Dafür, dass sie noch vor kurzem mit unseren Gegnern gemeinsame Sache gemacht hat, bin ich ganz schön vertrauensselig, dachte ich. Aber ich war mir sicher, dass Chris mich kein weiteres Mal hintergehen würde.

Mit einer Flasche Obstbrand und drei Gläsern kehrten wir ins Wohnzimmer zurück.

»Was ist jetzt mit eurem Wäschehandel?«, erkundigte sich Franz. »Hast du was gekauft, Katja?«

Ich schüttelte den Kopf. »War nichts Passendes dabei.« Und zu Chris gewandt: »Bei der nächsten Lieferung sagst du mir wieder Bescheid, okay?«

»Klar«, sagte Chris und hob ihr Glas. »Auf gute Geschäfte!«

Nach einer weiteren halben Stunde, in der Chris uns mit Geschichten aus ihrem gefährlichen Einsiedlerleben unterhielt, brachen wir auf. Wir verabschiedeten uns wie alte Freunde, und Chris winkte uns nach, als wir wegfuhren.

»Hinreißende Frau!«, sagte Franz träumerisch. »Zu schade, dass ich nicht ein paar Jahre jünger bin.«

»Franz«, sagte ich vorwurfsvoll, »du bist verheiratet!«

»Noch«, sagte er knapp.

»Noch?«

»Dahlia hat mich verlassen.«

»Oh. Das tut mir leid.« Es tat mir kein bisschen leid. Ich hatte Dahlia noch nie ausstehen können.

»So«, sagte er. »Und jetzt fahren wir zu unserem Chef-Verplaner Raistenkis.«

»Was willst du denn von dem?«

»Ihn feuern.«

Als wir eine Stunde später in der Redaktion des *Küstenboten* ankamen, stand ich noch unter dem Eindruck der Brüllerei, die Franz und unser »Chef-Verplaner« sich gerade geliefert hatten. Der selbstgefällige Raistenkis war ernsthaft empört gewesen, als Franz ihm erklärte, dass es ohne Leistung auch keine Vergütung geben könne. Offenbar hatte auch er den Kapitalismus noch nicht ganz verstanden.

Straus wedelte mit einem ganzen Packen seines *Küstenboten*, als wir die Redaktion betraten. »Die Heldin des Tages!«, rief er und schlug mir begeistert auf die Schulter.

Ich stellte die beiden Männer einander vor und konnte förmlich riechen, wie der Testosterongehalt in der Luft zunahm. Straus schlug die Zeitung auf und wies stolz auf den ganzseitigen Artikel. Der Text war illustriert mit dem Foto, das er bei unserer ersten Begegnung gemacht hatte, sowie mit dem Bild eines Windrades, unter dem zwei tote Fledermäuse lagen, eine Fotomontage.

»Wow!«, sagte Franz beeindruckt. »Eine ganze Seite!« Bestimmt rechnete er gerade aus, was es ihn gekostet hätte, wenn er eine Anzeige in dieser Größe geschaltet hätte.

Straus übersetzte den Text für uns. Er handelte von den Leiden einer aufrechten deutschen Bauingenieurin, die nichts anderes will, als den Menschen der Region günstige, umweltfreundliche Energie zu bringen, und die zum Dank dafür beschimpft, bedroht, bestohlen und fast umgebracht wird. Es war mir fast schon peinlich, wie sehr er meinen selbstlosen Einsatz pries. Gegen mich erschien Mutter Teresa wie eine egoistische Schlampe.

Nachdem wir uns alle gegenseitig gratuliert hatten, schlug Franz vor, gemeinsam Mittag zu essen. Danach würde der Termin bei der Baudema stattfinden, von dem alles Weitere abhing.

Vielleicht war der Pistolenkauf voreilig gewesen, dachte ich. Wenn die Baudema-Idee ein Flop war, würde ich bald zu Hause auf Tontauben schießen können.

Das Treffen mit den Baudema-Leuten verlief so vielversprechend, dass Franz sich am Ende alle notwendigen Unterlagen zur Prüfung mitgeben ließ.

Ich wusste nicht recht, was ich von den Leuten halten sollte. Es waren – bis auf den Chef – alles junge, ziemlich coole Typen, die ihre Büros in einer ehemaligen Fabriketage hatten. Die Atmosphäre war gewollt lässig, der Umgangston locker, alle sprachen Englisch. Sie wirkten kompetent, aber ich nahm ihnen ihr Engagement für die Windkraft nicht ab. Sicher würden sie mit der gleichen coolen Attitüde auch Atommeiler errichten, wenn es nur lukrativ wäre.

Straus hatte die Situation zutreffend eingeschätzt: Einzeln würden sowohl die Sunwind wie die Baudema vermutlich scheitern – gemeinsam könnten wir es schaffen.

Natürlich war ich neugierig gewesen und hatte mich nach dem anderen Stück Land erkundigt, das Chris erwähnt hatte. Der Firmenchef war aufgestanden und hatte uns auf einer Karte einen Landstrich gezeigt, der ziemlich weit im Norden lag, nicht weit von der Grenze nach Lettland.

»Das wäre aber nur unser Plan B«, hatte er gesagt, »für den Fall, dass es nicht zur Kooperation zwischen unseren beiden Firmen kommt.«

»Haben Sie dort denn schon Windmessungen durchgeführt?«, fragte ich. Ohne diese Daten würde kein seriöses Unternehmen den Bau von Windrädern auch nur in Erwägung ziehen.

»Die Messungen laufen und sind sehr vielversprechend«, bekam ich zur Antwort.

An dieser Stelle hatte sich Straus eingeschaltet. Er kenne die fragliche Gegend, seiner Meinung nach sei sie aus geotechnischer Sicht nicht geeignet, außerdem gebe es wohl unklare Eigentumsverhältnisse. Ich fragte mich, woher er so gut Bescheid wusste. Der Kerl verblüffte mich immer wieder.

Schließlich konzentrierten wir uns wieder auf die Idee einer Zusammenarbeit unserer beider Unternehmen, die immer deutlicher Gestalt annahm.

Am selben Abend rief Michael an und machte mir die schlimmsten Vorwürfe, weil ich ihn nicht über die wahre Ursache des Unfalls aufgeklärt hatte. Als ich überrascht fragte, woher er davon wisse, sagte er, selbstverständlich lese Sofia die Online-Ausgabe des *Küstenboten* und habe ihn über den Artikel informiert.

»Es tut mir leid«, sagte ich schuldbewusst. »Ich wollte dich nicht belasten und dachte, es wäre besser, wenn du nichts davon erfährst.«

»Dann darfst du keine Zeitungsinterviews geben. Ich frage mich sowieso, wofür das gut sein soll.«

Ich erklärte ihm, dass ich hoffte, der Artikel würde abschreckend auf die Täter wirken und mich zukünftig schützen. Michael ging darauf nicht ein. Stattdessen sagte er eindringlich: »Katja, ich möchte, dass du das Projekt aufgibst und nach Hause kommst. Ich habe Angst um dich!«

Es tat mir gut, das zu hören. Trotzdem konnte ich ihm nicht nachgeben. Nicht jetzt. Nicht unter diesen Umständen.

»Ich versteh dich, Michael, aber es geht nicht. Wenn ich jetzt aufgebe, haben diese Kriminellen gesiegt. Ich verspreche dir, dass ich kein unnötiges Risiko eingehe. Außerdem ist Franz da und passt auf mich auf.«

Ich überlegte, ob ich ihm von der Waffe erzählen sollte. Aber ich hatte den Verdacht, das würde ihn nicht beruhigen, eher im Gegenteil.

»Du hast einen Mann, du hast Kinder, du hast Verantwortung!«, sagte Michael in vorwurfsvollem Ton. »Was muss passieren, damit du zur Vernunft kommst?«

»Es wird nichts passieren«, sagte ich beruhigend. »Der Artikel hat die öffentliche Aufmerksamkeit auf diese Leute gelenkt. Sie werden jetzt nicht so dumm sein und nochmal was unternehmen.«

»Hoffentlich hast du Recht«, sagte er düster.

20

Nach diesem Gespräch rief Michael fast täglich an, um sich nach meinem Befinden zu erkundigen und mir die aktuellen Meldungen aus der Welt der Windkraftgegner mitzuteilen. Offenbar recherchierte er regelmäßig im Internet und trug Informationen zusammen, die mich von der Gefährlichkeit meiner Aufgabe überzeugen und zur Rückkehr bewegen sollten.

»Ganz bei euch in der Nähe, bei Palanga, hat es Anschläge auf Anlagen gegeben!«, teilte er mir mit.

»Das weiß ich doch«, gab ich zurück. »Ich weiß sogar, wer es war.«

Am nächsten Tag sagte er: »Bei Riga war eine Schlägerei zwischen Windkraftbefürwortern und -gegnern mit fünf Verletzten!«

Ich musste mir das Lachen verkneifen. »Michael, das ist Hunderte Kilometer entfernt.«

Dann dehnte er das Gefahrengebiet bis an die Grenzen der ehemaligen Sowjetunion aus: »Ein Windkraftbetreiber aus Sibirien ist entführt und eine Woche lang eingesperrt worden!«

»Ich hab's gelesen«, sagte ich geduldig. »In Wirklichkeit ist er Bankdirektor und hat Kundengelder veruntreut. Das Windrad betreibt er nur nebenbei.«

Als er merkte, dass er mir keine Angst machen konnte (jedenfalls nicht mehr, als ich schon hatte), setzte er die Kinder auf mich an. Die Mama-ich-hab-so-Heimweh-nach-dir-Anrufe von Pablo häuften sich. Und von Svenja bekam ich ständig Facebook-Nachrichten à la: »Ich hab dich sooo lieb, Mama, wann kommst du denn wieder nach Hause???«

Natürlich blieb dieser emotionale Dauerbeschuss nicht ohne Wirkung auf mich. Auch ich hatte Sehnsucht nach zu Hause, war erschöpft und zeitweise ziemlich mutlos. Außerdem hatte ich mich schon mal wohler gefühlt als hier, wo gerade ein Mordanschlag auf mich verübt worden war.

Aber ich wollte nicht zulassen, dass Michael mir die Verantwortung für mein Handeln aus der Hand nahm. Seine Angst um mich sollte ebenso wenig den Ausschlag für eine so schwerwiegende Entscheidung geben wie meine persönlichen Befindlichkeiten.

In manchen Momenten wünschte ich mir allerdings insgeheim, die Baudema-Sache würde platzen – dann wäre das Projekt gescheitert, ohne dass ich Schuld daran hätte. Dann wieder hoffte ich, es würde funktionieren – schließlich wollte ich den Erfolg.

In den folgenden Tagen bekam ich Franz kaum zu Gesicht. Er hatte bei einem Ableger der Beratungsfirma Semeco, bei der wir in Vilnius gewesen waren, sein Büro aufgeschlagen. Dort halfen ihm Steuerfachleute, Anwälte und Wirtschaftsprüfer, die Baudema auf Herz und Nieren zu checken.

Am vierten Tag tauchte er mit einem dicken Packen Unterlagen und einem breiten Grinsen auf dem Gesicht wieder auf.

»Sieht gut aus, Katja!«, sagte er. »Das ist ein potenter, solider Laden! Vor allem sind sie als Litauer mit den hiesigen Gepflogenheiten vertraut und sehr gut vernetzt. Das könnte die Lösung all unserer Probleme sein!«

Ich atmete auf.

»Übers Wochenende lasse ich noch den Finanzierungsplan überprüfen, wenn der in Ordnung ist, können wir am Montag den Vertrag unterschreiben.«

Ich fragte ihn, was er bis dahin machen wolle. Mir wurde die Zeit allmählich lang. Plötzlich wurde Franz verlegen und sagte, er wolle vielleicht nochmal zu Chris fahren.

»Bist du noch zu retten?«, sagte ich entgeistert. »Also, das kannst du allein machen!«

»Warum willst du denn nicht mitkommen?« Er kam mir vor wie ein kleiner Junge, der an der Hand genommen werden wollte. So kannte ich ihn gar nicht.

»Weil ich es absurd finde. Chris steht auf Naturschutzaktivisten aus dem alternativen Milieu. Du bist in ihren Augen wahrscheinlich ein saturierter Kapitalistenarsch und außerdem mindestens zehn Jahre zu alt.«

»He, he!«, protestierte Franz. »Ich war auch mal Naturschutzaktivist, schon vergessen? Und Alter ist bekanntlich was Relatives.«

»Was ist am Alter relativ?«, fragte ich zurück. »Ich kenne keinen absoluteren Wert als das Alter. Relativ ist höchstens, wie man sich fühlt. Und du leidest offenbar gerade unter einer ziemlichen Gefühlsverwirrung.«

Er senkte verlegen den Blick. Vermutlich war auch ihm klar, dass Chris überhaupt nicht zu ihm passte. Aber offensichtlich hatte er sich in sie verknallt.

»Na ja, versuch es halt«, sagte ich nachsichtig. »Mehr als abblitzen kannst du ja nicht.«

»Und du kommst sicher nicht mit?«

»Nein, Sugardaddy. Das musst du jetzt schon allein durchziehen.«

Er zog ab, und ich sah ihm kopfschüttelnd nach. Wie ich Chris, das Flintenweib, kannte, könnte das eine ziemlich ernüchternde Erfahrung für ihn werden.

Das Wochenende vertrieb ich mir mit Fernsehen und Lesen. Von Franz hörte ich nichts. Ich wusste nicht, ob das ein gutes oder ein schlechtes Zeichen war.

Erst am Montag früh, als ich mein Handy einschaltete, fand ich eine SMS von ihm. *11 Uhr Vertragsunterzeichnung bei der Baudema! Bis später, Franz*

Wahnsinn! Sah aus, als würde es weitergehen! Noch während ich die Nachricht las, klingelte das Handy. Vor Schreck hätte ich es beinahe fallen lassen. Es war Jonas.

»Katja, könntest du bitte sofort zu mir in die Klinik kommen?«

Ich hatte ihn die letzten zwei Tage nicht besucht, weil seine Mutter da gewesen war und ich nicht stören wollte.

»Ist was passiert?«, fragte ich besorgt. »Geht es dir schlecht?«

»Nein, alles okay. Ich habe eine interessante Entdeckung gemacht.«

Es war bereits kurz vor zehn, und ich hatte noch nicht gefrühstückt. Trotzdem packte ich meine Handtasche und meinen Mantel, sprang vor dem Hotel in ein Taxi und war zwanzig Minuten später im Krankenhaus.

Jonas hatte einen Tisch im Besucherraum mit Beschlag belegt und den Laptop vor sich aufgebaut, neben ihm lagen das Handy und ein Stapel Papier, auf dem er gerade etwas notierte.

»Hast du hier dein Büro eröffnet?«, begrüßte ich ihn und stellte einen Becher Cappuccino vor ihm ab, den ich noch schnell aus dem Automaten gezogen hatte.

»Danke.« Er sah auf und lächelte flüchtig.

Ich zog einen der grauen Plastikstühle zu mir und setzte mich neben ihn. Auf dem Bildschirm seines Notebooks sah ich eine komplizierte Grafik. Soweit ich es erkennen konnte, handelte es sich um ein Netz von Firmenbeteiligungen.

Jonas nahm einen Schluck Kaffee. »Was du hier siehst, sind siebzehn ausländische Firmen aus den Bereichen Energie, Maschinenbau und Werkzeugbau, die in den letzten Jahren in Litauen investiert haben.«

Er drückte die Maustaste, und eine neue Grafik erschien. Es war eine Karte von Litauen, auf der mit blauen Punkten markiert war, wo die Firmen aktiv waren.

Ein weiterer Mausklick, eine weitere Grafik.

»Was du hier siehst, ist eine Liste derselben Firmen, zwischen zwei und acht Jahren nach dem Beginn ihres Investments. Alle, deren Namen rot sind, existieren nicht mehr.«

Bis auf drei waren alle Firmennamen rot. Ich sah zu Jonas.

»Irgendwas müssen die falsch gemacht haben.«

»Kann man so sagen«, erwiderte er und bewegte wieder die Maus. Er klickte zurück zur ersten Grafik und fuhr dann nach oben. Mit einem Mal wurde der Name der Firma sichtbar, bei der alle Beteiligungen zusammenliefen.

»Baudema«, las ich staunend. »Was hat das zu bedeuten?«

»Dass die Baudema-Leute in den letzten zehn Jahren vierzehn Firmen in den Ruin getrieben haben.«

»Wie bitte? Und wie haben die das gemacht?«

Jonas kratzte sich am Kopf. »Das weiß ich noch nicht genau. Was ich bisher weiß, ist, dass sie in allen Fällen Kooperationsverträge mit ihren Partnern hatten und Joint Ventures gegründet haben. Zuerst lief immer alles gut, es wurden Firmen gebaut oder übernommen, Solaranlagen und Windkraftanlagen errichtet und vieles mehr. Über die Jahre hat die Baudema die anderen Firmen dann regelrecht ausgesaugt, hat immer mehr Kapital, Manpower und Know-how abgezogen. Und am Ende hat sie ihren Partner jedes Mal wie eine ausgehöhlte Frucht fallenlassen.«

Ohne ihn zu unterbrechen, hatte ich ihm aufmerksam zugehört. »Trotzdem ... ich verstehe es nicht. Wie genau haben sie das angestellt?«

»Ich vermute, mit juristischen Tricks, sozusagen dem Kleingedruckten. Die ausländischen Partner kannten sich nicht gut aus, waren im hiesigen Recht nicht so firm. Sie haben der Baudema vertraut, sich Dinge einreden lassen, alles Mögliche unterschrieben. Zuerst lief es ja auch immer super. Und am Ende hat sich dann herausgestellt, dass sie eine Natter am Busen genährt haben, so sagt man doch?«

Fassungslos starrte ich auf den Bildschirm und versuchte zu verstehen, was ich gehört hatte. Dann drehte ich mich wieder zu Jonas. »Aber wie ist es möglich, dass Franz die Firma tagelang mit Fachleuten gecheckt hat und die nichts davon bemerkt haben?«

Jonas sah sich um, ob uns auch niemand hören könnte, und flüsterte: »Weil das geheime Unterlagen sind, an die man nicht so einfach herankommt.«

»Und wie bist du an sie herangekommen?«

»Ich habe doch diesen Onkel im Wirtschaftsministerium. Der hat mir die Sachen besorgt, aber das darf niemand wissen!«

Der Referent des Ministers, ich erinnerte mich.

Jonas öffnete eine neue Datei. Da erschien das Foto eines Mannes mit welligem Haar, Schnauzbart und Brille.

»Wer ist das?«, fragte ich.

»Gediminas Vaisnoras, der Chef der Baudema. Er wird per Haftbefehl gesucht.«

»Das kann nicht sein«, sagte ich. »Den Chef der Baudema habe ich kennengelernt, er heißt anders, und er sieht auch ganz anders aus.«

»So vielleicht?«, sagte Jonas und klickte erneut. Brille und Schnauzbart verschwanden, das Haar wurde kürzer. Ich riss die Augen auf. Natürlich! Das war der Mann, der bei dem Treffen dabei gewesen war!

»Er tritt unter mindestens drei verschiedenen Namen auf«, erklärte Jonas. »Und er wechselt immer mal wieder sein Aussehen. Vor allem lässt er sich nie in der Firmenzentrale blicken. Er mietet für ein paar Wochen ehemalige Fabriketagen an, die gerade leer stehen. Wenn ein Geschäft abgewickelt ist, werden die Räume wieder gekündigt.«

Mein Blick fiel auf die Uhr. »O mein Gott!« Es war zehn vor elf.

Ich hatte schon das Handy in der Hand und tippte hektisch die Nummer von Franz ein. Seine Mailbox sprang an.

»Verdammt!«, rief ich. Dann versuchte ich es bei Straus. Zu meiner Erleichterung ging der dran.

»Ich bin's, Katja Moser, geben Sie mir bitte mal meinen Chef?«

»Frau Moser, wo stecken Sie denn? Wir haben schon die Sektgläser in der Hand!«

»Ich bin gleich da«, sagte ich. »Bitte warten Sie mit der Unterschrift auf mich! Ich will unbedingt dabei sein!«

»Na klar! Ich gebe Sie weiter.«

Franz meldete sich. »Wo bist du denn? Wir warten alle auf dich!«

»Hör zu, Franz«, sagte ich beschwörend. »Egal, was passiert, unterschreib nichts, bevor ich da bin!«

»Das kommt darauf an, wann du endlich kommst. Ich kann die ja nicht ewig warten lassen!«

»Du musst jetzt einfach mal tun, was ich dir sage, ohne weiter zu fragen. Bitte vertrau mir!«

Ich drückte den Aus-Knopf. »Los«, sagte ich zu Jonas, der bereits seine Sachen zusammengepackt hatte. Wir rannten nebeneinander den Klinikflur entlang, vorbei an Patienten, Ärzten und Schwestern, die uns entgeistert nachblickten.

Als wir aus dem Gebäude traten, fragte Jonas: »Taxi?«

»Nein«, rief ich. Gegenüber war ein Polizeirevier, ich winkte ihm, mir zu folgen. Als wir die Straße überquerten, sah ich, dass vor dem Revier ein Wagen mit zwei Polizisten gerade anfahren wollte. Ich riss die hintere Tür auf und ließ mich auf den Sitz fallen. »Notfall, Emergency«, rief ich. Die beiden Polizisten wandten ihre Köpfe und blickten mich verblüfft an. Jonas war auf der anderen Seite eingestiegen. Er erklärte schnell, worum es ging, und gab seinen Laptop nach vorne, auf dem noch das Bild von Vaisnoras zu sehen war. Der Fahrer fuhr los, sein Kollege nahm das Funkgerät und gab eine Mitteilung an irgendjemanden durch.

Die Fahrt erschien mir endlos, obwohl wir sicher nicht länger als fünfundzwanzig Minuten unterwegs waren. Jeder

Halt, jede Ampel, jeder Fußgänger, der vor uns gemächlich die Straße überquerte, ließ mich vor Ungeduld fast platzen.

Als wir uns endlich dem Fabrikgelände näherten, schlug ich vor, dass wir mit dem Polizeiwagen besser nicht vor das Gebäude fahren sollten. Wir parkten um die Ecke, Jonas und ich stiegen aus und gingen ein paar Schritte voraus, die Polizisten schlenderten hinter uns her, als hätten sie nichts mit uns zu tun. Erst, als wir das Gebäude betreten hatten, folgten sie uns schnell, und gemeinsam liefen wir die Treppe zum vierten Stock hoch, wo wir außer Atem ankamen.

Der eine Polizist sagte etwas zu Jonas, der mich am Arm festhielt. »Wir sollen zurückbleiben.« Ich verlangsamte meinen Schritt und ließ die Polizisten vorbei. Dann deutete ich auf die Tür mit dem improvisierten Baudema-Firmenschild, hinter der lebhaftes Stimmengewirr zu hören war. Die Polizisten zogen ihre Waffen und rissen die Tür auf. Ich schloss die Augen und drückte mich an die Wand.

Drinnen verstummten schlagartig die Gespräche. Ich hörte einen der Polizisten den Namen von Gediminas Vaisnoras und ein scharfes Kommando brüllen. Jonas und ich verständigten uns mit einem kurzen Blick. Wir warteten, bis unser Atem sich beruhigt hatte. Dann traten wir gleichzeitig an die offene Tür, als wären wir gerade erst eingetroffen.

Das Erste, was ich sah, waren die Hände von Vaisnoras, um die sich gerade die Handschellen schlossen, das Zweite war der fassungslose Blick von Franz und das Dritte das wutverzerrte Gesicht von Straus.

Wir warteten, bis die Polizisten den heftig protestierenden Vaisnoras abgeführt hatten, dann betraten wir den Raum. Ich nahm ein volles Sektglas von einem Tablett und fragte: »Was ist denn hier los?«

»Das fragen wir Sie!«, donnerte Straus.

Ich trank einen Schluck, dann sagte ich: »Aber ich habe keine Ahnung! Ich war im Krankenhaus, um Herrn Macaitis abzuholen. Der wollte es sich auf keinen Fall nehmen lassen, bei der Unterzeichnung dabei zu sein. Deshalb habe ich mich auch verspätet.«

Ich fing einen Blick von Franz auf, der die tatsächlichen Zusammenhänge zu ahnen schien, und schickte ihm einen beschwörenden Blick zurück, damit er jetzt nicht die falschen Fragen stellte. Straus murmelte etwas Unverständliches vor sich hin.

»War das gerade Herr Vaisnoras, der da abgeführt wurde?«, fragte ich unschuldig.

»Allerdings«, sagte Straus, »und ich wüsste sehr gern, warum.«

Die anderen Baudema-Leute hatten sich zu einem Grüppchen zusammengefunden und diskutierten aufgeregt miteinander.

»Fragen Sie doch seine Mitarbeiter«, schlug ich vor.

Straus fragte etwas auf Litauisch, einer löste sich aus der Gruppe und kam zu uns. Er wirkte bestürzt. »Es tut uns außerordentlich leid, wir sind völlig überrascht von der Situation. Es kann sich nur um einen bedauerlichen Irrtum handeln. Bis dieser aufgeklärt ist, müssen wir die Vertragsunterzeichnung leider aussetzen.«

»Oh, wie schade!«, sagte ich. »Aber es wird doch alles wieder in Ordnung kommen? Wir waren alle so glücklich über die Entwicklung der Dinge!«

Der Mann hob ratlos die Schultern. »Das hoffen wir natürlich.« Er reichte erst Franz, dann mir und Jonas die Hand. »Wir melden uns bei Ihnen, sobald wir mehr wissen.«

Dann verabschiedete er sich von Straus, und die Gruppe verließ geschlossen den Raum. Auch Straus hatte es plötzlich eilig.

»Wir hören voneinander!«, rief er uns zu und verschwand.

Jetzt waren wir nur noch zu dritt. Ich drehte mich zu Franz und lächelte, als wäre nichts gewesen. »Und? Wie war dein Wochenende?«

Er sah mich verwirrt an. Jonas fasste ihn am Arm und sagte leise: »Lassen Sie uns gehen, wir erklären Ihnen alles.«

Auf der Fahrt in die Klinik erzählten wir Franz, was Jonas über die Baudema herausgefunden hatte. Aber er wollte uns einfach nicht glauben. Immer wieder betonte er, dass er alles genauestens habe überprüfen lassen, dass die Firma sauber sei, dass wir uns irren müssten.

Als wir die Klinik erreicht hatten, meldete Jonas sich im Schwesternzimmer zurück. Die Stationsschwester reagierte kaum noch. Sie hatte wohl eingesehen, dass sie seine Ausflüge nicht verhindern konnte.

Im Besucherraum vertiefte Franz sich sofort in die Dokumente, scrollte hin und her, wurde immer stiller. Schließlich sah er auf, nahm meine Hand und die von Jonas und sagte: »Ich glaube, ihr zwei habt mich gerade vor dem größten Fehler meines Lebens bewahrt. Ich weiß nicht, wie ich euch danken soll.«

Wir sprachen die Möglichkeiten durch, die uns noch blieben. Viele waren es nicht. Wir beschlossen, uns den Plan B der Baudema-Leute, das andere Grundstück, genauer anzusehen. Schließlich hatten sie uns die missliche Situation eingebrockt. Und wie es aussah, würden sie in nächster Zeit sowieso andere Probleme haben.

Franz musste zwar am nächsten Tag abreisen, aber Jonas würde voraussichtlich in zwei Tagen aus dem Krankenhaus entlassen werden. Dann würden wir uns darum kümmern können. Damit rückte mein nächster Heimaturlaub in noch weitere Ferne, dabei hatte ich so gehofft, zu Hause endlich alles in Ordnung bringen zu können.

Immer wieder drängte sich mir das Bild von Sofia auf, die sich in ihrer stillen Art mehr und mehr in meinem Leben ausbreitete, meine Kinder immer stärker an sich band und vielleicht auch meinem Mann schon viel näher gekommen war, als er es sich – und vor allem mir – eingestehen wollte. Im nächsten Moment zwang ich mich wieder zur Vernunft, und es gelang mir, zu glauben, dass zu Hause alles in bester Ordnung sei und ich lediglich paranoid. Lange würde ich dieses emotionale Hin-und-her-gerissen-sein nicht mehr aushalten.

Franz und ich verabschiedeten uns von Jonas, fuhren ins Hotel und setzten uns in das fast leere Restaurant. Ich hatte den ganzen Tag noch nichts gegessen und fühlte mich wie kurz vor dem Umfallen. Ich entschied mich für eine Pizza und gemischten Salat, Franz für ein Schnitzel.

Er klappte die Speisekarte zu. »Ein toller Junge, dieser Jonas!«, schwärmte er. »So einen bräuchte ich in der Firma.«

Ich sah auf. »Du meinst, in München? Kannst du vergessen. Jonas will nicht nach Deutschland.«

»Und wieso nicht?«

»Heimweh. Nach einem Jahr hat er's nicht mehr ausgehalten. Sensible Ostseele, du weißt schon.«

Der Kellner trat an den Tisch. Nachdem wir bestellt hatten, blickte ich Franz erwartungsvoll an. »So, und jetzt raus damit. Wie lief es mit Chris?«

Er lächelte. Plötzlich sah er ganz jung aus. »Besser als bei der Baudema jedenfalls!«

»Und was heißt das jetzt?« Ich platzte fast vor Neugier.

Er lächelte spöttisch. »Die Neugier ist der Katze Tod.«

Feinfühlig wie immer, mein Chef.

Nachdem wir uns eine gute Nacht gewünscht hatten, ging ich in mein Zimmer, schloss ab und legte die Sicherheitskette vor. Dann schaltete ich den Fernseher ein, um mich nicht so allein zu fühlen. Trotzdem war ich unruhig. Es gab keinen Schutz, das war mir klar. Wenn mir jemand etwas antun wollte, würde er einen Weg finden.

Ich nahm die ungeladene Pistole aus meiner Tasche und die Munition aus ihrem Versteck, ich übte das Laden und Entladen, das Sichern und Entsichern, zielte auf verschiedene Punkte im Raum und bemühte mich, die Hand ruhig zu halten und meinen Atem zu kontrollieren.

Was war das für ein Geräusch? Erst dachte ich, dass es aus dem Fernseher käme, aber dann begriff ich, dass jemand an der Tür klopfte. Erschrocken fuhr ich herum, und in diesem Moment knallte es. Ich schrie auf, ließ die Pistole fallen, kniff die Augen zu und hielt mir reflexartig die Hände auf die Ohren. Trotzdem hörte ich es: Jemand hörte nicht auf zu klopfen und rief meinen Namen. Ich öffnete die Augen und nahm die Hände vom Kopf.

Die Stimme rief: »Katja, mach auf! Ist alles in Ordnung?« Es war Jonas.

Mit zittrigen Beinen ging ich zur Tür und öffnete. »Was machst du denn hier?«

»Ich habe es nicht mehr ausgehalten und mich selbst aus dem Krankenhaus entlassen. Hast du meine Sachen?«

Ich nickte. »Ja, komm rein.«

»Sag mal, habe ich gerade einen Schuss gehört?«

Ich sah zwei Hotelangestellte den Flur entlanglaufen, da und dort standen Gäste vor ihren Zimmern und blickten sich suchend um. Schnell schloss ich die Tür. »Nein, das kam sicher aus dem Fernseher.«

»Und was ist das?« Einen halben Meter vor ihm lag die Waffe am Boden. Schnell hob ich sie auf und legte sie in den Schrank unter meine Wäsche.

In diesem Moment klopfte es laut an der Tür, und es waren Stimmen zu hören, die etwas auf Litauisch riefen.

Jonas starrte auf eine Stelle an der Wand.

Ich folgte seinem Blick.

Auf der Höhe seines Gesichts, wenige Zentimeter neben der Tür, klaffte ein Loch.

Entsetzt sah er mich an. »Sag mal, ist dir klar, dass du mich gerade um ein Haar erschossen hättest? Ein bisschen weiter rechts, und die Kugel wäre durch die Tür gegangen und hätte mich erwischt!«

Bestürzt sah ich mir das Loch näher an. Die Kugel war ziemlich tief eingedrungen, bevor sie stecken geblieben war. Putz und Mauerwerk waren zu Boden gerieselt.

»Scheiße, das habe ich gar nicht gemerkt«, sagte ich. »Der Schuss muss sich einfach gelöst haben.«

Das Klopfen wurde lauter. Geistesgegenwärtig zog Jonas seine Jacke aus und hängte sie so an einen der Garderobenhaken an der Wand, dass das Loch verdeckt war. Da hörten wir, wie jemand einen Schlüssel ins Schloss steckte und ihn umdrehte. Jonas zog mich mit einer schnellen Bewegung an sich, murmelte »Entschuldigung!« und begann mich zu küssen.

Die Tür flog auf, einer der Hotelangestellten stand auf der Schwelle. Jonas löste sich von mir, blickte den Mann ungehalten an und sagte etwas zu ihm. Eine Entschuldigung murmelnd zog der Angestellte sich zurück.

Wir standen uns gegenüber und sahen uns an.

»Tut mir leid«, sagte Jonas. »Ging nicht anders. Ich hoffe, ich habe dich nicht in Verlegenheit gebracht.«

»Ich, verlegen? Blödsinn! Das war ja rein ... geschäftlich, sozusagen.«

»Genau, rein geschäftlich«, bekräftigte er. »Sag mal, wieso spielst du überhaupt mit einer geladenen Waffe rum? Woher hast du die denn?«

»Von Chris. War doch dein Vorschlag!«

Jonas griff sich an den Kopf. »Aber das habe ich doch nur so gesagt!«

»Ich finde es beruhigend, eine Waffe zu haben«, sagte ich. »Aber vielleicht muss ich tatsächlich noch üben. Tut mir wirklich leid, dass ich dich erschreckt habe.«

Jonas schob seine Jacke zur Seite und inspizierte das Loch in der Wand. »Morgen besorge ich Moltofill, damit mache ich es zu.«

Mit feuchtem Klopapier sammelten wir die Putzstücke und den Staub auf, dann öffnete ich die Minibar und nahm ein Fläschchen Wodka raus. »Hier.«

Er schraubte das Fläschchen auf, leerte es in einem Zug, sagte nur »Danke« und atmete tief ein und aus. »Ich glaube, ich könnte noch eins gebrauchen.«

Ich nahm zwei weitere Fläschchen heraus, gab eines ihm und trank das andere. Allmählich verschwand die Verlegenheit zwischen uns, und wir konnten uns beide wieder normal verhalten. Es war schließlich nichts passiert. Dieser

Kuss war nur Show gewesen und hatte nichts zu bedeuten. Trotzdem hatte er sich ziemlich gut angefühlt, wie ich mir insgeheim eingestehen musste.

Irgendwann begann Jonas, von Sofia zu erzählen. Er habe sie bei Facebook gefunden, seither schrieben sie sich regelmäßig. Sie sei eine ungewöhnliche junge Frau.

»Ungewöhnlich?«

»Sehr ernsthaft und intelligent. Nicht so eine ...« Er suchte nach einem Wort.

»... Tussi?«, half ich aus.

»Genau. Viele in diesem Alter interessieren sich nur für Klamotten, Stars und Ausgehen, das ist so langweilig.«

Ich fragte, wofür Sofia sich interessiere. »Für Menschen«, sagte Jonas. »Sie will verstehen, warum Menschen so sind, wie sie sind. Sie ist jemand, der auch hinter die Fassade blickt.«

Das hatte ich gemerkt, als ich in ihrem Notizbuch gelesen hatte. Es war zwar nicht angenehm gewesen, zu erfahren, was sie über uns dachte, aber vielleicht hatte sie ja manches richtig erkannt. Ein Interesse für Menschen konnte man ihr jedenfalls nicht absprechen.

Plötzlich wurde mir bewusst, was ich da neulich getan hatte. Ich war heimlich in ihr Zimmer geschlichen, hatte ihre Sachen durchsucht und in ihren privaten Notizen gelesen. Ich schämte mich vor mir selbst.

»Hat sie ... irgendwas über mich geschrieben?«

»Dass sie dich bewundert und du ein Vorbild für sie bist. Sie sieht, wie schwierig es für dich ist, Beruf und Familie zu vereinbaren, und sie möchte alles tun, um dich zu unterstützen. Sie hofft, dass sie es eines Tages mal leichter haben wird und die Betreuungsmöglichkeiten für Kinder besser werden. Aber auf jeden Fall wünscht sie sich eine Familie wie deine.«

Ich schluckte.

»Das muss doch ein tolles Gefühl für dich sein«, fuhr Jonas fort, »dass zu Hause alles gut läuft und du dich völlig auf deine Aufgabe hier konzentrieren kannst, oder?«

Das sei sehr toll, versicherte ich ihm, und ich sei Sofia sehr dankbar. Ohne sie hätte ich das Projekt nie fortsetzen können, was beim jetzigen Stand der Dinge allerdings keinen Unterschied machen würde, da wir ja mehr oder weniger wieder am Nullpunkt stünden.

»Abwarten«, sagte Jonas. »Das wird schon. Das ist alles ...«

Als er meinen warnenden Blick sah, brach er ab. Ich lächelte.

21

Am folgenden Morgen machten wir uns auf den Weg Richtung Darbénai. Den Mietwagen hatten wir von Franz übernommen, und ich ließ Jonas fahren, allerdings sorgte ich dafür, dass er nichts anderes tat. Telefonieren, Karten lesen, Bonbons auspacken, Radiosender suchen – das alles hatte ich ihm bei Todesstrafe verboten. Bevor wir losgefahren waren, hatte ich heimlich unters Auto gesehen und die Bremsschläuche kontrolliert. Und in meiner Handtasche schlummerte der Revolver. Geladen und gesichert. Das allerdings wusste Jonas nicht.

In den Tagen zuvor hatte es einen Wärmeeinbruch gegeben und stark getaut. Zum ersten Mal, seit ich hier war, sah ich mehr von der Landschaft als eine endlose, weiße Fläche. Noch war alles kahl und braun, aber mit etwas Mühe konnte ich mir vorstellen, wie schön es zu anderen Jahreszeiten sein müsste.

Das Gelände, das wir besichtigen wollten, hatte eine Größe von ungefähr acht Quadratkilometern. Es war ein vergleichsweise kleines Gebiet, aber immer noch groß genug für unser Vorhaben. Je näher wir zur Küste kamen, desto flacher wurde die Landschaft; am Horizont glitzerte das Meer. Die Besiedelung war spärlich, was als Vorteil zu werten war. Die Dörfer waren kleiner, die Straßen schmaler, die gesamte

Infrastruktur schien rückständiger als in der Gegend um Gargzdai. Vielleicht wären die Leute hier dankbarer für ein paar Investitionen.

»Hier ist es.« Ich wies auf die Landschaft vor uns, sanft gewellte Felder und Wiesen, wie gemacht für die Bebauung mit Windrädern. In meinem Kopf entstand ein Bild der Gegend, wie sie in zehn Jahren aussehen könnte. Alles war fruchtbar und grün, da und dort weideten Rinder, die Straßen waren verbreitert und asphaltiert, über der Szenerie drehten sich die Rotoren der Windräder, die Fortschritt und Wohlstand hierhergebracht hatten. Alles könnte so einfach sein und so schön.

Jonas fuhr in einen Feldweg und stellte das Auto ab. Wir stiegen aus und gingen ein bisschen herum. Ich zeigte auf die einzige Stromleitung weit und breit.

»Das wird ein Problem«, sagte ich. In diesen Gegenden war das Netz so wenig ausgebaut, dass man längerfristig ohne neue Stromtrassen nicht auskommen würde. Und das kostete richtig Geld.

Vorerst aber ging es darum, die grundsätzliche Eignung des Gebietes festzustellen, und ich wusste ja, wie viele Faktoren eine Rolle spielten, daher ließ ich keine Euphorie aufkommen.

»Lass uns doch mit ein paar Leuten reden«, schlug ich vor, »dann erfahren wir, wie die Stimmung hier ist.«

Also fuhren wir weiter, bis einige Häuser vor uns auftauchten. Beim erstbesten, einem bescheidenen Einfamilienhaus mit einem eingezäunten Vorgarten, hielten wir an und klingelten.

Die Tür wurde geöffnet, eine junge Frau mit einem ungefähr dreijährigen Mädchen an der Hand sah uns fragend an. Im Hintergrund schrie ein Baby.

Jonas lächelte freundlich und erklärte unser Anliegen. Die Frau zögerte, dann erklärte sie, ihr Mann sei nicht da, sie könne keine Auskunft geben.

Ich sagte: »Wir wollen nur Ihre Meinung zu Windrädern hören und ob Sie sich vorstellen könnten, dass hier in der Gegend welche stehen.« Jonas übersetzte.

Die Frau sah ratlos aus. Dann sagte sie: »Wenn die anderen Probleme damit gelöst sind?«

»Welche anderen Probleme?«

Nun wurde sie lebhaft und sprach länger auf Jonas ein. Als sie fertig war, wandte er sich zu mir: »Genau habe ich es nicht verstanden, aber sie sagte, sie habe Angst, dass man ihnen das Haus wegnimmt. Es gibt irgendeinen jahrelangen Streit, und wenn die Windräder die Lösung seien und der Streit damit beendet, dann wäre sie für die Windräder.«

»Aha«, sagte ich. Das war ja nicht besonders erhellend.

Wir bedankten uns und fuhren weiter, bis in das Dorf. Vor der Kirche saßen zwei alte Männer auf einer Bank und schwiegen.

»Halt an«, bat ich, und Jonas bremste. Wir gingen auf die beiden zu, und Jonas sagte sein Sprüchlein auf.

Sofort fingen beide gleichzeitig an, zu reden. Jonas versuchte sein Bestes, er wiederholte, was er gehört hatte, und fragte nach, wenn der eine dem anderen ins Wort gefallen war. Am Ende zuckte er die Schultern und sagte: »Sie beschweren sich beide über die Regierung, weil die keine Entscheidung über die Landverteilung trifft, und darüber, dass man sie seit Jahren im Ungewissen lässt. Wenn jetzt auch noch Windräder erlaubt würden, dann gäbe es nur noch mehr Verzögerungen.«

»Verstehst du, wovon die reden?«, fragte ich, als wir wieder im Auto saßen.

»Ich glaube, es geht um die Nachwehen der Privatisierung«, erklärte Jonas, »offensichtlich gibt es auf einen Teil des Landes hier Ansprüche von Vorbesitzern. Solche Verfahren ziehen sich oft über Jahre hin. Das ist für die Leute, die auf solchen Grundstücken leben, eine große Belastung.«

»Um Himmels willen!«, sagte ich. »Mit so was will ich nichts zu tun haben, das ist der sicherste Weg, um in einem Jahr zehn Jahre zu altern!«

Jonas wendete den Wagen und fuhr wieder auf die Landstraße.

»Mir kommt da eine Idee«, sagte er. »Es gibt ein Gesetz, das dem Staat bei berechtigtem Interesse erlaubt, Land zu enteignen oder Besitzansprüche zurückzuweisen. Wenn man es schaffen könnte, die Errichtung von Windkraftanlagen zu einem berechtigten staatlichen Anliegen zu machen, könnte man die Rückgabeansprüche ablehnen ...«

»Hör auf«, sagte ich. »Du träumst. Das ist doch völlig illusorisch.«

Jonas dachte nach. »Ich könnte ja wenigstens mal aufs Grundbuchamt gehen«, schlug er vor.

Resigniert winkte ich ab. »Tu, was du nicht lassen kannst.«

Ich stieg beim Hotel aus, und er fuhr weiter. In diesem Moment fiel mir ein, dass auch Straus bei der Besprechung neulich etwas von unklaren Eigentumsverhältnissen in dieser Region erwähnt hatte. Vielleicht wusste er ja mehr.

Spontan drehte ich mich um und ging, statt ins Hotel, auf die andere Straßenseite zur Redaktion des *Küstenboten*.

Die Empfangsdame meldete mich an, und ich ging ins Chefbüro.

Straus' Begrüßung fiel deutlich kühler aus als sonst, was wohl mit der Verhaftung von Vaisnoras zu tun hatte.

»Und, haben Sie was Neues von der Baudema gehört?«, erkundigte ich mich.

»Es gibt nichts Neues«, sagte er mit finsterem Gesichtsausdruck. »Und wenn, würde ich es Ihnen nicht sagen.«

»Was ist denn los? Warum sind Sie so sauer auf mich?«

»Sie haben doch die Bullen angeschleppt!«, polterte er los. »Erzählen Sie mir nichts vom Pferd!«

Ich musterte ihn herausfordernd. »Und ... wenn es so wäre? Der Mann ist ein Gangster, der vierzehn Firmen ruiniert hat. Wir konnten in letzter Sekunde verhindern, dass er sich die nächste vornimmt, nämlich Sunwind.«

Straus zeigte sich seltsamerweise nicht überrascht von dieser Enthüllung. Hatte er womöglich längst von den Machenschaften der Baudema gewusst? Hatte er Sunwind absichtlich in den Abgrund treiben wollen? Und wenn ja, warum?

Er schnaubte. »Wusste ich's doch, dass Sie dahinterstecken!«

»Stimmt«, gab ich zu, »aber ich möchte endlich wissen, warum das Ganze für Sie eigentlich so wichtig ist!«

»Das geht Sie gar nichts an!«

»Finden Sie wirklich? Na, vielen Dank jedenfalls für Ihre Bemühungen, auch wenn es eine verdammt schlechte Empfehlung war. Aber so sind wir wenigstens auf ein neues Grundstück gestoßen.«

»Was für ein Grundstück?«, blaffte er.

»Na, dieser Streifen da oben bei Darbénai. Herr Macaitis ist gerade auf dem Grundbuchamt. Die Baudema hat ja sogar schon Messungen gemacht, vielleicht verlagern wir unser Engagement dorthin.«

Ich weiß nicht, warum ich ihm das erzählte. Vielleicht wollte ich ihn ärgern, vielleicht nur das letzte Wort behalten. Jedenfalls war seine Reaktion bemerkenswert. Er kniff die Augen zusammen und sagte so leise, dass es wie ein heiseres Flüstern klang: »Lassen Sie die Finger davon, Frau Moser, sonst werden Sie es bereuen.«

Ich stand auf. »Das werden Sie schon uns überlassen müssen.«

Er erhob sich ebenfalls und baute sich drohend vor mir auf. »Wenn Sie nicht auf mich hören, dann werde ich öffentlich machen, dass Sie mit gefälschten Daten operieren!«

Ich spürte das Blut aus meinem Gesicht weichen. »Wovon reden Sie überhaupt?«

»Von den gefälschten Windmessungen, die Ihnen Herr Raistenkis besorgt hat!«

»Was wissen Sie denn darüber?«, sagte ich herablassend.

»Sie wissen vielleicht nicht, dass Raistenkis ein guter Freund von mir ist«, sagte Straus. »Außerdem werde ich publizieren, dass die toten Fledermäuse nicht von den Windkraftgegnern stammen, sondern dass Sie das Ganze inszeniert haben, um die Gegner Ihres Projektes in Misskredit zu bringen.«

»Aber ... gerade haben Sie in Ihrem Artikel über mich was ganz anderes geschrieben«, stammelte ich überrumpelt.

»Sehen Sie«, sagte er triumphierend und zugleich voller Hass. »Ich kann über Sie schreiben, was ich will, am einen Tag dies, am nächsten jenes. Ich kann Sie in den Himmel schreiben und in die Hölle! Und immer werden die Leute mir glauben, und nicht Ihnen!«

»Was sind Sie nur für ein Mensch!«, sagte ich voller Verachtung und wandte mich zum Gehen. Da spürte ich eine Bewegung hinter mir, und im nächsten Moment seine Hände auf meinen Schultern, die mich grob zu sich umdrehten. Sein verzerrtes Gesicht war direkt vor meinem. »Ich warne Sie!«

Reflexhaft griff ich in meine Tasche, bekam den Revolver zu fassen und drückte ihn Straus in den Bauch. »Nehmen Sie Ihre Hände weg!«, fauchte ich. »Sofort!«

Er ließ los, taumelte einen Schritt nach hinten und starrte entgeistert auf die Waffe.

»Sie ... sind Sie verrückt?«

Ich hielt den Revolver auf ihn gerichtet und sagte, jedes Wort einzeln betonend: »Nie wieder fassen Sie mich an, Herr Straus! Und nie wieder reden Sie so mit mir!«

Damit drehte ich mich um und verließ den Raum.

Ich war so außer mir, dass ich kaum Luft bekam. An der Empfangssekretärin rauschte ich grußlos vorbei und rannte die Treppe hinunter, statt auf den Lift zu warten. Unten war ich einen Moment unschlüssig, dann lief ich einfach los, Richtung Zentrum. Am Theaterplatz setzte ich mich in ein Café und bestellte einen doppelten Brandy, den ich in einem Schluck hinunterkippte. Dann schrieb ich Jonas eine SMS, damit er wüsste, wo er mich finden könnte.

Noch immer war ich aufgewühlt. Straus hatte eine Grenze überschritten und mich damit gezwungen, ebenfalls eine zu überschreiten. Das hätte mir niemals passieren dürfen, so tief wollte ich nicht sinken.

Dieses Projekt war nicht gut für mich. Die Menschen, mit denen ich zu tun hatte, waren nicht gut für mich. Seit ich hier war, hatte ich begonnen, Stück für Stück alles zu verraten, was mir wichtig war. Werte, Ideale, Umgangsformen. Wenn das so weiterginge, würde ich irgendwann auch skrupellos, korrupt und gewalttätig werden. So weit durfte ich es nicht kommen lassen.

Jemand klopfte an die Scheibe. Jonas lächelte mir zu und kam herein. Im Vorbeigehen bestellte er einen Kaffee am Tresen, dann setzte er sich zu mir.

»Was ist denn mit dir los?«, fragte er. »Du siehst aus, als hättest du ein Gespenst gesehen!«

»Ich ... hatte gerade einen Zusammenstoß mit Straus. Ich habe ihn mit dem Revolver bedroht.«

Sein Lächeln erstarb. »Hast du sie noch alle?«

Ich erzählte ihm von dem Streit und Straus' heftiger Reaktion. »Er ist völlig ausgetickt! Ich hatte Angst, er geht auf mich los!«

Jonas schüttelte fassungslos den Kopf. »Warum ist er in dieser Sache bloß so fanatisch? Und warum wollte er unbedingt, dass wir mit der Baudema ins Geschäft kommen?« Er überlegte. »Vielleicht ist er ja in Wahrheit Teilhaber der Baudema. Oder der Laden gehört ihm sogar. Dem Kerl traue ich alles zu.«

»Ich auch. Und, was hast du herausgefunden?«

Er zog ein Blatt Papier heraus und reichte es mir. »In der Gegend sind mehrere Restitutionsverfahren anhängig. Bei einem davon geht es um zwei Drittel des Gebietes. Ich fürchte, das können wir abhaken.«

Ich las die sechs Namen auf der Liste. Sie sagten mir nichts.

Das ist jetzt also das Ende, dachte ich erstaunt. Der ganze Kampf, die ganze Aufregung, die ganze Arbeit – umsonst. Wie unspektakulär das Scheitern war.

Wir gingen zu Fuß ins Hotel, in Gedanken versunken.

Die Rezeptionistin winkte mir, als wir die Lobby betraten. Sie griff hinter sich und reichte mir ein Paket. »Das ist für Sie abgegeben worden.«

Ich bedankte mich und sah fragend zu Jonas. »Was kann das sein?«

»Pack's aus, dann weißt du's.«

Ich ging zu einer Sitzgruppe, legte das Paket ab und riss das Papier weg. Es war mein alter Laptop. Entsetzt blickte ich zu Jonas. Genauso gut hätten sie eine Nachricht schicken können: *Wir wissen, wo Du bist*.

Ich saß im Taxi und starrte auf die Lichter von München, ohne wahrzunehmen, was ich sah. Die Eindrücke des Tages verfolgten mich. Die Szene mit Straus, ich selbst mit der Waffe in der Hand, der Laptop, mit dem meine Feinde mir zeigen wollten, dass sie mich aufgespürt hatten. Als ich ihn ausgepackt hatte, war mir schwindelig geworden, Jonas hatte mich festgehalten und zu einem Sessel geführt.

Ich hatte ihn gebeten, bei airBaltic anzurufen, und zu meiner Erleichterung bekam ich noch einen Platz in der Abendmaschine. Beim Abschied am Flughafen hatte ich ihm unauffällig einen in Stoff gewickelten Gegenstand in die Hand gedrückt. »Nimm die, ich will sie nicht mehr.«

Mein Aufbruch aus Klaipeda war so überstürzt gewesen, dass ich noch nicht einmal die Zeit gefunden hatte, zu Hause Bescheid zu sagen. Jetzt wählte ich Michaels Nummer. »Hallo, ich bin's. Ich bin im Taxi auf dem Weg nach Hause.«

»Was?«, rief er überrascht. »Ich dachte, du kommst frühestens in zwei Wochen!«

»Das dachte ich auch. Aber es sind ein paar Sachen passiert ... ich erzähl dir alles später. Wo bist du?«

»In Redaktionsklausur in den Bergen. Wir müssen das Konzept von Kultwärts überdenken. Wahrscheinlich machen wir einen kompletten Relaunch.«

»Und wann kommst du zurück?«

»Am Sonntag.«

Heute war Dienstag. Fast hätte ich angefangen zu weinen. Seit dem Unfall war er so besorgt gewesen, so liebevoll. Aber da war ich ja auch weit weg. Und jetzt war es wie immer: Wenn ich ihn brauchte, war er nicht da.

»Okay«, sagte ich gepresst, »dann bis Sonntag.«

»Willst du mir nicht erzählen, was passiert ist?«

»Nicht so wichtig. Mach's gut.« Ich drückte den Aus-Knopf.

Zehn Minuten später bezahlte ich den Fahrer und schloss die Haustür auf. Es war schon halb zwölf, aber als ich in den Flur trat, sah ich durch den Türspalt Licht in Sofias Zimmer.

Ich stellte mein Gepäck ab und klopfte.

»Ja?«, hörte ich ihre erstaunte Stimme.

Ich öffnete. Sie saß auf dem Bett und blickte mich aus verweinten Augen an.

»Hallo, Sofia.«

Sie sprang auf, um mir die Hand zu geben. »Sie sind da? Aber warum ...« Dann brach sie in Tränen aus.

»Was ist denn los?«, fragte ich erschrocken. »Ist was passiert? Ist was mit den Kindern?«

Sie schüttelte den Kopf. »Mit den Kindern ist alles in Ordnung.«

Mir schwante, was der Grund für ihren Kummer sein könnte. »Hat dein Vater angerufen?«

Sie nickte. »Ich soll sofort nach Hause kommen.«

Ich zog ihren Schreibtischstuhl heran und setzte mich zu ihr. »Hör zu, Sofia, ich hatte eine schlimme Auseinandersetzung mit deinem Vater, die leider völlig eskaliert ist. Ich habe schon befürchtet, dass er dich zurückholen wird.«

»Aber ich will nicht nach Hause!«

»Sieh mal, es ist fraglich, ob ich überhaupt nochmal nach Litauen zurückkehre. Im Moment sieht es nicht so aus. Das würde bedeuten, dass wir dich sowieso nicht mehr brauchen.«

Resigniert vergrub sie das Gesicht in den Händen. »Ich verstehe«, murmelte sie.

»Es tut mir sehr leid«, sagte ich. »Jetzt schlaf erst mal, und morgen sehen wir weiter. Du kannst ausschlafen, ich stehe mit den Kindern auf.«

»Ist gut«, sagte sie und drehte sich weg.

Ich wünschte ihr eine gute Nacht und verließ langsam das Zimmer.

Leise ging ich nach oben, zuerst zu Pablo, dann zu Svenja. Lange betrachtete ich meine schlafenden Kinder. Ich war so froh, wieder bei ihnen zu sein.

Morgens weckte ich als Ersten Pablo. Er schlug die Augen auf, lächelte mich an und sagte: »Sind die Windräder fertig?«

»Fast«, sagte ich.

»Dann bleibst du jetzt wieder bei uns?«

»Ich denke schon.«

Er seufzte zufrieden. »Das ist gut. Ich kenne dich ja gar nicht mehr.«

Ich lächelte wehmütig und drückte ihn an mich. Dann weckte ich Svenja.

»Warum bist du denn hier?«, fragte sie erschrocken. »Ist was passiert?«

Ich erklärte ihr, dass alles in Ordnung sei. Es habe eine kurzfristige Änderung gegeben, deshalb sei ich wieder zu Hause.

»Für immer?«

»Sieht so aus«, sagte ich.

»Freust du dich?«

Lächelnd streichelte ich ihr Gesicht. »Ich bin jedenfalls wahnsinnig froh, wieder bei euch zu sein!«

Sofia schlief tatsächlich aus oder blieb zumindest so lange in ihrem Zimmer, bis die Kinder in die Schule gegangen waren. Dann kam sie in die Küche und nahm mit einem leisen »Danke« den Becher Kaffee entgegen, den ich ihr reichte. Sie war blass und übernächtigt, dadurch wirkte sie sehr jung und sehr verletzlich. Wie hatte ich bloß auf den Gedanken kommen können, sie würde versuchen, Michael zu verführen? Und wie hatte ich glauben können, er würde sich für ein so junges Ding interessieren? Sie war nur ein paar Jahre älter als Svenja, wenn sie Instinkte in ihm geweckt hatte, dann höchstens die eines Beschützers.

»Sag mal, Sofia«, begann ich vorsichtig. »Warum willst du eigentlich nicht nach Hause zurück? Hat es was mit deinem Vater zu tun?«

Sie nahm einen Schluck, dann nickte sie.

»Erzähl mir von ihm«, forderte ich sie auf. »Warum ist er so ... wie er ist?«

Sie zuckte die Schultern. Dann begann sie stockend zu sprechen. »Er war immer schon ... so. Impulsiv, jähzornig. Ich hatte oft Angst vor ihm. Aber dann konnte er auch wieder ganz anders sein, lustig und lieb. Ich wusste nie genau, mit welchem der beiden Papas ich es gerade zu tun hatte.«

»Und deine Mutter? Wie ging es ihr damit?«

Sie wurde lebhafter. »Mama hat es gehasst, wenn er so war! Irgendwann hat sie es nicht mehr ausgehalten. Nachdem sie ihn verlassen hatte, gab es einen Streit ums Sorgerecht. Bevor der entschieden war, ist sie gestorben.«

Ich starrte sie überrascht an. »Deine Mutter ist tot? Das tut mir leid, Sofia, das wusste ich nicht. Dein Vater hat nur erzählt, dass sie weggegangen ist. Wie ist sie ... ich meine, warum ist sie gestorben?«

»Sie ist mit dem Auto von einer Brücke gestürzt. Man hat nie herausbekommen, ob es ein Unfall war oder ...« Sie brach ab.

»... Selbstmord?«

Sie nickte wieder und senkte den Blick. Ich brauchte einen Moment, um das zu verarbeiten. Nachdenklich sagte ich: »Ich verstehe immer noch nicht, warum so eine ... Wut in deinem Vater ist. Gestern wäre er fast auf mich losgegangen, kannst du dir das vorstellen?«

Sie lachte bitter auf. »Das habe ich tausendmal erlebt.«

»Hat er dich geschlagen?«

Wieder das stumme Nicken.

»Was macht aus einem Menschen eine solche Zeitbombe?«

Sie blickte auf. »Das hat mit dem Gefängnis zu tun, glaube ich. Damals war ich noch nicht auf der Welt, aber in der DDR haben sie ihn eingesperrt, in Hohenschönhausen. Vielleicht hat er deshalb diese Wut in sich. Weil er ... unterdrückt wurde und machen musste, was man ihm gesagt hat. Und heute will er den Leuten sagen, was sie machen sollen. Und wenn sie nicht wollen, dann dreht er durch.«

Überrascht hatte ich ihr zugehört. Das war eine ziemlich einleuchtende Interpretation, fand ich. Natürlich lag es nahe, dass jemand seelischen Schaden nimmt, den man einsperrt und unter Druck setzt. Er selbst hatte mir ja beschrieben, dass die Gefängniszeit ihn zu dem gemacht habe, der er heute sei – ein Mensch, der rücksichtslos die eigenen Interessen verfolgt. Seit ich ihn kannte, hatte ich nur einmal erlebt, dass er ohne finanzielles Interesse, also gewissermaßen idealistisch, gehandelt hatte: Als es darum ging, die korrupten Gemeinderäte zu stürzen, die in seiner Wahrnehmung so waren wie die Menschen, die ihn eingesperrt hatten. Das hatte offenbar sein Rachebedürfnis gestillt und ihm eine gewisse Befriedigung gebracht.

Als ich Sofia wie ein Häufchen Elend vor mir sah, brachte ich es nicht übers Herz, sie zu diesem Verrückten zurückzuschicken. Ich lehnte mich über den Tisch und drückte kurz ihre Hand. »Du kannst erst mal bei uns bleiben, wenn du willst.«

Ihr Gesicht hellte sich auf. »Oh, das wäre so toll! Wenigstens bis ich ein halbes Jahr voll habe, dann zählt es nämlich als Praktikum für mein Studium!«

Diesen Aspekt hatte ich völlig vergessen, obwohl wir anfangs darüber gesprochen hatten. Ich war eben nur mit meinen Problemen beschäftigt gewesen.

»Ich hoffe nur, mein Vater rastet nicht völlig aus«, sagte sie ängstlich.

»Das hoffe ich auch«, sagte ich. »Aber hier bist du sicher, hier kann er dir nichts tun.«

Bereits am selben Abend klingelte das Telefon, und Straus war dran. »Wenn Sie mir meine Tochter nicht zurückschicken«, bellte er, »dann komme ich und hole sie.«

»Das werden Sie nicht wagen!«, fauchte ich zurück. »Sofia ist volljährig, sie kann selbst entscheiden, wo sie sich aufhält. Sie können vielleicht Ihre Mitarbeiter rumkommandieren oder Ihre bedauernswerte Zweitfamilie. Aber die Zeit, in der Sie über Ihre Tochter bestimmt haben, Herr Straus, ist endgültig vorbei!«

Einen Moment blieb er still, dann sagte er: »Das werden Sie bereuen, Frau Moser.«

Sofia erzählte ich nichts vom Anruf ihres Vaters, aber tagelang war ich unruhig, befürchtete, dass er seine Drohung wahrmachen und auftauchen könnte. Als nichts passierte, beruhigte ich mich langsam wieder.

Einen Tag, bevor Michael zurückkommen sollte, klingelte morgens mein Handy, und Jonas war dran.

»Wie schön, dich zu hören«, sagte ich erfreut. »Wie geht es dir?«

Offenbar hatte er keine Zeit für Geplänkel, denn er sagte nur: »Du musst sofort zurückkommen. Es gibt sensationelle Neuigkeiten!«

Und so saß ich bereits am Sonntag wieder im Flugzeug, während Michael noch auf dem Weg nach Hause war. Wieder hatten wir uns verpasst.

22

In Gargzdai war die Hölle los. Jonas berichtete mir, dass einige der zurückgekehrten Gemeinderäte wieder gegen Gesetze verstoßen hätten; zwei von ihnen hatten Schmiergeld angenommen, ein anderer einen politischen Gegner krankenhausreif geprügelt, ein weiterer einem Verwandten einen lukrativen Auftrag zugeschanzt. Nun hatte der Volkszorn sich endgültig gegen die Politiker gewandt und entlud sich seit Tagen in wütenden Demonstrationen vor dem Rathaus.

Aus alter Gewohnheit lenkte Jonas den Wagen auf den Hotelparkplatz. Wir tauschten einen kurzen Blick, dann stiegen wir aus. Niemand wusste bisher, dass wir zurück waren, und niemand kannte unser Auto. Es würde schon nichts passieren.

Wir gingen die Straße hinunter und hörten aus beträchtlicher Entfernung die Sprechchöre. Als wir näher kamen, konnten wir Spruchbänder und Protestplakate lesen, auf denen die Absetzung des gesamten Rates und Neuwahlen gefordert wurden.

Jonas übersetzte die Parolen, die über den Platz hallten. »Nieder mit der Korruption!« – »Demokratie jetzt!« – »Schluss mit Vetternwirtschaft und Begünstigung!«

Es waren mindestens fünfhundert Leute, darunter erkannte ich einige, die auch beim Hearing gewesen waren.

Eigentlich war es ein Grund zur Freude, dass diese Menschen von ihrem Recht auf Meinungsäußerung Gebrauch machten – auch, wenn sie bedauerlicherweise keine Windräder wollten. Aber sie wollten auch keine schmutzigen Machenschaften in der Politik.

»Ist das nicht toll!«, sagte Jonas euphorisch. Die Demonstranten waren der lebende Beweis dafür, dass nicht alle Litauer moralisch so verkommen waren, wie es sich uns in den letzten Wochen dargestellt hatte. Erst jetzt wurde mir klar, wie schlimm diese Zeit auch für Jonas gewesen sein musste. Er liebte sein Land, er war stolz auf das, was die Menschen hier erreicht hatten, und dann hatte er erleben müssen, wie viel rücksichtslose, kriminelle Energie in manchen dieser Menschen steckte. Und das alles unter dem kritischen Blick einer Ausländerin, die nur zu bereit war, ihre Erfahrungen als Beleg für die Rückständigkeit seines Landes zu werten.

»Ja, es ist wirklich toll!«, stimmte ich zu. »Ich drücke ihnen die Daumen, dass sie es schaffen, diese korrupten Kerle endgültig loszuwerden.« Ich lächelte. »Und dabei denke ich nicht nur an unser Projekt!«

Insgeheim hoffte ich natürlich das Gleiche wie Jonas, der mich deshalb Hals über Kopf aus Deutschland zurückgeholt hatte: dass wir jetzt einem neu gewählten Gemeinderat unseren Antrag vorlegen könnten. Und dass diese Räte vielleicht anders entscheiden würden als ihre Vorgänger.

Wir blieben mehr als eine Stunde auf dem Platz, bis die Demonstration sich auflöste – aber für den nächsten Tag war bereits eine weitere Kundgebung geplant. Die Protestierenden hatten angekündigt, so lange zu kämpfen, bis ihre

Forderungen erfüllt wären. Sie hatten bereits eine Kandidatenliste aufgestellt und betrieben parallel zu den Protesten aktiven Wahlkampf. Es sollten so schnell wie möglich Neuwahlen stattfinden.

»Und wohin jetzt?«, fragte ich Jonas. Darüber, in welchem Hotel wir unterkommen würden, hatten wir noch nicht gesprochen. Aber es war klar, dass wir weder in Gargzdai noch im Finn In wohnen könnten, das wäre zu gefährlich.

Er grinste. »Ich habe etwas ganz Besonderes für uns gefunden«, kündigte er an. »Die Pension zum rauchenden Colt.«

Ich begriff sofort. »Du hast uns bei Chris einquartiert? Hältst du das für eine gute Idee?«

Ich hatte Chris wirklich ins Herz geschlossen, aber eine Wohngemeinschaft mit ihr stellte ich mir ziemlich nervenaufreibend vor.

»Keine Sorge«, sagte Jonas. »Sie ist für einige Zeit nach Deutschland gefahren, Familie und Bekannte besuchen. Und wir hüten so lange ihr Haus.«

Ich war immer noch nicht überzeugt von diesem Plan. »Und ihre Freunde, die Windkraftgegner? Wenn die das erfahren, sitzen wir in der Falle!«

Daran hatte Jonas natürlich gedacht und mit Chris vereinbart, dass sie die Nachricht von ihrer Deutschlandreise unter ihren Freunden verbreitete.

Nur langsam freundete ich mich mit der Idee an, aber mir fiel auch nichts Besseres ein. Die Vorstellung, in Chris' chaotischem, aber gemütlichem Haus zu wohnen, statt in einem sterilen Hotelzimmer, war obendrein ziemlich verlockend.

»Na gut«, willigte ich ein. »Hast du meinen Revolver noch?«

»Ja«, sagte Jonas, »aber der bleibt bei mir.« Damit war ich sehr einverstanden.

Im letzten Ort vor der Abfahrt zu Chris deckten wir uns mit Lebensmitteln und Getränken ein. Ich hoffte, dass sie genügend Brennholz dagelassen hätte.

Das Haus war sauber und aufgeräumt, Chris hatte Betten für uns bezogen und Handtücher bereitgelegt. Ich durfte in ihrem Zimmer schlafen, Jonas bezog das Gästezimmer, in dem wir bei unserem ersten Besuch gemeinsam übernachtet hatten.

Wir packten aus und richteten uns ein. Auf dem großen Tisch im Wohnraum breiteten wir unsere Unterlagen aus und stellten unsere Computer und einen Drucker auf, den Jonas besorgt hatte. Der Internetzugang war nicht besonders schnell, aber zumindest funktionierte er, ebenso die Handys.

Vor uns lag eine Menge Arbeit. Wir mussten unser gesamtes Material noch einmal überprüfen und die Anträge überarbeiten, damit wir für den Moment gerüstet wären, in dem wir durchstarten könnten.

Wir machten eine Wanderung. Michael lief mit den Kindern vor mir her, ich hatte Mühe, ihnen zu folgen.

»Wartet auf mich!«, wollte ich rufen, aber kein Ton kam aus meinem Mund.

Der Abstand zwischen uns wurde immer größer, kaum konnte ich sie noch sehen. Gestrüpp und Schlingpflanzen behinderten mich, schwitzend und mit zerkratzten Armen und Händen kämpfte ich mich durch den immer dichter werdenden Urwald. Auf einmal war ich nicht mehr im Freien, sondern in einer Art Loft, wo eine Party im Gange war.

Junge Leute in schwarzer Kleidung und mit geschminkten Gesichtern schwebten an mir vorbei. Ich wusste, dass irgendwo in der Nähe die Kinder sein mussten, aber sosehr ich nach ihnen suchte, ich konnte sie nicht finden. Da stand plötzlich Michael vor mir. Er war ein alter Mann geworden, trotzdem erkannte ich ihn sofort.

»Wie schön, dass du da bist!«, sagte er und lächelte mich voller Wärme an. Dann begann sein Bild, zu verblassen und sich schließlich aufzulösen. Da wusste ich, dass er tot ist.

Mit einem dumpfen Schrei schreckte ich hoch. Mein Gesicht war nass von Tränen.

»Michael«, schluchzte ich.

Ich machte das Licht an und tastete nach meinem Handy. Es klingelte fünfmal, bis er dranging.

»Mmh«, hörte ich ihn verschlafen brummen.

»Michael, ich bin's«, sagte ich weinend. »Ich hatte einen furchtbaren Traum, und ... ich musste einfach deine Stimme hören.«

Nach einer kleinen Pause fragte er: »Was hast du denn geträumt?«

Ich erzählte es ihm, und er hörte zu, ohne mich zu unterbrechen.

»Es war so schrecklich, als du plötzlich weg warst und ich genau wusste, dass du nie mehr zurückkommen würdest. Es hat mir fast das Herz zerrissen ...« Ich legte das Telefon ab, um mir die Nase zu putzen.

Als ich es wieder ans Ohr drückte, sagte er: »Das ist doch ein schöner Traum! Die Kinder werden groß und gehen ihre eigenen Wege, und wir werden zusammen alt.«

»Denkst du das wirklich? Glaubst du, wir können es schaffen? Manchmal kommt es mir so vor, als sei der Abstand zwischen uns unüberwindlich. Und dann bist du mir wieder so nah, und ich kann den Gedanken nicht ertragen, dich zu verlieren.«

»So sind Beziehungen eben«, sagte er. »Warum macht dir das nur solche Angst?«

Angst! Das war das Schlüsselwort. Genau das war es. Ich hatte solche Angst davor, ihn oder die Kinder zu verlieren, dass ich ständig versuchte, die Kontrolle über sie zu behalten. Jetzt war ich aber die meiste Zeit weg von zu Hause, und die Kontrolle war mir entglitten. Das stürzte mich in Panik. Deshalb traute ich Michael plötzlich Dinge zu, die ich ihm noch nie zugetraut hatte. Deshalb malte ich mir all die Schreckensszenarien aus, in denen Sofia meinen Platz einnimmt, mir meinen Mann, die Kinder, mein ganzes Leben wegnehmen will. Es passierte alles nur in meiner Phantasie.

»Versuch einfach mal, loszulassen, die Dinge laufen zu lassen. Du wirst sehen, dann geht alles viel einfacher und besser, als du gedacht hast.«

Ich seufzte. Diese Lebensweisheiten aus der Denk-doch-mal-positiv-Kiste hatten immer schon meinen Widerspruch gereizt. Aber diesmal dachte ich, dass er wahrscheinlich Recht hätte.

»Überleg mal, wie selten was wirklich Schlimmes passiert und wie oft wir Angst davor haben«, fuhr er fort. »Wir verschwenden so viel Energie mit Ängsten, die völlig sinnlos sind, weil sie sich auf Dinge beziehen, die wir ohnehin nicht beeinflussen können.«

Ja, dachte ich, wie beim Fliegen, wo ich immer glaubte, die Maschine mit meiner Konzentration in der Luft halten zu müssen. Dabei würde das Flugzeug abstürzen oder nicht abstürzen, ganz egal, wie sehr ich mich konzentrierte. Also, warum entspannte ich mich nicht einfach?

Ich holte tief Luft. »Danke«, sagte ich. »Jetzt geht's mir schon besser.«

»Dann schlafen wir jetzt wieder, okay? Ich hatte nämlich gerade einen ganz tollen Traum, bei dem ich kurz davor war, einen Kochwettbewerb zu gewinnen. Vielleicht schaffe ich es ja noch!«

Ich musste lachen. »Ausgerechnet du, der nicht mal eine Dose öffnen kann! Also gut, dann lasse ich dich jetzt weiterschlafen. Und noch was ... Michael ...«

»Ja?«

»Auch wenn du manchmal unmöglich bist. Ich liebe dich.«

»Ich dich auch«, sagte er sanft. »Dabei bist du viel unmöglicher.«

Einige Tage später kam Jonas morgens vom Brötchenholen zurück und winkte aufgeregt mit den Zeitungen. »Es ist so weit!«, rief er. »Sie haben es geschafft!«

Der Gemeinderat war unter dem Druck der Öffentlichkeit geschlossen zurückgetreten, und es waren Neuwahlen angesetzt. Triumphierend stieß ich mit der Faust in die Luft. Jetzt konnten wir mit unserer Kampagne beginnen!

Wir wollten versuchen, mit möglichst vielen der Kandidaten schon vor der Wahl ins Gespräch zu kommen. Jonas hatte die Liste mit den Namen, Adressen und Telefonnummern besorgt. Sofort begannen wir, Termine zu vereinbaren.

Es lief überraschend gut. Die Leute kannten mich, der Artikel im *Küstenboten* hatte mich zu einer kleinen regionalen Berühmtheit gemacht. In kürzester Zeit hatten wir die gewünschten Verabredungen.

Unsere erste Kandidatin war eine Grundschullehrerin in meinem Alter. Sie lebte mit ihren zwei fast erwachsenen Töchtern in einer kleinen Etagenwohnung, wo sie uns mit Kaffee und selbst gebackenem Kuchen empfing. Wir plauderten über unsere Kinder, unsere Berufe und die unterschiedlichen Betreuungsangebote in Litauen und Deutschland. Dass ich – um meinen Beruf ausüben zu können – für viel Geld ein Au-pair-Mädchen anstellen musste, weil es in der reichen Stadt München nicht genügend Hortplätze gab, konnte sie kaum glauben.

Als ich sie nach den Gründen für ihr politisches Engagement fragte, wurde sie lebhaft. »Wissen Sie, ich habe 1989 bei der baltischen Menschenkette mitgemacht, damals war ich so alt wie meine Töchter heute. Ich wünschte mir Unabhängigkeit und Demokratie, und ich bin glücklich, dass wir inzwischen beides haben. Leute wie diese korrupten Gemeinderäte gefährden alles, was wir erreicht haben!«

Ich kam auf die Windkraft zu sprechen und beschrieb ihr unsere Pläne und die Schwierigkeiten, auf die wir gestoßen waren, dann legte ich ihr die Ergebnisse der Umweltverträglichkeitsprüfung und die anderen Gutachten vor, die für unser Vorhaben sprachen. Sie hörte aufmerksam zu, machte sich Notizen, ließ sich aber zu keiner eindeutigen Stellungnahme bewegen. Ich hoffte, dass es uns gelungen war, sie zu überzeugen.

Beim Abschied wünschten wir ihr alles Gute für die Wahl, und Jonas machte auf seiner Liste ein Häkchen neben ihren Namen.

»Glaubst du, wir haben sie auf unserer Seite?«, wollte ich wissen.

»Sieht gut aus«, sagte Jonas. »Kein Problem.«

»Jonas!«, sagte ich drohend. »Das Kein-Problem-Verbot ist immer noch in Kraft!«

»Ist okay«, sagte er. »Kein ... Thema.«

In den folgenden Tagen sprachen wir mit einem Arzt, einer Friseurmeisterin, einem Spediteur, einer Anwältin und einem Unternehmer. Sie alle einte der Wunsch nach Sauberkeit in der Politik, wie der Unternehmer es nannte.

»Ich habe die Sowjetdiktatur erlebt, die Arroganz der Machthaber, die Verlogenheit des Systems«, erklärte er, »so was will ich nie mehr. Als Gemeinderat kann ich nicht die Welt verändern, aber vielleicht unsere Gegend. Irgendwo muss man anfangen.«

Die Wahl fand statt, und die Kandidaten, mit denen wir gesprochen hatten, wurden bis auf einen gewählt. Wir beeilten uns, auch mit den restlichen Abgeordneten Gespräche zu führen. Am Ende sah unsere Bilanz so aus: Bei fünf Kandidaten waren wir uns ziemlich sicher, bei einem nicht ganz, drei hatten wir wahrscheinlich nicht überzeugen können. Ob diese Rechnung aufginge, wüssten wir allerdings erst, wenn unser Antrag behandelt würde.

Jonas ging ins Rathaus und kam mit guten Nachrichten zurück: Wegen der Verzögerungen der letzten Wochen sollten nun in schneller Folge Sitzungen stattfinden, bis zu drei pro Woche. Und unser Antrag würde bereits in der zweiten Sitzung drankommen.

»Jaaa!« Ich fiel ihm um den Hals. Er hob mich hoch und wirbelte mich einmal um die eigene Achse. Nachdem das Projekt schon so gut wie gestorben gewesen war, konnte ich mein Glück kaum fassen.

»Hey, du kannst dich vor Freude ja richtig gehenlassen!«, stellte Jonas grinsend fest.

»Ich, mich gehenlassen? Blödsinn!«

Der große Tag war da. Um elf sollte die Sitzung sein, aber schon ab neun zappelte ich nervös herum. Schließlich schlug Jonas vor, loszufahren und im Hotel in Gargzdai noch einen Kaffee zu trinken.

Die Rezeptionistin begrüßte uns reserviert. Der gut aussehende Kellner, der sonst immer ein paar freundliche Worte für uns hatte, nickte nur kurz.

Einige Frühstücksgäste sahen auf und tuschelten. Was war hier los?

Mein Blick fiel auf die Titelseite des *Küstenboten*, darauf mein Foto und das der toten Fledermäuse. Darüber eine Schlagzeile in riesigen Buchstaben. »Betrügerische West-Investorin enttarnt«, übersetzte Jonas mit heiserer Stimme.

Straus hatte seine Drohung also wahrgemacht. Und sein Timing war, wie nicht anders zu erwarten, perfekt. Mit zitternden Fingern nahm ich die Zeitung aus dem Ständer und reichte sie Jonas. »Lies vor«, bat ich.

Der Artikel war vernichtend. Von »böswilliger Täuschung« war die Rede, von »Lügen« und »Betrug«. Als »Märtyrerin der Windkraftbewegung« hätte ich mich dargestellt, aber nun hätten Recherchen aufgedeckt, dass ich das meiste erfunden hätte. Weder hätte ich Drohbriefe erhalten, noch sei ich Opfer eines Anschlags geworden. Auch die angeblich von Windkraftgegnern platzierten toten Fledermäuse seien eine Erfindung von mir. Außerdem hätte ich einen mit Windmessungen beauftragten Experten gezwungen, falsche Daten zu liefern. Aus alldem könne, so der letzte Satz, »nur folgen, dass Frau Moser mit ihrer Firma Sunwind in diesem Land kein Windkraftwerk errichten darf – an keiner Stelle«.

Jonas ließ die Zeitung sinken und schüttelte fassungslos den Kopf.

»Dieses Dreckschwein«, flüsterte ich mit erstickter Stimme und verbarg mein Gesicht in den Händen. Am liebsten wäre ich aufgestanden und weggelaufen, um den Blicken der Leute ringsum zu entkommen. Ich fühlte mich gedemütigt und besudelt und vor allem völlig hilflos. Wie sollte ich jemals jemandem erklären, dass diese Geschichte eine einzige, riesengroße Lüge war?

Ich schreckte auf. »O Gott, die Sitzung! Was sollen wir tun?«

Jonas blickte finster, aber entschlossen. »Wir müssen dem Gemeinderat erklären, dass du das Opfer einer Verleumdungskampagne geworden bist und wir Gegenbeweise vorlegen werden. Bis dahin bitten wir um einen Aufschub.«

Meine Beine waren wie Pudding. Mit aller Kraft kämpfte ich gegen die Schwäche an und verließ hoch erhobenen Hauptes das Restaurant. Stumm gingen wir die wenigen Hundert Meter bis zum Rathaus, wo sich bereits einige Bürger versammelt hatten. Als sie mich erkannten, breitete sich Unmut aus.

»Da ist ja die Betrügerin!«, rief einer. »Denunziantin, Lügnerin«, ein anderer.

Ich presste die Lippen zusammen und klammerte mich an Jonas' Arm. Endlose Minuten verstrichen, bis endlich der Sitzungssaal geöffnet wurde und die Leute hineinströmten. Wir gingen langsam zu unseren Plätzen. Nach einer Weile traten die Gemeinderäte, an ihrer Spitze der Bürgermeister, ein. Feindselige Blicke trafen mich.

Der Bürgermeister begrüßte die Anwesenden und verlas die Tagesordnung. Punkt eins war der Antrag der Firma Sunwind auf Errichtung von mehreren Windkraftanlagen.

»Sprich du«, flüsterte ich, und Jonas stand auf. Er räusperte sich und begann zu reden. Ich verstand nicht die Worte, aber ich spürte die Wut und die Leidenschaft, mit der er sprach. Offenbar erklärte er, dass der Artikel im *Küstenboten* ein Racheakt war, denn mehrfach fielen die Namen Straus und Baudema. Ich hoffte, er würde nicht vergessen, zu erwähnen, dass wir beide es gewesen waren, die den verbrecherischen Baudema-Chef Vaisnoras ins Gefängnis gebracht hatten.

Die finsteren, verschlossenen Gesichter der Anwesenden wirkten wie eine Mauer, aber beim einen oder anderen bemerkte ich ein leichtes Nicken oder eine fast unmerkliche Änderung des Ausdrucks. Vielleicht hatte Jonas es zumindest geschafft, Zweifel zu säen.

Als er fertig war, blickte der Bürgermeister in die Runde und stellte eine Frage. Gemurmel. Sieben Hände signalisierten Zustimmung. Jonas hatte einen Aufschub erreicht.

Wie geprügelte Hunde schlichen wir zum Auto zurück. Immer wieder glaubte ich, wir würden verfolgt, und bat Jonas, Umwege zu fahren, damit wir die vermeintlichen Verfolger abschüttelt könnten.

Mein Handy klingelte. Es war Michael, der von Sofia erfahren hatte, was vorgefallen war. Dankbar hörte ich zu, wie er auf den *Küstenboten* schimpfte und mir versicherte, die Wahrheit würde bestimmt ans Licht kommen, ich dürfe mich jetzt auf keinen Fall unterkriegen lassen.

»Und von Sofia soll ich dir sagen, dass es ihr schrecklich leidtut. Sie versteht ihren Vater nicht, und es ist ihr wichtig, dass du nicht denkst, sie wäre mit seinen Methoden einverstanden.«

»Sag ihr, das weiß ich. Ich muss mich erst mal von dem Schreck erholen, dann wird's schon irgendwie weitergehen.« Nach einer kurzen Pause fügte ich hinzu: »Du fehlst mir.«

»Du mir auch«, sagte Michael.

Zu Hause kochten wir Tee und setzten uns ins Wohnzimmer, um die Lage zu besprechen. Schließlich sagte Jonas den entscheidenden Satz: »Wir müssen ihn mit seinen eigenen Waffen schlagen.«

»Und wie soll das aussehen?«

Wir müssten eine Gegendarstellung oder Richtigstellung erwirken, erklärte Jonas, aus der hervorginge, dass ich von Straus verleumdet worden wäre. Aber so etwas juristisch durchzusetzen, würde viel zu lange dauern, deshalb müssten wir einen anderen Weg finden.

»Willst du etwa eine Anzeige im *Küstenboten* schalten?«, fragte ich spöttisch.

Angesichts der hiesigen Presselandschaft blieben uns nicht viele Möglichkeiten. Es gab drei kleinere Blätter, die zusammengenommen die Hälfte der Auflage des *Küstenboten* hatten. Und es gab die landesweit erscheinende

Litauen-Post, die eine Hauptausgabe und verschiedene Regionalteile hatte.

Wir müssten eine Materialsammlung zusammenstellen, mit der wir beweisen könnten, dass Straus der Lügner und Betrüger war – nicht ich. Und hoffen, dass die *Litauen-Post* den Fall aufgreifen würde.

»Okay«, sagte ich, »lass uns anfangen.« Wir fuhren unsere Computer hoch und setzten uns gegenüber an den großen Tisch. »Was haben wir?«

»Die Sache mit dem Drohbrief«, sagte Jonas. »Ich kann bezeugen, dass es ihn gab und dass die Polizisten ihn einkassiert haben.«

»Außerdem habe ich das noch gekriegt«, sagte ich und kramte das Go-away-Zettelchen hervor. »Die Schrift ist die gleiche wie auf dem Drohbrief, den der Grundstücksverkäufer bekommen hat.« Ich suchte auch diesen Brief in meinen Unterlagen und legte ihn dazu.

»Der Bremsschlauch«, sagte Jonas. »Leider beweisen diese Bilder nicht, dass es der Bremsschlauch unseres Wagens ist.«

»Aber warum sollten wir uns unter irgendwelche Autos legen und kaputte Bremsschläuche fotografieren?«, sagte ich. »Kein vernünftiger Mensch würde das annehmen!«

»Mit wie vielen vernünftigen Menschen hattest du es in letzter Zeit zu tun?«, fragte er.

Ich seufzte.

»Die Fledermäuse«, fuhr Jonas fort. »Da haben wir den Tierhändler und Chris als Zeugen.«

»Der gestohlene Laptop!«, rief ich nach kurzem Nachdenken. Den hatte Straus nicht erwähnt, weil die Polizei den Diebstahl nachweislich aufgenommen hatte, ich besaß eine

Kopie der Anzeige. Dieser Diebstahl würde einmal mehr beweisen, dass ich hier das Opfer war und nicht die Täterin.

»Die Frage ist, was wir Straus von seinen Schweinereien nachweisen können«, sagte ich nachdenklich. Die Summe seiner üblen Machenschaften würde vermutlich jede Festplatte sprengen, aber es war nicht leicht, sie zu belegen.

Plötzlich fiel es mir wie Schuppen von den Augen. Eines meiner Telefongespräche mit Straus hatte ich aufgezeichnet! Ich nahm mein Handy aus der Tasche und drückte die Wiedergabefunktion. Klar und deutlich waren unsere Stimmen zu hören, als ich ihn um Informationen zur Baudema bat und er mir antwortete, das würde teuer werden.

»Wie teuer?«, hörte ich mich fragen.

Und dann die Stimme von Straus: »Zehntausend.«

Ich drückte den Knopf und sah Jonas triumphierend an. »Das ist der Beweis, dass er sich schmieren lässt!«

Er nickte zögernd. »Es ist allerdings auch der Beweis, dass du bereit warst, ihn zu schmieren. Aber das könnte man als Teil des Manövers erklären, mit dem du ihn überführen wolltest. Weiß Straus von dieser Aufnahme?«

»Natürlich nicht!«

»Wir brauchen noch mehr Beweise. Andere Firmen, die bezahlt haben.«

Ich stieß die Luft aus. »Wie soll das denn gehen? Das gibt doch keiner zu.«

Jonas fand über zwanzig Firmen, die in den letzten drei Jahren große Anzeigen im *Küstenboten* geschaltet hatten. Unter einem Vorwand gelang es ihm, Termine bei einigen Geschäftsführern zu bekommen. Er gab sich als freier Journalist aus, der einen Artikel über den Aufschwung der Wirtschaftsregion Gargzdai-Klaipeda-Palanga schreiben wolle. Erfreut berichteten die Herren über ihre Erfolge. Irgendwann lenkte Jonas die Unterhaltung auf die Schmiergeldpraxis beim *Küstenboten*. Er schaffte es, von drei Managern eidesstattliche Erklärungen zu erhalten, dass sie von Straus regelrecht zur Bezahlung von Schmiergeld erpresst worden waren. Allerdings gab es keine Aussage darüber, ob welches bezahlt worden war. Und Jonas musste sich schriftlich verpflichten, in seinem Artikel keine Namen zu nennen.

Ich gratulierte ihm zu seinem Erfolg. »Darf ich dich Bob nennen?«

»Bob?« Er blickte irritiert. Ich erklärte ihm, dass Bob Woodward den Watergate-Skandal aufgedeckt hatte. Er lächelte geschmeichelt.

»Und wie geht's jetzt weiter?«, fragte ich. Wir durften keine Fehler machen. Wenn unser Material in die falschen Hände geriete, wäre der ganze Aufwand umsonst gewesen. »Meinst du, in dieser Sache könnte uns dein Onkel helfen?«, fragte ich schließlich zögernd. Noch nie hatte ich ihn darum gebeten, obwohl es einige Momente gegeben hatte, in denen wir die Unterstützung eines Ministerialreferenten gut hätten gebrauchen können.

»Daran habe ich auch schon gedacht«, sagte Jonas.

Das Gebäude der *Litauen-Post* lag im Zentrum von Vilnius, nicht weit vom Wirtschaftsministerium. Jonas' Onkel hatte uns tatsächlich einen Termin bei Aron Wencelidas, dem Chefredakteur, verschafft. Wir waren am frühen Morgen losgefahren und hatten die Strecke in etwas mehr als fünf Stunden bewältigt.

Ein junges Mädchen holte uns am Empfang ab und fuhr mit uns ins oberste Stockwerk. Dort wurden wir gebeten, zu warten. Endlich öffnete sich eine Tür, und Herr Wencelidas persönlich bat uns in sein Büro.

Wir bedankten uns für den Termin, und Jonas richtete Grüße von seinem Onkel aus.

»So, und worum geht's?«, kam Wencelidas gleich zur Sache.

Wir breiteten unser Material vor ihm aus. Jonas zeigte ihm die Artikel des *Küstenboten* über mich und unser Projekt und fasste ihren Inhalt zusammen. Er berichtete von den Vorgängen rund um die Baudema, von dem Zusammenprall zwischen Straus und mir, von den Drohungen, die dieser dabei ausgesprochen hatte. Wir zeigten ihm die Beweise, mit denen wir Straus' Unterstellungen widerlegen oder entkräften könnten, dann spielten wir ihm die Aufnahme meines Telefongesprächs mit ihm vor. Zum Schluss präsentierten wir die eidesstattlichen Erklärungen, in denen Straus der Erpressung von Schmiergeldzahlungen beschuldigt wurde.

Wencelidas hörte konzentriert zu, stellte einige Fragen und beugte sich schließlich nach vorn. »Interessant. Könnten Sie mir dieses Material überlassen?«

Jonas und ich tauschten einen Blick. Wir hatten von allem Kopien angefertigt, das Telefonat hatten wir auf CD, ebenso die Fotos.

»In Ordnung«, sagte ich. »Was geschieht damit?«

»Ich möchte es gern von dem zuständigen Redakteur prüfen lassen. Das sind massive Vorwürfe, die da von Ihnen erhoben werden. Bevor wir entscheiden, ob wir daraus etwas machen, müssen wir sichergehen, dass wir keine Hitler-Tagebücher kaufen.« Er lächelte anzüglich und stand auf. »Ich danke Ihnen für Ihr Vertrauen. Sie hören von mir.«

Damit verabschiedete er uns und öffnete eine Tür seines Büros, die direkt auf den Flur führte.

»Was meinst du?«, fragte ich, als wir ein Stück gegangen waren. »Findet er die Sache wirklich interessant, oder hält er uns für paranoide Spinner?«

Jonas hob die Schultern und ließ sie fallen. »Ich habe keine Ahnung. Wir werden sehen.«

Wir aßen zu Mittag und bummelten anschließend ein bisschen durch die Stadt. Die Luft war angenehm mild, die Leute flanierten die Einkaufsstraßen entlang und saßen in Straßencafés. Wir kamen an dem Hotel vorbei, in dem ich im Winter gewohnt hatte.

»Ich frag mal, ob meine Rechnung fertig ist«, sagte ich grinsend.

Jonas sah mich ungläubig an, aber ich ließ mich nicht beirren, öffnete die Eingangstür und trat an die Rezeption.

»Ich hatte bei meinem letzten Besuch um eine Rechnung gebeten«, erklärte ich, »aber leider keine erhalten.«

»Wie ist der Name?«

»Katja Moser, Firma Sunwind, München.«

Die Angestellte tippte die Angaben in den Computer, und im nächsten Moment ratterte der Drucker. Sie legte die Rechnung mit unbewegtem Gesichtsausdruck vor mich auf den Tresen. Überrascht blickte ich sie an, dann fing ich an zu lachen.

Was waren schon fünf Monate ... für litauische Verhältnisse?

23

Ein paar Tage später, während wir beim Frühstück saßen, klingelte das Telefon.

»Habt ihr schon Zeitung gelesen?«, fragte Franz.

»Nein, wieso?«

»Na, dann los!«, befahl er. »Die *Litauen-Post*, landesweite Ausgabe!«

Während Jonas in seine Stiefel sprang und zum Auto eilte, fragte ich: »Woher, in aller Welt, weißt du morgens um zehn, was in der landesweiten Ausgabe der *Litauen-Post* steht?«

Er druckste ein wenig herum, dann rückte er damit raus, dass Chris bei ihm sei. Sie lese jeden Morgen im Internet litauische Zeitungen.

Einen Moment war ich sprachlos. »Heißt das ... Seid ihr jetzt ... ein Paar?«

Franz lachte. »Nenn es, wie du willst! Auf jeden Fall geht's uns großartig!«

Im nächsten Moment hatte Chris den Hörer in der Hand. »Ihr könnt noch 'ne Weile im Haus bleiben, ich finde München echt cool! Lange nicht so spießig, wie ich gedacht habe. Und Franz in Lederhosen – das ist der Hammer!«

»Na dann, noch eine schöne Zeit«, sagte ich überrumpelt. »Was steht denn nun eigentlich in der *Litauen-Post*?«, fragte ich noch, aber Chris hatte schon aufgelegt. So musste ich mich gedulden, bis Jonas mit der Zeitung zurückkam.

Er betrat, übers ganze Gesicht strahlend, das Wohnzimmer und hob die Hand zum Victory-Zeichen. Dann faltete er die Titelseite auf und las die Schlagzeile des Aufmachers: »Schmiergeld, Lügen, Drohungen – wie dieser Mann Menschen zerstört!« Darunter das Foto eines finster blickenden Straus. Jonas blätterte um und begann, zu übersetzen. Bis ins Detail wurde beschrieben, wie übel Straus mir mitgespielt, wie er mich verleumdet und bedroht hatte. Vor mir hatte es schon andere, ähnliche Fälle gegeben, in denen er mit Personen, die gegen seine Interessen verstoßen hatten, publizistisch in dieser Weise umgegangen war. In besonderer Ausführlichkeit wurde seine Schmiergeld-Praxis behandelt; neben den drei Aussagen, die wir geliefert hatten, gab es noch eine Reihe anderer Zeugen. Die Journalisten der *Litauen-Post* hatten ganze Arbeit geleistet.

Vor Erleichterung begann ich zu weinen. Ich war rehabilitiert! Ich war vor Straus und seinen miesen Methoden nicht in die Knie gegangen, ich hatte mich gewehrt und der Wahrheit zum Sieg verholfen!

Die Reaktionen, die der Artikel hervorrief, wären mit »Sturm der Entrüstung« nur unzureichend beschrieben. Die Online-Seite der *Litauen-Post* quoll bereits wenige Stunden nach Erscheinen über vor empörten Leserbriefen, in denen gefordert wurde, dass Straus die Lizenz für den *Küstenboten* entzogen werden solle.

Später folgten Zuschriften, in denen eine Entschädigung für mich gefordert wurde, und gegen Abend gab es den Vorschlag, mir die Ehrenbürgerschaft von Gargzdai anzutragen.

Jonas lachte sich halbtot. »Das hast du jetzt davon!«

Ich stöhnte. »Als Nächstes kriege ich dann ein Denkmal, an dem die Köter der Region ihr Bein heben können.«

Auch in den Abendnachrichten wurde die Geschichte behandelt, und plötzlich tauchte sogar Straus im Bild auf. Eine Reporterin hatte ihn am Eingang zum *Küstenboten* gestellt und hielt ihm ein Mikro vors Gesicht.

»Herr Astrauskas, was sagen Sie zu den Vorwürfen?«

»Alles Unsinn!«, bellte er mit finsterer Miene.

»Und die Schmiergeldvorwürfe?«

»Nichts als Lügen! Die Leute, die mich der Erpressung bezichtigen, sind mit Geldbündeln angerückt und wollten mich kaufen. Aber ich bin nicht käuflich!«

»In Ihrer Zeitung wurde Katja Moser schlimm verleumdet, was sagen Sie dazu?«

Sein Gesicht verzerrte sich noch mehr. »Verleumdet? Das wird sich noch herausstellen!«

Damit riss er die Tür des Redaktionsgebäudes auf und verschwand nach innen.

Ich schnappte nach Luft. Dieser Kerl log doch, wenn er den Mund aufmachte!

Ich drehte mich zu Jonas um. »Sag mal, ist Astrauskas sein litauischer Name?«

Er nickte. Ganz weit hinten in meinem Kopf klingelte etwas.

»Gib mir doch bitte mal die Liste, die du neulich vom Grundbuchamt mitgebracht hast, du weißt schon, die mit den Rückgabeverfahren.«

Er suchte in den Unterlagen und zog ein Blatt Papier hervor. Wir entdeckten den Namen gleichzeitig. Tomas Astrauskas war einer derjenigen, die das Land Litauen auf

Rückgabe von Grund verklagt hatten. Seine Klage lief seit acht Jahren, und sein Antrag umfasste zwei Drittel des Gebiets bei Darbénai, das wir besichtigt hatten. Das war der Teil, auf dem die Baudema ihren Plan B realisieren wollte.

Ich schlug mir mit der Hand gegen die Stirn. »Jetzt begreife ich endlich alles! In seinem ersten Artikel hat er mich angepinkelt, weil er Geld für einen zweiten wollte. Dann ist er der Baudema-Schweinerei auf die Spur gekommen, deren Aufdeckung ihm ein persönliches Anliegen war, deshalb hat er mich zu seiner Komplizin gemacht und großzügig auf die Zahlung eines Informationshonorars verzichtet. Darauf hat er sich die Baudema genauer angesehen und nicht etwa herausgefunden, dass die dort so besonders seriös sind, sondern dass sie dabei sind, die Hände nach ›seinem‹ Land auszustrecken ...«

»... und da er natürlich das Gesetz über die Möglichkeit der Enteignung beziehungsweise der Zurückweisung von Eigentumsansprüchen kennt«, fiel Jonas mir ins Wort, »bekam er Panik, weil ein Windkraftprojekt ihn seine Ansprüche kosten könnte!«

»Und weil er das unbedingt verhindern wollte, hat er die Sunwind in die Kooperation mit der Baudema gehetzt, obwohl er wusste, dass die Leute Gauner sind. Und als wir ihm mit Vaisnoras' Verhaftung einen Strich durch die Rechnung gemacht haben, ist er ausgetickt!«

Jonas nickte heftig. »Genau, so muss es gewesen sein! Jetzt passt alles zusammen.«

»Dieser intrigante Mistkerl!«, sagte ich. »Aber diesmal hat er zu hoch gepokert.«

Mir fiel etwas ein. Ich griff zum Handy und wählte die Nummer von zu Hause. »Sofia? Ich bin's, Katja. Ich wollte dir nur sagen, dass es mir leidtut für dich. Diese Sache mit deinem Vater nimmt dich sicher sehr mit. Aber all das ändert nichts an meiner Wertschätzung für dich, das sollst du unbedingt wissen!«

»Danke«, sagte sie. »Mein Vater bekommt, was er verdient. Ich habe kein Mitleid mit ihm.« Ihre Stimme klang kühl und unbeteiligt.

»Hat er denn nochmal versucht, dich zurückzuholen?«, fragte ich.

Es dauerte einen Moment, ehe sie weitersprach. »Er sagte ... wenn ich jetzt nicht nach Hause käme, bräuchte ich überhaupt nicht mehr zu kommen.«

Ich holte tief Luft und sagte: »Dann ist dein Zuhause ab jetzt bei uns.«

Vom anderen Ende der Leitung war ein Schlucken zu hören. »Danke, Katja. Vielen Dank!«

Am nächsten Tag rief Chefredakteur Wencelidas an. »Und, was sagen Sie zu unserer Geschichte?«

»Ihre Journalisten haben tolle Arbeit geleistet. Ich bin Ihnen zu großem Dank verpflichtet.«

»Für die Wahrheit muss sich niemand bedanken. Zufällig waren wir schon länger an Astrauskas dran, Ihr Material kam uns wie gerufen, um die Geschichte rund zu machen. Leute wie er ruinieren unseren Berufsstand. Ich bin froh, dass wir ihm das Handwerk legen konnten.«

»Was passiert denn jetzt weiter?«

»Vermutlich wird es das eine oder andere Ermittlungsverfahren geben, zum Beispiel gegen die Polizei in Gargzdai und gegen die Mietwagenversicherung, die das Auto beiseitegeschafft hat, statt der Sache mit dem kaputten Bremsschlauch nachzugehen. Rechnen Sie damit, dass die Staatsanwaltschaft auf Sie zukommt. Außerdem könnte es sein, dass Straus seine Lizenz verliert. Dann kann er endlich eine PR-Agentur eröffnen, die auch so heißt.«

»Und Sie kaufen den *Küstenboten*?«, fragte ich scherzhaft.

»Wer weiß ...«, sagte er, und mir kam der Gedanke, dass vielleicht auch Wencelidas nicht ausschließlich der Wahrheit verpflichtet war, sondern mit dieser Geschichte gleichzeitig einen unliebsamen Konkurrenten vom Markt verdrängt hatte.

»Ich habe hier übrigens eine Anfrage für Sie«, unterbrach er meine Überlegungen.

»Was für eine Anfrage?«

»Die Redaktion von TeleTalk täglich lässt fragen, ob Sie sich vorstellen könnten, mit Herrn Straus in einer Sendung aufzutreten.«

Ich schluckte. Das hatte mir gerade noch gefehlt. »Was denken Sie?«, fragte ich schließlich. »Ist das eine gute Idee?«

»Nun ja, er behauptet weiter steif und fest, Sie würden lügen. Offenbar hat er den Artikel nicht gründlich gelesen. Und sicher gibt es immer noch eine Menge Leute, die glauben, ihm sei übel mitgespielt worden. In der Sendung hätten Sie die Chance, vor einem großen Publikum zu beweisen, dass Sie die Gute sind.«

Mir wurde flau. »Ich ... muss darüber nachdenken«, sagte ich. »Bis wann müssen Sie es wissen?«

»Wenn's geht, noch heute«, sagte er, »dann könnten Sie morgen Abend in die Sendung kommen.«

Ich dankte ihm und legte auf. Jonas, der Zeuge des Gesprächs war, musterte mich neugierig. »Und?«

»Ich soll mit Straus bei TeleTalk täglich auftreten.«

Jonas wiegte den Kopf. »So ein Fernsehauftritt ist riskant. Da geht es nur um Sympathie, nicht um Fakten. Wenn du die Nerven verlierst, setzt du alles aufs Spiel, was wir mit dem Artikel erreicht haben.«

»Ich weiß«, sagte ich nachdenklich. »Aber wenn ich es nicht mache, wird Straus mir unterstellen, ich ginge der Konfrontation aus dem Weg, weil ich nicht glaubwürdig sei. Vielleicht muss ich es riskieren.«

Ich griff zum Telefon und rief Franz an, um seinen Rat einzuholen.

»Natürlich machst du das«, sagte er spontan. »Wenn es darum geht, Sympathiepunkte zu sammeln, hast du doch die Nase vorn! Straus ist der Prototyp des hässlichen Deutschen, der ein aufstrebendes Land wie Litauen dazu benutzt, sich persönlich zu bereichern. Du bist eine Vertreterin des anderen Deutschland, du bringst moderne Technologie und Arbeitsplätze!«

Das klang ziemlich überzeugend. Aber wie schwer öffentliche Auftritte zu steuern waren, hatte ich bereits erfahren.

Den Ausschlag gab schließlich Straus selbst. In der Mittagsausgabe der Fernsehnachrichten wiederholte er seine Behauptung, ich sei eine Lügnerin. Er blickte in die Kamera, was so wirkte, als richte er den Blick direkt auf mich. Dann sagte er: »Frau Moser, trauen Sie sich! Sagen Sie mir ins Gesicht, was Sie mir zu sagen haben!«

TeleTalk täglich war die populärste Sendung im litauischen Fernsehen. Bis zu einer Million Menschen, fast ein Drittel der litauischen Bevölkerung, verfolgten Abend für Abend die Interviews, Streitgespräche und Diskussionen mit Gästen zu aktuellen Themen. Der Moderator Simonidas Bronius, ein dicklicher, kleiner Mann um die fünfzig, schlagfertig und stets bestens vorbereitet, genoss Kultstatus.

Als Jonas und ich beim Studio ankamen, wurden wir von Franz und Chris erwartet. »Wo kommt ihr denn her?«, fragte ich überrascht und gerührt.

»Wir lassen dich doch bei deinem großen Auftritt nicht allein«, erklärte Franz und klopfte mir aufmunternd auf die Schulter. »Du schaffst das schon!«

»Hau ihm ordentlich eine aufs Maul, diesem Schmierfinken«, empfahl Chris und drückte mich an sich.

Bei so viel Rückendeckung fühlte ich mich gleich besser, was noch lange nicht hieß, dass ich mich gut fühlte. Ich kam mir vor, als ginge ich strammen Schrittes Richtung Schafott, wo eine gierige Menge darauf lauert, meinen Kopf rollen zu sehen.

Zunächst wurde ich in die Maske geführt, wo eine Maskenbildnerin in engen, schwarzen Hosen und Stiefeln auf mich wartete, die viel zu stark geschminkt war. Ich hoffte, sie würde diesen Look nicht auf mich übertragen.

Franz und Chris waren Richtung Zuschauerraum verschwunden, während Jonas als mein persönlicher Assistent und Dolmetscher die ganze Zeit bei mir bleiben durfte.

Während ich geschminkt wurde, tauchten alle paar Minuten Aufnahmeleiter, Regieassistenten oder Tonleute auf, die mir erklärten, wie die Sendung ablaufen würde, wann ich wo zu stehen hätte, dass ich verkabelt werden würde und wie die Simultanübersetzung funktionierte. Vor Aufregung rannte ich dreimal zur Toilette.

Ich hoffte, dass ich Straus nicht vor der Sendung über den Weg laufen würde, aber Jonas beruhigte mich: Der sei auf der anderen Seite des Studios untergebracht, es habe nämlich schon Schlägereien zwischen Gästen gegeben, seither trenne man mögliche Kontrahenten.

»Schade, dass sie uns nicht nach Schusswaffen untersucht haben«, sagte ich. »Das würde mich sehr beruhigen.«

Jonas grinste. »Ich nehme an, das würde auch Straus sehr beruhigen!«

Endlich waren alle Vorbereitungen abgeschlossen, und ich wurde vom Aufnahmeleiter an die Stelle geführt, von der aus ich auftreten sollte. Jonas zeigte mir durch einen Spalt im Vorhang, wo er gleich sitzen würde. Ich nickte ihm zu, und er verschwand.

Vor Nervosität musste ich ständig schlucken und fragte mich, ob ich überhaupt ein Wort herausbringen würde. Meine Zunge schien am Gaumen festgetackert, mein Gehirn war nur noch eine klebrige Masse.

Ein Musikjingle ertönte, in meinem Ohrhörer knackte es, und die Simultanübersetzung begann. Der Moderator stellte mich als eine Frau vor, die sich für die Zukunft engagiere, in der erneuerbare Energien eine immer größere Rolle spielen würden. Nach Litauen sei ich gekommen, um einen Windpark zu errichten. Was ich dabei Unglaubliches erlebt habe, würde ich gleich berichten.

Der Aufnahmeleiter gab mir ein stummes Zeichen. Mechanisch setzte ich mich in Bewegung und betrat die Studiodekoration, wo mich freundlicher Beifall empfing. Bronius begrüßte mich mit Handschlag und zeigte mir meinen Platz.

Dann sagte er Straus an. Er beschrieb ihn als einen Mann mit litauischen Wurzeln, der mit der Lizenz für den *Küstenboten* die Chance erhalten habe, sich eine Existenz aufzubauen und gleichzeitig einen Beitrag für die junge Demokratie zu leisten, und nun sei er als Erpresser, Verleumder und Betrüger selbst in die Schlagzeilen geraten. Heute Abend wolle man klären, was an den Vorwürfen dran sei.

Von der gegenüberliegenden Seite betrat Straus das Studio. Verhaltener Beifall. Er schickte einen finsteren Blick in die Runde. Der Moderator drückte ihm die Hand, und er setzte sich, ohne mich eines Blickes zu würdigen.

»Guten Abend, Herr Straus«, sagte ich vernehmlich. Es gab immer noch Regeln der Höflichkeit, an die ich mich zu halten gedachte.

Er brummte etwas, einige Zuschauer lachten.

»Sie kennen sich also«, nahm der Moderator die Steilvorlage an.

»Leider«, sagte Straus, während ich nur freundlich nickte. Wieder lachte jemand.

Der Moderator fasste die Ereignisse zusammen und stellte mir einige Fragen. Ich erzählte von meinen Erlebnissen.

Dann sprach er Straus an. »Herr Astrauskas, in einem großen Artikel Ihrer Zeitung haben Sie Katja Mosers Einsatz für umweltfreundliche Windenergie in den höchsten Tönen gelobt. Sie haben die Hindernisse beschrieben, mit denen sie hier zu kämpfen hatte. Nun behaupten Sie plötzlich das Gegenteil und werfen Frau Moser vor, sie habe sich das alles ausgedacht. Können Sie uns das erklären?«

Mit hochrotem Kopf begann Straus zu erzählen, wie perfide ich ihn hinters Licht geführt und wie geschickt ich ihn in mein Gespinst aus Lügen und Erfindungen verwickelt habe, um ihn auf meine Seite zu ziehen.

»Geben Sie doch mal ein konkretes Beispiel«, forderte Bronius ihn auf.

»Diese Geschichte mit den Fledermäusen«, polterte Straus. »Das hat sie sich doch ausgedacht, um die Windkraftgegner in den Dreck zu ziehen! In Wahrheit hat sie selbst dafür gesorgt, dass die toten Viecher da rumliegen. Und dann hat sie irgendeinen Tierhändler bestochen, für sie auszusagen.«

»Haben Sie dafür irgendeinen Beweis?«

»Das liegt doch auf der Hand!«

Aus dem Publikum hörte ich Gemurmel. Bronius wandte sich zu mir. »Können Sie uns das Gegenteil beweisen?«

»Dass Herr Straus es offenbar normal findet, sich eine Aussage mit Schmiergeld zu erkaufen, lässt interessante Rückschlüsse auf sein Verhältnis zur Wahrheit zu«, sagte ich. »Tatsache ist, dass ich niemanden bestochen habe, dass der Tierhändler die Käufer eindeutig beschreiben konnte und dass ich die schriftliche Aussage einer Windkraftgegnerin besitze, die an der Manipulation mit den toten Tieren beteiligt war.«

»Als könnte man so was nicht fälschen!«, schrie Straus.

In diesem Moment geschah etwas Unerwartetes. Im Publikum wurde es unruhig, jemand stand auf und kam auf die Studiobühne. Es war Chris. Bronius bat um ein Handmikrofon.

»Guten Abend, darf ich fragen, wer Sie sind?«

»Na, Sie reden gerade von mir, und da dachte ich, dass ich ein Wörtchen mitreden will.«

Um Bronius' Lippen spielte ein Lächeln. »Na, dann los!«

Chris hatte Deutsch gesprochen, aber der Simultandometscher reagierte schnell und übersetzte bereits für die Zuschauer.

»Ich wollte nur sagen, ich war bei der Sache mit den Fledermäusen dabei, und das tut mir heute leid. Das war ein ganz mieser Trick, um die Windräder zu verhindern. Und noch mieser finde ich, wie der Herr Astrauskas sich hier verhält. Der wirft einfach mit Behauptungen um sich, ohne irgendwas beweisen zu können. Und diesen Dreck hat er jahrelang im *Küstenboten* verbreitet, und damit soll jetzt mal Schluss sein!«

Lauter Beifall brandete auf. Chris zwinkerte mir unauffällig zu und ging zu ihrem Platz zurück.

»Na, dann die Sache mit meiner angeblichen Bestechlichkeit«, rief Straus, »da möchte ich jetzt mal einen Beweis sehen!«

»Sehen können Sie den Beweis nicht, aber hören«, sagte der Moderator und gab ein Handzeichen Richtung Studioregie. Es knackte und rauschte, dann ertönte das aufgezeichnete Telefonat zwischen Straus und mir. Es endete mit Straus' Forderung nach den zehntausend Euro.

Straus war blass geworden. Im Publikum wurde gebuht.

Bronius lächelte auffordernd. »Was sagen Sie dazu, Herr Astrauskas?«

»Alles manipuliert«, stammelte Straus. »So was kann man an jedem Computer zusammenbasteln.«

Jetzt wurde es mir zu bunt. »Ich finde es wirklich bezeichnend, Herr Straus, dass Sie sämtliche Beweise, die gegen Sie vorliegen, einfach als Manipulation und Betrug abtun. Würden Sie freundlicherweise in Erwägung ziehen, dass es

Menschen gibt, die nicht lügen und betrügen? Die sich sogar gewissen Werten verpflichtet fühlen und nicht nur ihren persönlichen Interessen?«

»Was soll das heißen?«, brüllte er.

»Lassen Sie mich eine Frage stellen«, bat ich, und der Moderator nickte.

Ich fasste kurz die Vorgänge um die Baudema zusammen, dann sagte ich zu Straus: »Sie wollten meine Firma in den Ruin treiben, warum?«

»Unsinn!«, schrie er.

Ich blieb ganz ruhig. »Ich sage Ihnen, warum. Um Ihre Rückgabeansprüche nicht zu gefährden. Sie prozessieren seit Jahren gegen den litauischen Staat, weil Sie Land zurückhaben wollen.«

»Das muss ich mir nicht bieten lassen«, tobte er. »Das ist Rufmord!«

»Rufmord?«, sagte ich und zog die Liste heraus. »Hier ist eine Aufstellung der laufenden Restitutionsverfahren für diese Gegend, und hier steht Ihr Name.« Ich hielt das Blatt in die Kamera, die zoomte drauf.

»Warum wollen Sie nicht, dass Ihre Rückgabeforderung bekannt wird?«, schaltete sich der Moderator wieder ein.

»Weil einem hierzulande nicht der Schmutz unter dem Nagel gegönnt wird!«, brüllte Straus. »Vor allem nicht, wenn man Deutscher ist.«

Das Publikum war jetzt richtig aufgebracht. Jemand rief Straus eine Beschimpfung zu. Er wollte aufstehen und sich auf die Leute stürzen. Blitzartig tauchten zwei Security-Männer auf, die hinter dem Vorhang bereitgestanden hatten, und hielten ihn fest.

»Könnte es nicht sein«, fuhr Bronius fort, »dass Ihr schlechtes Image eher die Folge Ihrer Geschäftspraktiken beim *Küstenboten* ist?«

»Was für Geschäftspraktiken? Ich führe eine erfolgreiche, profitable Zeitung, ich schreibe, was die Leute lesen wollen, und stehe auf keiner Seite.«

Nun blickte Bronius zu mir. »Was meinen Sie dazu?«

Ich zuckte die Schultern. »Wer auf keiner Seite steht, hat irgendwann keine Freunde mehr.«

Das Publikum applaudierte lautstark. Straus schimpfte in meine Richtung. Bronius blickte lächelnd in die Kamera und sagte: »Meine Damen und Herren, ein schönes Schlusswort! Wie immer bei TeleTalk täglich: Spannende Gespräche, kontroverse Diskussionen. Schön, dass Sie dabei sind! Und hier unser nächstes Thema.«

Eine Film-Zuspielung begann. Bronius bedankte sich bei Straus und mir, und wir wurden in entgegengesetzten Richtungen aus dem Studio geführt.

In den Kulissen wurde ich bereits von Jonas erwartet, der begeistert den Daumen nach oben reckte. »Du warst super, Katja! Herzlichen Glückwunsch!«

»Danke«, sagte ich erschöpft. »Ich bin so froh, dass es vorbei ist.«

Die Aufnahmeleiterin kam zu mir. »Möchten Sie sich abschminken?«

»Nicht nötig, vielen Dank.« Ich wollte nur weg.

Wir verabschiedeten uns und wurden zum Ausgang gebracht. Draußen warteten nicht nur Chris und Franz, sondern auch einige Zuschauer, die mich zu meinem Auftritt beglückwünschten. Ein paar Pressefotografen machten Bilder.

Plötzlich ertönte im Inneren des Studiogebäudes Gebrüll, dann lautes Gepolter. Die Tür wurde aufgerissen, Straus stürmte heraus, gefolgt von den Sicherheitsleuten. Er sah mich, schlug einen Haken und rannte mit drohend erhobenem Arm auf mich zu. Ich wich zurück. Jemand hielt Straus fest, Kameras surrten, Blitzlichter klickten. Dann waren auch die Sicherheitsleute zur Stelle und rissen Straus von mir weg. Eine Sekunde blickten er und ich uns in die Augen. Ruhig sagte ich: »Dabei hätten Sie ein brillanter Journalist sein können.«

Auf den Titelseiten sämtlicher Zeitungen prangte am nächsten Tag groß das Foto von Straus, der drohend die Faust gegen mich erhebt. Die Blätter überboten sich mit reißerischen Schlagzeilen. »Durchgedrehter Chefredakteur bedroht Gast bei TeleTalk täglich!« – »Mutige Kämpferin für Windenergie von Widersacher angegriffen!« – »Nach Punktesieg bei Talkshow: Deutsche muss um ihr Leben fürchten!«

Nur eine Zeitung fehlte. Der *Küstenbote* war nicht erschienen. Eine Woche später wurde bekannt, dass Straus die Lizenz entzogen worden war.

In der Zwischenzeit waren Jonas und ich zweimal von der Staatsanwaltschaft vernommen worden. Der verantwortliche Polizist aus Gargzdai wurde vom Dienst suspendiert, gegen den Mietwagenunternehmer und die Versicherung lief ein Strafverfahren. Außerdem hatten wir eine Mitteilung von der Gemeinde erhalten: Unser Antrag stand erneut auf der Tagesordnung.

Franz hatte beschlossen, bis zur endgültigen Entscheidung dazubleiben, und so war aus der Zweier-WG eine Vierer-WG geworden. Beim Umräumen unserer Sachen war mein Blick auf einen herumliegenden Brief gefallen, der an Chris adressiert war. Die Schrift war mir aufgefallen, und ich hatte sie mit der des Drohbriefs an den Grundstücksverkäufer und dem Go-away-Zettelchen verglichen. Es war dieselbe Handschrift.

»Von wem ist dieser Brief?«, fragte ich Chris.

»Von Miroslav. Darin hat er Schluss gemacht. Willste ihn lesen?«

»Nein danke. Wollte nur wissen, wer ihn geschrieben hat.« Ich zeigte ihr die beiden Nachrichten.

»So ein Blödmann«, schimpfte Chris. »Hier die Leute zu bedrohen. Ich kann diese Fanatiker nicht leiden!«

Ich lächelte nur.

Der Tag der Gemeinderatssitzung. Wieder wachte ich früh auf, wieder konnte ich es kaum erwarten, loszufahren. Diesmal beschlossen wir, keinen Kaffee im Hotelrestaurant zu trinken. »Wer weiß, was heute in der Zeitung steht«, witzelte Jonas.

Wir stellten das Auto ab. Eingerahmt von Jonas, Franz und Chris, die es sich nicht hatte nehmen lassen, mitzukommen, ging ich die Straße hinunter.

High Noon, dachte ich. Die Stunde der Entscheidung.

Auch diesmal warteten draußen Leute, die an der Versammlung teilnehmen wollten. Anders als beim letzten Mal sahen fast alle freundlich aus, einige kamen sogar und drückten mir die Hand.

Wir gingen hinein und suchten uns Plätze. Wieder traten die Räte gemeinsam mit dem Bürgermeister auf und setzten sich um den großen Tisch. Die nette Lehrerin, der Unternehmer, der Spediteur und all die anderen, die wir kennengelernt hatten, lächelten mir zu.

Der Bürgermeister eröffnete die Sitzung mit der Mitteilung, dass die lang erwartete Gesetzesnovelle verabschiedet worden sei und die Genehmigung neuer Detailpläne damit deutlich vereinfacht und beschleunigt würde.

»Wir haben, wenn ich das so sagen darf, in diesem Punkt jetzt Rechtssicherheit«, erklärte er. *Rechtssicherheit.* Das Wort klang wie Musik in meinen Ohren.

Diesmal standen zwei Anträge vor unserem auf der Tagesordnung, und meine Anspannung wuchs mit jeder Minute. Endlich verlas der Bürgermeister Punkt drei, unseren Antrag. Dann erteilte er einer Vertreterin der Windkraftgegner das Wort, es war die Frau im weißen Mantel, die schon beim Hearing und der Ortsbegehung dabei gewesen war. Ich erschrak. Würde jetzt alles von vorne beginnen? Würden sie erneut Widerspruch einlegen, neue Gutachten fordern, neue Tricks auffahren?

Die Frau fasste alle Gegenargumente nochmal zusammen. Dann sagte sie: »Wir müssen aber zugeben, dass Frau Moser angemessen auf unsere Einwände reagiert hat. Vieles konnte sie sofort beantworten, für alle offen gebliebenen Fragen hat sie in den Tagen und Wochen nach der Veranstaltung die Antworten geliefert. Dann passierten die vielen unschönen Dinge, die uns allen bekannt sind, und von denen sich die Gruppe, für die ich spreche, ausdrücklich distanzieren möchte.«

An dieser Stelle applaudierten einige Zuhörer.

»Wie ist denn nun Ihre Haltung?«, fragte der Bürgermeister.

»Wir haben immer noch Zweifel und Kritik an dem Projekt. Wir sehen aber auch die Vorteile für die Region. Deshalb sind wir bereit, unseren grundsätzlichen Widerstand aufzugeben, sofern die Firma Sunwind bereit ist, über einige wichtige Detailfragen mit uns zu verhandeln.«

Der Bürgermeister sah fragend zu mir. Ich blickte zu Franz. Der stand auf und stellte sich als Chef von Sunwind vor. Interessiert wandten sich alle Köpfe ihm zu.

»Danke, dass Sie mir die Gelegenheit geben, ein paar Worte zu sagen. Zunächst möchte ich meiner Mitarbeiterin Katja Moser und ihrem Assistenten Jonas Macaitis sehr herzlich für ihren Einsatz danken. Erneuerbare Energie ist das Thema der Zukunft. Wenn Sie dieses Projekt heute genehmigen, öffnen Sie die Tür in eine gute Zukunft für Ihre Region. Sie werden unabhängiger, Sie schaffen neue Arbeitsplätze, Sie sorgen für eine umweltgerechte Stromversorgung der Menschen. Wenn wir konstruktiv zusammenarbeiten, werden wir die besten Lösungen für alle Seiten finden. Und ich verspreche Ihnen: Die Firma Sunwind ist dazu bereit!«

Er bedankte sich und setzte sich unter dem Beifall der Zuhörer wieder. Ich nickte ihm zu. Aus den Reihen der Räte kamen nun Fragen, die Franz und ich abwechselnd beantworteten. Endlich kam es zur Abstimmung.

»Offen oder geheim?«, fragte der Bürgermeister in die Runde. Man einigte sich auf geheim. Manche wollten offenbar immer noch nicht Farbe bekennen.

Die Stimmzettel wurden ausgegeben, ausgefüllt, eingesammelt. Der Bürgermeister faltete sie unter dem Blick seines Stellvertreters auseinander und machte zwei Häufchen. Dann zählte er die Zettel und sagte: »Der Antrag der Firma

Sunwind auf Errichtung von bis zu acht Windkraftwerken auf dem bezeichneten Grund wurde mit sechs zu vier Stimmen ... angenommen!«

Wir sprangen auf und fielen uns jubelnd in die Arme. Viele der Zuhörer applaudierten, die Frau im weißen Mantel kam und drückte jedem von uns die Hand. Als die Situation sich wieder beruhigt hatte, ergriff der Bürgermeister noch einmal das Wort.

»Gestatten Sie mir noch eine persönliche Bemerkung. Seit rund zwanzig Jahren haben wir in diesem Lande die Chance, unser Gemeinwesen demokratisch zu organisieren und unsere Wirtschaft nach den Grundsätzen der Marktwirtschaft zu entwickeln. Ohne die Unterstützung von ausländischen Investoren wäre dies nicht möglich. Wir, der Gemeinderat von Gargzdai, möchten uns bei Ihnen, liebe Frau Moser, entschuldigen. Was Sie hier erleben mussten, wirft ein sehr schlechtes Licht auf unser Land. Wir hoffen und wünschen uns, dass Sie hier zukünftig andere Erfahrungen machen und Litauen so sympathisch und liebenswert erleben, wie es eigentlich ist!«

Alle Räte standen auf und applaudierten. Eine Gemeindeangestellte kam und brachte einen gigantischen Blumenstrauß, den der Bürgermeister mir überreichte, zusammen mit einem Fotoband über Litauen.

Jonas beugte sich zu mir. »Du bist ja ganz gerührt!«, flüsterte er.

Mit feuchten Augen funkelte ich ihn an. »Ich, gerührt? Blödsinn!«

Ein Jahr später

»Drei, zwei, eins ... los!«

Der Techniker legte einen Schalter um, und ganz langsam begann der Rotor, sich in den blauen Sommerhimmel hineinzudrehen. Das vertraute Sirren fing an und verstärkte sich, bis die Rotorblätter ihre volle Geschwindigkeit erreicht hatten. Ich schloss die Augen, zog die Luft tief ein und versuchte, mir diesen Moment so genau einzuprägen, dass ich ihn bis ans Ende meines Lebens nicht vergessen würde.

Ich hatte es geschafft! Und die Menschen, die mir am meisten bedeuteten, waren bei mir: Michael hatte den Arm um mich gelegt, neben uns standen Svenja, Pablo und Sofia. Wenige Schritte entfernt starrten Franz und Chris verzückt in den Himmel, und Jonas ging herum und verteilte Pappbecher mit Sekt. Nur meine Eltern fehlten. Natürlich hatte ich sie eingeladen, aber beide antworteten, sie könnten leider nicht kommen. Noch nie hatte ich mich so über eine Absage gefreut – sie machten gemeinsam eine Reise durch Italien!

Jetzt ertönte die Stimme von Willi Hildebrandt, dem Vizepräsidenten der deutsch-litauischen Handelsgesellschaft, durch ein Mikrofon: »Verehrte Frau Moser, liebe Sunwind-Mitarbeiter, verehrte Pressevertreter! Ich möchte es mir nicht nehmen lassen, Ihnen am heutigen Tag im Namen unserer Gesellschaft ganz herzlich zu Ihrem Erfolg zu gratulieren! Diese Windkraftanlage, die gerade in Betrieb gegangen ist, markiert den Beginn eines neuen Kapitels der deutsch-litauischen Zusammenarbeit. Wir freuen uns mit Ihnen und sind stolz, dass auch wir einen Beitrag zu diesem Erfolg leisten konnten ...«

Jonas und ich wechselten einen Blick. Welchen Beitrag? Schließlich hatte er alles darangesetzt, uns von unseren Plänen abzubringen.

Am Ende seiner Rede kam Hildebrandt zu mir, drückte mir die Hand und sagte: »Herzlichen Glückwunsch, Frau Moser, auch von mir persönlich. Erstaunlich, in welch kurzer Zeit Sie hier zum Erfolg gekommen sind. Wie sind Sie denn mit der litauischen Mentalität zurechtgekommen?«

»Bestens«, sagte ich.

»Sehen Sie!«, erwiderte er strahlend und klopfte mir auf die Schulter. »Das habe ich Ihnen doch gleich gesagt. Die Litauer sind ein prima Völkchen, innovationsfreudig, kooperationsbereit und sympathisch! Gut, dass Sie meinen Rat befolgt haben und dieses Projekt so zielstrebig angegangen sind!«

Ich hob eine Augenbraue.

»Auch aus Steinen, die einem in den Weg gelegt werden, kann man Schönes bauen«, sagte Michael.

Hildebrandt blickte ihn fragend an. Dann hellte sich sein Gesicht auf. »Goethe?«

Michael nickte anerkennend.

Eigentlich schade, dachte ich, dass Straus jetzt nicht da ist. Der Mann, der es um ein Haar geschafft hätte, nicht nur die Sunwind zu ruinieren, sondern auch meine berufliche und moralische Reputation. Der sich am Ende aber geschlagen geben musste und – nachdem sein Restitutionsverfahren gescheitert war – nach Dresden zurückgekehrt war. Dort hatte er eine PR-Agentur eröffnet. Ich war überzeugt, dass er damit sehr erfolgreich sein würde.

Ein zartes Greinen riss mich aus meinen Gedanken, ich blickte zu dem Kinderwagen, der in der Nähe stand, und musste lächeln. Unglaublich, was alles passiert war, seit wir vor einem Jahr das Rathaus von Gargzdai verlassen hatten!

Meinen Blumenstrauß hatte ich damals spontan an Chris weitergegeben und ihr für alles gedankt, was sie für uns getan hatte.

»Hoffentlich kann ich mich irgendwann bei dir revanchieren!«, hatte ich gesagt, selbst erstaunt darüber, wie sehr mir diese verrückte Räuberbraut ans Herz gewachsen war.

Chris hatte gegrinst. »Da hätte ich schon eine Idee!«

»Ach, ja? Welche denn?«

»Du kannst Patentante werden.«

Ungläubig hatte ich die Augen aufgerissen. »Waaas?«

»Du hast schon richtig verstanden, ich kriege ein Kind!«

»Wie ... ist das denn so schnell passiert?«

Chris hatte gelacht. »Muss ich dir das jetzt wirklich erklären?«

Jetzt beugten sich Chris und Franz gemeinsam über den Kinderwagen, schaukelten ihn hin und her und gaben beruhigende Geräusche von sich.

Wenn jemals ein Mann gerne Vater geworden war, dann Franz. In einer stillen Stunde hatte er mir gestanden, dass er sich immer Kinder gewünscht habe, Dahlia aber nicht. Aus Groll darüber war er wohl oft wenig verständnisvoll gegenüber den Kinderbetreuungsproblemen seiner Mitarbeiter gewesen.

Inzwischen lebte Franz mit Chris in Litauen und hatte unser Projekt übernommen. Ich war nach München zurückgekehrt und zur Geschäftsführerin befördert worden. Meine Bedingung war gewesen, dass Jonas mein Assistent werden müsse. Daraufhin hatte Franz ihm ein sehr gutes Angebot gemacht, und ich wusste, dass Jonas es auf jeden Fall annehmen würde. Denn in der Zwischenzeit war noch etwas anderes passiert:

Eines Tages, als ich mal wieder auf Heimaturlaub gewesen war, hatte es an der Tür geklingelt. Zu meiner Überraschung stand Jonas vor mir, eine Hand hinter dem Rücken versteckt.

»Was machst du denn hier?«, fragte ich. »Hältst du es denn gar nicht mehr ohne mich aus?«

Er grinste verlegen. Dann hielt er mir plötzlich eine riesige Flasche Champagner hin. »Herzlichen Glückwunsch, du hast die Wette gewonnen.«

Eine Sekunde starrte ich ihn an, dann begriff ich. Sofia! Er hatte sich tatsächlich in sie verliebt! Und sie sich offenbar auch in ihn, denn von nun an war Jonas ein häufiger Gast bei uns. Als Sofias Praktikumshalbjahr bei uns beendet war, überraschte sie uns mit der Mitteilung, sie habe einen Studienplatz für Psychologie in Regensburg bekommen. Jonas nahm sich eine Wohnung in der Stadt, und an den Wochenenden pendelte Sofia zu ihm. Die beiden besuchten uns oft, für uns waren sie fast wie große Kinder geworden.

Zu guter Letzt hatte Michael es geschafft, mich gründlich zu überraschen.

Eines Tages bat er mich, ihn zu einer Buchpremiere zu begleiten. Die Veranstaltung fand in einer Buchhandlung in Schwabing statt. Wir fuhren früh los, weil wir aus Erfahrung wussten, wie schwer man dort einen Parkplatz findet.

Schon vor dem Eingang trafen wir auf Leute, die Michael gratulierten und ihm Erfolg wünschten. Offenbar würde er, wie schon öfter, die Einführung für den Autor sprechen, der heute Abend sein Werk vorstellte.

Wir betraten den Laden. Ich sah mich um – und traute meinen Augen nicht. Vor uns auf einem Tisch waren ungefähr hundert Exemplare desselben Buches aufgebaut. Es trug den Titel »Goethe – Ein junger Wilder«. Der Name des Autors war Michael Moser.

Ungläubig starrte ich ihn an. »Du hast ein Buch geschrieben? Und ... warum weiß ich davon nichts?«

Er lächelte. »Ich wollte gern dein Gesicht sehen, genau in diesem Moment.«

Ich wollte mein Gesicht in diesem Moment lieber nicht sehen. Wahrscheinlich sah ich selten dämlich aus.

Mit einem Mal begriff ich. Die endlosen Recherchen mit Sofia, der angebliche Relaunch von Kultwärts, sein Rückzug auf die Berghütte. Kein Betrug, keine Affäre. Eine Liebesbeziehung mit Johann Wolfgang von Goethe. Jahrelang hatte er davon gesprochen, ein Buch über den Dichter als jungen Mann schreiben zu wollen. Ich hatte es für Spinnerei gehalten, für die Phantasien eines überspannten Kulturredakteurs. Und nun hatte er seinen Traum verwirklicht. Das Buch lag vor uns, und ich hatte das Gefühl, nun könnte mein Mann endlich zu mir zurückkehren.

Ich umarmte ihn vor all den Leuten, die uns umringten. »Du Verrückter!«, flüsterte ich ihm ins Ohr. »Ich bin so stolz auf dich!«

Nachdem die Einweihungsfeierlichkeiten bei der Windkraftanlage vorüber waren, machten Michael, die Kinder und ich eine mehrtägige Rundreise durch Litauen. Bei strahlendem Sommerwetter kamen wir schließlich in Vilnius an.

»Ich will euch was zeigen«, sagte ich und führte sie zu der Stelle, wo die Steinplatte mit der Inschrift *Stebuklas* in den Boden eingelassen war.

»Was bedeutet das?«, wollte Svenja wissen.

»Es heißt Wunder«, erklärte ich. »Und es bezeichnet das südliche Ende einer sechshundert Kilometer langen Menschenkette, mit der die Menschen aus den drei baltischen Staaten vor zwanzig Jahren zeigen wollten, wie sehr sie sich die Unabhängigkeit ihrer Länder wünschen. Man sagt, wer sich etwas ganz intensiv wünscht, sich dabei mit einem Bein auf die Platte stellt und dreimal um die eigene Achse dreht, dessen Wunsch geht in Erfüllung.«

»Au ja!«, rief Pablo, stellte sich mit einem Fuß auf die Platte, schloss die Augen und drehte sich. »Ich wünsche mir ein Rennrad und eine Playmobilstation und einen Computer und dass die Ferien noch zehn Jahre dauern ...« Ihm wurde schwindelig, er musste aufhören und taumelte in meine Arme.

»Jetzt du, Svenja«, forderte Michael sie auf.

»Ich glaube, es wirkt besser, wenn man den Wunsch für sich behält«, flüsterte ich ihr zu. Sie lächelte mich verschwörerisch an. Dann drehte sie sich langsam, mit geschlossenen Augen, einen Wunsch vor sich hin flüsternd, den keiner von uns hören konnte. Ich vermutete aber, er könnte mit einem gewissen Kilian aus ihrer Schule zu tun haben, der seit neuestem bei uns ein und aus ging.

»Du bist dran!«, sagte ich zu Michael. »Und du weißt ja, bei Eheleuten wirkt der Zauber nur, wenn man dem anderen sofort verrät, was man sich gewünscht hat!«

»Das hättest du gern«, grinste er. Mit großer Geste breitete er die Arme aus, schloss die Augen und drehte sich. Und obwohl er kein Wort sagte, glaubte ich zu wissen, was er sich wünschte.

»Jetzt du, jetzt du!«, rief Pablo und hopste vor mir auf und ab.

Ich dachte an meinen Wunsch vom letzten Mal, der tatsächlich in Erfüllung gegangen war. Und so stellte ich meinen rechten Fuß auf die Platte, schloss die Augen und drehte mich dreimal.

»Ich wünsche mir, dass ich die Fähigkeit zu träumen nicht verliere und immer die Kraft haben werde, für meine Träume zu kämpfen.«

Für wertvolle Unterstützung bei der Entstehung dieses Buches danke ich:

Dr. rer. nat. Wolfgang Daniels, Geschäftsführer
    Sachsenkraft GmbH, Dresden
Jürgen Hoffmann, Green City Energy, Bereichsleiter
    Windenergie, München
Teelke Bojarski, Enercon, Magdeburg
Joachim Keuerleber, Enercon, Magdeburg
Hans Peter Annen, Botschafter der Bundesrepublik
    Deutschland, Vilnius
Maximilian Hurnaus, Ständiger Vertreter der
    Bundesrepublik Deutschland, Vilnius
Dr. Horstas Kahsteinas, Klaipeda
Vaida Bucinskaite, Klaipeda
Dr. Guido Knopp, ZDF

Sollten mir trotz sorgfältiger Recherche Fehler unterlaufen sein, übernehme ich für diese die alleinige Verantwortung.

Amelie Fried
Im April 2011